KB260808

천잠비룡포

Fantastic Oriental Heroes

天蠶飛龍袍

천잠비룡포 10

한백림 新무협 판타지 소설

초판 1쇄 찍은 날 § 2009년 9월 18일
초판 1쇄 펴낸 날 § 2009년 9월 25일

지은이 § 한백림
펴낸이 § 서경석

편집장 § 문혜영
편집책임 § 유경화
편집 § 조수희

펴낸곳 § 도서출판 청어람
등록번호 § 제1081-1-89호
등록일자 § 1999. 5. 31
어람번호 § 제2-1820호

주소 § 경기도 부천시 원미구 심곡동 163-2 서경B/D 3F (우) 420-822
전화 § 032-656-4452 팩스 § 032-656-4453
http://www.chungeoram.com
E-mail § eoram99@chollian.net

ⓒ 한백림, 2006

ISBN 978-89-251-1937-3 04810
ISBN 89-251-0108-4 (세트)

한백림 新무협 판타지 소설
천잠비룡포
Fantastic Oriental Heroes
天蠶飛龍袍
10 ■귀환(歸還)
도서출판 청어람

목차

제33장 재회(再回)

…(중략)…….

소마군이라는 알 수 없는 군대를 쫓아 오원까지 왔다. 그리고 나는 그곳에서 마침내, 그의 어린 시절의 발자국을 발견하고 만다.

놀랍게도 오원엔 아직도 소마군이라는 이름의 군대가 실존하고 있었다.

진짜 전투에 투입되는 군대는 아니었지만, 기본적인 싸움과 사냥을 가르친다는 점에서는 군대와 큰 차이가 없었다. 자체 방어를 위한 소년병을 육성하는 기관이었는데, 좀 더 깊이 자세히 알아보니, 중원에서 흔히 볼 수 있는 지역 무관(武官)과 비슷한 기능을 하는 것 같았다.

재능있는 소년들이 꽤 많았다. 눈에 띄는 아이가 있어 관심있게 보았더니, 십이 세가 되는 해엔 곤산이란 곳으로 옮겨간다 하였다.

거기서 벽에 부딪쳤다. 오원 사람들은 그 이상 파고드는 것을 허용치 않았다. 길이 열린 것은 발도각주의 이름을 말했을 때다. 그리고 알게 되었다. 오원의 소마군에서 곤산으로, 곤산 다음엔 무구고원이 있다는 사실을 말이다.

무구고원까지 이른 소년은 소마에서 마군이 되고, 청년이 된 마군은 왼쪽 가슴에 의협의 두 글자를 문신으로 새긴다. 문신을 새긴 청년은 중원 땅 적벽으로 향하게 되니, 그들이 나아가는 길은 높고도 높은 봉우리에 닿아 있다. 그리고 그 정점엔… 그가 있었다…(중략)…….

한백무림서 미완
한백의 일기 中에서.

경포족 전사들과 아창족 전사들이 몸을 날리고 있었다.

지축을 울리는 말발굽 소리도 있다. 갑주를 입은 기병들이 보였다.

파라락.

단운룡이 몸을 날렸다.

홀연히 나타난 단운룡의 모습에 달려나가던 경포족과 아창족 전사들이 덜컥 멈춰 선다. 누군가가 외쳤다.

"적이다!"

당연한 반응이었다. 단운룡은 낯선 자다. 그의 모습은 이 땅을 살아가는 그 누구와도 달랐다.

처처처처척!

반응은 빨랐다. 추격자들 일부가 먼저 창칼을 겨눠왔다. 익숙한 아창족 호철도가 사나운 칼빛으로 눈앞을 어지럽혔다.

"추격대는 지체하지 말라! 수문군은 나와서 새로운 적을 포위하라!!"

허유의 목소리가 다시 한 번 푸른 하늘을 갈랐다.

창칼은 일사불란하게 움직였다.

단운룡을 둘러쌌던 칼이 거둬진다. 동시에 요새 안쪽에서 튀어나온 전사들이 거무튀튀한 창칼을 들이댔다.

단운룡이 요새 쪽으로 몸을 돌렸다.

경포족과 아창족 추격대가 등 뒤로 멀어지는 게 느껴졌다. 요새에서 뛰쳐나간 기병들의 발굽 소리는 이미 한참 멀리 들린다.

'이해할 수 없구나……!'

이만큼이나 변해 있을 줄은 몰랐다.

하늘의 장난이란 말을 떠올려 본다.

그래. 이게 바로 오원이란 곳이겠지.

어릴 때부터 그랬다.

전쟁, 죽음, 원한, 복수, 회한.

이 오원이란 곳은 단 한 번도 예상 가능한 뭔가를 보여준 적이 없다. 그의 어린 시절은 매순간, 그 누구도 겪어보지 못할 새로움만으로 가득하지 않았던가.

보통 사람들이 평생 동안 경험하기조차 힘든 것들을 이 땅은 한꺼번에… 일찍이도 선물했었다.

스르릉.

아련한 호철도 칼울음 소리다. 과거를 쫓던 단운룡의 시선이 다시 현재로 돌아왔다.

주위를 둘러싼 아창족 전사들의 얼굴이 보였다. 검은 얼굴, 하나같이 젊었다. 망설임없이 치켜든 칼끝 저편으로, 앳된 이마에 땀방울이 번들거렸다.

'그리고 허유… 붉은 늑대.'

그립다면 그리운 이름이다.

단운룡이 슬쩍 몸을 틀었다. 움직인 시선에 허유의 얼굴이 정면으로 비쳐들었다.

"네놈은 누구냐?"

먼 거리를 두고 들려온 허유의 목소리엔 심상치 않은 심동이 실려 있었다

어렴풋이 알아챈 것인지도 모른다.

단운룡의 모습은 지나온 세월만큼이나 변해 있었지만, 그가 지닌 기질과 그릇 자체는 어릴 적 그대로이지 않던가.

"오랜만이야."

단운룡이 말했다.

작지도, 크지도 않은 목소리다.

하지만 허유의 귀에는 천둥처럼 울리는 음성이다.

"……!!"

허유의 얼굴이 급격히 굳어졌다.

단운룡은 그런 그의 얼굴을 보며 많은 것이 달라져 있음을 또 한 번 느낀다.

수척해진 얼굴, 허유의 두 눈엔 예전과 같은 총기가 없다. 깊어진 주름살 안쪽으로 핏발 선 눈이 크게도 치떠지고 있었다.

"너… 너는……! 설마!!"

허유의 입에서 기어코 경악의 침음성이 흘러나온다.

수많은 사람들의 숨소리, 흔들리는 칼빛 속에서 먼 거리를 두고 마주 선 두 사람은 다른 모든 잡음이 사라진 완벽한 정적을 느꼈다.

이내…….

허유가 소리친다.

일그러진 표정, 악귀와도 같은 얼굴로.

"고… 공격하라! 놈을 막아!"

단운룡의 얼굴이 굳어졌다.

이유를 물어볼 겨를이 없다. 아창족 전사들의 칼은 즉각적으로 움직였다. 쐐액 하는 칼바람이 삽시간에 주위를 채웠다.

파라락!

단운룡의 몸이 가볍게 공중으로 치솟았다.

하늘을 유영하듯, 가볍게 움직이는 신법에 열 자루 넘는 칼날들은 그의 옷깃조차 건들지 못했다. 그의 몸이 쏟아지는 태양빛을 가르며 아창족 전사들의 머리 위를 뛰어넘었다.

"왜지?"

단운룡이 물었다.

수많은 의문이 '왜' 라는 한마디에 함축되어 있었다.

어째서 허유는 보자마자 단운룡을 공격하라 명령하는가.

어째서 이곳에 이런 요새가 지어져 있는가.

어째서 우목은 이 요새에 싸움을 걸고 있는가.

허유는 대답하지 않았다. 미친 듯 전사들을 다그치고 있을 뿐이다.

"수문군은 모조리 나와서 방어진을 짜라! 선두는 뭐 하고 있나! 당장 공격해!"

상대는 단운룡 한 명뿐이다.

과하기 짝이 없는 반응이었지만, 요새의 전사들은 이해 불가의 명령에도 움직임을 주저치 않았다. 요새 안쪽으로부터 전사들이 순식간에 몰려나왔다. 그 숫자가 가히 기백은 되는 것 같았다.

그뿐이 아니다.

단운룡에게 겨눠졌던 칼들이 사나운 칼바람을 일으키기 시작했다. 부서지는 양광으로 눈앞을 어지럽히던 칼날 세 자루가 단운룡의 정면을 노리고 짓쳐들었다.

"……."

쩡! 쩌엉! 쩌어엉!

연이어 터져 나오는 금속성.

세 자루의 칼날이 반 토막이 되어 하늘을 날았다.

아창족 전사들은 단운룡의 손이 어떻게 움직이는지조차 알아채지 못했다.

연속으로 가볍게 끊어 친 극광추다.

"……!!"

허유의 몸이 움찔 굳어지는 것이 보였다.

기세 좋게 쳐들어오던 아창족 전사들의 몸도 굳었다.

"허유!"

단운룡의 목소리가 낭랑하게 울려 퍼졌다.

하지만 허유는 그의 부름에도 대답하지 않았다. 대신 급하게 뒷걸음질을 친다. 일그러진 얼굴, 핏발 선 두 눈으로.

터벅.

단운룡이 한 발 앞으로 나섰다.

그에게로 겨눠진 거무튀튀한 칼날들이 술렁, 일대 소요를 보였다.

"공격! 공격하라! 놈을 요새 안으로 들이지 마라!!"

허유가 날카로운 목소리로 외친다.

'대체 뭐 하자는…….'

황당할 지경이었다.

단운룡은 그저 의문을 풀고 싶을 뿐이다. 어쩌다가 오원이 이런 모습이 되었는지, 그동안 무슨 일이 있었는지 알고 싶었을 따름이었다.

하지만 아무리 봐도 허유는 그 의문을 풀 적절한 상대가 아닌 것 같았다.

소리치는 그의 목소리엔 광기마저 느껴질 정도다.

'대체 무슨 이유로…….'

단운룡의 눈이 허유를 쫓았다.

그러나 이젠 허유의 얼굴은 제대로 보이지도 않는다. 꾸역꾸역 몰려나온 전사들이 시야를 가리고 있었기 때문이다.

단운룡은 순간적으로 갈등했다.

모조리 때려눕히고 허유를 붙잡아와야 하는가.

빽빽하게 몰려든 전사들을 한번 훑어보았다. 아창족, 경포족, 드문드문 포랑족으로 짐작되는 놈들도 있다.

무력은 대단치 않다.

예전의 아창족 전사들의 수준이 어땠는지는 잘 기억도 나지 않는다. 그때보다 강하다고 한들 지금의 단운룡에겐 상대도 되지 못한다.

피를 볼 결심만 한다면, 이 정도 방어진 따윈 당장이라도 박살 낼 수 있다는 말이다.

'그렇다고 한들…….'

단운룡은 직감적으로 알 수 있었다.

그렇게 돌파하여 허유를 끄집어내 온다 해도, 당장 만족스런 대답을 들을 수 있을 것 같지도 않다. 무엇보다 당장 이곳을 들 쑤시는 깃이 옳은 일인지 확신이 서질 않았다.

쐐애애액!

생각하는 사이, 칼날이 날아들었다.

단운룡이 몸을 휘돌렸다.

다섯 자루 칼날을 가볍게 비켜냈다. 호철도 칼바람은 머나먼 기억 속의 그것처럼 여전히 날카롭고 사나웠지만 그 어떤 칼도 단운룡을 해할 수는 없었다.

'이곳에선 답을 얻을 수 없어.'

단운룡은 결단을 내렸다.

허유와는 제대로 된 대화를 할 수 없는 상태다. 나중에라면 모를까, 적어도 지금은 아니다. 상황도 상황이지만, 그 핏발 선 두 눈은 그가 알던 허유의 눈동자와 너무도 달랐다.

'다른 곳에서 듣는다.'

모든 질문에 대한 해답.

단운룡은 자연스레 다른 한 명의 이름을 떠올린다.

‘우목……!’

쒜액! 파라라라라락!

단숨에 아창족의 포위를 풀고 나왔다.

쩌정! 째애앵!

수십 명 전사들을 뚫고 나오는 데엔, 맨손으로 칼날을 분지르는 극광추와 광검결 몇 수면 충분했다.

“따라와.”

땅을 박차고 쏘아져 나가던 단운룡이 왼편을 돌아보며 한마디 던졌다. 숲 한쪽에서 두 개의 인영이 튀어나와 단운룡의 뒤쪽으로 따라붙었다.

도요화, 그리고 엉겁결에 일행이 되어버린 원태였다.

파박! 사사사삭!

세 사람의 움직임은 빨랐다.

아창족 전사들이 황급히 그들의 뒤를 쫓았지만 따라잡을 수 있을 리가 만무했다.

“이게 대체 무슨 일이죠?”

도요화가 물었다.

“이제 알아봐야지.”

단운룡의 대답이다. 속도를 줄인 단운룡이 땅 밑을 잠깐 살폈다. 오랜 기억 속 남아 있던 짙은 풀내음이 훅 끼쳐들었다.

단운룡은 거침이 없었다.

많이도 변한 오원이지만, 아직까지 변하지 않은 곳도 있다.

여기도 그렇다. 방향을 조금 틀고, 진흙 바닥 습지를 뛰어넘었다.

새록새록 기억난다. 이다음엔 언덕이다. 조금만 올라가면 완만한 내리막길 아래로 꾸불꾸불 휘어진 고목들이 보일 게다.

"바퀴 자국이로군."

원태가 말했다. 그의 말마따나 습기 찬 검은 흙 밭에 수레바퀴 자국이 선명하게 새겨져 있었다. 조금 더 흔적을 쫓았다. 이내 말발굽 소리가 아련히 귓전을 울린다. 우목을 쫓는 기병들의 발굽 소리였다.

채앵! 채채쨍!

숲으로 진입하는 길에 이르자, 이리저리 얽히는 병장기 소리를 들을 수 있었다. 우목 일행과 추격자들이 부딪치는 소리다. 풀숲이 우거진 좁은 길 저편으로 이리저리 얽혀드는 검은 그림자들이 비쳐들었다.

'수레가……'

가까워지는 싸움터 한편에 기울어진 수레가 보였다.

우목 일행이 사람들을 운반해 갔던 수레다.

한데, 수레엔 아무도 없다. 요새에서 싣고 나왔던 사람들이 하나도 보이질 않았다.

'수레를 버리고 운반해 간 건가?'

단운룡의 시선이 더 먼 쪽으로 향했다. 저 멀리로 급박하게 움직이는 인기척이 느껴진다. 기병들의 말발굽 소리도 그쪽이다. 단운룡의 두 눈에 한줄기 이채가 떠올랐다.

'계획된 움직임이야.'

단운룡의 눈이 다시 싸움터로 돌아왔다. 뒤엉켜 싸우고 있는 이들은 생각보다 많지 않았다. 다 합쳐서 이십 명이 채 되지 않

는다. 아창족 전사들, 경포족 전사들에 려족으로 보이는 전사들
이 몇 명 섞여 있었다. 피아를 분간키 어려운 싸움이었다.

'시간을 끌고 있어.'

수세에 몰려 있는 쪽이 우목 측 전사들이다. 그들의 움직임은
치열하고 살벌했지만, 상대를 죽이기보다는 견제하는 쪽에 비중
을 둔 느낌이다. 추격 속도를 늦추기 위한 의도가 다분해 보였
다.

"그냥 지나친다."

단운룡이 뒤를 향해 말했다. 도요화와 원태는 대답하지 않았
다. 잠자코 그의 뒤를 따를 뿐이다.

파사사사삭!

싸우는 자들을 옆으로 스쳐 보냈다. 추격자들 쪽 전사들 몇몇
이 세 사람을 발견하고 뭐라고 소리를 쳤다. 서너 명이 재빠르게
전권에서 빠져나오며 그들을 쫓았지만, 그들의 움직임으로는 세
사람의 무공신법을 따라잡을 수가 없었다.

파삭!

숲을 빠져나오자 군데군데 굴곡이 지긴 했지만 거의 평지에
가까운 대지가 그들을 맞이했다. 이곳도 단운룡에겐 익숙하다.
간간이 흩어져 있는 흰색 돌무더기가 비둘기 떼처럼 보인다 하
여 구군평이라 불리는 곳이다.

두두두두두!

그 구군평 저 멀리, 그들이 있었다. 노인을 등에 업은 자, 여자
를 들쳐 멘 자, 어린아이를 옆구리에 낀 자, 체격 좋은 전사들이
다급하게 뛰고 있었다. 문제는 그 구군평에 있는 이들이 그들만

이 아니라는 사실이다. 지축을 울리는 굉음이 그들을 따라붙고 있었다. 숲을 우회하여 돌아온 기병들이다. 기병들의 숫자는 고작 사십여 기에 불과했지만, 상황의 급박함 때문인지 말발굽 소리가 수백 기 기병들의 쇄도같이 들렸다.

'구군평을 건너 오랍산(烏拉山)으로 갈 생각이었군!'

단운룡은 우목의 의중을 알 수가 있었다. 이 구군평은 평지의 폭이 좁고 넓기가 동서로 흐르는 한 줄기 강과 같았다. 구군평을 남쪽으로 건너면 지금 눈앞 저편에 보이는 오랍산으로 갈 수 있다. 오랍산은 오원 근처에서 몇 안 되는 험산이다. 그 안으로 피신하면 추격의 고리를 끊기가 한결 수월해진다.

우목의 의도는 알았지만 마음은 결코 편치 않다.

이 상황 자체가 말이 안 된다고 느끼는 까닭이다.

구군평이나 오랍산이나 오원의 뒷마당과도 같은 곳.

이곳은 타가의 기병들이 함부로 말발굽을 찍을 수 있는 곳이 아니었다. 그런 곳에서 우목이 생사를 걸고 도망치고 있다. 자기 뒷마당에서 도망을 치는 집주인이라니, 백번 생각해도 어불성설이다.

"상황이 별로 안 좋아. 곧 따라잡히겠는걸."

원태의 목소리가 단운룡의 성질을 다시 한 번 긁어놓았다.

그렇다.

어불성설의 사태에, 돌아가는 상황도 결코 낙관적이지 않다.

사람들을 들쳐 멘 전사들의 속도는 마치 맨몸으로 움직이는 듯 빨랐지만, 결코 기마보다 빠를 수는 없었다. 시시각각 후미와의 거리가 줄어들고 있었다.

이대로라면 곧 잡힌다. 대응이 필요한 순간이다.

아니나 다를까.

달려가던 이들의 진용이 바뀌고 있었다. 사람들을 업고 달리는 이들 앞쪽에서 몸놀림이 날랜 전사 예닐곱 명이 뒤쪽으로 처지는 게 보였다.

'우목!'

우목도 그중 하나다.

방편산을 모로 들고 긴 머리를 휘날리며 일행의 최후방까지 내려왔다.

그때였다.

'무슨 짓을!!'

최후방까지 내려온 우목이 갑작스레 방향을 꺾었다. 자신의 일행으로부터 단독으로 떨어져 나온 것이다.

'홀로 미끼가 될 생각인가!'

우목이 저리도 즉흥적이고 저돌적인 녀석이었나 싶다.

물론 효과는 분명히 있었다. 단운룡이 놀란 만큼, 추격자들도 놀란 것이다. 기병들의 속도가 현저히 느려졌다. 당황하고 있음이 역력했다.

기병들은 즉각적인 선택을 강요받고 있었다. 우두머리인 마군주를 쫓느냐, 아니면 사람들을 들쳐 멘 전사들을 쫓느냐 순간의 선택이란 벽이 기병들의 앞을 가로막은 것이다.

기병들은 오래 망설이지 않았다.

그들은 마군주의 단독행동이라는 유혹을 도저히 저버릴 수가 없었던 모양이었다.

기병들이 일제히 방향을 꺾으며 우목을 향해 달려나가기 시작했다.

'혼자서는 어려워.'

처음엔 몰랐지만, 우목의 몸은 아무래도 정상이 아닌 듯하다. 기병들을 줄줄이 달고서 달려나가는데, 신법이 불안정해 보였다. 부상이라도 입은 모양이었다.

"천천히 따라와."

뭐가 어떻게 돌아가는지는 모르겠다. 나서는 게 옳은지도 모르겠다. 하지만 위험에 처한 우목을 두고 볼 수는 없었다.

"천천히 따라와."

도요화를 향한 말이다. 단운룡은 진기부터 끌어올렸다. 강설영에게 당했던 어깨의 상처가 순간적으로 욱신거렸지만, 광구로부터 뿜어져 나온 광극진기가 고통과 함께 일말의 망설임까지 한순간에 날려 버렸다.

파앙! 쐐애애애애액!

단운룡의 몸이 구군평을 가로질렀다. 무시무시한 속도였다.

원태의 눈이 동그랗게 떠졌다. 무공이 굉장한 것이야 수상화주루에서 한 번 보았으니 익히 알고 있었던 바지만, 사실 그때 더 인상 깊었던 것은 단운룡의 무공보다 강설영이란 소녀의 무공이었던 바다. 한데 이제 보니, 이 남자의 무공은 확실히 그녀보다 우위에 있는 듯했다. 구군평을 가로지르는 속도가 기마들의 세 배를 족히 넘는 것 같았다.

"죽여!"

"저놈만 잡으면 끝난다!!"

날카로운 고함 소리들이 단운룡의 귓전을 울렸다.

얼마 만에 듣는 건지 모르겠다.

살육과 고통으로 기억에 남아 있는 타민족의 목소리다. 원마왕 타가의 졸개들이 발하던 언어, 몽고어였다.

“놈은 부상을 입었다!”

“허리 쪽이야!”

“왼쪽으로 몰아서 일시에 공격하자! 마군주! 이제야 잡겠구나!”

신경을 거슬리는 것은 그게 전부가 아니다.

기마 위에서 들려오는 외침 가운데, 한어(漢語)가 섞여 있었다. 그것도 남방 한어. 오원의 언어가 기마 위에서 들려오고 있었던 것이다.

‘경포족이 기마를?’

그를 더 놀라게 만든 것은 그 억양이 경포족 억양이란 사실이었다. 부족끼리의 단결이 민족 최대의 긍지였던 경포족이, 원마왕의 기마 위에서 동족을 노리고 있다.

단운룡의 두 눈동자에서 뇌전이 튀었다.

그의 움직임이 더 빨라졌다. 신풍에서 순속, 섬영보를 끄집어냈다.

무서운 속도로 앞으로 치고 나갔다. 최후미의 기마가 단운룡의 앞에서 뒤로 지나쳐 갔다.

파라라라라락! 쐐액! 쐐애애액!

하나둘, 기마들을 제치며 쭉쭉 뻗어나간다. 막 뒤로 지나쳐 간 기병이 휘둥그레 뜬 눈으로 단운룡의 뒷모습을 보았다.

채앵!

앞쪽에서 첫 번째 금속성이 들려왔다. 따라잡힌 우목이 기마병과 충돌하는 소리다.

기병들의 움직임은 기민했다. 순식간에 우목을 에워싸며 창 끝을 찔러대기 시작한다. 먼지 사이 저편, 흑발을 휘날리며 방편산을 휘두르는 우목의 모습이 비쳐들었다.

챙, 채챙!

막 두 자루의 창을 막아내며 뒤로 물러서던 우목의 몸이 일순 굳어졌다.

단운룡 때문이다.

우목의 시선이 단운룡에게로 박혀들었다. 그의 눈동자에 당혹감이 떠올랐다.

적이라고 생각했기 때문이다. 그것도 도저히 이길 수 없는 적. 감당 못할 존재의 출현을 감지한 것이다.

"어디서 이런……!!"

웅장하게 울리는 말발굽 소리와 고막을 찢는 금속성들 사이에서 경악에 찬 우목의 목소리가 하늘 끝으로 빨려 올라갔다.

우목이 기병들의 창날을 막아내며 뒤쪽으로 물러났다.

두두두두두!

흔들리는 대지 한가운데, 단운룡과 우목의 눈빛이 서로를 향해 쏘아진다.

포위망의 한가운데로 뛰어든 단운룡.

바로 뒤에서 기마가 투레질을 하며 앞발을 치켜들고 있었다. 피어오른 먼지가 하늘을 뒤덮는다. 창칼이 반사된 태양빛이 바람결에 명멸했다.

그 모든 순간들이 느려지는 한순간이다. 세상을 뚫고 땅을 가르며 나타난 단운룡이 오랜 친우의 이름을 불렀다.

"우목."

우목의 눈빛이 크게 흔들렸다. 단운룡의 입술이 움직였다. 시끄러운 말발굽 소리 때문에 목소리는 들리지 않았다. 그래도 우목은 그의 말을 알아들을 수 있었다. 목소리는 들리지 않았지만, 그의 입술을, 그의 표정을 읽은 것이다.

'오랜만이라고……?'

예측 밖의 대적(大敵)이라 생각했다. 틀린 생각이다. 우목의 눈에 의아함이 깃들었다.

"누구……?"

단운룡은 대답하지 않았다. 아니, 대답할 수 없었다.

치켜올렸던 기마의 앞발이 쏟아지듯 내려오고 있었다. 고삐를 쥔 왼손에, 오른손에 들린 창날이 단운룡의 등 뒤로 꽂혀들었다.

파락.

단운룡의 옷깃에서 난 소리는 그처럼 작았다.

그리고 폭음이 울렸다.

꽈아아앙!

단운룡의 움직임은 흩날리는 눈발처럼 가벼웠지만, 그 결과는 결코 그와 같지 않았다. 뒤로 뛴 그의 등이 기마의 등에 닿았다. 화탄이라도 터진 듯한 굉음이 그의 등 뒤에서 터져 나왔다. 기마의 거신이 뒤로 거세게 팅겨 나갔다. 던져 버리듯 날아간 기마병

이 뒤에서 달려오던 기병에 부딪쳐 다시 한 번 육중한 충격음을
울렸다.

콰앙! 꾸우웅!

기마 두 기가 단숨에 무너졌다. 우목의 두 눈이 믿을 수 없다
는 듯 커다랗게 치떠졌다.

"너, 너는……!"

그것은 그가 보여준 광혼고의 위력 때문이 아니다.

그가 누구인지. 그것을 알아챘기 때문이다.

오래전에 사라진 자.

언제나 모두를 구해줄 수 있을 것 같았던 이다.

어느 날 사라진 채 다시는 찾아오지 않았다.

오원을 버린 사람이다. 그 모든 절망과 파멸이 이 오원을 덮쳤
을 때에도 나타나지 않았던 이였다.

"소룡……!"

콰아아앙!

그래. 그렇게 불리던 시절도 있었다.

단운룡의 몸이 하늘을 날았다.

퍼엉! 꾸우웅!

소룡은 이제 십 년의 세월을 지나 물결과 파랑을 일으키는[瀧]
용(龍)이 되었다. 그가 땅에 내리꽂히는 순간, 삼십 기마병들의
가운데엔 거세고도 거센 파도가 일었다.

파직거리는 뇌광이 번쩍였다 사라졌다. 그의 손이 뇌전을 뿜
으면 기마들의 머리가 통째로 터져 나갔고, 그의 발이 전격을 발
하면 기마들의 다리가 젓가락처럼 부러져 나갔다.

꽝!

순식간이었다. 이십 기가 넘는 기병들이 땅바닥을 굴렀다. 지휘관이 따로 있는지 없는지 모르겠지만, 기병들의 판단은 빨랐다. 누군가가 소리쳤다. 경포족, 한어였다.

"괴, 괴물이다! 퇴각! 퇴각하자!"

그들은 곧바로 알 수 있었다. 이건 상대할 수 없다. 두 손에 번쩍이는 번갯불을 흩뿌리는 것이 마치 화니족 전설 속의 뇌왕선(雷王仙)과도 같다. 싸워봤자 못 이기는 것이 당연했다.

"원마왕에게 알려라! 긴급이다!!"

단운룡은 순간적으로, 도망치며 소리치는 기병을 쫓아가 때려죽이고 싶은 충동을 느꼈다. 그게 몽고어였다면 그런 충동을 느끼지 못했을 것이다. 한어, 경포족의 목소리로 원마왕에게 알리자고 소리친다.

경포족이 어떤 민족이었던가.

늙은 뱀 마건위에게 남은 것은 증오뿐이지만, 오원을 생각하는 경포족의 마음만은 진짜였다. 비단 마건위뿐이 아니다. 경포족은 한결같았다. 경포족은 그들이 경포족이라는 이유만으로 한 가족과도 같았고, 단결된 그들의 힘에는 어떤 이민족에도 굴하지 않을 긍지라는 것이 있었다.

"어째서지?"

단운룡은 그런 경포족의 목소리를 견딜 수가 없었다. 그래서 그는 물었다. 눈앞에 선 우목에게, 그의 주변에 쓰러져 신음하고 있는 경포족 기병들에게, 구군평 하얀 돌무더기, 오원의 대지에 물었다.

왜 이렇게 변했냐고.

어린 시절 친구들이 목숨을 바쳐서 지켰던 이 땅은 대체 어디로 갔냐고 말이다.

"뭐가 어째서란 이야기냐."

하지만 우목의 대답은 호의적이지 않았다.

우목의 목소리는 침착하고 낮았다. 촉촉했던 오원의 논밭과 달리 황폐한 폐허처럼 건조하기만 했다.

단운룡이 입을 열다가 말았다.

두 사람 사이에 침묵이 흐른다. 그가 천천히 눈을 내리고 주위를 돌아보았다.

"으으으……"

"마… 마군주를……"

스물 몇 기. 살아남은 기병은 절반이 조금 안 된다. 죽은 놈은 죽은 놈들끼리, 산 놈들은 산 놈들끼리 공통점이 있다. 죽은 놈은 모조리 몽고 놈들이다. 살아서 꿈틀대고 있는 놈들은 하나같이 경포족 놈들이었다.

골라서 죽였기 때문이다. 단운룡은 경포족 전사들을 죽일 수 없었다. 주변에서 들려오는 신음 소리가 전부 다 한어(漢語)인 이유였다. 단절되어 버린 대화 속에서 우목이 천천히 입을 열었다.

"이것만 봐도 알겠다. 너는 아직 거기에 있었어."

"거기에 있다고?"

단운룡이 반문했다. 우목이 답한다.

"과거에."

단운룡의 눈동자가 담겼던 뇌전이 파직거리며 흔들렸다.

"난, 오원에 있다. 과거가 아닌 지금."

"아니, 넌 여기에 없다. 여기는 이미 네가 있던 그곳이 아냐."

누군가를 앞에 두고 이토록 멀게 느껴본 적이 있었던가.

우목의 목소리엔 단운룡을 향한 한 조각의 반가움조차 없었다.

이렇게 오랜만에 봤는데, 반가워해야 정상 아닌가.

단운룡의 마음속엔 이 오랜 친구를 향한 격동이 꿈틀대고 있는 중이다.

하지만 우목은 다르다.

반가움은커녕 적의까지 묻어 나온다. 단운룡이 우목의 두 눈을 직시했다. 아니, 직시하려 했다. 우목의 눈동자는 치렁치렁한 흑발에 가려져 제대로 보이질 않았다.

"많이 변했구나. 못 알아볼 만큼."

우목이 피식 웃었다.

"못 알아봐? 이제 와서 고작 한다는 소리가 그거냐?"

우목은 정말로 많이 변했다. 말투뿐이 아니다. 수척해진 얼굴이 먼저 눈에 밟힌다. 허유의 인상도 그랬지만, 우목도 피곤해 보이기로는 그 못지않았다. 흉터가 남은 턱 선엔 거뭇거뭇 수염이 나고 있다. 허유만큼이나 엉망인 몰골이었다.

"그만 사라져라."

"뭐?"

"더 이상 보기 싫다. 이 땅은 네가 있을 곳이 아냐."

우목이 걸음을 옮겼다. 우목이 멈춘 곳에는 경포족 기병 하나가 부러진 다리를 부여잡고 신음성을 내뱉고 있었다.

턱.

경포족 기병이 우목을 올려보았다. 그의 얼굴에 죽음의 공포가 스쳤다. 그가 신음처럼 한마디를 내뱉었다.

"마군주……!"

우목은 그가 비친 공포감을 외면하지 않았다. 다리를 슬쩍 뒤로 들더니 단숨에 경포족 기병의 턱을 올려 찼다.

빠악, 하는 소리가 단운룡의 심장을 옥죄었다. 경포족 기병의 목이 어깨 쪽으로 잔인하게 뒤틀렸다.

"너……!"

당연히 즉사다. 단운룡의 침음성. 우목이 히죽 웃었다.

"놀랐나?"

우목이 다시 움직였다. 또 다른 경포족 기병을 향해서였다. 그가 방편산 자루를 거칠게 휘둘렀다. 콰직 하는 소리와 함께 경포족 기병의 목숨이 하나 더 날아갔다. 무자비한 손속이었다.

"뭐 하는 짓이냐!"

단운룡이 참지 못하고 소리쳤다.

"이게 지금의 나다. 이게 지금의 오원이고."

불가해(不可解)의 당혹감은 생각보다 컸다.

"그만 꺼져라. 이 땅은 널 원하지 않아."

우목이 덧붙였다.

환대를 기대한 것은 아니었지만, 이런 것까지 보게 될 줄은 몰랐다.

받아들일 수 없다. 어떻게 된 것인지 알 수가 없었다.

"아니. 난 가지 않겠다."

"가지 않겠다?"

"변고가 있었다는 이야기를 들었다. 무너진 목책을……."

"변고가 있었다는 이야길 들어?"

우목이 단운룡의 말을 중간에 끊었다. 그의 목소리에 넘실대는 분노가 담겼다.

"그래. 난 와야 했다, 우목."

"와야 했다고? 하! 하하하하!"

우목이 하늘을 보며 앙천광소를 내뱉었다.

이놈이 이렇게 웃을 줄도 알았던가.

이런 우목은… 본 적이 없다. 여기는, 그 무엇도 그의 기억 속의 오원과 같은 것이 없는 것 같았다.

"여기가 어디기에 네가 와야 했지? 난 널 안다. 이곳은 너에게 있어 어린 시절 잠시 머물러 갔던 곳, 그 이상도 이하도 아니다! 어디서 되도 않는 소식이라도 주워듣고서, 얄팍한 향수(鄕愁) 비슷한 감정이라도 느꼈던 모양인데. 그런 낭만은 네가 떠난 저 중원에서나 찾아라! 여긴 그런 네놈의 일시적인 흥미나 소일거리로 들렀다 사라지는 그런 곳이 아냐!"

"……!!"

우목의 말이 묵직한 망치가 되어 단운룡의 가슴을 후려쳤다. 단운룡은 한동안 아무 말도 하지 못했다. 그가 천천히 굳어진 얼굴로 입을 열었다.

"그런 게 아니다, 우목."

"우목? 하! 우목, 우목이라……! 이제 누구도 그 이름은 안 부

른다. 오랜 친구라도 되는 것처럼 굴지 말아라. 나까지 소룡이라
불러줘야 하나?"

"그럼 뭐라 부르지?"

"네게 가르쳐 줄 이름은 여기에 없다."

"마군주라고 하는 것 같던데. 그건… 소마군의……."

"소마군의 이름을 함부로 입에 담지 마!"

우목이 다시 한 번 단운룡의 말을 끊으며 소리쳤다. 치렁치렁
하던 흑발이 확 위로 흩어졌다. 이글이글 불타는 눈빛, 우목의
눈은 증오로 이글거리고 있다. 가짜로 꾸며낸 증오가 아닌, 단운
룡을 향한 진짜 증오였다.

"넌 이곳 놈이 아니다. 이전에도 그랬고, 지금도 마찬가지다!
돌아가! 네가 있는 곳으로! 네가 돌아갔던 중원으로!"

"난 중원으로 돌아갔던 것이 아니다."

"뭐라고?"

"난 돌아온 것이다. 이 오원에."

"말장난 따윈 집어쳐라! 내가 무슨 말을 하는지 너도 알지 않
는가!"

그렇다. 단운룡은 알고 있다.

그는 늦었다. 너무나도 늦어버렸다.

무공을 익히고, 문파를 논하고, 천하를 눈 아래 두는 것. 다 좋
다.

그럼에도 단운룡은 그의 뿌리를 잊고 살았다. 이것이 그 대가
다. 이 땅의 변모와 친구의 분노가 바로 그것이었다.

"난 단지… 돕고 싶을 뿐이다."

단운룡이 미간을 좁히며 말했다. 그의 눈엔 더 이상 번쩍이는 뇌광이 머물러 있지 않았다. 마치 하늘을 누비던 용이 사람으로 변해서 내려온 듯, 그의 입에선 진심 어린 인간의 목소리가 흘러나왔다. 하지만 그와 같은 단운룡의 목소리는 도리어 우목에겐 가슴을 도려내는 비수와도 같았다. 우목이 분노를 넘어 허탈함이 깃든 목소리로 입을 열었다.

"돕고 싶다……. 누구를? 무엇을?"

"나도 그걸 알고 싶다. 이곳은… 너무도 변했다. 무엇이 어떻게 된 건지 모르겠다."

"모르니까 가르쳐 달라? 무슨 일이 있었는지도 모르면서 여기에 와서, 돕고 싶다고? 그런 놈이 여기가 돌아올 장소라고 말해?"

"미안… 하다."

단운룡은 인정했다. 단운룡의 사과를 들을 수 있는 사람이 온 천하에 몇이나 될까.

하지만 우목은 그런 사과조차 받아주질 않았다.

"미안하다? 네놈이 진정으로 제정신이 아니구나. 뭔가 착각하고 있는 것 아니냐? 지금 네가 사과할 사람이 나인가? 네놈은 사과할 자격도 없다! 대산의 무덤에나 가서 그렇게 말해봐라. 미안하다고. 무슨 일이 벌어졌는지 까맣게 몰랐다고 말이다!!"

단운룡의 얼굴에 먹구름이 드리웠다.

우목의 말은, 불행히도 구구절절 옳았다. 그는 우목에게 미안하다 말해선 안 되었다. 그가 미안함을 느껴야 하는 대상은 우목 한 사람이 아니라 이 땅 전체다. 그의 잘못은 무지(無知)가 아닌 무관심에 있었던 까닭이었다. 오원이라는 이름에 대한, 그의 삶이 시작되고 그의 친구들이 묻혀 있는, 성지(聖地)다. 자신의 근원에 대한 무관심이야말로 그가 저지른 실책이며 죄악이었다.

"이곳에 뿌려진 피를 얕보지 마라. 네놈이 나에게 그걸 사과하는 건 이곳에 대한 모독이다! 갑자기 나타나서 도움을 주고 싶다고? 대체 누굴 도울 생각인가! 마군주인 나를? 일원요새(一元要塞)에 제 발로 틀어박힌 허유를? 동쪽 사망산(蛇蟒山)에 또아리를 튼 마건위를?"

말문이 막혔다. 변명의 여지가 없다. 단운룡이 고개를 흔들며 말했다.

"모르겠다. 모르겠으니까 묻는 거다. 대체 이곳에 무슨 일이 있었던 것이냐."

하지만 우목은 대답해 줄 생각이 조금도 없어 보였다.

잠시간의 침묵이 이어졌다.

그때였다.

"두 사람 여기서 계속 싸울 거요?"

단운룡과 우목이 동시에 고개를 돌렸다. 쓰러진 기병들 위로 몸을 숙이고서 갑주며 병장기들을 뒤적이는 이가 있었다. 다름 아닌 원태다. 꽉 짜인 체구, 화려한 금의가 우목의 눈에 번뜩이는 빛을 불러왔다.

"이 복식. 원 잔당의 기병이 맞소. 한데 남방민족 출신들도 섞여 있군. 중앙에 보고할 것이 많아지겠어."

중얼거리며 몸을 일으킨 원태의 손엔 팔에 차는 비구(臂具) 하나가 들려 있었다. 기병의 시체로부터 주워 든 것이다. 그가 그것을 대원(大元) 두 글자가 조각된 방패 위에 아무렇게나 집어 던졌다. 까앙 하는 소리가 세 사람 사이를 갈랐다.

"그쪽은 여기 사정에 정통해 있는 걸로 보이오. 그래서 묻겠는데, 이게 어찌 된 일인지 좀 알려줄 수 있겠소?"

건들건들 할 일 없이 왜 따라오나 했더니만, 이유가 있긴 있었던 모양이다. 그는 금의위다. 황실의 적을 파악하고, 잠재적인 위험을 평가한다. 단운룡을 이곳으로 이끄는 것과 별개로, 오원의 정황에 대한 보고를 올리는 것이 또한 그의 임무였던 것이다.

"이놈이나, 저놈이나……. 이제 와서 어쩌겠다고."

우목이 원태의 복장을 위아래로 훑어보며 말했다.

무례하기 짝이 없는 태도다. 그의 눈빛이 머리카락 사이로 새어 나와 다시금 단운룡에게로 박혀들었다.

"그래서… 네놈도냐?"

"뭐가?"

"저 금의는 금의위의 복식이라 알고 있다. 관(官)에 투신했냐는 말이다."

"관(官)은 무슨."

단운룡의 대답은 즉각적이었다. 우목이 고개를 모로 꺾으며 다시 한 번 물었다.

"그럼 저놈은 뭐지? 같이 온 거 아니었나?"

"우리 일행이 아냐."

단운룡의 대답에 원태의 눈동자가 가볍게 흔들렸다.

우목이 그를 앞에 두고서 없는 사람 취급을 했기 때문만은 아니다. 일말의 망설임조차 없었던 단운룡의 대답이 더 마음에 걸렸던 까닭이다. 이 오지까지 남하하면서 동행으로서의 공감대가 나름대로 형성되어 있을 줄 알았더니만, 단운룡의 한마디는 예상외로 매몰차기만 했다.

"불필요한 외곽이라 내팽개쳐 놨을 때는 언제고, 꾸역꾸역 병사를 모으는 것이 심상치 않으니 눈길 한번 줘본다라……. 드높은 황실의 행사란 참으로 편하기도 편하구나!"

우목의 말은 신랄하기 짝이 없었다.

원태의 얼굴이 굳어졌다. 그가 전에 없이 진중한 어조로 말을 받았다.

"그 언사는 그냥 넘어가기 힘들겠소. 대명제국의 백성으로서, 황실의 지엄함을 두려워하지 않는다면 그것만으로도 역모요 중죄가 될 수 있소."

"대명제국의 백성? 누가? 내가?"

우목이 빈정거리는 어조로 반문했다. 그의 입가엔 한줄기 비웃음까지 묻어 나오고 있었다. 원태의 눈에서 불꽃이 튀었다. 주먹을 말아 쥐는 것이 당장이라도 손을 쓸 기색이다.

"지금 이럴 때가 아니에요. 추격자들이 더 있어요."

도요화는 적절할 때 끼어들었다.

모두가 고개를 들고 그들이 빠져나왔던 숲 쪽을 돌아보았다. 날랜 기척과 날 선 적의가 느껴졌다. 아창족 전사들인 것 같았다.

"저쪽에서도 오는군요."

그녀가 이번엔 반대쪽을 가리키며 말했다. 오랍산 쪽이다. 하지만 그들은 적이 아니었다. 멀리서 급하게 달려오는 게 보였다.

긴장감이 팽배해 있지만 살기는 없다. 다름 아닌 우목 측 전사들이었다.

"가야겠다."

우목이 그렇게 말하며 방편산을 어깨에 걸쳤다. 단운룡이 물었다.

"어디로?"

"네게 해줄 말은 아무것도 없다."

우목은 진심이었다.

한줄기 바람이 불어와 우목의 머리카락을 흩어놓았다.

단운룡은 비로소 깨달았다.

우목의 두 눈은 공허함으로 가득 차 있었다. 그는 단운룡이 어릴 적에 알았던 우목이 아니다. 일시적인 분노로 이러는 것도 아니다. 그에게서 뭔가를 듣기 위해서는 싸움이라도 불사해야 할지 모른다. 그는 정말 아무것도 가르쳐 줄 마음이 없어 보였다.

우목이 가차없이 몸을 돌렸다. 원태가 뒤늦게 소리쳤다.

"거기 서라!"

우목이 고개만 돌려 원태를 바라보았다. 그가 빈정대는 어투로 대꾸했다.

"서지 않으면? 관아로 압송이라도 하실 텐가? 턱 밑에서 원 잔당이 세를 키우고 있음에도 엉뚱한 짓이나 일삼는 관군 따윈 없으니만도 못해. 나는 그런 놈들에게 잡혀가 줄 만큼 한가한 사람이 아냐!"

우목은 그렇게 말하고 땅을 박찼다. 원태의 눈썹이 꿈틀 치켜 올라 갔다. 원태가 막 땅을 박차려 할 때다. 단운룡이 그의 앞을 가로막았다. 의아한 표정의 원태를 보며 단운룡이 말했다.

"놔줘."

"이보시오. 이건 간단한 문제가 아니오."

"저놈은 아무것도 말하지 않을 거다."

"억지로라도 들어야 하오. 저번에 왔을 땐 이런 기병들 따위 없었소. 원 잔당과 관계가 있다면 무엇 하나 쉬이 넘어갈 수 있는 사안이 아니란 말이오."

원태는 진지했다.

하지만 이미 우목을 따라잡기엔 늦었다. 그 짧은 시간, 멀리도 달려가 자신을 맞이하러 나온 전사들과 합류하고 있는 중이었다.

"어차피 늦었어. 이야긴 다른 데서 들어야 해."

"다른… 곳?"

원태가 두 눈을 빛내며 물었다. 단운룡은 대답하지 않았다.

뇌광이 사라진 그의 눈동자엔 멀어지는 우목의 뒷모습이 비쳐 들고 있었다. 도요화의 목소리가 두 사람의 상념을 깼다.

"일단은 이 자릴 뜨고 봐야겠는데요."

그녀의 말대로다.

"저기다! 기병들이 당했다!"

고함 소리가 들렸다. 아창족 전사들이 구군평을 가로질러 오고 있었다.

단운룡의 시선이 문득 아래쪽을 향했다. 경포족 기병의 시체가 보였다. 우목이 죽인 자였다. 전투불능 상태의, 저항할 힘조차 없었던 경포족 기병이다. 우목은 일말의 망설임조차 없이 발끝을 차올렸었다.

'그래. 누군가에게든 이야길 들어야지.'

단운룡이 발길을 돌렸다. 원태가 미간을 좁히며 황급히 그들의 뒤를 따랐다. 원태가 다소 신경질적인 어투로 물었다.

"어디로 가는 것이오?"

원태는 그렇게 물으면서도 답을 기대하진 않았다.

여태껏 단운룡은 무엇 하나 만족스러운 대답을 한 적이 없다.

하지만.

이번엔 달랐다. 짧은 한마디가 돌아온다.

"사망산."

추격자들은 북쪽에서 쫓아왔고, 우목은 남쪽 오랍산으로 갔다.

그리고 단운룡은 동쪽으로 향한다.

사망산, 우목은 말했다.

늙은 뱀이 사망산에 또아리를 틀었다고.

그곳으로 간다. 그곳에 대답해 줄 사람이 있다.

늙은 뱀, 그것은 곧 마건위를 달리 부르는 이름이었다.

*　　　*　　　*

사망산은 오원 남동쪽에 있다. 오원 자체도 오지(奧地)라 하지만, 사망산은 그야말로 오지 중의 오지다. 관(官)의 영향력이 미치지 못함은 물론이요, 명 제국 영토라고 하기에도 모호할 정도다. 그만큼이나 구석진 곳에 위치하고 있었다.

“거기 조심하시오.”

원태가 도요화를 향해 말했다. 도요화가 멈칫, 옆으로 물러났다. 쉬익! 소리와 함께 얼룩덜룩한 색깔의 뱀이 그녀의 발밑을 스쳤다.

“이쪽으로.”

원태의 표정도 편치는 않았다. 제법 담대한 척을 하며 도요화를 챙겨주고 있지만, 그다지 마음의 여유가 있어 보이진 않았다.

“저렇게 큰 놈은 보통 독이 없다고들 하던데……. 그래도 조심해서 나쁠 것은 없을 거요.”

원태의 머리 옆 가지 위에서 두꺼운 노란색 뱀 한 마리가 혓바닥을 낼름거리고 있었다. 몸 둘레가 어른 팔뚝 두 개 합쳐 놓은 것보다 두꺼운 놈이었다.

“아직 멀었소?”

원태는 똑같은 질문을 세 번째 하고 있었다. 한 발자국 걸으면 초록색 구렁이가 발목을 스치고, 두 발자국 걸으면 어깨 위에 손가락만 한 뱀이 툭 떨어진다. 뱀 사(蛇)에 구렁이 망(蟒), 어째서 비슷한 걸 두 글자나 겹쳐 썼나 했더니, 그 이유를 충분히 알겠다. 그야말로 뱀 소굴이란 말이 딱 맞는 곳이었다.

“사람 흔적이 있다. 거의 다 왔어.”

단운룡이 말했다.

도요화의 얼굴에 순간적인 안도감이 깃들었다. 원태도 마찬가지다. 다행이라며 한숨을 내쉬던 그가 ‘이크!’ 손을 내저으며 제 머리 위에 떨어진 뱀 한 마리를 털어냈다.

“물렸잖아! 제길!”

　원태가 이를 갈며 소리쳤다. 내공을 운용해 보니, 미세한 중독
의 기미가 느껴진다. 물론 문제가 될 정도는 아니다. 무슨 전설
상의 괴사(怪蛇)가 아닌 바에야, 미미한 뱀독 따위는 전혀 두려
워할 것이 못 된다. 그럼에도 그들의 표정이 좋지 않은 것은 독
때문이 아니다. 말하자면 본능적인 문제에 가깝다. 수십 마리 뱀
을 몸에 감고 다니는 괴상한 독술가도 있다지만, 원태는 그런 부
류와 한참이나 거리가 멀다. 뱀이라 하면 징그럽다는 생각이 먼
저 든다는 말이다. 산에서 무공을 닦은 원태도 그러한데, 여인인
도요화야 말할 것도 없다. 무표정으로 일관하던 그녀의 얼굴은
확연한 불쾌감으로 얼룩져 있었다.
　"이런 곳에 사는 자는 모르긴 몰라도 제정신이 아닐 게요."
　단운룡을 향해서 하는 말인지, 도요화를 향해서 하는 말인지
알 수가 없다. 어쩌면 제 자신을 향해 하는 말인지도 모를 일이
다. 원태가 툴툴거리며 눈앞을 가린 나뭇가지 하나를 조심스레
밀어냈다.
　사사삭! …파삭!
　밀쳐 내며 들린 나뭇잎 소리 끝에 이질적인 소리 하나가 끼어
들었다. 단운룡이 먼저 걸음을 딱 멈췄다.
　'사람……!'
　그건 뱀이 내는 소리가 아니다. 소리를 한껏 죽인 인기척이다.
원태가 작은 목소리로 중얼거렸다.
　"손님들이 오셨군."
　"아니. 틀려."
　단운룡의 목소리다. 단운룡은 목소리를 줄이지 않았다. 그가

슬쩍 원태를 돌아보며 한마디를 덧붙였다.

"우리 쪽이 손님이다."

그의 목소리가 숲을 울렸다. 들리라고 한 말 같다. 그게 신호가 되기라도 한 듯, 사삭! 사사삭! 사방에서 숲을 헤치는 소리가 들려오기 시작했다. 단운룡이 그러했듯 상대편도 기척을 감추길 그만둔 모양이었다.

"가만, 이게 무슨 냄새지?"

기척만 감춘 게 아니다. 원태가 코끝을 비비며, 연신 냄새를 맡았다. 뭔가를 태우는 듯한 미세한 향취가 번져 오고 있다.

"독은 아닌데?"

보통의 무림인이라면 익숙지 않은 냄새를 맡았을 때 결코 원태처럼 행동하지 않는다. 맡은 적 없는 냄새를 맡으면 일단 물러나고 보는 게 옳다. 치명적인 독일 수도 있기 때문이다. 하지만 원태는 그 자리에 멈춰 선 채 오히려 숨을 들이키며 냄새를 맡았다. 독을 두려워하지 않는다는 뜻이다. 나름 자신의 내공에 믿는 구석이 있는 모양이었다.

"독이 아니면 뭐지?"

"이것 봐요. 뱀들이 물러가고 있어요!"

향의 정체는 도요화의 경탄성 속에 있었다. 그녀가 주위를 돌아보며 놀랍다는 표정을 지었다. 나뭇가지 위에서, 풀숲에서 튀어나온 뱀들이, 인기척이 들려오는 반대편으로 꿈틀꿈틀 마치 도망치듯 멀어지고 있었다.

"들은 적이 있소. 축사향(逐蛇香)이라고 했던가?"

뱀을 쫓는 향이란 뜻이다.

뱀들이 물러가고, 이어 그들이 나타났다.

열 명이 넘는 자들. 경계 태세를 한껏 갖추고 있었다. 각양각색의 옷을 입은 자들이다. 검은색, 청람색, 초록색, 적갈색 옷에, 때가 탄 흰 옷도 있다.

‘이들은……!’

단운룡의 눈빛이 잔잔하게 일렁였다.

묘한 반가움이 먼저 가슴을 친다. 저 색깔, 모든 것이 달라진 이 땅에서 유일하게 익숙한 색깔이다. 제각각 다섯 색깔로 딱히 고정된 색을 가진 것은 아니었지만, 저렇게 여러 색을 모아놓으면 그게 바로 오원의 색이 된다.

“웬 놈들이냐?”

그들은 첫 질문은 그것이었다.

단운룡은 순간, 막연한 그리움을 꿰뚫고서 시간을 거슬러 올라간 듯한 느낌을 받았다. 단운룡이 오기륭과 함께 처음 오원에 들어와서 들었던 질문이 바로 그와 같았기 때문이다. 그래서일까. 문득 단운룡은 오기륭이 처음 했었던 대답과 똑같은 대답을 하고 있는 자신을 발견한다.

“친우(親友)를 만나러 왔다.”

말이야 맞는 말이다. 우목을 만나러 왔으니.

“친우(親友)? 이런 시기에 친우는 무슨 놈의 친우! 수상한 놈들이군! 어디에서 온 것이냐!”

어쩌면 대꾸하는 말까지 그때와 똑같을 수 있을까. 단운룡이 고개를 돌려 질문을 던져 온 녹색 옷의 남자를 바라보았다.

‘낯이 익어.’

남자의 얼굴은 거칠었다. 단운룡은 늘어난 흉터와 주름 진 얼굴에서 십 몇 년의 세월을 빼보았다. 머릿속에 하나의 얼굴이 떠오른다. 단운룡과 오기룡을 잡아들였던 바로 그 수문군 병사의 얼굴이다. 단운룡은 또한 기억한다. 일개 수문군 군병이었던 그는 단운룡이 오원을 떠날 때쯤엔 수문군 한 조를 통솔하는 조장 자리까지 올라 있었다.

"노(魯) 조장?"

대답 대신 짧은 반문으로 그의 이름을 불러본다.

술렁.

나타난 자들 사이에 한차레의 파문이 일있다. 녹색 옷의 남자가 한 발 다가왔다. 그가 물었다.

"그 호칭은 오랜만에 듣는군. 날 아나?"

"알지."

"네놈이 날 안다 해도, 나는 네놈이 누군지 모르겠다. 대체 넌 누구냐?"

"소마군의 운룡이다. 그땐 소룡이라고 불렸다."

단운룡은 자신을 숨기지 않았다. 여긴 오원이다. 이리저리 둘러서 정체를 감추는 건 중원무림에서나 할 짓이다.

"소마군?"

웅성. 열 명, 아니, 열한 명밖에 되지 않는 숫자였지만, 그들을 강타한 동요는 그 숫자보다 훨씬 더 컸다. 그들 중 한 명이 불쑥 나서며 다시 한 번 물었다.

"소룡? 백족 꼬마 소룡?"

청람색 옷을 입은 남자였다. 찢어진 옷에 긴 만도를 비껴들었다. 이 사람도 기억난다. 납서족이다. 십 년이면 사십대 초반일 텐데, 얼굴은 오십대 한참 지났다. 그땐 해사하니 서생 같은 얼굴로 아이들을 붙잡고는 글씨며 그림을 가르쳐 주겠다 말하곤 했었는데.

"남(枏) 선생이네. 많이 늙었어."

남 선생이라 불린 남자가 고개를 끄덕였다. 그가 믿을 수 없다는 표정으로 말했다.

"그 건방진 말버릇! 정말 그 소룡이 맞구나!"

그는 그렇게 말하면서도 비껴든 만도를 집어넣지 않았다. 다른 자들도 마찬가지다. 호철도며 만도며 단도 등을 쥔 채 경계심을 풀지 않고 있었다.

"그때 꼬마라고 한들 방심은 금물이다. 다시 묻겠다. 여긴 왜 왔느냐?"

"말했잖아."

"친우를 보겠다고? 누굴?"

단운룡의 고개가 문득 한쪽으로 돌아갔다. 단운룡은 노 조장과 남 선생 사이 조금 먼 곳에 시선을 두었다. 그가 엷은 미소를 지으며, 입을 열었다.

"마건위."

남 선생의 얼굴이 굳어졌다. 남 선생뿐이 아니다. 노 조장이 얼굴을 일그러뜨리며 목소리를 높였다.

"마 대인을 만나뵈러 왔다고? 무슨 속셈이지? 붉은 늑대의 간자로 온 건가?"

그게 시작이었다. 그들의 목소리가 혼란스럽게 이어졌다.

“붉은 늑대가 아닐 수도 있어. 마군 쪽도 생각해야 돼.”

“마군? 하기사 교활한 마군주 놈도 소마군에 있었으니까.”

“뒤에 있는 둘은 뭐지? 중원 놈들이잖나?”

“중원 놈들이면 일각수가 불러온 놈들일 수도 있겠는데!”

이들은 꽤나 당황한 듯했다. 중구난방에 가깝다. 이내 그들의 화살이 다시금 단운룡에게로 모아졌다. 노 조장이 호통 치듯 물었다.

“이놈, 진짜 의도가 무엇이냐? 설마하니, 적들의 간세라도 된 것이냐?”

그들이 한 발 더 다가왔다. 비껴서 들고 있던 칼날이 단운룡을 향해 겨눠지고 있었다.

하지만.

단운룡은 그들을 보고 있지 않았다. 그의 시선은 아까처럼 저 멀리 한곳에 고정된 채다. 그가 천천히 상대를 불러냈다.

“그만 나와. 눈치 볼 이유 따위 없잖아.”

단운룡을 다그치던 오원 전사들의 목소리가 일시에 조용해졌다.

단운룡이 누구에게 말을 거는 것인지 알고 있는 까닭이었다. 숲 그늘 한쪽, 쉬익 하는 뱀 소리가 들려왔다. 한 사람의 그림자가 뒤이어 모습을 드러낸다.

“친우를 만나러 왔다고 하지 않았었나?”

묵직한 기파는 여전했다. 세모꼴의 길쭉한 얼굴도 그렇다. 백 전노장의 기도도 줄어들지 않았다.

“그랬지.”

변한 것도 있다.

반백이었던 머리카락은 이제 백사(白蛇)의 몸뚱이마냥 새하얗기만 하다. 무엇보다 달라진 것은 왼쪽 팔이다. 팔꿈치 아래부터 있어야 할 것이 없다. 맨들맨들하게 변한 피부가 절단면을 덮었다. 오래된 상처다. 팔뚝 하나가 통째로 잘려 나간 것이다.

"친우라… 언제부터 내가 네 친우였던가?"

늙은 뱀. 마건위가 되물었다.

"믿어. 날 대하려면 적보다는 친구로 맞이하는 게 좋을 거야."

단운룡의 대답은 그러했다.

마건위의 눈빛이 교활하고도 위험하게 번들거렸다. 그의 시선이 단운룡의 전신을 훑었다. 그의 표정이 가볍게 굳어졌다.

"많이 변했군."

마건위가 이번엔 단운룡의 뒤쪽으로 시선을 주었다.

"금의(錦衣)……. 황실 금의위까지 동행했다라……."

늘어선 사람들은 두 사람의 눈치만 보고 있었다.

"목적이 무엇이냐?"

"많은 것이 달라져서 말이지."

단운룡과 마건위의 눈빛이 허공에서 몇 번이나 부딪쳤다. 마건위가 다시 물었다.

"무슨 일이 있었는지 알고 싶나?"

"물론."

"따라와."

그가 앞장섰다.

*   *   *

"맹획과 타가가 손을 잡았다. 두 세력은 일거에 쳐들어왔지. 그게 육 년 전이었다."

사망산 깊은 곳.

마건위의 거처는 초라하기 짝이 없었다. 지저분한 동굴 속에 조악한 탁자 하나, 짚단으로 만든 침상 하나가 전부다.

등불도 어두웠다. 심지를 아껴 쓴 흔적이 역력했다. 탁자 위를 내려다보았다. 묵필엔 남아난 털이 없고 자석(紫石:벼루)은 쪼개진 지 오래다. 제대로 된 종이는 고사하고 죽간조차 삐뚤빼뚤 엉망이다. 태워서 갈아 쓴 목탄이 필묵을 대신하고 있었다.

"동벽과 서벽이 순식간에 무너졌다. 작물은 약탈당했고, 여자들이 끌려갔다. 아무것도 남아난 것이 없었다."

단운룡은 초라한 동굴 속을 돌아보며 마건위의 옛 거처부터 떠올렸다.

정말 남아난 게 없긴 없다. 그 옛날 마건위가 거하던 저택은 대체로 소박했던 경포족 건물 중에서 예외적으로 크고 화려한 위용을 자랑했었다.

"그렇게 쉽게 무너질 오원이 아니었을 텐데?"

마건위는 대답 대신 허탈하게 웃었다. 하지만 단운룡은 웃지 못했다.

마건위와의 재회는 좀 더 거칠고 살벌할 줄 알았다. 적어도 이보다는 요란해야 했다.

그러나 현실은 어떠한가.

음습한 동굴 안에서 거지꼴인 마건위와 무릎을 맞대고 앉아 있는 중이다. 그것도 차분하고 진중하게. 참으로 세상일이란 생각대로 흘러가는 게 아닌 모양이다.

"오원은… 약해져 있었다."

"이유는?"

"꿈, 그리고 망각."

단운룡은 거기서 깨닫는다. 그가 눈살을 찌푸리며 말했다.

"귀비산?"

"그렇다. 시작은 귀비산이었지."

귀비산.

양귀비에서 추출한 약독(藥毒)이자, 마약(痲藥)이다.

그래. 언젠가 문제가 될 줄 알았다. 단운룡이 오원에 있을 때에도 귀비산에 당한 자가 한둘이 아니었으니까.

"시작은 귀비산이었다? 다음은 뭐였기에?"

"그건… 우리 모두의 실수였다."

"실수였다고?"

"귀비신단을 만드는 게 아니었어."

"알아듣게 말해."

"우린… 귀비산으로 귀전단(貴戰丹)을 만들었다. 귀전단을 개량해서 귀비신단(貴妃神丹)을 개발했을 땐, 진짜 제대로 된 꿈이란 걸 꿀 수 있었지. 한동안은 좋았다. 귀비신단의 위력은 대단했어. 승승장구, 싸움이 있으면 질 줄을 몰랐으니까."

"약물에 의지해서 싸우다니, 사도(邪道)를 택했군."

"사도(邪道)? 이 땅의 싸움에 사도와 정도가 따로 있을 리가 없잖은가. 잘 알겠지만 귀비산은 통증을 잊게 만든다. 싸울 때 공포를 잊게 해주지. 귀비산을 기반으로 몇 종류의 독(毒)을 배합했다. 사라진 공포 위에 강력한 힘이 더해졌다."

"그런 걸 어떻게 만든 거냐?"

"기억날 거다. 라고족 놈. 그놈은 원래부터 기이한 독술에 능했다."

단운룡의 눈이 크게 뜨였다.

라고족. 효마.

잊을 수 없는 이름이었다.

"라고속, 효마라……. 지금은 어디 있지?"

"모른다."

"몰라?"

"홍라라고 했던가. 화니족의 계집과 눈이 맞은 듯하더니, 오원이 함락되었을 때쯤 함께 사라져 버렸다. 이후, 타가 놈들에게 잡혀갔다는 말이 들리더니, 결국 맹획 놈에게 살해당했다는 소문이 돌더군. 아마도 죽었을 거다. 이름 들어본 지가 오래되었으니."

"……."

홍라.

소봉이 죽어가면서도 홍라 누님 이야기를 했었다.

언제 어느쯤이었던가. 햇빛이 쨍쨍하게 내리쬐던 밝은 날, 화니족 아가씨들을 훔쳐본다며 난장을 쳤던 추억이 홍수처럼 밀려와 기억 저편으로 사라졌다.

"그래서……."

옛 생각에 젖어들 때가 아니었다. 상념을 깨고 화제를 원래대로 돌려놓았다.

"그 귀비신단이 무슨 문제를 일으킨 거냐."

"귀비신단은 굉장한 물건이었다. 귀비신단 한 알이면 평범한 아창족 전사가 하루아침에 십 년 연공한 내가고수들 못지않은 힘을 낼 수 있었다. 그 유혹에서는 누구도 자유로울 수 없었다."

"부작용이 있었을 텐데."

"알다시피 귀비산은 중독성이 강하다. 사실, 전사들만으로는 문제될 게 없었지. 귀비신단의 사용은 전시(戰時)에만 허용될 수 있도록 나름 엄격하게 통제하고 있었으니까."

"한데?"

"전사들이 아닌 주민들이 문제였다."

"주민들이 왜?"

단운룡의 질문에, 마건위가 눈을 한 번 감았다 떴다. 잠시 뜸을 들이던 그가 불쑥 물었다.

"…회한평에 가봤나?"

난데없는 질문이었다. 단운룡의 눈매가 꿈틀 굳어졌다.

회한평.

절대로 잊을 수 없는 곳이다.

'이놈……!'

그리고 단운룡은 깨달았다.

마건위는 모른다. 단운룡이 모든 것을 알고 있음을.

마건위는 소마군 아이들의 목숨을 타가에게 팔아넘긴 장본인이다.

회한평을 얻기 위한 희생이다.

소마군 친우들은 그렇게 죽었다. 단운룡이 오원에 돌아온 이유 중 하나가, 바로 그 원한을 갚기 위해서가 아니었던가.

하지만 마건위는 그 모든 것을 까맣게 잊어버리기라도 한 것 같다. 그러지 않고서야 단운룡 앞에서 이렇게도 태연히 회한평이란 이름을 꺼낼 리가 만무했다.

"못 가본 모양이로군."

대답이 없자 마건위가 제멋대로 말을 이었다. 단운룡이 마음속으로 답했다.

'못 가왔을 수밖에.'

회한평, 회한산. 친구들의 죽음을 거기에 묻었다.

단운룡의 일생에 있어, 가장 절망적이고 슬픈 기억이 잠든 곳이다. 아무리 단운룡이라 한들, 그런 곳을 향한 발길이란 그렇게 쉽게 떨어지는 게 아니었다.

"귀비신단을 만들기 위해선 다량의 귀비산이 필요했다. 귀비산을 만들기 위해선 양귀비를 자체적으로 재배할 곳이 있어야 했다."

"설마……!"

"회한평은 양귀비를 키우기 좋은 곳이었다. 가보면 알 거다. 제법 장관이야. 평원 가득 양귀비꽃이 흐드러지게 피어날 때는."

'장관이라고?'

잘도 그런 말을 하는구나.

소마군의 목숨을 넘겨주고 얻어낸 땅 위에, 다른 무엇도 아닌 양귀비 밭을 가꿨다는 말이다. 그걸 어떻게 받아들여야 할까. 통탄의 탄식이라도 내뱉어야 하나.

파지직.

탄식 대신 일어나는 것은 거센 뇌전의 기운이었다. 주먹 쥔 두 손안에, 펄떡이는 뇌광이 꿈틀거렸다.

"후회가 된다. 애초부터 거기에 양귀비를 키워선 안 되는 거였다."

'후회라고?'

갈 길 없는 분노가 단운룡의 가슴을 가득 채웠다.

광뢰포 일격이면 마건위의 머리통을 산산조각으로 터뜨릴 수 있다.

마음속에 참을 인(忍) 자를 몇 번이고 새겼다. 지금은 이놈을 죽일 때가 아니다. 당장이라도 손을 휘두르고 싶은 충동을 필사적으로 참아내야 했다.

"양귀비를 키우고 귀비산을 생산하는 것은 관리가 쉽지 않았다. 사람이 너무나도 모자랐던 까닭이다. 귀비산에 맛을 들인 사람들이 점차 늘어갔지만 그것을 전부 다 근절시킬 수도, 처벌할 수도 없었다. 나는 엄벌을 주장했다. 필요하다면 일벌백계식의 처형이라도 불사하려고 했지. 아니, 실제로도 처음엔 그렇게 했다. 하나, 어느 순간부터는 그것도 불가능해져 버렸다. 한 번이라도 손댄 자들을 모조리 처벌하고자 한다면 남녀노소를 막론하고 전사들, 침략자들, 길바닥의 개돼지까지, 오원에서… 살아 움직이는 모든 것들을 잡아 죽여야 할 판이 된 것이지."

"……"

"오원은… 내부부터 무너진 거다. 귀비산 때문에."

마건위가 긴 한숨을 내쉬었다.

"귀비산을 재배하기 시작한 지 이 년……. 몇십 년 버텨온 오원이 몰락하는 것은 고작 이 년으로 충분했다. 네놈이라면 알 거다. 예전의 오원은 달랐다. 집에서 고기 썰던 아낙도 손에 든 식칼 하나면 훌륭한 전사가 될 수 있었다. 하지만 놈들이 밀고 들어왔을 때, 우린 싸울 수 있는 이가 없었다. 모두가 귀비산에 취해 있었으니 말이다."

그래.

참으로 허무하게 무너졌구나.

오원은. 소마군 아이들이 목숨을 바쳤던 이 땅은.

'귀비산 때문이라고……'

귀비산에 관련된 기억은 단운룡에게도 있다. 그의 생애에 있어 가장 슬프고 강렬했던 기억이 또한 귀비산과 무관하지 않았다.

대산의 최후.

대산도 귀비산을 먹었다.

잊기 위해서. 고통을 잊고 싸우기 위해서.

하지만 다른 이들은 그저 고통을 잊고자 했을 뿐, 싸우지는 않았던 모양이다.

망각이란 그토록 무섭다.

전사로서의 긍지를 빼앗고, 그들이 지켜야 할 땅마저 빼앗아버렸다.

'막을 수는 없었던 건가?

　단운룡의 머릿속엔 하나의 이름이 스쳤다. 일찍부터 귀비산의 위험성을 경고했던 자다. 청백한 한 마리 백로와도 같았던 의원의 이름이었다.

　"의원, 박 의원은 어떻게 됐지?"

　박현. 그의 이름을 들은 마건위의 표정이 복잡하게 변했다.

　"그래. 박 의원. 그의 말을 들었어야 했었지. 그는… 내가 내쫓았다. 중원으로."

　"이유는?"

　"귀비 재배로 인한 의견 차이 때문이었다. 그 당시의 나는 그 모든 것을 통제할 수 있을 거라 확신하고 있었다. 오원의 강인한 전사들은 그런 약물 따위에 무너지지 않을 거라 믿었다."

　희망없는 싸움에 지쳐 버린 사람들에게 강인함을 바랬다?

　바보 같은 희망이다. 힘든 삶에 찌든 사람은 무슨 짓이라도 할 수 있다. 그 삶이 전쟁의 연속이라면 더더욱 말할 것도 없었다.

　"그래서, 그다음에는? 오원의 지배권은 어느 쪽이 가져갔지? 타가 쪽인가?"

　"타가? 아니다."

　"맹획?"

　"타가도 맹획도 아니었다."

　"둘 다 아니었다니?"

　"그게 바로 최악이다. 놈들은 오원을… 그대로 내버려 두었다."

　"내버려 둬?"

단운룡이 눈썹을 치켜올리며 되물었다. 대답하는 마건위의 목소리엔 아무것도 할 수 없었던 지난 세월의 허탈함이 하나 가득 담겨 있었다.

"그들은 어느 한쪽도 오원을 지배하려 들지 않았다. 전사들을 죽여 싸울 수 없도록 무기력하게 만들고… 저항할 수 없도록 모든 것을 빼앗고… 그냥 방치해 버렸지. 놈들은 처음부터 합의했던 거다. 일단 힘을 합쳐 오원을 쓸어버리기로 하되, 어느 한쪽도 오원의 지배권을 가져가지 않도록 말이다."

"그게 무슨 의미가 있지? 놈들이 오원을 원한 것은 오원이 지닌 생산성 때문 아니었나?"

"그러니까 최악이라는 거다. 놈들은 오원을 내버려 뒀고, 내킬 때마다 찾아와서 약탈을 일삼았다. 살아남은 전사들을 규합하여 대항해 보려 했지만 수적인 열세가 너무 심하여 싸움 자체가 되질 않았다. 놈들은 오원을 제집 앞마당처럼 들락거렸다. 맹획의 무리가 쳐들어오면, 보름 후엔 타가의 기병들이 들이닥치고, 다시 보름쯤 후엔 맹획의 졸개들이 나타나는 식이었다. 간혹 두 패거리가 함께 쳐들어왔을 땐 더 심했다. 사이좋게 약탈물을 반씩 나눠 가는 일까지 있었지. 물, 나무, 작물, 여자, 그들은 언제든 맡겨놓은 것을 가져가듯 끝없이 빼앗아갔다."

거기까지 들었을 때다. 한쪽 동굴 벽에 어깨를 기댄 채 잠자코 듣고 있었던 원태가 눈살을 찌푸리며 입을 열었다.

"그건 숫제 조공(朝貢)처럼 들리는군."

마건위의 얼굴이 얼음처럼 굳어졌다. 그가 날카로운 눈을 희번덕 돌리며 냉랭한 목소리로 대꾸했다.

"조공이 아니라 약탈이다. 도적 떼의 강탈과 다를 바가 없어."

"그렇게 들린다고 했지, 그게 맞다고는 안 했소."

원태는 곱게 한발 물러났다. 하지만 마건위는 그냥 넘어가 줄 생각이 없는 듯했다. 그가 이빨을 드러내며 말했다.

"조공이란 건 바쳐야 할 상대에게 당연히 바쳐야 할 공물을 의미한다. 놈들에겐 그럴 자격이 없다!"

맞는 말이다. 조공은 속국이 종주국에 예를 갖추기 위하여 정기적으로 바치는 헌상물을 의미한다. 마건위의 입장에선 그런 말이 용납될 리 없었다. 오원이 당한 처사와는 엄연히 다르다는 뜻이었다.

"맞는 말이오. 놈들에겐 그런 자격이 없소."

원태는 마건위를 더 자극하지 않았다. 분노로 타오르는 마건위의 눈빛을 외면하지도 않았다. 원태가 진중한 어조로 덧붙여 말했다.

"그 말이 그토록 불쾌하게 들렸다면 내 사과하겠소. 그럴 의도가 아니었음을 알아주시오."

마건위의 눈빛이 조금은 누그러들었다. 잠시 동안 어색한 침묵이 흘렀다. 이내, 단운룡이 먼저 입을 열었다.

"끝없이 계속되는 약탈이라……. 난 좀 이해가 안 돼. 그게 가능한 일인가? 그렇게 당하면서 누가 오원에 버티고 있을까?"

"네놈 말대로다. 사람들은 버티지 못했다."

마건위가 단운룡을 돌아보며 대답했다. 단운룡이 미간을 좁히며 다시 물었다.

"버틸 사람이 없는데 무슨 수로 약탈을 계속해?"

당연한 지적이었다.

사람이 없으면 물건도 없는 법이다. 약탈이 가능하려면 약탈할 것을 제공할 사람이 있어야만 한다. 하지만 세상에 누가 있어 모든 것을 빼앗길 걸 알면서도 그곳에 붙어살겠는가. 한없이 빼앗는 것만으로는 유지 자체가 불가능하단 말이었다.

"버틸 이는 없었지만, 대신 새롭게 보충할 인력이 있었지."

"어디서, 무슨 수로?"

"오원을 함락시킨 이후로 놈들은 빠르게 강해졌다. 오원이 무너시고 세력 확상에 가일층 탄력이 붙은 것이지. 성포속이나 아창족, 화니족은 물론이요, 수많은 남방민족들이 타가의 발밑에 무릎을 꿇었다. 맹획도 마찬가지다. 타가가 동쪽을 먹은 것처럼 서쪽은 온전히 맹획의 세력권에 들어오게 되었다. 놈들의 지배 체계는 갈수록 견고하고 치밀해졌다. 작금에 와서는 양쪽 다 일개 소국(小國) 급의 세력과 체제 확립했을 정도다. 하지만 남방민족 모두가 그들에게 굴복한 것은 아니었다. 끝까지 투쟁하는 이들도 분명히 남아 있었다."

마건위가 손을 들더니 흘러 내려온 백발을 뒤로 넘겼다. 그 자신이 바로 투쟁의 상징이라는 듯. 앙상한 손마디엔 고집스런 강인함이 묻어났다. 검버섯이 핀 손등이 새하얀 머리카락과 묘한 대조를 이루고 있었다.

"우린 우리 것을 지키고 살아왔다. 오원처럼 모든 부족이 섞여 사는 곳에서도 그건 달라지지 않았다. 각자 자기들만의 색깔을 좀처럼 버릴 수 없었던 거다. 하물며 남쪽 대지에서 자유롭게 사는 부족들이야 말할 것도 없다. 핏줄, 풍습, 신앙, 대명제국 관의 힘조차도 미치지 않던 곳이었는데, 남의 것을 강요받는 것은 지옥과도 같았을 것이다. 하지만 놈들은 지배를 위해 모든 것을 강제했다. 반항하는 자들이 나오는 것은 당연한 일이었어. 대표적인 것이 우리 경포족이었다. 경포족은 오원에만 있는 것이 아니다. 동서를 막론하고 남부 지역에 두루 퍼져 살고 있었지. 놈들은 반항하는 부족민들을 끌고 와서 오원 땅에 밀어 넣었다. 약탈을 견디지 못하여 도망치는 자들은 모조리 잡아 죽였고, 죽은 자들로 인해 부족해진 인력은 다른 땅의 민족들로 보충했다. 그것은… 마치 가축을 사육하는 것과 같았다. 무작정 몰살시키는 것보다는 그게 효율적이라 판단한 것이다.”

“강제 이주란 건가…….”

아무래도 맹획과 타가에겐 두뇌가 비상한, 그러면서도 악독한 군사들이 붙어 있는 모양이다. 오원의 비옥한 땅을 놀리지 않고, 곳곳의 불만 어린 부족민들을 강제로 데려와서 경작시킨다. 지속되는 약탈에 사람들이 죽고 도망치면, 그때마다 각자의 세력권 내에서 새로운 노동력을 끄집어내 충원한다.

그렇게 유지되는 오원은, 그야말로 마르지 않는 샘과 같다. 가증스럽고 불쾌한 일이지만, 기발한 발상이라 아니 말할 수 없었다.

“그래도 한계라는 것이 있었을 텐데?”

“맞는 말이다. 바로 지금이 그렇다. 오원에 가봤으면 알 거다. 이제는 남아 있는 사람이 거의 없다. 그나마 남아 있던 자들도 노동력으로는 쓸모가 없어져 버렸지. 왠지 아나?”

　단운룡은 그 답을 어렵지 않게 찾아낼 수 있었다. 그가 눈을 빛내며 되물었다.

　"역시 귀비산인가?"

　"그렇다. 오원 땅엔 제대로 일을 할 수 있는 사람이 거의 없다. 거긴 이미 죽음과 광기의 땅이나 다름없다. 강제로 이주해 온 부족민들까지도 가축처럼 사육되는 것을 견디지 못한 채 귀비산에 찌들어 버렸다. 때문에 오원의 생산력은 예전 같지 않다. 그야말로 처참한 수준이지."

　마침내 구체적인 그림이 그려지고 있었다. 마건위를 만나기 전까지만 해도 모르는 것투성이었지민, 이젠 비어 있던 조각들이 비로소 하나하나 채워지고 있었다.

　"생산력도 잃어버렸다. 귀비산에 찌든 노동력으론 할 수 있는 것이 없다. 그럼 오원에 남은 것은 중원으로 향하는 전술적인 통로라는 의미밖에 없다는 건데……. 그럼 거기 세워진 요새도 그걸 위해선가?"

　"잘 봤다. 그 요새의 이름은 일원요새(一元要塞)다."

　"일(一)과 그 원(元)이라. 설마하니 일각수와 원마왕의 첫 글자를 딴 건 아니겠지."

　"불행히도 그게 정답이다. 철저하게 조롱당한 셈이지. 일원요새는 그 이름처럼 두 세력이 오원에 세운 합동 진지다. 세워진 지는 오래되지 않았어. 세워진 이유는 명백하다. 오원이 필요하기 때문이다. 호시탐탐 북쪽 진출을 노리는 맹획이나, 명 제국 뒤꽁무니에 칼 한 번 쑤셔보려는 원마왕이나, 중원을 도모한다는 점에서는 다를 게 없다. 놈들의 관계는 단순하지 않아. 그렇게 공통의 목표를 가지고 있으면서도 남부 몇몇 지역에선 아직도 서로 칼을 겨눈 채 치열한 싸움을 계속하고 있다. 오랫동안 힘을 겨뤄 왔던 관성을 지울 수가 없는 까닭일 것이다. 하지만 그렇게 피 튀기며 싸움이 있을지라도 오원 땅에서만큼은 부딪치지 않는다. 두 세력 간의 중요한 협정이나 거래도 오원을 통해서 이루어지지. 다른 데서는 이를 갈아도 오원 땅에서만큼은 동반자 입장이란 거다. 둘 모두 세력 확장의 측면에서 보자면, 남쪽은 이미 포화 상태야. 더 얻을 게 없어. 중원 진출만이 해답이고, 그때가 임박해진 지금, 일원요새는 두 세력의 충돌을 막는 완충(緩衝) 역할을 한다고 볼 수 있다."

오원이 어쩌다가 그런 꼴이 되었나. 들으면 들을수록 화가 난다. 무너지고 약탈당한 것으로도 모자라 적들의 야합 장소로 전락해 버렸다는 이야기다. 단운룡은 굳어진 표정을 숨기지 못했다. 그가 숨을 한 번 깊게 들이쉬고는 천천히 입을 열었다.

"좋아. 다 좋다 이거다. 그런데 어째서 그런 곳에 허유가 있는 거냐?"

가장 중요한 질문 중에 하나다. 마건위가 답했다.

"놈은… 배신자다."

듣고 싶지 않았던 대답이었다. 어느 정도 짐작했고 예상했던 바다. 믿고 싶지 않은 대답이기도 했다.

"허유는 오원을 지켜왔던 자다. 그게 변했을 거라곤 생각되지 않아."

"네놈이 틀렸다. 놈은 오원을 배신했고, 스스로를 배신했다. 놈은 길을 잃었어. 더 이상 네놈이 알고 있는 늑대가 아니다. 그러니 행여나 놈을 만난다 해도 그놈의 말만큼은 듣지 않는 게 좋을 거다. 누굴 물어뜯어야 하는지조차 잊어버린 미친 늑대일 뿐이니까.”

요새에서 보았던 허유의 모습을 다시 한 번 떠올려 보았다.

‘미친 늑대라……’

어쩌면 마건위의 말이 맞을지도 모르겠다. 단운룡을 만나서 보여준 그의 행동은 분명, 미친 것이 아니고서는 설명이 되지 않는다.

“놈들, 원 기병들 사이에서… 경포족을 보았다. 그들도 배신한 건가?”

“세월은 많은 것을 바꾼다. 늑대가 우릴 배신한 것처럼, 우리 경포족 사이에서도 변절자라는 게 생기고 말았다.”

교활하기만 했던 늙은 뱀의 목소리엔 고통과 슬픔, 안타까움이 함께하고 있었다.

이런 놈도 이런 감정을 느끼는구나 싶다. 그의 말마따나 세월을 참으로 많은 것을 바꿀 수 있는 모양이다.

“경포족뿐 아니라 아창족도 있던데.”

“어느 부족이든 마찬가지다. 선택은 간단하다. 저항하느냐, 그렇지 않느냐. 둘 중 하나일 뿐! 그들은 저항을 멈춘 전사들이다. 더 강한 힘에 복속되어 버리는 쪽을 택한 거다.”

“강제로 옮겨온 자들인가?”

“맞다. 거의 모두가 그렇지.”

“원래 있던 오원 전사들은?”

“…이미 보았을 텐데.”

단운룡이 동굴 바깥쪽으로 고개를 돌렸다.

"설마하니 저들이… 다인가?"

"그렇다."

단운룡은 상당히 놀랐다. 아니, 상당히 놀란 정도가 아니라 꽤 큰 충격을 받았다.

"정확한 숫자는?"

"오십 하고도 세 명 더."

"쉰세 명이라……."

헛웃음이 먼저 나온다.

허무하고도 허망하다.

사망산에 또아리를 틀었다기에 최소한 수백 명은 모여 있으리라 생각했었다.

그런데 그게 다란다.

단운룡은 이 골짜기에 처음 당도했을 때 눈에 비쳤던 모든 것을 지금 이 동굴 속에서도 그림 그리는 것처럼 생생하게 그려볼 수 있다. 기억력이 좋아서가 아니다. 그것은 그만큼 그 광경이 충격적이었던 까닭이었다.

동굴 몇 개, 나무 그늘을 집 삼아 모여 있는 이곳은, 급하게 꾸민 야전진지만도 못한 상태다. 전사들은 더 심했다. 병장기도 얼마되지 않고, 입고 있는 옷가지도 제대로 된 게 없다. 아창족과 화니족들이야 열외로 친다고 하자. 아창족들이야 옷을 어떻게 입든 싸울 때 편하면 그만이었고 화니족 전사들이야 원래부터 웃통을 벗고 다녔다지만, 납서족은 그렇지 않았다. 그들은 싸움터에서도 의관을 제대로 갖추는 민족이다. 하지만 아까 본 남 선생은 어땠던가. 단운룡은 남 선생이 그렇게 지저분한 옷을 입은 것을 본 적이 없다. 적어도 십 년 전엔 그러지 않았다.

'고작 오십 남짓…….'

숫자를 따져 보면 더 절망적이다. 부상당하거나 나이가 많아서 당장 싸울 수 없는 이들을 빼고 나면, 오십도 안 된다는 이야기였다.

'전사들… 적은 숫자. 한계에 이른 모습…….'

동굴 바깥의 전경을 그려보다가 한 가지 사실을 더 깨닫는다. 단운룡이 물었다.

"여자들은? 여자들이 왜 없지?"

마건위가 즉각 대답했다.

"우린 싸우기 위해 여기에 있다."

많은 의미를 내포한 대답이었다.

단운룡이 짚어냈듯, 이 골짜기엔 여자가 없었다.

나무 옆에 경계를 서던 네 명, 동굴 바깥을 지킨 다섯 명, 축사 향을 만들어 태우던 두 명, 어디에도 여자들은 보이질 않았다. 여자들만 없는 게 아니다. 노인도 없고 아이들도 없다. 이곳에는 오직 전사들, 절망에 물든 전사들뿐이었다.

'여자와 노인들……. 대체 우목은 뭘 하고 있는 거였지?'

여자와 노인들을 떠올리자니 저절로 우목에게까지 생각이 닿는다.

우목, 마군주는 일원요새를 쳤고, 여자와 노인들을 수레에 싣고 사라졌다. 우목 쪽엔 여자와 노인들이 있다는 뜻이다. 그것은 곧, 우목이 보는 것과 마건위가 지향하는 것이 다르다는 뜻이기도 했다.

"마군주를 보았다. 일원요새의 병사들과 싸우고 있었지. 노인과 여자들을 수레에 싣고서 도망치고 있었다."

"아직도 그러고 있나? 그 애송이도 여전하구만."

마건위가 피식 웃었다.

교활했던 늙은 뱀, 그의 입가에 어린 것은 이제 명백한 비웃음이다. 의아함이 짙어진다. 단운룡이 물었다.

"그건… 뭐였지?"

"그것은, 쓸데없는 짓이다."

마건위의 대답은 단호했다.

"마군주 그놈은 머리가 비상하다. 그건 나도 인정하는 바다. 머리만 비상한 게 아니라, 싸움 실력도 제법이지. 하지만 그게 무슨 의미가 있을까? 제아무리 능력이 있다 한들, 엉뚱하기 짝이 없는 일에 힘을 쓰고 있는 마당에."

"수레에 싣고 간 자들이 누구이기에?"

"그들은, 누구도 아니다."

"……?"

"노인과 여자들일 뿐이다. 눈치 못 챘나? 그들은 몸조차 제대로 못 가누는 자들이다. 수레가 필요한 이유가 뭘까. 뛰어서 도망칠 기력도 없다는 뜻이다."

'몸조차 못 가눈다……?'

또 그거다. 단운룡의 눈에 기광이 스쳤다.

"귀비산… 중독자들?"

"그래. 그들은 귀비산에 찌들 대로 찌든 이들이다."

'어째서? 무슨 이유로?'

단운룡의 머리가 빠르게 회전했다.

지금까지 들었던 오원의 상황부터 일원요새가 세워진 목적, 지금 이곳 사망산 오원전사들의 참담한 몰골, 피폐했던 우목의 얼굴까지, 보고 들은 모든 게 하나하나 눈앞을 스쳤다.

'마군주의 전사들은 젊었다. 이곳에 있는 전사들과는 달라.'

이윽고 하나의 가정, 하나의 결론이 단운룡의 머릿속에 자리 잡는다. 그가 마건위에게 물었다.

"마군주의 마군은… '이주자' 들이지?"

"그렇다. 놈들은 타가와 맹획에 의해 오원에 끌려온 전사들이었다."

"그걸 마군주가 끌어들인 거고?"

"그래. 애초부터 반항할 준비가 되어 있었던 팔팔한 놈들이다."

"마군은 귀비산에 찌든 여자들과 노인들을 오원에서 빼내고 있다. 그게 무슨 뜻인지 모르지는 않을 텐데."

"물론 알고 있다."

"그렇다면 다시 묻겠다. 그 노인들과 여자들. 당신은 진실로 그들이 아무것도 아니라 생각하나?"

"이미 대답했다. 그들은 누구도, 아무것도 아니다."

"그게 마군 전사들이 싸울 수 있는 원동력임에도?"

"마군의 전사들은 어리다. 어린 전사들을 움직이는 것은, 본래부터 아주 단순하기 마련이다. 구출 작전이란 하나의 구실일 뿐이야. 마군주는 오원에서 망가진 여자들과 아이들을 구해낸다는 핑계로 어린 전사들을 통제하고 있다. 사실, 그리 나쁘진 않은 방법이다. 어린 전사들 입장에선, 자신들이 아주 숭고한 무언가를 하고 있다는 착각을 하게 될 테니까."

"그건 착각이 아니다. 그것이야말로 전사들이 마군주를 따르는 이유야. 당신이 아니라."

짧은 시간, 단운룡은 거기까지 파악하고 정곡을 찔렀다. 하지만 뱀의 눈동자는 흔들리지 않았다. 깊고도 교활한 사안(蛇眼)에서 나오는 빛은 단운룡의 번쩍이는 용안(龍眼)에도 누그러들지 않았다. 마건위가 나직한 목소리로 말했다.

"뭐가 중요한지도 모르는 애송이들은 필요없어."

"뭐가 중요한지도 모르는 게 누구지?"

"사람을 구한다? 그게 중요한가? 그들이 구해오는 사람들은 보기엔 그럴듯해 보이지만 사실 아무런 의미가 없다. 여기는 낭만을 찾는 강호가 아냐. 여긴 사람이 죽어나가는 전쟁터다."

"강호에서도 사람이 죽어나가긴 마찬가지야."

"억지 부리지 마라. 네놈도 알 거다. 여자와 노인들이란 구해오는 족족, 전사들의 짐이 될 수밖에 없다. 어린 전사들은 그걸 모른다. 여자와 노인들은 전사들에게 줄 수 있는 게 없다. 전사들에게 잠시 동안의 만족을 줄 순 있어도, 싸움에 도움이 되진 않는다는 말이다. 그들은 싸울 수조차 없으면서 요구하는 것만 많지. 그들에겐 잘 곳이 필요하고 먹을 것이 나오는 대지가 필요하다. 땅만 있다고 되는 게 아냐. 누군가는 그들의 몸을 지키고, 그들의 땅을 지켜줘야 한다. 구해오는 것만으로 해결되는 게 아니란 말이다. 하지만 마군에겐 그들을 지킬 여력이 없다."

"여력이 없어? 왜지? 숫자가 적기라도 하나?"

"수는 꽤 되지. 전사들의 숫자만 이백은 헤아릴 것이다. 하지만 마군주는 일원요새를 지나치게 들쑤셔 놓았다. 타가와 맹획의 신경을 거슬릴 대로 거슬러 놓았다는 이야기다. 맹획의 정예병들이 움직이기 시작한 것도 한 달째야. 타가라고 가만히 있을까? 본진의 기병들을 움직이기 시작했다는 소문이 있다. 그들은 일원요새를 공격할 수 있지만, 타가와 맹획의 공격을 방어하진 못해. 마군은 조만간 몰살을 면치 못한다는 뜻이다. 그렇기에 의미가 없다. 지켜주지 못할 거였으면 구해오지도 말았어야지. 게다가 그들이 빼내온 사람늘은 귀비산에 찌든 이들이다. 십중팔구는 귀비산 중독에 의한 금단현상을 견디지 못한 채 죽어나가고 말겠지. 내가 마군주란 애송이 놈을 인정하는 이유는 한 가지밖에 없다. 지킬 수도 없는 환상을 손에 쥐고서 잘도 버텨왔다는 것. 그것 외에는 그놈을 인정할 이유가 없다."

차분했던 목소리가 점점 빠르고 고조되더니 마지막에 이르러서는 꽤나 격앙된 감정까지 드러낸다. 긴 이야기. 친우에 대한 이야기를 들으며 단운룡은 비로소 느낀다.

그랬구나. 그랬었구나.

한 손에는 젊은 전사들의 열정을 쥐고, 다른 손에는 지키기도 어려운 사람들의 목숨을 들었다. 참으로 힘들었겠다. 네가 보여준 절망의 이유를, 그토록 화를 냈던 이유를, 이젠 조금이나마 알 것 같은 기분이 든다.

"잘 들었어. 하지만 그래도 당신은 틀렸어. 전사들을 모아 백 번이고 이백 번이고 싸움을 지속해 본들, 그 끝에 있는 것은 죽음뿐이야. 여자와 아이들은 앞으로의 삶을 꾸려갈 원천이며, 노인들에겐 지나온 삶의 지혜가 있다. 그들은 대지를 경작하고, 전사들에게 용기를 주며 주어진 생명에 활력을 준다. 당신과 마군주는 보는 게 달라. 그는 삶을 본다. 오원을 재건하기 위해 해야 할 일을 할 뿐이다.”

“오원의 재건이라고?”

“그래.”

단운룡의 대답에 마건위는 웃었다.

“하! 카하하하하하!”

고개를 젖히고, 앙천광소를 내뱉는다. 그것은 우목이 구군평 하늘 밑에서 단운룡에게 보여줬던 그때의 웃음과 무섭도록 닮아 있었다.

“우습고도 우습도다! 그 시절 소마군 꼬맹이가, 마군주의 미련함을 보고도 이 나의 앞에서 오원의 재건을 논하다니!”

마건위의 늙은 얼굴에 그늘이 졌다. 오원의 패망을 지켜봤던 지도자에게 있어, 재건이라는 말이 지니는 의미는 결코 가벼울 수가 없었으리라.

“그렇다면, 당신은… 오원의 재건을 생각하지 않는 건가?”

“보고도 모르나? 오원은 이미 멸망했다.”

“그럼 당신이 싸우는 이유는 뭐지?”

“네놈 말대로다. 마군주와 나는 보는 게 다르다! 마군주는 삶을 본다고 했던가? 아니다. 마군주는 헛된 꿈을 보고 있다. 하지만 나는 현실을 본다. 난 전사로서의 긍지를 보고 있다. 우린 오원을 지켜왔던 전사다. 나는 끝까지 그걸 지킬 것이다.”

"싸우다가 죽으려는 거로군."

"당연하지. 오원은 망했지만 나는 증명해야 한다. 우리가 이곳에 있었음을!"

마건위는 당당했다.

거기엔 어떠한 음험함도, 어떠한 교활함도 없다.

어릴 때부터 마음에 들지 않았던 자였지만, 인정해 줄 것은 인정해 줘야 한다.

수많은 희생을 치렀고 남겨진 사람들에게 지울 수 없는 상처를 주었건만, 오원을 지키려고 했던 마음만큼은 진짜라는 뜻이었다.

'그래. 그게 문제라는 거지.'

그렇다. 그것을 인정하는 순간, 단운룡은 그를 가로막고 선 불편한 진실의 벽을 대면해야만 했다.

오래전 단운룡은 다짐했었다. 마건위, 마사충. 친구들을 죽음으로 몰아넣었던 모든 자들에게 책임을 묻겠다고.

마건위는 소마군을 팔아넘겼고 소마군의 친구들은 그로 인해 죽었다. 그것만 보자면 마건위는, 죽여야 할 대상이 분명했다.

하지만 그것이 그 일의 전부는 아니다.

단운룡은 알고 있었다.

모든 진실은 보는 시각에 따라 판이하게 달라질 수 있는 법.

마건위가 소마군을 버린 이유는 다른 것이 아니다. 오직 하나, 오원의 이득을 위해서다.

꼭 그래야 했었냐고 물을 수도 있다. 소마군을 버리지 않고 다른 길을 취할 수는 없었던 것이었느냐고 따져 볼 수도 있을 것이다.

의미없는 짓이다.

백 번을 다그쳐도 죽은 친구들이 살아 돌아오진 않는다.

그것을 알 만큼 성장해 버린 것이 문제라면 문제일 것이다. 마음으로 볼 수 있는 세계가 넓어지고, 세상을 담을 수 있는 그릇이 너무나도 커져 버렸다.

단운룡은 소연신의 제자다.

그에겐 무엇이든 제멋대로 할 수 있는 파격이 있었고, 모든 것을 파괴할 수 있는 광극의 무공이 있다. 그뿐이 아니다. 천의(天意)와 협의(俠義)를 가슴에 가득 품은 협제의 자질까지 함께하고 있다.

이토록 비참한 모습으로 뱀 소굴에 숨어 살며, 전사의 긍지를 말하는 마건위에겐 십 년 전의 살의를 품기가 쉽지 않았다는 뜻이다. 당장 죽이고 싶은 마음이 들다가도, 문득 눈을 감았다 뜨면 초라한 몰골의 고집 센 늙은이가 보인다.

오원의 지도자였던 그는 이제 없었다. 그가 얻고 누렸던 모든 승리와 영광들은 오원의 패망과 함께 귀비산이 주는 환상처럼 사라져 버린 지 오래였다.

마건위는 말했다. 후회한다고.

예전의 늙은 뱀이 할 수 있었던 말이 아니었다. 그는 변했다. 그때의 마건위였다면 그 어떤 실수를 했다 해도 잘못을 인정하지 않았으리라.

어쩌면 마건위는 이미 대가를 치른 것인지도 모른다. 몹시도 불편한 진실이다. 오랫동안 품어왔던 원한의 대상이 살의를 온

전히 일으킬 수 없을 만큼 변해 버린 것이 그저 당혹스러울 뿐이다.

“당신은 전사의 긍지를 말했다. 그렇다면 마군주를 돕는 것도 나쁘지는 않을 텐데?”

“마군주를 도와?”

마건위의 눈썹이 뱀의 몸뚱어리마냥 꿈틀 치켜올라 갔다.

“내 말하지 않았던가? 이미 늦었다고. 보다시피 우리 쪽도 눈과 귀가 막힐 대로 막힌 상황이라 놈들이 얼마만큼 가까이 왔는지는 모르겠다만, 내 확신하건대 마군주 쪽도 파국이 머지않았다. 타가는 정예기병을 출격시켰고, 맹획은 귀비혈사대(貴妃血死隊)까지 내보낸 상황이다.”

“귀비혈사대?”

“맹획의 정예병들을 일컫는 말이다. 놈들에겐 귀비신단이 있지. 그래서 그들의 이름도 귀비혈사대다. 귀비신단은 아까도 말했듯 전투력을 몇 배로 올려준다. 마군주는 절대로 그들을 막지 못할 것이다.”

“귀비신단이라면, 귀비산으로 만들었다는?”

“그렇다.”

“그것마저 빼앗긴 건가?”

“오원은 모든 것을 빼앗겼다. 회한평 양귀비 밭까지 통째로 넘어간 판에, 귀비신단이라고 예외일까. 일원요새가 세워진 또 하나의 목적이 그거다. 귀비신단을 대량으로 생산하는 것.”

“마약 병대라……. 요새의 병사들에게선 그런 느낌을 받지 못했었는데.”

“일원요새 내에서는 쓰지 않는다.”

“쓰지 않는다고? 어째서?”

“…모른다.”

마건위는 대답하기에 앞서 아주 잠깐 망설였다. 그러면서 오른손으로 잘려진 팔뚝을 한 번 쓰다듬는다.

단운룡은 거기서 드러난 위화감을 놓치지 않았다.

정말 모르나? 아니다.

뭔가를 숨기고 있는 느낌이었다.

하지만 일부러 캐묻지는 않았다. 중요한 것은 놈들이 귀비신단을 보유하고 있다는 것, 그리고 그들이 마군을 노리고 있다는 사실이다. 그렇다면 놈들의 전력을 아는 대로 파악해 두는 것이 먼저였다.

“일원요새에서 귀비신단을 생산한다면… 타가의 기병들도 그걸 쓰겠군?”

“아니다.”

“아니라고?”

“타가의 기병들에겐 귀비신단이 필요없다.”

“필요없다? 왜?”

“처음엔 놈들도 귀비신단을 탐냈었다. 지금은 다르다. 놈들에겐 무격(巫覡)이 있다.”

“무격?”

“기이한 사술을 쓰는 놈들이다. 강신술(降神術)이란 괴이한 술수를 사용하는데, 그걸 받은 기병들은 무섭도록 강해진다. 강신기마병(降神騎馬兵)의 힘은 중원의 내공고수에 준한다. 강신

술을 받은 장수(將帥)라도 만나게 되면 수라장을 헤쳐 온 우리
전사들로도 싸워볼 엄두조차 낼 수 없었다.”

　“술법… 인가…….”

　“그렇다.”

　지난 이 년 동안 숱하게 찾아다녔던 것이 그 술사(術士)란 족
속들이다. 그들은 신기하고도 기묘한 재주를 지녔다. 그런 재주
를 전투에 쓴다면? 마건위 말마따나, 이곳 전사들로는 감당하기
가 어려울 수밖에 없었다.

　“타가 측엔 술사가 있기에 귀비신단을 탐하지 않는다라…….
하면… 귀비신단이란 길 맹획 쪽에서 녹점한다는 이야기인
데…… 균형이 안 맞는 거 아닌가? 일원요새는 두 세력이 공동으
로 운영하는 것 아니었나?”

　“좋은 지적이다. 회한산 기슭에 대규모 마장(馬場)이 만들어
지고 있다. 일원요새의 인력은 귀비산 생산과 마장 유지, 양쪽으
로 나뉘어 쓰이지. 맹획 쪽에서 귀비신단을 가져가는 대신, 타가
쪽에서는 중원 진출을 위한 군마(軍馬)를 확보하겠다는 거다.”

　“가지가지 하는군.”

　회한평엔 양귀비밭. 회한산엔 마장(馬場).

　피가 거꾸로 솟을 일이다.

　치받은 분노로 두 사람은 한동안 말이 없었다. 기회를 보던 원
태가 이때다 싶었는지 조심스레 끼어들었다.

　“이번엔… 내 쪽에서 묻고 싶은 것이 있소만.”

　원태가 흠흠, 헛기침을 했다. 마건위가 그에게 시선을 돌렸다.
원태가 재빨리 말을 이었다.

“늦었지만 내 소개부터 하겠소. 내 이름은 원태요. 황실 금의
위에 몸담고 있소.”

“내가 바보인 줄 아나. 금의위에서 나왔음은 이미 알고 있었
다.”

마건위가 턱짓으로 원태의 가슴을 가리켰다. 정교하게 새겨
진 금의(錦衣) 두 글자가 가슴 위에 뚜렷했다. 누구라도 그의 신
분을 단숨에 알아볼 수 있을 표식이었다.

“혹시나 못 알아봐서 그런가 했소. 중원에선 백성들이 감히
똑바로 쳐다보지조차 못하는 글자이니 말이오. 확실히 이곳 사
람들에겐 황실이니 금의위니 하는 말도 큰 의미 없는 모양이
오.”

“그래서?”

“내 묻고 싶은 건 다른 게 아니오. 그 타가와 맹획이란 자들이
거느린 병사들의 숫자를 좀 알았으면 하오.”

“놈들의 군세를 말해달라? 그걸 내가 왜 가르쳐 줘야 하지?”

마건위의 반문은 다분히 공격적이었다. 애초부터 예의 따윈
차릴 생각이 없었기 때문이다.

“관아에 대한 불신이 어느 정도인지 모르겠다만, 황실 금의위
다섯 글자라면 놈들의 숫자를 알고 싶어하는 이유로는 충분하지
않겠소?”

“조금도 충분하지 않아. 허튼소리 지껄일 요량이라면 당장 사
라져 주는 게 좋을 거다.”

마건위의 대답은 실로 가관이었다. 원태가 기가 막힌다는 표
정을 지으며 이번엔 단운룡을 돌아보았다.

"난감하기 짝이 없군. 당신 주변은 왜 다 이 모양이오? 오원 출신들은 전부 다 이래야 하는 거요?"

당연한 이야기지만 단운룡에게서는 어떠한 대답도 돌아오지 않았다. 원태가 짧은 한숨을 내쉬고는 천천히 말을 이었다.

"이거 하나만 알아두시오. 내 비록 금의위 신분에 어울리지 않는 온갖 수모를 당하고 있긴 하오만, 내게 명령을 내린 분의 이름까지 가벼이 여겨서는 안 될 것이오."

원태의 목소리는 진중하고도 당당했다. 종전까지와는 사뭇 달라진 태도다. 마건위는 그처럼 자신만만해진 태도에 자못 흥미를 느낀 듯했다. 그가 비웃음을 흘리며 내꾸했나.

"이 친구가 뭘 모르긴 모르는군. 누구 이름을 댈 생각인지 모르겠지만, 잘 알아둬. 여긴 황자(皇子)의 이름을 대도 씨알조차 안 먹히는 곳이다."

"부르기도 까다로운 황자들 명칭이야 나로서도 관심 밖이오. 하지만 북위(北魏)라면 어떻겠소?"

"북위? 남북쌍위의 그 북위?"

"그렇소."

마건위의 눈이 번쩍 뜨였다.

북위라면 좀 이야기가 다르다. 원태의 말마따나 부르기도 까다로운 황자들이란 그저 별세계의 사람들일 뿐이다. 하지만 북위 위금화는 진짜 거물이다. 운남 구석 오원에서야 남위 해남 장문인 위원홍처럼 별세계의 사람이긴 매한가지였지만 말이다.

"금의위 대도독 위금화가 직접 명을 내렸다고?"

"그렇소. 운남의 동태가 심상치 않으니 조사를 해보라는 명령이셨소."

격앙되었던 마건위의 표정이 삽시간에 가라앉았다. 그가 고개를 설레설레 흔들며 입을 열었다.

"애송이 금의위 위사가 노부를 기만하려 드는군. 거짓말을 하려면 믿을 만한 거짓말을 해야지. 위금화와 같은 거물이, 고작 자네 같은 애송이에게 이곳 상황을 살펴보라 친히 명령을 내렸다고?"

원태의 검미가 한껏 치켜올라 갔다. 마건위가 흥미를 보인 것은 일보 진전이라 할 수 있었지만, 애송이란 말만큼은 불쾌해하지 않을 도리가 없다. 하지만 원태는 경망되이 분노를 표출하지 않았다. 그가 흔들림없는 목소리로 대답했다.

"그렇소. 틀림없는 사실이오."

"그게 사실이라면, 다른 위사들은 어디에 있나? 이곳 상황은 혼자서 조사할 만한 성질의 것이 아닐 텐데? 황실 금의위가 어떻게 일을 처리하는지는 모르겠다만, 필요한 정보를 취합하고 분석하려면 여러 위사들을 묶어서 파견해야 정상 아닌가?"

"맞는 이야기요. 보통 이런 임무를 맡을 땐 현지의 관아로부터 필요한 인력을 제공받는 것이 관례요. 하지만 현재 운남 관군의 지휘체계에는 다소의 문제가 있는 것 같았소."

"다소의 문제라고? 그 정도가 아닐 텐데."

마건위의 입가엔 명백한 비웃음이 머물러 있었다. 원태는 눈썹 하나 까딱하지 않았다. 마건위의 말엔 틀린 데가 없었기 때문이었다.

"후우, 그 말이 맞소. 솔직히 말하자면 현 운남 관군의 상태는

무척이나 심각한 수준이오. 지휘사사부터 첨사 아래까지 핵심부
는 전부 다 썩어 있소. 하지만 황실 입장에서도 환부에 당장 칼
을 들이대기가 어려운 상황이오. 북방 원 잔여 세력과의 전쟁 때
문에 제국의 군사력에도 여력이란 것이 없으니 말이오. 북방전
쟁이 극을 향해 치닫고 있는 만큼, 당분간 운남의 상황에 대해서
는 사실 황실에서도 우선적인 고려 대상이 아닐 거요.”

“그래서, 아쉬운 대로 파견한 것이 자네 같은 ‘일개 위사 나부
랭이’ 라는 말인가?”

뼈아픈 지적이었다. 원태가 씁쓸한 미소를 지으며 대답했다.

“당신 말을 들어보니 정말 그런지도 모르겠소. 그래도 보고는
해야 할 게 아니오. 자랑할 바는 아니오만, 내가 올리는 보고는
대도독께 직접 들어가도록 되어 있소. 이곳의 상황이 예상한 것
보다 심각하다면 재고의 여지가 있을지도 모르오.”

“재고의 여지? 기대도 안 해. 게다가 이미 한참 늦었어.”

마건위가 고개를 흔들었다.

독한 어조는 여전했지만 날 선 감정은 종전보다 꽤 누그러진
어조였다. 그것은 금의위 위사라는 원태의 태도가 그만큼 진실
되어 보였기 때문이리라.

“늦었다는 말은, 병력이 감당 못할 만큼 많아졌다는 말이오?”

“많아졌냐고? 언제 기준으로 말하는지는 모르겠다만, 당연히
많아졌겠지. 현재 원마왕의 병사는 일만을 훌쩍 넘는다. 몽고족
뿐 아니라, 변절한 한족들, 남부 여러 민족들을 병사로 부리고
있지. 단련된 기병 숫자만 해도 팔천을 족히 넘을 것이다.”

“파, 팔천이라……. 어떻게 그런……!”

　원태의 눈이 커다랗게 뜨였다. 원태뿐이 아니다. 단운룡도 적잖이 놀랐다.

　기병 팔천이라면, 지역적 특성으로 볼 때 실로 엄청난 숫자다. 뛰어난 지휘자가 병력 운용을 제대로 한다고 했을 때, 변방에 있는 성 하나 정도는 충분히 점령 가능한 숫자였다. 초원에서 북원과 전쟁 중이라는 현 상황을 이용한다면, 제국 전체에 꽤나 큰 타격을 줄 수도 있었다.

　"원마왕 타가뿐이 아니다. 맹획의 세력은 그보다 더 크지. 맹획은 야심이 큰 자다. 놈은 남쪽 대월국(大越國)의 호왕(胡王)과도 내통하고 있는 만큼, 언제든 뽑아 쓸 수 있는 병력이 이만은 족히 될 거다."

　"고작 여덟 달 만에 배로 불어나다니……."

　"여덟 달? 오호라, 춘절 무렵 관아의 비단제복을 입고서 이것저것 물어보면서 들쑤시고 다니는 한인(漢人)이 하나 있었다더니, 그게 자네였었군!"

　"그때는 그 정도가 아니었지 않았소? 아니, 그보다 이만이란 숫자를 어느 구석에서 동원한단 말이오."

　놀라는 것도 당연했다.

　운남 남부는 변방 중의 변방이다. 변방이라 함은, 달리 말해 사람 숫자가 적다는 것과도 상통한다. 원마왕 타가의 세력이야, 중원 전역의 몽고 잔당들이 몰려들어서 그 정도가 되었다고 치자. 하지만 그 옆에 있는 다른 세력이 만 단위의 병력을 갖췄다는 것은 납득이 어렵다. 무엇보다 놀라운 것은 그 성장 속도다. 원태가 마지막으로 이곳에 왔다 갔을 때만 해도 맹획의 세력은 최대 일만이 안 될 거라 했었다. 한데 일 년도 못 채운 시간 만에 두 배가 늘었단다. 이와 같은 변방에서 그 시간에 그 정도 병력을 만들려면 보통 지배력으로는 안 된다. 아까도 마건위가 이야기했듯 일개 소국(小國), 그러니까 국가 급의 힘이 아니고서는 불가능한 일이라 할 수 있었다.

"최근 들어 급속도로 늘었지. 북방 전쟁도 무관하진 않아. 시류를 잘 탔다는 게 맞겠지. 관군은 무기력해졌고, 원마왕의 세력은 날이 갈수록 불어났다. 지켜줄 관군은 감감무소식, 가만있다가는 흉포한 원 잔당들에게 먹힐 판이었단 말이다. 놈은 그 불안감을 적절히 이용한 거다. 외무의 악적이 또 다른 악적을 키워준 셈이야."

"심각한 줄은 알았지만 이 정도인 줄은 몰랐소."

"맹획은 야심이 큰 괴수다. 벌써부터 제 측근들에게 운남왕(雲南王)이라 불리고 있을 정도지. 무엇보다 위험한 것은 그자가 한족이란 점이다. 려족 출신이란 말도 있지만, 내가 보기에 놈은 분명 한족이야. 그것도 중원에서 정통 무공을 익히고서 이곳으로 흘러들어 온 자다. 그렇기에 놈이 할 수 있는 것은 원마왕보다 훨씬 더 많다. 원마왕은 몽고 출신이기 때문에 무슨 수를 써도 역천(逆天)의 굴레를 벗을 수 없다. 그는 군사를 모으는 것 자체가 황제에 대한 역모요, 하늘 아래 살아 숨 쉬는 것 자체가 제국에 대한 반란이다. 맹획은 그와 근본적으로 달라. 원마왕이 두려워서 주변 세력을 규합했다고 한다면 관에서는 그를 징치할 구실이 마땅치 않다. 상황에 따라 취할 수 있는 길이 한없이 많다는 이야기다. 지금처럼 남쪽 대월과의 상로를 틀어쥐고서 끝없는 부(富)를 축적할 수도 있을 것이요, 오원을 발판 삼아 운남 북부까지 도모할 수도 있겠지. 계속 북쪽으로 나아가다 보면 점창파라는 거대한 벽에 부딪치게 되겠지만, 글쎄, 창산이 구산(九山)의 하나라 해도 만 단위 무사들의 전진을 막기는 쉽지 않을 거다."

마건위가 지닌 군략가적 기질이 그대로 드러나는 분석이다. 이유도 합당하고, 결론도 명확하다. 맹획은 위험하다. 원마왕만큼이나. 아니, 어쩌면 원마왕보다 훨씬 더.

"장기적인 문제가 될 가능성이 농후하겠소. 대도독께는 내 확실히 보고드리리다. 상황이 이 정도라면 황실 쪽에서도 결코 가벼이 넘어가지 않을 것이오."

"황실 측이 나서준다면 뭔가 달라지기야 하겠지. 하지만 기대는 안 해. 우린 대명제국의 보호를 받은 기억이 없다. 우린 우리가 들고 있는 칼만 믿는다."

마건위는 끝까지 원태를 믿지 않았다.

다만, 만에 하나 정말로 이 애송이가 위금화란 거물에게 선이 닿아 있다면 황군의 개입이 현실이 될 수도 있다. 기대해 볼 건덕지가 생기는 것이다. 그때였다.

"황실이 나설 일은 없을 거다."

단운룡의 목소리다. 마건위의 시선이 가장 먼저 꽂혀들었다.

"그것은 또 무슨 말이냐."

"놈들은 절대로 운남을 벗어나지 못해."

"운남을 못 벗어난다고?"

마건위가 단운룡에게 물었다. 단운룡이 즉각 대답한다.

"그전에 죽어."

“누가?”

“타가와 맹획. 두 놈 다.”

마건위는 잠시 동안 굳어진 채로 단운룡을 쳐다보았다. 지쳐 버린 늙은 뱀이 고개를 설레설레 내저으며 입을 열었다.

“내가 지금… 잘못 들은 것은 아니겠지.”

“제대로 들은 게 맞을 거야. 늙으면 가는귀가 먹는다지만, 내가 보기에 당신은 그 정도까지 늙지는 않았어. 혹, 미쳤다면 모를까.”

단운룡이 자리에서 일어났다.

눈에서 뻗어 나오는 뇌광이 점점 더 밝아지고 있었다.

그가 마건위를 내려보며 말했다.

“원마왕 일만에 일각수 이만을 더하면 삼만이란 숫자가 나와. 오십세 명 전사들을 데리고 삼만 군사에 맞서 싸우겠다는 건데, 그건 이미 늙은 뱀이 아니라 미친 뱀이라 불려야 맞겠지. 미치지 않고서야 불가능한 일이거든.”

“……!”

“미친 뱀도 그러한데, 미친 늑대라고 사정이 없을까? 나는 말이지, 허유에게도 나름의 이유란 것이 있다고 봐. 그래서 하는 말인데, 이유야 어찌 되었든 다들 미쳐 버린 상황이니, 나는 유일하게 미치지 않은 놈을 찾아갈 생각이다.”

“미치지 않은 놈이라고?”

“마군주.”

“마군주? 그토록 이야기했는데도 모르겠나? 의미없는 일에 동참해 봤자 얻는 것은 아무것도 없어.”

파지지직.

마건위는 순간적으로 눈앞이 밝아진다고 느꼈다.

“당신이야말로 정말 뭘 모르는군…….”

눈동자에 머물렀던 뇌광이 전신을 둘러치기 시작한다. 그의 몸 전체에서 흘러나오는 뇌전이 어두운 동굴 속을 은은하게 밝히고 있었다.

“마건위.”

단운룡의 시선을 받으며 마건위는 순간적으로 자신의 두 눈이 타버릴 것 같은 느낌을 받았다. 단운룡의 목소리가 머릿속에 박히는 명령처럼, 아련하게 귓전을 울렸다.

“오원의 지도자였던 늙은 뱀. 내가 당신을 찾아온 진짜 이유가 뭔지는 아나?”

마건위는 대답하지 못했다.

답을 몰라서이기도 했지만, 답을 알고 있었어도 대답하지 못했을 것이다.

완전히 압도당했기 때문이다. 이건 그때의 영악했던 소마군 꼬맹이가 아니다. 근본적으로 뭔가 다른 존재 같았다. 말문이 막힌 채, 그저 단운룡을 올려보는 것밖에는 그가 할 수 있는 것이 아무것도 없었다.

“알 수가 없겠지.”

“…….”

“난 당신을 죽이기 위해서 이곳에 왔다.”

“날… 죽이기 위해서라고……?”

“당신뿐이 아냐. 당신 그리고 당신의 아들 마사충. 난 처음부

터 회한산에서의 죽음에 책임이 있는 모든 자들을 죽일 생각이
었다."

　"회한산……?!"

　마건위의 표정이 묘하게 변했다. 기억을 더듬는 늙은 뱀의 머
릿속에서, 타가, 그리고 나이만과 나눴던 하나의 거래가 스쳐 지
나갔다.

　"그때 그것은……!"

　"잠자코 들어라. 생각을 바꿨으니까."

　단운룡이 마건위의 말을 딱 잘랐다.

　두 사람의 시선이 허공에서 날카롭게 얽혀들었다.

　"난 지금 당장 당신을 죽이진 않을 것이다."

　단운룡의 시선이 위험스러운 전광(電光)을 토해냈다.

　늙은 뱀은 더 이상 단운룡의 눈빛을 맞받을 수 없었다. 태워
버릴 듯 짓쳐 오는 시선을 도저히 감당할 수가 없었던 것이다.
그가 단운룡의 시선을 피하면서도 끝까지 오기를 부렸다.

　"마치 내 목숨이 네놈 손아귀 안에 있는 것처럼 말하는구나!
타가도 맹획도 내 목숨을 빼앗을 수는 없었다. 이 마건위는 그렇
게 죽이기 쉬운 사람이 아니야!"

　단운룡이 엷은 미소를 지었다.

　그가 가볍게 상체를 숙이며 마건위의 눈을 쫓았다. 그가 마건
위의 눈동자를 똑바로 쳐다보았다. 번개를 품은 용안(龍眼)이 마
건위의 영혼을 꿰뚫었다. 마건위가 흡, 하고 숨을 들이켰다. 이
윽고 단운룡이 비밀을 알려주듯, 조용히 목소리를 낮추며 입을
열었다.

“당신 목숨은 말이지. 내 손안에 있는 게 맞아.”

“……!”

“마음만 먹으면 언제든 가져갈 수 있거든.”

단운룡이 손을 들어 천천히 감아쥐었다.

마건위는 그 접혀지는 손가락을 보며, 자신의 목숨이 그대로 쥐어 터뜨려지는 환상을 보았다. 두려움이 뱀처럼 스르르 기어 들어 와 심장 한쪽에 무시무시한 독니를 박아놓았다. 일찍이 느껴본 적이 없는 죽음의 공포였다.

“네, 네놈은…….”

“기억해. 나를 다시 만난 이상 당신 목숨은 이미 당신에게 없는 거나 마찬가지야. 하지만 이상하지? 아무래도 당신 목숨을 진정 끝내는 것은 내가 아닐 것 같다는 생각이 들었어. 당신은 싸우다 죽어라. 그게 당신이 저지른 일에 대한 속죄야.”

“속죄라니……! 나는… 죄를 지은 적이 없다!”

“그건 당신 생각이고.”

“소마군의 아이들은 오원을 위해 죽었다! 그들의 죽음은……!”

“그러니까 당신도 오원을 위해 죽어. 그러면 돼.”

지극히 담담한 어투였다.

말을 맺는 단운룡의 목소리에는 이제 마건위를 향한 어떠한 분노도 담겨 있지 않았다.

비로소 해방된 그다.

오래도록 간직했던 과거의 원한 하나가 마침내 하늘 저편으로 떠올라 사라진다. 죽이는 것만이 복수의 끝은 아닌 것이다.

“이야기를 끝내지. 마지막 질문이야. 마군주는 어디 있지?”

마건위는 순순히 말할 수밖에 없었다.

용의 비상을 경외하는 땅속의 뱀처럼, 마건위가 홀린 듯한 목소리로 입을 열었다.

"곤산(鯤山) 초림(艸林). 그곳이 놈의 근거지다."

"곤산이라. 좋은 곳으로 숨었군."

"대체 어쩔 생각이냐. 거기 가는 건……."

단운룡이 마건위의 말을 딱 잘랐다.

"맹획의 정예가 마군을 노리고 있다고 말했지?"

"그렇다."

"그것부터 막을 기다."

"혼자서 말이냐?"

단운룡이 슬쩍 뒤를 돌아보았다. 도요화가 그의 등 뒤에 서 있었다.

"둘이면 되겠지."

"고작 두 명이서 맹획의 정예를 막을 수 있을 것 같나? 이백 명은 족히 넘을 거다! 게다가 놈들에겐 귀비신단까지 있어!"

"왜? 도와주기라도 하려고?"

마건위는 대꾸하지 못했다. 말문이 막혔기 때문이다. 단운룡이 동굴 바깥쪽을 향해 몸을 돌리며 말했다.

"당신 도움 따윈 필요없어. 그리고 그 정도라면 혼자로도 충분해."

성큼성큼, 그가 걸음을 옮겼다. 도요화와 원태가 그의 뒤를 따랐다.

홀로 남겨진 마건위가 자리에서 벌떡 일어나더니 급하게 동굴 밖으로 따라 나왔다. 하지만 거기까지다. 그는 끝내, 단운룡을 불러 세우지 못했다.

단운룡은 빠르게 멀어지고 있었다.

주위를 지키던 전사들이 피폐한 몰골로 마건위를 돌아보았다. 잡지 말고 그대로 둘 것이냐는 뜻이었다.

마건위는 잠시 동안 갈등했다. 하지만 그에겐 단운룡을 붙잡을 명분이 없다. 명분만 없는 것이 아니라 능력도 없었다. 마건위가 전사들에게 손을 들었다. 그냥 세 사람을 보내주라는 신호였다.

세 사람이 숲 저편으로 사라졌다.

전사들의 시선이 다시금 마건위에게로 집중되었다. 전사들은 알고 싶어했다. 이 범상치 않은 방문의 의미를 말이다.

하지만 마건위는 그들에게 대답을 주는 대신, 스스로에게 질문을 던져야 했다.

이제 그는, 과연 어떤 선택을 해야 하는가.

마건위는 하늘을 올려보았다.

하늘은 대답하지 않았다. 빽빽하게 들어찬 검은색 나뭇잎 사이로, 햇빛 몇 줄기가 답답하게 비쳐들고 있었다.

제34장 계획(計劃)

당시를 되짚어보면, 운남과 관련된 황실의 행보에는 미심쩍은 부분이 많다.

운남 남부는 결코 방치할 만한 곳이 아니다. 남쪽 국경으로의 군사적 의미에서도 그렇고, 중앙의 지배력이 미치기 힘든 오지라는 점에서도 그렇다.

이런 곳에선 불온한 군벌이 자라나기 쉽다. 군벌이 세력을 얻기 시작하면 반란으로 이어지기 마련이고, 그렇게 되면 국가적인 손실이 발생할 수밖에 없다. 변방일수록 더 강력한 통제가 필요한 이유다.

북방전쟁으로 인한 군사력의 부족을 핑계로 삼기엔 그 정도가 지나친 감이 있었다. 그것이 지난 시절 운남 남부의 분쟁 상황에 대한 동창 및 정보기관들의 평가다.

관의 행사는 사실 무림서 집필에 있어 깊이 관여할 사안은 아니라고 할 수 있다. 나는 황실과 관아의 요구에 따라 역사를 쓰는 사가(史家)가 아니다. 황실 행보에 대한 실질적인 평가는 결코 내 몫이 아님을 밝혀둔다.

굳이 이 시기의 황실에 관심을 갖는 이유는 다른 것이 아니다.

당시 황실이 운남에 대해 보인 태도는 방치와 관망이란 표현 외엔 달리 설명할 길이 없다. 비단 황실뿐이 아니다. 무림도 그렇다.

제아무리 고립된 지역이었다 하더라도, 그 정도 싸움이 있었으면 이목이 집중되었어야 옳다. 하지만 무림의 눈은 운남을 향하지 않았다. 구파 중에 가장 가까이에 위치했던 점창파마저도 어떠한 움직임조차 보여주질 않았다.

지금에 와서 짐작컨대, 당시 운남에서 발생한 일련의 사건들에는 어떤 거대한 계획이 전제되어 있지 않았나 싶다. 이 시점에서 머릿속에 떠오르는 사람은 한 명뿐이다. 황실의 군사 운용에 직접적인 영향을 끼칠 수 있는 자. 그리고 무림 전체의 이목을 교묘히 조작할 수 있는 자. 역시 한 사람밖에 없다.

하지만…….

그 역시도 그 계획의 결과가 어떻게 드러날지는 예측하지 못한 것이 틀림없다.

신의 영역에 이른 자에 반하는 순수한 인간 역사의 쾌거라고 할까.

그의 오판은 그 자신에게도, 또한 나에게도 다시없는 경험이었으니.

천하의 이치는 누구도 짐작 못할 광대함을 자랑하고 있었음이라…….

한백무림서 난세편

천잠비룡황 中에서.

곧산까지는 꽤 멀었다. 질척한 사망산 골짜기를 빠져나와 구군평이 보이는 숲까지 돌아 나왔다. 때는 이미 야심한 밤이다. 노숙을 결정하고 불을 피웠다.

타닥, 타닥…… 나무 타는 소리가 기분 좋게 울려 퍼졌다. 작은 불꽃들이 따뜻한 오원의 밤하늘에 춤추는 궤적을 그려냈다.

"계속 동행하실 생각인가요?"

도요화가 물었다. 은근슬쩍 불 옆에 와 앉은 원태가 씨익 미소를 지었다. 그가 뜬금없는 반문으로 대답을 대신했다.

"그거 아시오?"

"……?"

"소저 쪽에서 먼저 말을 건 게 처음이란 사실 말이오."

장난기가 섞인 어투다. 친해져 보려는 시도 같았다. 하지만 도요화는 원태에게 동조해 줄 생각이 전혀 없었다. 그녀가 고저 없는 목소리로 즉각 답했다.

"예. 알고 있어요."

원태는 다소 당황한 듯했다. 예상했던 반응이 아니었기 때문이다. 도요화는 한술 더 떴다.

"소개가 좀 늦었군요. 인사드리죠. 제 이름은 도요화예요. 산동 제남 도고악당 출신이죠."

먼저 말을 걸었을 뿐 아니라 먼저 이름까지 밝혔다. 전에 없이 적극적인 태도다. 아니, 원래 그것이 그녀의 본모습일 것이다. 단운룡의 눈이 이채를 띠었다.

"아, 내 이름은 원태라고 하오. 금의위에 몸담기 전 강호에선 원공권이란 무명을 썼었소."

"견식이 짧아서 들어본 적은 없네요. 죄송해요."

인사치레로나마 들어본 적이 있다고 말해줄 수 있었을 것이다. 창피함과 무안함을 느낄 만도 했다. 그러나 원태는 조금도 그런 기색이 없었다. 그가 고개를 끄덕이며 당당한 목소리로 대답했다.

"죄송하게 생각할 필요 없소. 이전에도 그리 큰 명성을 얻지는 못했었으니 말이오. 더군다나 관(官)에 몸담기까지 했으니, 강호의 동도들이 잘 모르는 것도 당연한 일일 거요."

"불쾌해하지 않으신 것 같아 다행이네요. 그보다, 아까 드린 질문에 아직 답을 안 하셨는데요?"

"아! 동행에 관한 것 말이오?"

"예. 앞으로 어떻게 하실 생각이죠?"

"뭐, 가능하다면 일단은 계속 함께 움직였으면 하오만."

"목적은 이루신 것 아니었나요?"

"한쪽 말만 들을 수는 없는 것 아니겠소. 게다가 마건위란 늙은이는 어딘지 모르게 음험한 구석이 느껴졌는지라, 하는 말을 전부 다 믿기가 어려웠소."

"생각보다 신중한 구석이 있네요. 좀 순서가 이상하게 되었다만, 그럭저럭 일행이 된 거라고 생각할게요."

그녀가 잠시 말을 끊고 단운룡을 돌아보며 물었다.

"단 공자, 그래도 괜찮겠죠?"

"마음대로 해."

단운룡은 건성으로 답했다. 잘 나서지 않던 그녀가 이렇게 행동하는 데에는 뭔가 이유가 있을 것이라는 생각이 들었다. 아니나 다를까. 도요화가 재빨리 말을 이었다.

"좋아요. 허락이 떨어졌으니 그쪽과 우린 이제 한편이에요. 그래서 말인데, 한 가지 물어볼 것이 있어요."

"잠깐. 잠깐."

"……?"

"물어볼 것이고 뭐고 다 좋소. 하지만 내 쪽에서도 먼저 짚고 넘어가고 싶은 게 있소."

"그게 무엇이죠?"

"소저는 지금 허락이 떨어졌다 말했소. 대체 두 사람 관계가 어떻게 되는 거요?"

중원에서 오원까지. 먼 거리, 긴 시간을 따라왔다.

제아무리 자유롭다는 무림강호에서도 남녀가 유별함에는 예외가 없다. 남녀가 숙식을 함께하며 노상 붙어 있다는 건 보통 일이 아니다. 누가 봐도 오해의 소지가 다분한 일이었다. 하지만 원태는 이들이 보통 남녀와 다르다는 사실을 잘 알고 있었다. 원태는 줄곧 두 사람을 봐왔다. 두 사람은 원태가 따라오고 있음을 알면서도 숨거나 따돌리려 한 적이 한 번도 없었다. 낮이고 밤이고 마찬가지다. 신체적인 접촉은 고사하고, 대화조차 거의 없는 것 같았다. 무슨 관계인지 궁금해하는 것도 당연했다.

"우리 관계가 어떤 거냔 말이죠?"

"그렇소."

"그건 저보단 단 공자에게 여쭤봐야 될 것 같네요."

도요화가 대답을 단운룡에게로 미뤘다.

단운룡이 불꽃 너머로 그녀의 시선을 받았다. 천잠보의를 찾아다니던 시절 같았으면 단운룡에게도 쉽지는 않은 질문이었을 것이다. 하지만 지금은 그때와 달랐다. 지금의 그에겐 너무나도 명쾌한 답이 있었다.

"간단해."

단운룡이 엄지손가락으로 스스로를 가리키며 짧게 말했다.

"나 문주."

그다음엔 검지로 도요화를 가리킨다.

"문도."

그게 전부다.

"아!"

원태가 나지막이 탄성을 터뜨린다. 그렇다면 그럴 수도 있다. 그동안 가져왔던 궁금함도 단숨에 해소가 된다.

“……?”

의아함도 있다. 그건 도요화의 몫이다. 그녀가 물었다.

“문파요?”

“그래.”

“……?”

이번엔 원태가 의아함을 지닐 차례다. 문주와 문도라기에 그렇구나 했다. 한데, 도요화의 반응은 자신이 문도였는지도 몰랐다는 투다. 원태가 두 사람을 번갈아 돌아보았다.

“무슨 문파 말이죠?”

“아직 이름은 못 정했어.”

단운룡이 대수롭지 않게 말했다. 도요화는 잠시 동안 입을 열지 못했다. 이내, 뭔가 생각을 정리한 듯 천천히 묻는다.

“그럼… 그들도?”

“그들?”

“엽 검사, 막야흔, 운거모사… 그런 사람들 말이에요.”

“맞다.”

단운룡의 대답은 짧았고, 즉각적이었다. 도요화가 고개를 두 번 끄덕이고는 큰 눈동자를 반짝이며 다시 물었다.

“나도 그중 하나란 말이네요?”

단운룡이 고개를 끄덕였다.

“…그래서, 문파가 추구하는 목적이 뭐죠?”

“협(俠).”

똑같이 즉각적인 대답이었지만, 뭔가 다르다. 그것은 준비되고 계획된 대답이 아니었다. 조금 더 근원적이고 순수한, 그야말로 본능적인 대답 같았다.

"협(俠)··· 말인가요······."

"그래."

"그럼 그 일도··· 협 안에 있는 거죠?"

단운룡은 그녀가 무엇을 묻고 있는지 잘 알고 있다. 그 일이라 함은 곧, 신마맹을 물리치는 것. 다름 아닌 그녀의 복수를 뜻함이다. 단운룡이 자신있게 답했다.

"물론이다."

"그럼 됐어요."

원태로서는 절대로 이해할 수 없는 대목이었을 것이다. 그녀가 이 년 전에 잃어버렸던 미소를 지으며 말을 이었다.

"문파. 강해지면 좋겠네요."

"보게 될 거야."

그것은 단운룡이 주는 굳은 약속이었다. 그녀가 고개를 끄덕이며 그 약속을 받았다.

그녀가 이번엔 원태를 돌아보았다. 그녀가 물었다.

"아까 이야길 마저 하죠. 내가 원 위사에게 묻고 싶은 건 한 집단에 대한 거예요."

"어떤 집단 말이오?"

"혹시, 신마맹이라고 아나요?"

원태의 얼굴이 굳어졌다.

"이름은··· 들어본 적이 있소만."

"이름 말고 다른 건요?"

"자세한 것은 모르오. 불온한 무리란 것 외에는."

"금의위라면서요. 그때도 기밀 정보 운운하지 않았었나요?"

도요화의 지적은 제법 예리한 데가 있었다.

그녀가 그에게 말을 걸었던 이유가 바로 그거다. 그녀가 원태에게 개인적인 관심이 있었을 리 만무하다. 그녀의 관심사는 오직 하나다. 복수의 대상인 신마맹 외엔 없었다.

"그때 내가 가지고 있었던 것이 기밀 정보였던 것은 틀림없는 사실이오. 하지만 신마맹에 관한 정보라면… 정말 나는 알고 있는 게 없소."

단운룡이 문득 고개를 든다.

불꽃을 사이에 누고 단운룡의 눈빛이 그를 향해 박혀들었다. 원태의 대답이 단운룡의 신경을 건드린 게다. 단운룡이 물었다.

"진짜 몰라?"

원태가 도요화에게서 단운룡에게로 시선을 돌렸다. 그가 미간을 좁히며 대답했다.

"이미 말하지 않았소. 신마맹에 대한 정보는 기밀 중의 기밀이오."

"나와 사부에 대해 알고 있으면서, 신마맹에 대해서는 모른다고?"

"이제 와서 말하는 거지만, 위험도 특정불가의 인물들에 관한 정보 열람은 사실 내 권한을 까마득히 벗어난 일이었소. 내게 허용된 문건은 그 문건 하나가 전부였을 뿐이오. 게다가 그것마저도 그 객잔을 빠져나오며 파기해야만 했소."

"이왕 말이 나온 김에 묻겠어. 그거 누가 준 거지?"

"누가 준 거냐니, 그게 무슨 말이오? 당연히 금의위에서 나온 문건 아니겠소.”

“무슨 말인지 알잖아.”

“무슨……?”

“준 사람을 말해.”

원태의 얼굴이 창백하게 변했다. 신마맹의 이름을 들었을 때보다 열 배는 인상적인 반응이다. 단운룡이 단정적으로 말했다.

“역시, 위금화가 아니었군.”

“……!”

“난 말이야. 일부러 생각하지 않으려 했어. 언젠가는 이곳에 와야만 했던 거고, 분명 이곳엔 내가 할 일이 남아 있었으니까. 한데, 아무리 생각하지 않으려 해도 말이지 도저히 멈출 수가 없더라고. 누군가 날 일부러 이곳에 보낸 거라는 느낌이 지워지질 않는 거야. 오원이 이 모양이 된 이때에, 당신이란 자가 갑작스레 나타났어. 그게 과연 우연일까? 난 그렇게 생각 안 해. 절대로 우연일 리가 없지.”

단운룡의 어조는 단정적이었다. 원태의 눈동자가 가볍게 흔들리고 있었다. 단운룡이 이내 천천히 말을 이었다.

“일을 꾸민 자가 있을 거야. 내 과거를 알고, 내 행동을 예측할 수 있는 누군가가. 사부는 아냐. 사부는 이런 식으로 행동 안 하지. 사부가 아니라면 대체 누굴까. 북위 위금화? 내가 남위를 만난 적이 있어서 아는데, 남위와 북위가 같은 수준이라면 글쎄, 그 이름만으로는 그렇게까지 큰 감흥이 안 와. 무엇보다 우리 사부에 관한 건 말이지. 온 강호와 황실을 통틀어서도 간단히 취급할 수 있는 인간이 몇 명 없어야 맞거든. 게다가 그 두루마리엔 철위강에 관한 이야기까지 있었어. 위금화가 명성이 제아무리 대단하다 한들, 사패 두 사람의 이름을 가지고 수작을 부릴 배포 는 없겠지. 간이 배 밖으로 튀어나오지 않고서야 어림없는 일이 야. 그래서 내 확신하건대, 그 두루마리는 위금화가 준 게 아닐 거야. 그렇지?"

원태가 두 눈을 질끈 감았다.

그는 망설였다. 꽤 오랫동안.

이미 그것으로 대답은 나온 셈이다. 입을 연 것은 이미 알고 있는 답의 확인에 불과했다.

"그렇소. 그분이 아니오."

"그럴 줄 알았어. 사실, 그 문건 칠십일이니 칠십이니 하는 번 호조차 의심스러워. 짐작컨대 그건 금의위 공식 문서도 아니었 을 거다. 황실에서도 최고위 몇 명만 열어볼 수 있는 사문서(私 文書)에 가까웠겠지. 난 그걸 묻고 있는 거야. 그 위에 있는 놈. 당신을 나에게 보냈고, 날 오원으로 돌아오게 만든 자! 그자가 누군지 말이다."

"나는… 말할 수 없소."

"그렇지 않을걸."

당장이라도 손을 쓸 기세다. 찌릿찌릿한 기운이 원태의 전신 을 압박한다. 원태가 이를 악물며 되물었다.

"지금 그거, 협박이오?"

"협박 맞아."

"미안하지만 그런 협박은 통하지 않소."

"통하나 안 통하나는 두고 보면 알겠지."

"그런 뜻이 아니오."

"……?"

"말할 수 없다는 것은 가르쳐 줄 것이 없기 때문이오. 나는 그 사람에 대해 아는 것이 아무것도 없소."

"말도 안 되는 소리. 명령을 받았으면 같은 금의위일 것 아냐?"

"금의위는… 맞소. 아마도 맞을 것이오."

"그건 또 무슨 말이야."

"그 사람은, 금의위 내에서도 특별한 존재요. 누구도 그에 대해 묻지 못하고, 누구도 그에 대해 언급할 수 없소."

"이름은? 설마하니 이름까지 모르는 것은 아니겠지."

"정확한 이름은 들은 적이 없소. 다만……."

"다만?"

"진 대인이라고 부르는 것을 들은 적이 있긴 하오."

'진 대인?'

단운룡의 머릿속에 번쩍이며 스쳐 가는 것이 있다. 단운룡이 물었다.

"만난 적은 있나?"

"한 번. 그 두루마리를 받았을 때 보았소."

"강해 보이던가?"

"아마도 그럴 것이오."

"아마도……?"

"외양부터가 실로 예사롭지 않은 남자였소. 한쪽 귀에는 마치 낭인무사라도 되는 양 붉은색 귀고리를 했는데, 그런 장신구에도 불구하고 드러나는 기품이 대단히 고귀하게 느껴졌소. 사람 같지 않은 요사스러운 기운까지 풍기는 것이, 인세에 존재하는 인간이 아닌 것 같았소."

"강하다는 이야기군."

"아예 무공을 익히지 않았거나, 절대의 무공을 지녔거나, 둘 중의 하나라 보오. 내 수준으로는 도저히 그 사람의 기량을 가늠할 수가 없었소."

쩨나 인상적인 평가다.

인세에 존재하는 인간이 아닌 듯한 느낌.

사부가 해줬던 이야기가 다시 한 번 머릿속을 스쳤다.

'진가주 진무혼에겐 진전을 이은 아들이 있다고 했었지. 이름이 진천이라 했던가.'

그 이름을 떠올리게 된 것은, 우연이 아닌 필연이다.

천하의 패권을 다투었던 네 명의 절대자에 대한 이야기.

사패에겐 각자의 후계자가 있으며, 천하엔 숨겨진 인재가 하늘의 별만큼이나 많으니, 하늘은 그 누구의 독주도 용납지 않으리라.

사부는 또한 말했었다.

광극진기를 완성하지 않고서는 진무혼의 후계자를 상대할 수 없을 거라고. 사부는 덧붙여 이야기했다. 단운룡과 진천의 만남은 결코 유쾌한 일이 되지 않을 거라고.

'사부. 사부 말이 또 맞겠어.'

단운룡이 원태를 노려보며 물었다.

"다시 만날 거지? 그 진 대인이란 놈."

"북경에 복귀하게 되면, 그렇소. 다시 만나게 될 것이라 생각하오."

"놈에게 전해. 난 누군지도 모르는 놈의 손바닥 위에서 노는건 사양이라고. 뭘 바라고 날 이곳에 오도록 유도했는지는 모르겠지만, 그놈이 바라는 대로 되진 않을 거야."

단운룡의 눈에서 뻗어 나오는 뇌광은 타오르는 횃불마저 삼켜버릴 듯 강렬하기만 했다.

흩날리는 불꽃 따라 피어나는 뇌룡의 살기는 온 천하를 갈라, 머나먼 북경에 선 진홍의 절대자에게까지 미치고 있었음이라.

한 사람이 한 사람을 알게 되고, 한 사람이 다른 한 사람을 의식하게 된 순간, 패자(覇者)의 인연은 그렇게 첫 발걸음을 내딛게 된다.

대지를 서기 전부터 예정되어 있던 그들의 미래가 마침내 수만 리 떨어진 공간을 초월하여 질기고 질긴 악연으로 이어지게 된 것이다.

곤산의 산길은 사망산보다 험했다. 뱀들이 없어서 다행이었다. 뱀들까지 우글거렸으면, 정말로 편치 않았을 게다.

산이 험해봤자 그들 정도의 고수들에게 얼마나 험하겠냐 싶지만, 곤산은 실로 만만치 않았다. 곳곳에 깔려 있는 함정 때문이었다. 살벌한 죽창 구덩이는 그나마 간소한 편이다. 시도 때도 없이 하늘을 가리는 칼날 달린 그물망하며, 소나기처럼 내리붓는 낙석 무더기까지, 각양각색 어느 하나 위험스럽지 않은 게 없었다.

“이런 곳을 잘도 지나다니는군그래.”

원태가 한숨을 내쉬며 조심스레 나무 넝쿨 하나를 뛰어넘었다. 넝쿨처럼 덩어리져 있는 것들은 그게 무엇이든 일단 안 밟는 게 상책이다. 어디가 푹 꺼질지 어디가 불쑥 솟아날지 알 수가 없었다.

“고수들에겐 안 통할 함정들인데요.”

“그야 그렇지. 하지만 안에 사는 인간들이 모조리 고수들은 아닐 거 아뇨.”

“다른 통로가 있겠죠.”

원대와 도요화가 주거니 받거니, 한마디씩을 주고받았다. 제법 대화란 것이 되고 있다. 서서히 예전 모습을 찾아가는 도요화였다.

“여기가 초림이다.”

단운룡이 멈춰 섰다. 허리까지 오는 잡풀들이 숲처럼 무리 지어 있는 골짜기였다.

“인기척이 없는데요.”

도요화가 주변을 두리번거리며 말했다. 그녀 말대로다.

널찍한 잡풀 숲 한가운데, 삼십여 개의 초옥(草屋)이 보였다. 하지만 그 어디서도 사람의 기척은 느껴지지 않는다. 허름하게 지어진 초옥들도 사람 없이 방치된 지가 오래된 듯, 기울어지고 망가진 것이 태반이다.

“속았군. 내 그 늙은이를……!”

초림 속, 버려진 마을을 둘러보며 원태가 중얼거렸다.

누구라도 그런 생각부터 들 것이다. 휑하게 텅 빈 마을에 사방을 채우고 잔잔하게 살랑거리는 잡풀들을 바라보고 있자면.

"여기가 맞아."

하지만 단운룡은 달랐다. 그는 마건위를 의심하지 않는다. 마건위는 옳게 가르쳐 줬다. 그의 감이 그렇게 말하고 있었다.

단운룡이 다시 한 번 주위를 돌아보았다. 뒤에는 함정이 즐비한 숲이 있고, 오른쪽엔 가파른 절벽이 가로막고 섰다. 왼쪽으로 치솟는 경사도 만만치 않다. 저 앞에 보이는 숲에는 뒤쪽과 마찬가지로 함정이 가득할 게다.

"땅 밑이군."

문득, 단운룡이 말했다. 불산에서 운거모사를 쫓아본 기억이 없었더라면 그렇게 빨리 알아채진 못했을 것이다. 단운룡의 눈이 왼쪽으로 경사진 바위 지형을 훑어가기 시작했다. 그쯤에 있을 게다. 마군의 군영(軍營)으로 이어지는 군문(軍門)이 말이다.

"입구다."

단운룡이 수풀 더미 하나를 헤치며 말했다.

동굴 하나가 모습을 드러낸다. 찾는 데 걸린 시간은 일다경 정도. 주변을 뒤진 이가 단운룡이라는 사실을 감안하면, 꽤 오래 걸린 셈이다. 누구라도 알아채기 힘들 만큼 완벽한 은폐라 할 만했다.

"어, 어이. 그냥 들어가는 거요?"

거침없이 동굴 안으로 발을 들여놓는 단운룡을 보며 원태가 목소리를 높였다. 조금은 조심해야 하는 거 아니냐는 뜻이다. 하지만 단운룡에게선 어떠한 대꾸도 돌아오질 않았다.

"여기서 기다릴 거면 그렇게 하세요."

도요화는 한술 더 떴다. 그녀가 단운룡을 따라 어둠 속으로 몸을 던지며 말했다.

'제길……!'

자존심 상하는 이야기였다. 그런 소리를 듣고 어떻게 밖에서 기다릴 수 있을까. 그녀를 따라 동굴로 성큼 발을 들여놓았다. 폭이 좁고, 높이도 낮았다. 허리를 숙이고 안력을 돋우었다. 음습한 이끼 냄새, 차가운 돌 냄새가 코끝으로 파고들었다.

'걸음 한 번 빠르군.'

도요화의 등은 벌써 저 앞에 있었다. 단운룡은 보이지도 않았다. 이런 어둠 속에서, 조심성이라곤 눈을 씻고 찾아봐도 없는 듯했다.

다행이었던 것은 동굴 구조가 그리 복잡하지 않은 것 같다는 사실이었다. 몇 번 휘어져 꺾여지긴 했지만 갈림길은 한 번도 없었다. 좁은 외길만 계속 이어지는 중이다. 천장 높이도 점점 더 올라간다. 이내, 허리를 숙이지 않고서도 머리를 부딪치지 않을 정도가 되었다.

저 앞에 도요화의 등만 놓치지 않으면 된다.

그때였다.

챙! 차차창!

요란한 금속성이 원태의 귓전을 때렸다.

한참 앞이다. 단운룡이 있는 지점일 게다. 어지러운 인기척에 이어 날카로운 고함 소리가 들려왔다. 남부 억양이 너무 강했기 때문에 무슨 말인지는 알아듣기가 쉽지 않았다.

'여기서도 환대받긴 글렀군.'

뭔 말인지는 못 알아들어도, 그 안에 담긴 경계심과 적의만큼은 충분히 읽을 수 있다. 어차피 이렇게 된 거, 서두를 필요는 없다. 여유를 가지고 움직이기로 마음먹었다.

"마군주를 보러 왔다."

저 앞에서 단운룡의 목소리가 들려왔다. 다시금 거친 대꾸가 동굴 벽을 울렸다. 누구냐는 둥, 정체를 밝히라는 둥 뻔한 말이 뱉어지고 있을 게다.

'또 이거냐.'

쭉 앞으로 걸어나간 원태의 눈앞에 익숙한 전경이 비쳐들었다. 사망산에서와 대동소이한 상황이었다. 뱀으로 가득한 숲 속이 아니라 횃불 밝혀진 동굴 속이라는 것. 거기에 더해 조금 더 젊고 거친 자들이라는 점만 다를 뿐이다. 열 명이 조금 넘는 남자들이 단운룡을 향해 창칼을 겨누고 있었다.

"마군주에게 운룡이 왔다고 전해."

단운룡의 어조는 담담했다.

병장기 하나 없이 편안하게 서 있는 상태다. 어두운 동굴 속, 횃불을 받은 그림자가 가볍게 일렁거렸다.

'배짱 하나는 볼만하단 말야.'

전사들이 보기에도 마찬가지일 게다. 단운룡은 분명 무방비 상태다. 하지만 그 평온함과 당당함은 누가 봐도 예사롭지가 않았다. 둘러선 전사들이 머뭇거리고 있는 것도 그래서일 것이다. 저들끼리 한참 서로 눈길을 주고받는가 싶더니, 결국 한 놈이 나서며 소리쳤다.

"마군주는 여기 안 계신다!"

"마군주가 없으면 책임자가 누구지?"

단운룡이 물었다.

전사들에게선 대답이 없었다. 그들은 느꼈다. 눈앞에 선 이 남자는 보통 인간이 아니다. 전사들의 본능이었다.

"나다."

한줄기 굵은 목소리가 들려온 것은 그때다.

동굴 한쪽 벽면을 밝힌 횃불 저편으로 한 사람의 그림자가 다가왔다. 큰 키, 볕에 그을린 피부, 강인한 턱 선이 어둠을 헤치며 드러났다.

'오호라… 아직도 이런 놈이 있었나.'

단운룡의 눈에 이채가 스쳤다.

긴 머리카락, 날카로운 눈매가 마치 예전의 흑로를 보는 것 같다. 체구는 대산 같은데, 꽉 짜인 근육을 보니, 칼 솜씨가 제법일 것 같다. 이제 막 스물을 넘긴 정도. 펄떡이는 생명력이 느껴지는 놈이었다.

"내 이름은 흑망(黑蟒)이다. 마군주는 아무나 뵐 수 없다. 정체를 밝혀라."

박력이 제법이다.

내가고수도 아니면서 이 정도 위압감을 발하는 놈은 실로 흔치 않다.

적벽 싸움판에서 막야흔을 처음 발견했을 때와 비슷한 느낌이랄까. 정종 내공을 심어놓으면 정말 볼만하겠다는 생각이 든다.

"내 이름은 단운룡이다."

흑망의 두 눈에 기광이 스쳤다. 단운룡은 흑망의 얼굴을 스쳐 간 변화를 놓치지 않았다. 단운룡이 다시 말했다.

"날 아는군."

"물론."

흑망으로부터 짧은 대답이 돌아왔다. 이놈 말투 한 번 걸작이다. 게다가 당연하다는 듯이 단운룡을 알고 있단다. 흥미가 아니 생길 수 없었다.

"날 어떻게 알지?"

"이야기를 들었다."

흑망의 대답은 짧았다. 설명할 생각이 없다는 뜻이다. 그가 말했다.

"따라와라."

그가 손짓하자 젊은 전사들이 옆으로 쭉 갈라지며 길을 텄다. 칼과 창은 아직 쥔 채였다.

"우리도?"

불쑥 뒤에서 원태가 물었다. 흑망이 돌아보지 않은 채 답했다.

"셋 모두."

단운룡이 흑망을 따라 걸음을 옮겼다. 오십 보 정도 걸었나 보다. 동굴이 갑작스레 넓어졌다. 탁 트인 저편 벽으로, 횃불 몇 개가 점점이 박혀 있었다. 광장과도 같은 모양새가 연병장으로 쓰면 딱 좋겠다는 느낌이었다.

"이쪽이다."

전사들은 일사불란하게 움직였다. 세 사람을 둘러싼 채, 경계를 풀지 않고 있었다. 좋게 보자면 호위요, 나쁘게 해석하자면 포위다. 일행을 위협할 대상이 달리 없는 동굴 안임을 생각할 때, 아마도 포위 쪽이 맞을 게다.

어둠을 따라 한참을 움직였다.

얼마나 왔을까. 쾅! 하고 난데없는 소리가 들려온다.

쾅! 쾅! 쾅!

있는 힘을 다해 뭔가를 두드리는 소리 같았다. 단운룡이 흑망에게 물었다.

"이게 무슨 소리지?"

흑망이 그를 향해 고개를 돌렸다. 대답은 없었다. 흑망은 대답 대신 다른 걸 보여줬다. 다름 아닌 씁쓸한 미소 한줄기다.

쾅쾅!

"내보내 줘!!"

절규와도 같은 고함 소리가 들려왔다. 퍼뜩, 원태가 뭔가 깨달았다는 듯 짧은 탄성을 내뱉었다.

'아, 이건……!'

한줄기 외침이 또 한 번 귓전을 울린다.

"날 여기서 꺼내줘! 제발!"

쾅! 쾅! 쾅! 쾅!

원태에겐 제법 익숙한 소리라 할 것이다. 그가 눈을 빛내며 말했다.

"감옥. 지하감옥이로구나!"

울퉁불퉁 꺾여진 동굴 안쪽으로 수십 개의 구멍들이 모습을 드러냈다. 조악하게 만들었지만 두껍고 단단해 보이는, 그래서

사람의 힘으로는 결코 열 수 없을 것 같은 나무 문들이 그 구멍
들 중 절반가량을 있는 힘껏 틀어막고 있었다.

"내보내 줘!"

"제발! 여기서 나가게 해줘!"

막아놓은 구멍들은 언뜻 보기에도 삼십여 개가 넘었다. 막혀
있는 구멍들에는 사람들이 갇혀 있다. 내보내 달라는 고함 소리
가 문 안쪽으로부터 계속하여 터져 나오고 있었다.

"이런 곳에 감옥은 왜?"

원태뿐이 아니다. 단운룡도, 도요화도 막혀 있는 구멍들에서
시선을 떼지 못했다.

자연이 빚어낸 조화에, 사람의 손길을 더한, 완벽한 지하감옥
이었다. 막아놓지 않은 구멍들을 보며 그 넓이를 가늠해 보았다.
언뜻 보기에도 네댓 명이 다리 쭉 뻗고 잘 수 있을 크기다. 사람
하나 가둬놓기에 아주 적당한 너비였다.

"틀려."

문득, 단운룡이 말했다.

"뭐가 틀렸다는 거요?"

원태가 반문했다. 단운룡이 구멍들 쪽으로 걸음을 옮겼다.

경사지게 뚫린 구멍도 있고, 천장 위쪽으로 뚫린 구멍도 있다.
보통 감옥들처럼 칸칸이 뚫려 있는 구멍들도 보였다. 문을 설치
하기 용이한 구멍들엔 어김없이 사람이 갇혀 있다. 튼튼한 빗장
이 채워진 게 보였다.

"이건… 감옥이 아냐."

단운룡의 말에 흑망이 미간을 좁혔다.

원태가 의아함이 가득한 얼굴로 목소리를 높였다.

"감옥이 아니면 뭐란 말이오?"

단운룡이 굳게 닫힌 문 앞에 섰다. 문 가운데에는 비뚤게나마 안을 들여다 볼 수 있는 작은 창이 달려 있었다. 이 창문을 통해 얼굴을 확인하고, 음식도 넣어주고 하는 것일 테다.

"내보내 줘!!"

고함 소리와 함께 창문으로 불쑥 나타나는 얼굴이 있었다.

단운룡은 놀라지 않았다. 죽은 생선의 그것마냥 초점없이 흐려진 눈동자가 보였다.

세성신이 아닌 것 같다. 퀭한 얼굴에, 불쾌한 냄새까지 혹 하고 끼쳐든다.

단운룡이 흑망을 향해 고개를 돌렸다. 단운룡은 이미 알고 있었다. 이 사람이 왜 이렇게 되었는지 말이다.

"이거, 귀비산 때문이지?"

흑망의 얼굴에 매달려 있던 씁쓸한 미소가 더 짙어졌다.

단운룡은 대답을 기다리지 않았다. 성큼성큼 발을 옮겨 옆에 늘어서 있는 문들을 하나씩 훑어보았다. 여자들, 노인들에… 아이들까지 있다. 안에 갇힌 사람들을 훑어본 그가 다시 흑망을 돌아보았다. 단운룡의 얼굴엔 어울리지 않은 우울함이 묻어나고 있었다.

"이걸로……치료가 되나?"

흑망의 입가에서 미소가 사라지고 씁쓸함만 남았다. 그가 비로소 입을 열었다.

"당신. 이게 감옥이 아니라고 했나?"

“그래.”

“이건 감옥이 맞다. 우리는 이곳은 연옥(煉獄)이라 부르지.”

“뭐라 부르는지 묻는 게 아냐. 치료가 되냐고 물었어.”

“예전엔 연옥이라 부르지 않았다.”

의미심장한 말이었다. 예전과는 뭔가가 달라졌다는 뜻이다. 그것도 나쁜 쪽으로.

“그럼 예전엔 뭐라 불렀지?”

“세심동(洗心洞).”

“세심동이라면, 치료를 위한 게 맞군.”

“그땐 그랬지. 처방이 있었으니까. 의원도 있었고.”

“지금은?”

“없어졌다.”

“왜?”

“당신이 알 바 아냐.”

흑망의 대답은 단호했다. 단운룡이 물었다.

“내 알 바 아니라면, 이런 걸 내게 보여주는 이유가 뭐지?”

“난 지시받은 대로 행할 뿐.”

“누구의? 마군주의 지시인가?”

흑망은 이번 질문에도 대답하지 않았다. 그가 다시 걸음을 옮기며 말했다.

“따라와.”

첫인상이 아무리 마음에 들었다 해도 정도가 있는 법이다. 단운룡은 순간적으로 이놈의 목줄기부터 잡아채고 볼까 하는 생각을 했다.

"이쪽이다."

흑망이 뒤를 돌아보며 재촉했다.

'우목 덕분인 줄 알아라.'

한 번만 더 참아주기로 했다.

이런 놈은 흔치 않다. 폐허가 되어버린 오원을 생각하자면 더더욱 흔치 않을 게다. 우목이 아끼는 놈일 거라는 뜻이다. 순간적인 충동 때문에 그런 놈을 건들 수는 없다. 사망산 미친 뱀에게도 듣지 않았던가. 우목은 궁지에 몰려 있다. 그의 입장에서는 한 명의 손조차 아까운 상황일 것이 틀림없었다.

"올라와."

흑망의 뒤를 따라 한쪽에 뚫린 동굴로 들어왔다. 계단마냥 위쪽으로 경사진 길이 나타났다. 횃불로 일렁이는 흑망의 그림자를 밟으며 한참을 위로 올라갔다.

저벅저벅.

중간부터다. 땅을 밟는 발소리가 묵직해졌다. 바위 질이 바뀌어 지대가 더 단단해졌다는 뜻이다. 이백 보 가량을 더 걸었다. 한쪽 벽으로, 사각형으로 뚫려 있는 굴 하나가 보였다. 사람이 일부러 만들기라도 한 듯 문처럼 반듯하게 깎인 굴이었다.

"들어가라."

흑망이 그 굴을 가리키며 말했다. 자신은 그 앞에 선 채다. 일행들만 들어가라는 이야기인 것 같다. 원태가 먼저 눈살을 찌푸렸다. 항상 앞장서서 걸었던 흑망이 이번엔 먼저 들어가지 않고 있다. 뭔가 낌새가 이상했다.

저벅.

하지만 단운룡에겐 도무지 두려움이란 게 없는 것 같았다. 그가 아무렇지 않게 그 안으로 쑥 들어가 버렸다. 도요화도 마찬가지였다. 단운룡만 따르면 그 무엇도 걱정할 게 없을 거라 단단히 믿고 있는 듯했다.

"들어가."

원태가 멈춰 서자, 흑망이 손짓으로 들어가라 재촉했다. 원태가 기어코 한마디 욕지거릴 내뱉고 말았다.

"제길!"

여기서 물러나기도 꼴사나운 일이다. 그가 할 수 없다는 듯 한숨을 내쉬고는 안쪽으로 성큼 들어섰다. 건물 복도와도 같은 좁은 통로가 짧게 이어졌다. 그다음엔 탁 트인 공간이다. 작은 집 정도 크기의 어둠이 원태의 두 눈을 맞이했다.

'통로는?'

내공을 돋운 두 눈이 사방을 훑었다. 벽면 네 개. 막혔다. 이건 막다른, 막힌 공간이다. 커다란 석실에 불과했다.

원태가 급히 몸을 돌렸다.

바로 그때였다.

쿠르르르릉!

어김없이 들려오는 소리.

"내 이럴 줄 알았어!"

몸을 던져 보았지만 이미 늦었다.

들어왔던 통로는 이미 두터운 벽에 막혀 있었다. 그것도 연옥이란 곳에서 본 나무 문이 아닌 차가운 석벽이었다. 꽝! 하고 원공권 내력 실린 주먹이 굉음을 울렸다. 하지만 벽을 부수기엔 역

부족이다. 손목으로 전해오는 반탄력을 가늠해 보건대, 석벽 바깥쪽엔 철문이라도 덧대어져 있는 것 같았다.

"무턱대고 들어오더니, 꼼짝없이 갇혀 버렸잖소!"

원태가 단운룡을 돌아보며 소리쳤다.

하지만 단운룡은 조금도 당황하지 않은 것 같았다. 어둠 속에서 원태를 흘끗 보는데, 번쩍이는 눈빛이 번갯불마냥 선명하기만 했다.

"호들갑 떨지 마."

단운룡의 한마디. 머쓱해진 원태다. 천천히 주위를 둘러본 단운룡이 한쪽 벽으로 걸음을 옮겼다. 원태의 시선이 단운룡의 움직임을 좇았다. 벽면 중간 즈음에 나무토막 하나가 박혀 있는 것이 보였다. 불 꺼진 횃불이었다.

"엇! 횃불이 있었군! 화섭자. 화섭자 남은 게……."

원태가 품속을 뒤졌다. 하지만 단운룡에겐 화섭자가 필요없었다. 그가 손을 올려 손가락을 한번 탁 튕겼다.

파지직!

터져 나온 불꽃이 기름 적신 심지에 옮겨 붙으며 죽어 있던 횃불을 되살려 놓았다. 흔들리는 불빛이 석실 안을 밝혔다.

"오……!"

원태는 말을 잇지 못했다. 밤마다 어찌 그리 쉽게 불을 피우나 했더니, 저렇게도 요상한 걸 할 줄 알았구나 싶었다.

단운룡이 다시금 벽을 훑었다. 위를 올려보고는 대수롭지 않다는 듯 중얼거렸다.

"제대로 갇혔는걸."

천장은 높았다. 있는 힘껏 뛰어올라야 겨우 손이 닿을 높이다. 오른쪽을 보았다. 검은색 물체 하나가 구석에 있었다. 깜깜할 땐 돌덩인 줄 알았는데, 다시 보니 무릎 높이의 항아리다. 단운룡이 망설임없이 걸어가 뚜껑을 열었다.

'이것 봐라……?

단운룡은 주저없이 항아리에 손을 집어넣었다. 사박 소리와 함께, 한 움큼 잡히는 게 있었다. 원태가 눈살을 찌푸리며 물었다.

"그게 뭐요?"

"건량이다."

말린 곡물이었다. 혼자라면 달포는 충분히 버틸 만한 양이다.

그가 이번엔 한쪽 모서리로 향했다. 짚더미로 가려놓은 구석에 작은 공간이 하나 더 있었다. 아래로 뚫린 작은 구멍도 보인다. 불쾌한 냄새가 배어 있는 것이 용변을 위한 공간인 것 같았다.

'이것은…….'

그의 두 눈에 이채가 감돌았다. 석실의 용도를 짐작할 수 있었기 때문이다. 그의 눈이 이번엔 반대쪽 벽을 훑었다.

'역시 그렇군……!'

무디게 갈린 칼날 자국이 종횡으로 박혀 있었다. 무공을 익힌 흔적이다. 날이 달렸지만 날카롭지 않고 묵직한 병기다. 돌벽이 깨진 무늬들을 보아하건대 공격 범위가 넓어 보인다. 중병이되 장병이 틀림없다. 이를테면 방편산 같은 종류 말이다.

'여긴… 네 녀석의 연공실이었던 거구나.'

날쌔게 몸을 날리던 우목의 모습이 머릿속을 스쳤다.

그 움직임이 벽면 가득한 병장기 자국과 겹쳐졌다. 거기에 더해 달포를 안 나가고도 버틸 만한 건량까지 갖춰져 있다. 석실의 용도는 뻔하다. 무공 수련. 폐관수련을 위한 석실이란 말이다.

'무공은 어떻게 얻었을까.'

단운룡이 벽에 새겨진 흔적들을 손가락으로 훑었다. 투로를 제대로 꾸려가지 못해 고심했던 흔적이 이곳저곳에서 보였다. 답을 찾을 수가 없어 무작정 후려친 자국도 있다. 이리저리 망설이며 초식을 엮어낸 것이 한두 개가 아니었다.

'스승이… 없었어.'

단운룡은 그런 흔적이 왜 생기는지 잘 알고 있었다. 그 자신도 폐관수련을 하며 비슷한 경험을 한 적이 있는 까닭이다. 석벽에 가득한 망설임은 독학(獨學)으로 익힌 무공 때문에 빚어진 결과다. 비급이나 구결만 가지고 익힌 무공이 틀림없다. 세세한 부분을 수정하고 보완해 줄 사부가 곁에 있었다면, 이런 식의 흔적이 남아 있지는 않았을 게다.

'남아 있었다 해도 이만큼은 아니었겠지.'

투로의 흐름을 다시 한 번 훑어보았다. 홀로 무공을 익히는 자의 답답함과 막막함이 절로 전해져 왔다. 그때다. 동선을 따라가던 단운룡의 미간이 한순간 가볍게 좁혀졌다.

'잠깐, 이 무공은……!'

비슷하다. 확실치는 않지만 분명, 비슷한 데가 있다.

'흑산군사?'

마군주로서의 우목을 처음 보았을 때를 다시 떠올려 보았다.

단운룡은 그를 보며, 일순간 흑마산군 흑산군사 선찬이라는
착각을 했었다.

사람을 잘못 봤다는 뜻이다.

하나, 단운룡과 같은 고수에게 있어 그런 착각이란 아무런 이
유 없이 생길 수 있는 게 아닌 법이다. 그가 우목을 보면서 선찬
을 떠올렸다는 것은 그렇게 만드는 무언가가 있었기 때문이란
말이다.

'틀림없어.'

방편산이라는 병장기만 똑같았던 게 아니라 그걸 쓰는 구결과
투로도 비슷했다. 같은 연원의 무공이 확실했다.

'어째서……?'

중원 참룡방에서 구룡보와 좌충우돌하고 있을 흑산군사의 무
공이 왜 이곳에, 그것도 우목에게 전해졌는지는 도무지 알 수가
없다. 단운룡의 비상한 두뇌로도, 연관 관계를 찾아내기가 쉽지
않았다.

'어떻게 된 건지는 모르겠지만, 참으로 놀랄 일이다. 더욱이
그런 무공을 혼자서 그 수준까지 익히다니.'

만만치 않은 일이었을 게다.

방편산은 흔한 병기가 아니었으니까.

만만치 않은 정도가 아니라 뼈를 깎는 고생을 했을 게 뻔하다.
벽에 새겨진 흔적처럼.

'고생했구나, 우목.'

어째서 그를 이곳에 가뒀는지는 모르겠다. 그 이유는 알 수 없
지만 대신 다른 게 보인다.

그 고독.

귀비산 중독자들을 어둠 속에 던져 놓고, 막혀 버린 석실 안에서 무공을 갈고닦았다.

얼마나 외롭고 고되었을까.

제대로 된 스승도, 희망도 없는 곳에서.

단운룡에게 뿜어냈던 그 분노, 그 절망, 그 집념의 근원이 이곳에 있었다.

'나가는 문은……'

단운룡이 이번엔 막혀 버린 통로 쪽으로 향했다. 검은색 석벽은 통로 마끝쪽을 단단히 들어박고 있다. 손을 들어 가볍게 두드려 보았다. 퉁, 퉁, 들려오는 소리가 묵직하면서도 경쾌하다. 단순한 석벽이 아니라는 뜻이다. 두 겹 내지는 세 겹으로 막혔다. 밖에서 열어주지 않으면 어지간해서는 나가긴 어려워 보였다.

"그건… 뚫지 못할 거요."

등 뒤로 원태의 목소리가 내려앉았다. 한껏 가라앉은 목소리였다.

"뒤쪽으로 철판까지 겹쳐져 있는 것 같소. 석벽만이라면 어떻게 해보겠소만."

원태가 내갈긴 주먹 자국이 가운데에 선명했다. 깨진 파편이 발치에 수북하다. 틀어박힌 타점도 깊다. 쓸 만한 주먹이었다.

'금의위라……'

황실 고수는 분명 만만치 않다. 문득 드는 생각이다. 원태란 놈이 금의위 위사들 중에서 어느 정도 수준인지는 모르겠지만 이런 놈들이 수두룩하다면 황실만 한 복마전도 없겠다.

‘굳이 가둬놓겠다면, 할 수 없지.’

단운룡이 돌아섰다.

억지로 나가고픈 마음이 들지 않는다.

가둬놓고 싶다면 얼마든지 가둬놓아라.

그토록 분노하고, 그토록 고달팠다면…….

그걸 받아줄 사람이 친구인 자신 말고 또 누가 있을까.

단운룡은 문득 깨닫는다. 그 옛날 오기륭이 잠자코 감옥에 들어가 있었던 것은, 바로 이런 마음에서였을지도 모른다고.

‘아닐 거다. 허유와 아저씨는… 우리와 달랐으니까.’

마음 한구석에선 또 말한다.

정말로 다르긴 할까.

허유와 오기륭. 그와 우목이.

완전히 다르면서도 같고, 같으면서도 다른.

결국 강호란 그렇게 돌고 도는 운명의 연속일지도 모르는 일이거늘.

＊　　　＊　　　＊

“지시대로 했다더냐?”

“예. 어르신.”

남자는 등을 돌리고 앉아 있었다.

산발한 머리카락, 탁자 위는 엉망으로 어질러져 있었다. 보고를 위해 시립한 납서족 사내는 소리없는 한숨을 내쉬었다. 언제나 깨끗하게 정돈되어 있었던 방이다. 그가 지난 몇 년 동안 이

룰 수 없는 꿈을 꾸게 해주었던 납서족의 어른은 이제 더 이상
예전 같은 모습이 아니었다.

"세심동 같은 곳에 가둬놓아 보았자 허사야. 그런 문이야 얼
마든지 뚫고 나올 수 있으니까. 그런 실수야 안 했겠지만."

"여부가 있겠습니까. 절대로 빠져나올 수 없을 겁니다. 마군
주의 연공실 문은 안에서 열 수 없습니다."

"마군주의 연공실이라……. 아아, 거기다 집어넣었군."

"그렇습니다, 어르신."

"누구였지? 좌둔? 흑망?"

"흑망이 지시를 받았답니다."

"그래. 좌둔보다는 그놈이 좀 믿을 만하지."

어르신의 목소리는 믿을 만하다 말하면서도 어딘지 불안하게
들렸다. 납서족 사내도 불안하기는 마찬가지다. 지시가 잘못되
었을까 걱정되어서가 아니다. 어르신의 불안함이, 날이 갈수록
예전과 달라지는 어르신의 모습이 그를 불안하게 만들고 있었
다.

"한데, 어르신. 금의위 위사를 그렇게 가둬놓아도 되는 겁니
까? 자칫 큰일이 생길 수도 있는 것 아닌지요."

"금의위가 문제가 아냐."

"예?"

"놈은… 소[牛]다. 소는 두려워할 게 없어."

"소… 라고요?"

"그 금의위 놈. 전에도 오원에 왔었다. 들소 같은 놈이었지.
검은색 뿔을 단단하게 세우긴 했지만, 화를 돋우지 않으면 딱히

위험할 일이 없다. 음흉하거나 교활하지 않아. 바르고 곧아서 강인하고 우직해. 그러면서도 제 딴엔 지켜야 할 고집이 있는지라, 무조건 명령에만 따르지는 않는다. 아직은 금의위 관복보다 강호의 무복이 어울릴 놈이야. 오래도록 사육된 집소와는 다른 점이겠지. 하지만 그렇다 한들, 예측에서 벗어나는 행동은 좀처럼 하지 않는다. 솔직한 놈이니까. 어떻게 행동할지 뻔히 보이는 놈이라 경계할 필요가 없다는 말이다.”

“그렇다면, 어르신. 어째서 그런 지시를…….”

“예측이 안 되는 놈이 나타났기 때문이다.”

“대체 누가……?”

납서족 사내, 목여강(木濾江)은 어르신의 설명을 잠자코 기다렸다.

타가의 기병에 짓밟힌 남쪽 고향을 두고서 먼 곳까지 끌려온 목여강이다. 참담함을 과거로 돌린 채 눈앞의 남자를 모시게 된 오 년의 세월 동안, 그는 이 남자로부터 수많은 명령을 받았고 어김없이 그 명령들을 지켜왔다. 하지만 그 많고 많은 명령들 중에서도 이번만큼 납득이 어려웠던 임무도 없었다.

“용(龍)은… 달라.”

“예? 용이요?”

“황실을 등에 짊어진 들소라도, 무서울 일은 없어. 하나 용이 부리는 조화는 인간이 감당할 수 없는 법이다. 땅속에 가둬둔 채 하늘로 올라갈 기회 자체를 막는 게 옳다.”

“그게 무슨 말씀이십니까?”

“용의 변덕 따위로 일을 그르칠 수는 없거든.”

"용의 변덕이라니요, 어르신. 그 용이라는 게 대체 무엇입니까?"

"운룡."

"……?"

"파도를 일으키는 용이다."

납서족 사내의 얼굴엔 그저 의아함이 가득할 뿐이다.

들소야 그렇다 치자. 용에다 파도라니, 사람을 칭하는 것 같기는 한데, 도통 무슨 의도에서 하는 말인지는 알 수가 없다. 영문 모를 말만 계속하고 있었다.

"혹시… 금의위 위사 놈과 동행한 남자를 말씀하시는 겁니까?"

"그렇다."

"추격을 나갔던 기마대가 단숨에 무너졌다 들었습니다. 당연히 그 남자도 금의위인 줄 알았습니다만."

"금의위? 그럴 수도 있겠지. 하지만, 아냐. 아닐 거다. 난 직접 봤다. 놈은 금의위 제복을 입지 않았어."

납서족 사내가 눈살을 찌푸렸다. 그가 불만을 감추지 못하는 목소리로 입을 열었다.

"어르신, 제복쯤이야 얼마든지……."

"그런 것이 아니라니까!"

어르신이라 불린 남자는 역정을 냈다.

"어르신."

"무공 고수라고 한들, 어차피 몇만 군대를 홀로 상대하는 것은 불가능한 법이다! 그러나 이것은 숫자의 문제가 아니다. 용같이 위험한 짐승을 그냥 풀어놓아서는 안 돼! 절대로 안 될 일이지!"

목여강은 가슴이 덜컥 내려앉는 느낌을 받았다.

어르신의 말이 횡설수설로 들렸던 까닭이었다. 지혜로 가득했던 동족의 어른이기에… 짓밟힌 납서족의 희망은 이 사람밖에 없다고 생각했기에 지금껏 따라왔던 바다. 하지만 이젠 그 선택이 옳은 일이었는지 처음부터 다시금 돌아봐야 할 판이다.

"어르신, 마음을 좀 가라앉히십시오. 소인은 어르신께서 무슨 이야기를 하고 계신지 도통 모르겠습니다."

"그래. 모른다. 아무도 몰라. 용이 어떻게 성장했는지는 알 도리가 없다. 그런 건 사람의 지혜로, 아니, 한낱 미물인 늑대의 지혜로 가늠할 수 있는 게 아니야."

목여강의 눈꼬리가 파르르 떨렸다.

어르신은 확실히 정상이 아니다. 목여강은 이번 전언을 마군주에게 전하기 위하여 목숨을 걸어야만 했다. 마군의 잇단 습격 때문에 일원요새 전체의 분위기는 흉흉해질 만큼 흉흉해진 상황이다. 그뿐인가. 마사충이란 개자식은 마군과의 내통자를 색출하겠다며 시도 때도 없이 독아(毒牙)를 드러내는 중이다. 그런 와중에도 목여강은 마군 측과 접촉하기 위해 곤산의 함정 밭까지 뚫고 왔다. 그게 어르신의 명령이었기 때문이다. 하지만 어르신은 그런 그에게 납득할 만한 설명이란 것을 못해주고 있었다.

"황실 금의위가 얽힌 일이기에 위험을 무릅쓸 가치가 있다고 판단했습니다. 저는 제가 무슨 일을 왜 하는지도 모른 채 죽고 싶지는 않습니다, 어르신."

목여강은 단도직입적으로 말했다.

천생 납서족이기에 가능한 일이다. 아창족이나 경포족이었다면 윗사람의 명령에 대해 어떠한 의문도 품지 않았을 것이다.

"자네… 지금 내가 하는 말이 그리도 이상하게 들리는가?"

"…송구스런 말씀이지만, 예, 그렇습니다. 어르신."

목여강은 솔직했다.

이상하게 들린다? 그렇다.

애초부터 황실 금의위가 얽힌 일이 아니었다면, 목숨을 걸지도 않았을 일이다. 한데 막상 다녀오고 보니 금의위 때문에 그런 일을 시킨 게 아니라 한다. 거기까지도 좋다. 백번 양보하여 금의위 때문이 아닌 것까지는 괜찮다. 정체불명의 남자를 두고 용(龍) 운운하면서 이상한 이야기만 늘어놓는 것이 문제다. 중대한 계획까지 앞두고 있는 지금, 이해할 수 없는 말만 계속하고 있으니 횡설수설로 들리는 것도 당연한 일이었다.

"그런가. 그럴 수도 있겠지. 자넨, 용(龍)이 어떤 놈인지 몰라. '계획' 이 뿌리째 흔들릴 가능성이 있다."

"계획… 까지 말입니까?"

"그래."

"금의위 하나나 둘, 그들이 당장 문제가 될 수 없음은 소인도 잘 알고 있습니다. 주의해야 할 것은 그들이 아니라 그들 뒤에 있는 황실, 그리고 황군(皇軍)이겠지요. 후일(後日)의 문제라고 이해했습니다. 어르신께서 용(龍)이라 부르시는 자가 어떤 자인지는 모르겠지만, 그 뒤에 황실보다 큰 것이 있지는 않을 겁니다. 무공 고수라고 해도, 당장 계획을 망칠 만한 힘이 있을 거라 생각되지도 않습니다."

"황실? 큭큭. 황실은 관계없어. 계획? 망치면 안 되지. 망치면 안 되고말고. 그러니까 가둬놔야 하는 거다. 못 나오도록."

어르신은 혼잣말처럼 중얼거렸다. 발음까지 불분명해져 버렸다.

'어르신… 결국 이렇게 무너지실 겁니까.'

차마 입 밖으로 내뱉지는 못한 말이다. 표정만 더욱더 굳어질 뿐이다.

"어르신."

납서족의 희망이라 믿었던 사람이었다.

오랫동안 존경해 왔고, 여전히 존경받아 마땅한 남자다. 그랬던 그가 이제 목여강의 앞에서 무너지고 있었다. 용(龍)을 가두어야 한다는 얼토당토 않은 이야기를 하면서 말이다.

"어르신, 저를 좀 보십시오."

목여강이 말했다.

하지만 어르신은 고개를 돌리지 않았다. 대답도 없다. 등을 돌린 채, 상체를 앞뒤로 작게 흔들며 속삭이듯 들리지도 않게 뭐라 뭐라 중얼거리고 있었다.

목여강은 더 참지 못했다. 그가 탁자를 빙 돌아 어르신의 앞에 섰다. 의자 위에 앉아 몸을 움츠린 채 흘끔 그를 올려보는 어르신의 시선이 있었다.

늑대의 그것처럼 날카로웠던 두 눈엔 전에 없던 두려움이 떠올라 있었다. 목여강은 그 두 눈이 흔들리는 것을 보았다. 그의 손이 부들부들 떨리고 있는 것도 보았다.

“어르신, 허유 어르신.”

허유. 땅에서 붉은 늑대라 불려왔던 남자. 망가질 대로 망가진 그를 보는 목여강의 표정은 곤산 연옥의 동굴처럼 어둡기만 했다. 허유가 입술을 떠는 이유, 몸을 움츠리고 떠는 이유를 잘 알기 때문이었다.

“이제 그만두시는 것이 좋겠습니다.”

“무엇을?”

흘끔 올려보는 허유의 흰자위는 붉은 실핏줄로 뒤덮여 있었다. 오원이 무너지는 난리통 속에서도 흐트러짐이 없었던 납서족 지략가의 옷매무새는 제멋대로 풀이져 빙만하기가 화니족 사내들 못지않았다.

“무엇을 말하는지 알고 계시지 않습니까, 어르신.”

목여강의 말처럼 허유도 안다.

이렇게 변해 버린 이유.

다른 무엇도 아니다.

수많은 오원 사람들이 그랬듯, 그 역시도 똑같은 이유로 망가져 버렸다.

귀비산이었다.

긍지 높던 오원의 늑대마저도 절대적인 망각의 유혹으로부터는 결코 자유로울 수가 없었던 것이다.

“이미… 늦었다.”

허유가 입술을 달싹이며 대답했다. 목여강이 두 눈을 꾹 감았다.

‘그때 말렸어야 했다.’

허유가 귀비산에 손대기 시작했을 때.

목여강은 알면서도 그것을 말리지 못했다. 그래야만 했던 걸 이해하고자 했던 마음이 그걸 만류하려던 냉정함보다 컸기 때문이었다.

잠시뿐일 거라고 생각했다. 그가 존경했던 어르신이라면 이내 털고 일어나 다시는 손대지 않을 것이라고 믿었다.

하지만 허유는 귀비산을 끊지 못했다. 허유가 귀비산에 빠져 있다는 것은 이제, 일원요새에서도 공공연한 비밀이 되어버렸다.

'미처 몰랐지. 때늦은 후회가 이리도 쓰릴 줄은.'

목여강이 감았던 눈을 떴다.

누가 봐도 정상이 아닌 허유의 얼굴이 그의 눈 밑에 있었다. 희번덕거리는 눈, 중독자들에게서만 난다던 묘한 단내가 그의 코끝을 간질이고 있었다.

"어르신, 다시 여쭙겠습니다. 그 용(龍)이란 자는… 강합니까?"

허유가 몸을 흔들었다. 핏발 선 눈동자를 한 번 굴리고는, 고개를 모로 꺾으며 목여강을 올려보았다.

"용이란 대저… 인간이… 할 수 없는 많은 것을 할 수 있는… 법이다."

목여강이 물었다.

"그렇다면, 이쪽으로 끌어들일 수도 있지 않습니까?"

그의 표정은 진지했다. 하지만 그 질문을 받은 허유는 그저 피식 웃을 뿐이다.

약에 취한 것처럼, 아니, 약에 취한 채 피식피식 헛웃음을 몇 번이고 몇 번이고 흘려냈다. 그가 비틀린 비웃음에 이어 한줄기 허탈한 탄식을 쏟아놓았다.

"큭큭. 무슨 말도 안 되는 소릴."

"어째서 말이 안 되는 겁니까."

"안 되지. 안 되고말고. 용은 한곳에 오래 머무르지 않아. 신통력을 부리다가 하늘로 날아오르고 나면 그 밑의 인간들은 그저 멍하니 하늘만 올려보게 될 뿐!!"

"그러니까 대체……."

"놈을 가둔 것은 마군주디. 그 녀석노 가두는 게 옳다고 본 거야. 마군주는 똑똑한 놈이다. 그거면 설명이 되지 않나?"

허유의 눈동자엔 초점이 없었다.

목여강의 입에서 다시 한 번 소리없는 한숨이 새어 나왔다. 그가 탁자 위에 손을 올리고는 허유를 향해 상체를 숙였다. 그가 제 빛을 잃어버린 늑대의 두 눈을 보며 무거운 어조로 입을 열었다.

"어르신, 제가 모시는 사람은 마군주가 아니라, 어르신입니다."

목여강의 눈빛은 오래전 허유의 눈빛처럼 형형하기만 했다. 하지만 돌아온 것은 비웃음뿐이다. 피식 웃으며 내뱉은 대답이 진실됐던 목여강의 마음에 더할 나위 없는 실망감을 안겼다.

"그랬었지. 하지만 자네도 마침내 깨달은 것 같구만. 그게 잘못된 선택이었음을."

"어르신!"

"자네에겐 기회가 있었어. 그때 그냥 마군주에게 가지 그랬
나."

"그 말은 못 들은 것으로 하겠습니다, 어르신."

목여강은 이를 악물고 있었다.

허유가 한 이 말은, 하늘이 두 쪽 나도 듣고 싶지 않았던 말이
다. 내뱉어져서는 안 되는 말이었고, 들어서도 안 되는 말이었
다.

하지만 허유는 잔인했다. 끝끝내 말을 잇는다.

"자넨 나와 달라. 지금도 늦지 않았어. 보다시피 나는 귀비산
에 중독된 상태다. 뼛속까지 찌들고 말았지. 세심동에 몇 달 동
안 갇혀 있어도 회복하지 못할 거다. 자네가 이토록 이번 명령에
의문을 품는 이유가 무엇인지 나는 잘 알아. 자네에게 있어, 명
령의 옳고 그름은 사실 큰 문제가 안 돼. 단지 내가 제정신이냐
아니냐가 문제인 게지."

목여강은 귀를 틀어막고 싶었다.

허유는 제정신이 아닌 게 분명했다. 허유가 제정신이었다면,
절대로 마군주에게 가라는 소리는 안 했을 게다. 그래서 더 미칠
지경이다. 제정신이 아니긴 아닌데, 목소리는 또 그렇지가 않았
기 때문이다. 허유의 목소리는 한없이 담담했다. 마치 오 년 전
처음 허유를 만났을 때 들었던 목소리 같다. 오원을, 납서족을
다시 살려보자 차분히 이야기했었던 그때로 돌아간 느낌이었다.

"귀비산에 찌든 나로부터 이해 못할 명령을 받들게 되는 것.
말도 안 되는 명령 때문에 개죽음을 당하는 것. 자네가 두려워하
는 건 그것일 거야. 아득바득 어떻게 살아남아 왔는데, 이렇게

끝낼 수는 없다는 것이다."

허유는 목여강의 심중을 무서울 정도로 완벽하게 꿰고 있었다. 그렇기에 목여강은 그의 말을 멈추고 싶었다. 허유의 명을 받들다가 개죽음을 당하는 것보다, 그가 내뱉을 다음 말이 더 무서웠다.

"재미있는 것이 무엇인 줄 아나? 자네가 그걸 두려워하는 것처럼 나도 똑같은 게 두렵다는 거다."

"어르신… 제발 그만……."

"언젠가 나는 자네가 우려하는 것처럼, 귀비산에 찌든 채 말도 안 되는 명령을 내리게 될 깃이다. 하지만 그래선 안 돼. 자넨 납서족에 몇 개 남지 않은 진짜 붓이다. 그 붓은 언젠가 세상에 남을 명필을 새기고, 마음을 달래줄 명화를 남겨야 해. 그런 붓이 엉뚱한 곳에서 부러져서는 안 될 일이지."

귀비산의 기운이 잠시나마 사라진 허유의 눈은 더 이상 흐릿하지 않았다. 또한 그것은 목여강에게 있어 모든 희망이 무너지는 것과 다름이 없었다.

"어르신… 설마하니 모든 것을 끝내실 생각이십니까?"

"끝은 이미 옛날에 났다. 포기가 늦었을 뿐."

결정적인 한마디였다. 마침내 '포기'라는 단어를 입에 담는다. 지난 오 년 동안, 실수로라도 내뱉지 않으려 했던 두 글자를 다른 사람도 아닌 허유의 목소리로 듣게 된 것이다.

목여강이 무겁게 눈을 감았다 떴다. 이젠 받아들여야만 했다. 허유에게 걸 수 있는 기대는 여기까지가 끝이라는 사실을 말이다.

모든 것이 끝났다.

오원의 재건? 그런 건 바란 적도 없다. 목여강은 애초부터 오원 출신도 아니었다.

큰 걸 원했던 게 아니다. 타가와 맹획의 횡포로부터 벗어나 납서족만의 글과 그림을 가르치며 소박하게 살 수 있으면 족했다. 남쪽 대지에 박힌 한 줌 고향 땅을 자유로운 몸으로 다시 밟을 수 있다면, 그것만으로 더 바랄 것이 없었다.

허유라면 일말의 가능성이 있을 거라고 생각했다.

그에겐 납서족 어떤 어르신에게서도 엿볼 수 없었던 타오르는 집념이란 게 있었다. 허유는 목적을 위해 수단 방법을 가리지 않았다. 눈앞에 있는 해결책이 아무리 더러운 수법이든, 어떤 희생을 요하는 일이든, 목표를 이루기 위해선 주저치 않고 실행에 옮길 인물이다. 그와 같은 집념에 모든 것을 걸었다. 목여강은 바로 그것에 목숨을 걸어왔었던 것이다.

"포기를 했을지언정, 마무리만큼은 제대로 지어야지."

목여강의 눈이 커졌다.

끝없는 실망감이 그의 가슴을 온통 뒤덮고 있었지만, 허유가 마지막으로 한 말만큼은 달랐다. 마무리만큼은 제대로 짓겠다는 그 말. 그야말로 먹구름 사이에 비쳐든 햇빛과도 같다. 목여강이 떨리는 목소리로 물었다.

"계획은… 강행입니까?"

"물론이다."

"성공… 할 수 있을까요?"

"귀비혈사대가 왔다. 곤산까지는 이틀이면 도착할 것이다."

"그렇다면 마군은……."

목여강의 목소리에 일말의 망설임이 깃들었다. 허유가 붉게 충혈된 눈으로 목여강을 바라보았다.

그가 천천히, 진득한 어조로 말을 이었다.

"마군은… 세상에서 사라져야 해."

허유가 의자에서 일어났다. 비틀비틀 불안한 걸음걸이로 발을 옮겨 오원과 그 주변 지도가 펼쳐진 탁자 앞에 섰다. 철필 한 자루 품에서 꺼내 들고는 곤산(困山)이라 표시된 곳을 찍었다. 그가 비틀린 미소를 지으며 목여강을 돌아보았다.

"마군뿐이 아냐. 마군주도 함께 죽이 없어셔야지."

허유의 마지막 말은 그와 같았다.

＊　　　＊　　　＊

곤산 초림, 허리까지 오는 풀밭이다. 흔들리는 풀줄기를 헤치고 다급히 달려오는 한 남자가 있었다. 흑망이었다.

"옵니다!"

"귀비혈사대인가?"

"붉은색 투구를 장비했습니다. 틀림없습니다."

"접근로는?"

"동쪽 능선과 서쪽 음곡(陰谷)에서 함정을 뚫고 있는 중입니다."

보고를 받는 이는 다름 아닌 우목이다. 마군주 우목의 눈이 날카로운 빛을 발했다. 그의 뒤에는 백 명에 달하는 전사들이 도열

한 채 전의를 불태우고 있었다.

'동쪽 능선이면 거리가 꽤 돼. 그러나 음곡 골짜기는 상당히 가깝다.'

우목이 하늘을 올려보았다. 밝은 태양이 이미 하늘 한가운데를 지나 서쪽으로 기울어지는 중이었다. 그가 흑망에게, 뒤에 있는 전사들에게 말했다.

"길어야 두 시진… 어두워질 때쯤이면 이곳에 당도하겠군. 조심해라. 이번엔 어렵다."

"걱정 마십시오."

흑망이 자신감 넘치는 목소리로 대답했다. 전사들의 눈빛도 마찬가지다. 흑망과 똑같은 얼굴들을 하고 있었다.

"이동엔 차질없겠지?"

"물론입니다."

"연옥에 있던 사람들도?"

"가장 먼저 옮겼습니다."

"좋아."

우목의 목소리엔 수하와 전사들에 대한 신뢰감이 한껏 담겨 있었다. 자신이 없는 동안에도 흑망은 무척이나 준비를 잘해놓았다. 진행도 원활했고, 보고도 적절한 때에 들어왔다. 다만 문제는 지금부터다. 조금이라도 삐끗하면 모든 일이 틀어진다. 희생은 최소화하되, 적들에겐 그 반대로 보여야만 했다.

"시신들의 숫자는?"

"다녀오시는 사이에, 연옥에서 세 명이 더 죽었습니다. 그걸로 백 구를 거의 채웠습니다."

우목이 고개를 들고 눈앞에 펼쳐진 초림과 버려진 마을을 돌아보았다. 보이는 곳과, 보이지 않는 곳, 수많은 시체들이 깔려 있었다. 오래돼서 썩어가는 시신들도 있었고, 몸이 다 식지 않은 시신들도 있었다. 그 숫자는 흑망이 말한 것처럼 백여 구에 달했다.

"세 명 더하면 아흔여덟 구군. 아직도 좀 부족해. 배치가 더 중요해졌어."

"시신들은 일단 지시하신 곳에 두었습니다. 다만, 몇몇 포랑족과 납서족 식구들이 불만을 표하고 있는지라……."

"그 문제라면 이미 다 채결된 기 아니있나?"

"막상 실행할 때가 되니 아무래도 마음에 걸리는 모양입니다."

"빼."

"예?"

"지금 당장이라도 제외하란 말이야. 안 그래도 그러는 게 낫겠다고 생각하고 있었어."

"하지만 그렇게 되면 숫자가……."

"어차피 오늘 좀 더 늘어날 거다. 부족한 숫자는 어느 정도 채울 수 있겠지."

흑망은 우목의 말을 들으며 순간적으로 가슴이 답답해짐을 느꼈다.

시체가 늘어난다는 말이 무슨 뜻인지 잘 알고 있는 까닭이었다. 그 시체들은 다른 누구도 아닌 이 자리에 있는 전사들의 것이 될 것이다. 더욱이 그 숫자는 종전까지의 싸움들과 비교할 수 없을 만큼 많을 것이 틀림없었다.

"보순!"

"예. 포랑족의 보순 여기 있습니다." .

전사들 사이에서 순하게 생긴 포랑족 전사가 앞으로 뛰어나왔
다. 우목이 그의 눈을 똑바로 쳐다보며 말했다.

"이야기 들었지? 오늘 이후로 시신들은 다시 못 찾는다. 전부 다
타버릴 테니까. 옮겨놓고 싶은 이들이 있으면 지금 하라고 전해."

"하, 하지만……."

"괜찮아. 대신 서둘러."

"가, 감사합니다. 군주!"

보순뿐이 아니었다. 뒤쪽에 있는 몇몇 전사들의 얼굴이 대번
에 밝아지는 것이 보였다. 연신 허리를 굽히던 보순이 초림 쪽으
로 뛰어들어 가자, 표정이 밝아졌던 전사들 십여 명이 그의 뒤를
따랐다. 대부분이 포랑족이었고, 납서족 사내가 두세 명 되는 것
같았다.

"생각보다 적군."

"다들 이해하고 있습니다."

그들은 시신을 화장(火葬)하지 않는다.

풍습의 문제다. 꿋꿋하게 서 있는 이들이 고마웠다. 이들 중에
도 보순을 따라 숲으로 뛰어가고 싶은 이들이 분명히 있을 것이
었다. 아창족이야 전사민족이니 그렇다 쳐도, 가족들의 시신까
지 불태워야 한다는데 누구도 좋아할 사람은 없다. 참고 서 있는
전사들의 결연함이 우목의 가슴을 뜨겁게 달구었다.

"다 왔나?"

보순과 전사들이 돌아오기까진 오래 걸리지 않았다. 그들은 괜한 사치를 부리지 않았다. 그저 땅에 묻는 것으로 충분하다. 가족들의 시신이 불에 타지 않을 것이라는 사실만으로도 그들은 만족한 얼굴을 하고 있었다.

"척후조!!"

"예!"

우목의 부름에 전사들 열여섯 명이 일제히 한 발 앞으로 걸어 나왔다.

"척후조는 음곡으로 향한다. 숫자를 정확히 파악하고 적들을 교란하여 시간을 끌어라. 이대로라면 서쪽으로 오는 적들이 먼 저 도착하게 된다. 양쪽이 어긋나선 안 돼. 되도록이면 동시에 맞이할 수 있어야 한다."

질문 따윈 없었다. 오랫동안 이번 일을 준비해 온 그들이다. 훈련 때부터 이미 몇 번이나 반복하여 들어왔던 지시였다.

타닥! 파바박!

척후조 열여섯 명이 땅을 박차고 몸을 날렸다.

진짜 시작이다.

더운 바람이 불어왔다. 땀 한 방울이 등줄기를 타고 흘렀다.

"다음은 전투조의 배치다. 자신의 위치는 정확히 알고 있겠 지?"

"예!"

대답은 짧고 강렬했다. 육십사 명 전사들이 답하는데 한 사람 의 목소리처럼 들릴 정도였다.

"고수병(鼓手兵)들과 기수(旗手)들의 역할이 특히 중요하다.

화공 유도가 실패하면, 곧바로 퇴각 신호를 울린다. 동시에 기수들은 역화공을 준비한다. 알겠나?"

"예!!"

고수병 스무 명, 기수병 열 명이 이구동성으로 대답했다. 망가지기 직전의 전고(戰鼓)와 찢어져 기운 깃발들을 들고 있었지만, 그들이 내뿜는 기세와 눈빛만큼은 정규장비를 완벽하게 갖춘 정예병들보다도 강렬하기만 했다.

"위치로 가라! 모두의 사활이 이번 일에 걸려 있다. 활로가 있으면 무슨 일이 있어도 그 길을 잡되, 도저히 길이 없다면 장렬하게 죽어라. 절대로 편히 죽지 마. 적들은 강하다. 생로든 사로든, 한 놈이라도 더 길동무로 삼아라!"

우목의 목소리가 모든 전사들의 가슴을 타고 흘렀다. 그는 결코 전부 다 살리겠다는 식의 허황된 약속 따윈 할 생각이 없었다. 죽을 때는 화려하고 과격하게 죽는 거다. 그들은 죽음을 곁에 두고 사는 마귀들처럼 그렇게 싸워왔다. 마군(魔軍), 그게 그들의 이름이었다.

＊　　　＊　　　＊

우목의 예측대로다.

귀비혈사대가 나타난 것은 태양이 막 모습을 감춘 초저녁 무렵이었다. 어스름하게 밝은 푸른빛이 비쳐드는 가운데, 흰색 무복을 입은 전사들이 유령처럼 초림 풀밭으로 내려앉았다. 머리엔 두 개의 뿔이 달린 붉은색 투구를 썼고 양다리엔 투구 색과 똑같이 붉은색 각반을 장착했다. 제법 무거워 보이는 각반임에도 불구하고 하나같이 은밀하고 기쾌한 몸놀림을 지니고 있었다.

스르릉, 스르릉.

그들이 일제히 가죽끈을 풀어내며 병장기를 꺼내 들었다. 차림새만큼이나 특이한 병장기였다. 기본 생김새는 굽어진 만도(蠻刀) 형태이면서, 날이 서 있는 반대편에도 날카로운 톱니가 갈려 있었다. 맹수의 이빨처럼 사납게 세워진 톱니라 조금만 잘못 휘둘러도 쓰는 자가 부상을 입게 생겼다. 맞받는 자는 물론이요, 다루는 자에게도 위험한 물건이란 소리다.

사사사삭!

투구 밑으로 번들거리는 붉은빛 두 개가 뿜어져 나온다. 충혈된 흰자위에 눈동자의 인광이 더해져서 그렇다. 귀비신단을 먹었기 때문이다. 귀비혈사대의 위용은 그 기괴한 분위기만큼이나 위협적이었다.

"오십 명 정도 되는군."

우목이 말했다. 그들은 초림이 훤히 보이는 숲 속에 몸을 감춘 채 귀비혈사대의 움직임을 주시하고 있었다.

당장 보이는 수는 오십이지만, 이들은 어디까지나 선봉일 뿐이다. 시시각각 숫자는 더 늘어날 것이다. 등줄기가 서늘했다. 옆에 있는 흑망의 턱 선을 따라 한 줄기 땀방울이 흘러내렸다.

"정찰조가 보이지 않습니다만."

"돌아오지 않을 모양이다."

흑망의 검은 눈동자가 가볍게 흔들렸다.

앞장선 귀비혈사대의 기형도에서 아직 채 마르지도 않은 혈흔

을 확인할 수가 있었다. 그 피는 다름 아닌 정찰조 열여섯 명의
피다. 전멸당했다고 보는 게 옳았다.

"만만치 않겠군요."

귀비혈사대의 기세는 무서웠다. 오십여 명에 불과했지만, 그
들이 뿜어내는 기운은 실로 대단했다. 드넓은 초림 전체가 은밀
한 광기로 가득 차 있는 것 같았다.

'만만치 않은 정도가 아냐.'

포랑족 전설 중엔, 죽음을 불러온다는 늪지의 하얀 귀신 이야
기가 있다.

귀비혈사대의 희끄무레한 그림자가 바로 그와 같다. 전설 속
에서 뛰쳐나온 듯 기형도를 끄집어 든 채 초림 풀숲을 소리없이
전진하고 있는 모습을 보고 있자니, 모든 부족들의 공포라는 말
도 허언이 아님을 알 수 있었다.

"흑망, 위치로 가. 화공 발동선을 더 물리라고 전해. 세 번째
작전으로 간다."

"알겠습니다."

흑망이 어둠 속으로 몸을 던졌다.

세 번째라는 것은 지금 상황이 최악이란 것을 의미한다. 첫 번
째 작전의 목표가 견고한 방어고, 두 번째 작전의 목표가 완벽한
도주라면, 세 번째 작전의 목표는 단순한 생존에 맞춰져 있었다.
그저 살아남는 것을 최상의 목적으로 하라는 말이다. 방어나 도
주 자체가 어렵다는 뜻이기도 했다.

쐐액! 채앵!

첫 번째 병장기 소리가 하늘을 갈랐다.

초림 한가운데였다. 검은 그림자 하나가 부딪쳐 밀려 나오더니, 다시금 용맹하게 몸을 내던진다. 아창족 전사였다.

채챙! 스가가각! 푸화악!

마주한 귀비혈사대 무인은 무척이나 빨랐다.

아창족 전사의 칼끝을 가볍게 받아내고 재빠르게 손목을 돌린다. 단숨에 치켜올려 내려치는데 도저히 피할 방도가 없다. 기형도 톱니가 아창족 전사의 가슴을 갈랐다. 살점과 핏물이 폭발하듯 터져 나왔다.

채챙! 채채챙!

그것으로 시작이었다.

병장기 소리가 연이어 울려 퍼졌다. 경포족 전사들이 풀숲을 뚫고서 뛰쳐나왔다. 귀비혈사대 무인들의 대응은 눈이 부실 정도다. 기형도를 자유자재로 수급하는 몸놀림이 실로 예사롭지 않았다.

슈가각!

"크악!"

선두에 있었던 경포족 전사가 고통에 겨운 비명을 내질렀다. 방금 전까지 붙어 있었던 팔뚝 하나가 하늘 위로 날아가는 게 보였다. 그다음은 목이다. 시끄럽다는 듯, 잔인한 톱니가 경포족 전사의 목젖을 단숨에 파헤쳤다.

후두두둑!

비명성이 끊기고, 핏물이 뿌려지는 소리만 남았다.

우목의 두 눈이 치떠졌다. 그의 머릿속에서 경종이 울렸다.

‘예상보다 훨씬 강해. 위험하다!’

우목이 재빨리 몸을 돌렸다. 어린 기수 하나가 그의 뒤에 있었다. 그가 다급한 목소리로 명령을 내렸다.

“신호를 보내. 퇴각을 준비하라고!”

기수라고 하여 언제나 깃발만 휘두르는 것은 아니다. 어떤 방식으로든 신호를 보내는 것이 그들의 몫이다. 깃발을 든 소년이 품속에서 나무 호각 하나를 꺼내 입에 물었다.

삐익! 삐이이익!

짧고 길게, 두 번 끊어서 소리를 냈다.

우목의 움직임이 바빠졌다. 방편산 자루를 고쳐 쥐고 어린 기수에게 소리쳤다.

“뛰어!!”

소년은 명령을 충실하게 따랐다. 곧바로 몸을 돌려 온 힘을 다해 달리기 시작했다. 우목의 시선이 초림 쪽으로 향했다. 아니나 다를까, 귀비혈사대 무인들 십여 명이 그가 있는 방향으로 몸을 날려오는 것이 보였다.

“제길!!”

호각이란 도구는 치명적인 약점이 있다. 사용이 간편하고 신호 전달이 쉽지만, 사용하는 순간 저들도 듣게 되어 있다. 어쩔 수가 없다. 마군의 빈곤한 형편으로는 호각 이상의 신호 도구를 운용할 방법이 없었다.

‘상대할 수 있을까?’

귀비혈사대 무인들은 빨랐다.

백 장이 넘는 거리에 있었건만 벌써 지척까지 왔다. 제대로 무공을 배웠고 귀비신단으로 강화된 근력까지 지닌 놈들이다. 그 전투력은 무림고수들에 필적한다고 봐야 했다.

타닥!

우목은 뒤로 이 장 더 물러섰다. 방편산을 찔러넬 공간을 확보하기 위함이다.

쐐액! 쉬이이악!

아름드리나무 사이로, 기형도 칼날이 짓쳐들었다. 직접 받아내려니, 멀리서 볼 때보다 훨씬 더 빠르게 느껴진다. 방편산 자루를 짧게 잡고, 위쪽으로 올려쳤다. 장쾌한 충격이 손끝으로 전해졌다.

'무겁다!'

일원요새의 졸개들이 휘두르는 칼날과는 천지 차이였다. 우목은 한 발 더 물러섰다. 두 놈이 더 앞으로 나왔다. 뒤에 있는 놈들까지 총 아홉 명이다. 한꺼번에 상대하기엔 극히 버거운 숫자였다.

"이놈, 마군주다."

가장 앞에 있던 놈이 탁한 목소리로 말했다. 귀신같은 놈들이 말도 하는구나 싶다. 맹획군 주력, 려족의 억양이 몹시도 귀에 거슬렸다.

"큰 걸 건졌군."

뒤에 선 놈이 대꾸했다. 잔인함이 뚝뚝 떨어지는 어조다.

거기까지다.

놈들이 말 대신 칼을 날려오기 시작했다. 우목은 쉽게 놈들의 공격을 맞받지 못했다. 급박하게 뒤쪽으로 몸을 날려 나무 사이로 돌아 들어갔다.

놈들은 처음처럼 빨랐다. 순식간에 짓쳐들며 기형도를 찔러 온다.

카가가각!

뾰족한 톱니가 방편산 자루를 긁었다. 우목은 도저히 못 감당하겠다는 듯 다시금 옆으로 물러났다. 두 놈, 세 놈, 기형도의 쇄도가 이어졌다.

채앵!

일합 일합을 아슬아슬하게 막아낸다. 누가 봐도 위태로운 형세였다.

카각! 채챙!

그렇게 얼만큼이나 물러났을까.

우목은 한순간, 압력이 경미하게 줄어드는 것을 느꼈다. 선두의 선 놈의 얼굴에 비웃음이 스친 직후다. 다 잡았다고 생각한 모양이다. 손속이 어지러워진 우목에겐 그 어떤 가망도 없어 보였다.

'걸려들었어!'

우목이 의도한 바가 그것이다.

방심을 유도하는 것은 마군주 우목의 특기 중 하나다. 한균전서에서 익힌, 일대 다 싸움의 기본이었다.

한순간, 우목의 발이 강하게 땅을 박찼다.

쐐액!

우목의 쇄도는 놀랍도록 빨랐다. 연신 밀려나던 종전과는 판이하게 다른 속도였다. 가장 앞에 있던 놈의 얼굴이 일순간에 굳어졌다.

콰직!

놈의 대응은 결코 늦지 않았다. 우목이 더 빨랐을 뿐이다. 방편산 뭉툭한 칼날이 막 돌아온 기형도 끝을 가볍게 밀어내고 가슴 한복판에 틀어박혔다. 놈의 몸이 덜컥 뒤쪽으로 솟구쳐 올랐다 떨어졌다.

쐐액! 위이이잉!

방편산을 뽑아내자마자 왼발을 축으로 허리를 돌렸다. 온 힘을 다해 휘두른 방편산이 무시무시한 파공성을 울렸다. 바로 그 옆에 있던 두 번째 놈이 대경하여 기형도를 마주쳐 왔다.

쩌엉!

기형도 칼날이 반 토막으로 부러져 나갔다. 단숨에 꺾어내려 방편산 날 끝을 옆에 선 놈의 옆구리에 쑤셔 박았다. 파열된 근육 사이로 내장과 핏물이 쏟아졌다.

채애애앵!

방심의 허를 찌른 기습적인 공격이었다. 한 호흡에 두 놈을 쓰러뜨렸으니 속임수가 제대로 통한 것이다. 하지만 다음 놈은 앞의 두 놈처럼 쉽게 당하지 않았다. 기형도를 빠르게 휘돌려 방편산을 막아낸다. 준비된 상태에서 쳐내는 방어초는 이처럼 다르다. 칼끝에 전해오는 힘이 굉장히 묵직했다.

여유롭게 몰아치던 공격에 다시금 살벌함이 깃들었다.

뒤쪽의 놈이 흉맹한 기세로 땅을 박차며 기형도를 찔러왔다. 몸을 숙이며 칼끝을 피했다. 반격을 가해야 할 때였지만, 우목은 공격 대신 방어를 굳건히 했다. 성급하게 공세를 취할 때가 아니었다.

찌엉!

이제부터가 진짜다. 세로로 틀어막은 방편산 철봉에서 강렬한 충격이 전해졌다.

채챙! 쩌저정!

방편산의 움직임을 최소화하며, 사방에서 짓쳐 오는 기형도를 어렵사리 막아냈다. 불시의 기습으로 두 명이 쓰러진지라, 놈들도 이젠 전력을 다하고 있다. 일곱 자루 기형도가 우목의 전신을 노리고 날아들었다.

채챙! 콰직! 우지끈!

나무 파편이 튀었다. 기형도 칼날과 톱니가 나무를 깎아내며 넘어뜨렸다. 쉬운 싸움이 될 수 없다. 귀비혈사대의 힘은 중원의 고수들에 준했고, 그들의 움직임은 경공의 대가들 못지않았다. 그렇기에 우목의 분전은 눈부실 정도다. 숲의 나무들을 방책으로 절묘하게 활용하며 공방의 연쇄를 끊임없이 이어나가고 있었다.

'여기서 뒤로, 그다음은 오른쪽이다. 나무 옆 다섯 치, 꽂아 넣는 순간 생로가 열린다.'

몸보다 머리를 사용하는 싸움이다.

숲이란 곳은 대저, 단병이 장병보다 훨씬 더 유리한 법.

하지만 이 싸움에서 지형의 이점을 취한 것은 칼을 쥔 귀비혈사대가 아니라, 도리어 방편산을 들고 있는 우목이었다. 우목이 한쪽 나무를 돌아서며 방편산으로 우측을 겨눴다. 옆으로 따라붙는 기형도를 피해내고 미리 겨눈 곳을 향해 방편산 칼날을 힘껏 찔러 넣었다.

치링! 퍼어억!

두말할 것 없는 치명타였다. 귀비혈사대 한 놈의 목이 뒤쪽으로 꺾여 넘어가고 있었다.

'이제 여섯!'

뒤쪽으로 쓰러지는 적의 시체를 타넘고 몸을 날렸다.

그때였다.

'엇!?'

채애앵! 쩌엉!

우목의 몸이 옆으로 번쩍 튕겨 나갔다. 투로나 초식이 아니라 본능에 의해 막았다. 죽을 뻔한 것이다. 그의 눈에 당혹스런 빛이 떠올랐다

'왜 여기서?'

적들의 동선, 숫자, 움직임, 속도, 그 모든 것을 완벽하게 계산하여 찾아낸 활로다. 이쪽 방향에서는 절대로 공격이 들어오지 말았어야 옳다.

'틀린 건가? 그럴 리가 없는데!'

오류는 없어야 했다. 뭔가가 잘못됐다.

한균전서 주해본을 통해 오랜 시간 갈고닦은 개인 전술이 깨져 버린 것이다.

황급히 몸을 틀어 기형도 한 자루를 피해냈다. 나무 밑동을 박차고 뒤쪽으로 몸을 날렸다. 고개를 들고 시야를 확보했다.

'대형이 왜 이렇게 변했지?'

예상했던 위치와 다르다. 유도한 대로라면 왼쪽에 둘, 정면에 하나, 오른쪽에 셋이어야 했다. 그러나 눈에 보이는 배치는 그와 같지 않다. 위치가 미묘하게 틀어져 있었다. 그뿐이 아니다. 숫

자도 이상하다. 방편산을 고쳐 잡는 우목의 얼굴이 혼란으로 얼룩졌다.

'하나, 둘… 여섯, 일곱… 일곱?

쓰러뜨린 것은 분명 세 놈이다. 아홉 놈 중에 셋이니 여섯이 서 있어야 맞다. 하지만 지금 적의 숫자는 일곱이다. 적들을 재빨리 훑어낸 우목의 시선이 순간, 왼쪽에서 두 번째 놈에게 꽂혀 들었다.

'저놈……!!'

쉬익, 쉬이익.

시뻘게진 얼굴에, 숨을 쉴 때마다 바람 빠지는 소리가 새어 나오고 있었다.

처음의 기습 공격으로 가슴을 박살 냈던 놈이다. 부러진 갈빗대와 찢어진 옷가지 사이로 핏물 섞인 분홍색 거품이 쉴 새 없이 뿜어져 나오고 있었다.

'귀비신단!'

활로가 막힌 것도 바로 이놈 때문이다. 죽었어야 할 놈이 살아서 움직이고 있다. 귀비신단의 조화다. 저승 문턱에 두 발 모두 다 올려놓은 상태였지만 놈은 그걸 망각한 채 꾸역꾸역 움직이고 있다. 귀비신단의 약력이 고통을 지워 버린 까닭이었다.

쐐액!

들려오는 파공음이 우목의 눈을 다른 쪽으로 돌려놓았다.

물러나고 또 물러나기를 수차례. 결국 허벅지에서 일격을 허용하고 말았다. 깊지는 않았으나 기민한 움직임을 방해하기엔 충분하고도 남을 만한 상처였다.

"이만 죽어라, 마군주."

한 놈이 음산한 목소리로 말했다.

말이 떨어지기 무섭게 사나운 공격이 이어졌다. 왼쪽, 다음은 오른쪽, 허리를 꺾고 피해냈다 싶었더니 이번에는 위쪽에서 내리찍어 온다. 무서운 기세다. 우기(雨期)에 쏟아지는 빗물마냥 거세기 그지없었다.

'이대론 안 돼.'

절체절명이었다.

그 하나 죽는 게 문제가 아니다. 마군 모두의 목숨이 걸려 있다. 여기서 죽으면 모든 게 끝이었다.

카아앙!

기형도 한 자루 튕겨내고 뒤쪽으로 몸을 날렸다. 굵은 가지 하나를 붙들고 몸을 휘돌려 나무 위로 솟구쳐 올랐다.

도저히 안 되겠다. 방법이 없다. 단 한 가지를 제외하곤 이 상황을 타개할 방도가 없어 보였다.

'내키지 않지만 어쩔 수 없어.'

그가 품속에 손을 집어넣었다. 작은 목갑이 손가락 사이에 걸렸다.

콰직! 우지직!

쫓아 올라온 놈의 기형도가 나뭇가지 하나를 쪼개놓았다. 우목이 떨어지는 나무 파편을 따라 땅으로 몸을 날렸다.

와작!

목갑을 열 시간이 없었다. 손에 쥐고 그대로 부숴 버렸다. 기다렸다는 듯 날아오는 기형도를 피해내고, 왼발을 뒤로 뻗어 땅을 박찼다.

손을 내려보았다. 핏빛처럼 붉은 단약 하나가 그의 손아귀 안
에 있었다.

곧바로 따라붙으며 기형도를 찔러오던 놈이 충혈된 눈을 커다
랗게 치떴다. 우목은 더 지체하지 않았다. 망설임은 끝이다. 그
가 손에 있는 붉은 단약을 입속에 털어 넣었다.

"어째서 네놈이?"

귀비혈사대 무인은 아직도 놀라움에서 벗어나지 못했다.

우목의 입가에 비릿한 미소가 떠올랐다.

"어째서냐고? 이건 원래 우리 거였어."

우목의 이마에 푸른 혈관이 곤두섰다. 번들거리는 붉은 빛이
그의 흰자위를 가득 채웠다.

귀비혈사대의 그것과 같은 색이었다.

머리를 쓰는 싸움은 이제 끝났다. 마군주가 몸을 날린다. 온몸
으로 오원이 간직한 오랜 광기를 뿜어내면서.

흑색 방편산이 폭풍처럼 몰아치기 시작했다.

＊　　　＊　　　＊

"공기가 바뀌었다."

어둠 속에서 단운룡이 한 말이다. 그가 자리에서 일어나 손을
튕겼다. 심지를 아끼기 위해 꺼놓았던 횃불이 다시 켜졌다.

"공기가 바뀌었다니……."

갑작스레 비쳐든 불빛에, 원태의 얼굴은 한껏 찌푸려져 있었다.

"그게 대체 무슨 소리요?"

찌푸려진 얼굴만큼이나 불만이 가득한 목소리였다. 당연한 일이다. 갇힌 지도 닷새가 넘었다. 그들은 그동안 한 번도 바깥 구경을 못했다. 누구도 그들을 찾아오지 않았다. 닫힌 문을 힘껏 두드려 봐도, 내공을 담아 소리를 질러봐도 아무런 소용이 없었다. 잊혀지기라도 한 듯, 그들은 그 상태 그대로 오 일 넘게 방치되어 있었던 것이다.

"싸움이 벌어진 것 같아."

원태가 눈썹을 치켜올리며 되물었다.

"그걸 어떻게 아시오?"

단운룡은 대답하지 않았다. 그가 걸음을 옮겼다. 폐쇄된 통로 쪽이다. 성큼성큼 걸어가 막힌 문 앞에 섰다. 그가 두터운 문을 일견하고는 굳은 표정으로 위를 올려보았다. 그가 혼잣말을 하듯 작은 목소리로 말했다.

"사람이 죽고 있다."

원태가 자리에서 일어나 그의 옆으로 걸어왔다. 그가 문 쪽으로 귀를 가까이 가져갔다. 그가 이내 의아함이 가득한 얼굴로 단운룡에게 물었다.

"아무 소리도 들리지 않소만. 어디서 사람이 죽고 있다는 거요?"

단운룡은 이번에도 대답하지 않았다. 대답은 다른 곳에서 있었다.

"위에서요."

원태가 뒤쪽으로 고개를 돌렸다. 횃불이 일렁이는 석실 가운데, 도요화가 천장을 올려보며 서 있었다.

"위?"

원태의 눈살이 찌푸려졌다. 그가 도요화 쪽으로 걸음을 돌려 그녀처럼 천장 위쪽을 올려보았다.

'아무것도 느껴지지 않는구만.'

위쪽이라면 동굴이 있는 땅 위를 뜻한다. 아마도 초림이라 불렸던 풀밭 부근일 게다. 하지만 그는 아무것도 감지할 수가 없었다. 도대체 뭐가 있다는 건가. 그가 고개를 내려 도요화의 얼굴을 바라보았다. 원태의 얼굴이 가볍게 굳어졌다. 위쪽을 보고 있는 도요화의 눈동자로부터 보랏빛 광망이 새어 나오고 있었다. 사람의 그것 같지 않은 눈빛이었다.

'무슨……!'

원태가 두 눈을 한 번 깜박였다. 착각이 분명하다. 사람의 눈이 어떻게 보랏빛으로 빛날 수 있단 말인가. 그럼 그렇지. 다시 본 도요화의 눈동자는 보랏빛이 아닌 검은색으로 빛나고 있었다.

"나가야겠어."

단운룡의 목소리가 원태의 얼굴을 또 한 번 굳어지게 만들었다.

보랏빛 눈동자야 눈의 착각이라 해도, 단운룡의 이번 발언은 도무지 납득이 되질 않는다. 언제든 나갈 수 있다는 듯 꺼낸 목소리라 더 그랬다.

"저건 열 수 없소. 어떻게 나간단 말이오."

"부수면 돼."

단운룡은 대수롭지 않다는 듯 대답했다.

원태가 고개를 설레설레 내저었다. 이 두 남녀는 아무리 봐도 이상하다. 잘못 얽혀도 단단히 잘못 얽혔다는 느낌이다.

"몇 번이나 실패하는 걸 봤잖소. 이건 뚫을 수 없는 문이오."

아닌 게 아니라, 원태는 지난 닷새 동안 몇 번이나 이 문을 열어보려 했었던 바다. 내공을 있는 대로 끌어올려 주먹을 갈겨보기도, 옆으로 밀어보기도, 위로 올려보기도, 심지어 잡아당겨 보기까지 했었다. 어느 것 하나 통하지 않았다. 원태가 어이없다는 표정으로 단운룡의 옆에 걸어와 섰다. 석벽 곳곳이 움푹 패어 있는 게 보였다. 그가 만들어놓은 숱한 실패의 증거다. 풀풀 날리는 돌가루만 발치 가득 쌓여 있었다.

"비켜서."

단운룡이 말했다.

원태는 한마디 더 하려다가, 단운룡의 전신에서 뻗어 나오기 시작한 무서운 기세에 그만 입을 꾹 다물고 말았다.

'이건……'

휘류류류. 바람이 단운룡의 옷가지를 타오른다 싶더니, 한순간, 그 바람이 눈에 보이는 전격으로 변했다. 파직거리는 뇌전이 몸 전체에서 새어 나오고 있다. 어두운 통로가 밝아질 정도였다.

'이건 또 무슨 조화냐……!'

원태가 두 눈을 치떴다.

"흐으읍."

단운룡이 숨을 들이켜는 소리가 들렸다.

파직거리던 뇌전의 기운이 픽, 하고는 일순간에 사라져 버렸다.

단운룡의 두 손바닥이 앞으로 모아졌다.

무언가가 커지고 있다. 아무것도 없는 허공에서, 상상을 초월한 뭔가가 구형으로 자라나고 있었다.

우우우우우우웅!

원태는 본능적으로 손을 들어 귀부터 막았다. 왜 귀를 막았는지는 모른다. 그래야 한다고 생각했다. 그러나 그게 다가 아니었다. 귀를 막는 것만으로는 부족했다. 원태는 자신의 몸이 깃털처럼 붕 떠오른다는 느낌을 받았다. 그때서야 알았다. 자신의 몸이 뒤쪽으로 튕겨 나가고 있다는 사실을 말이다.

버언쩍!

투명한 빛의 구체가 단운룡의 앞에서 폭발했다. 공간이 일그러지는 느낌이다. 치뜬 눈으로 튕겨 나가던 원태는 그들을 가로막았던 석벽이 구형으로 함몰되는 것을 볼 수가 있었다.

콰과과과광!

빛이 먼저, 소리가 그다음이다.

음속광뢰포(音速光雷砲)다.

훅, 하고 일렁이던 횃불이 순식간에 날아가 버렸다. 한계를 초월한 음파의 파동이 석실 전체를 가득 채웠다.

어둠 속 사방을 뒤흔드는 굉음 끝에, 꿍! 하는 작은 충돌음이 뒤따랐다. 튕겨 날아간 원태의 등이 벽에 부딪치는 소리였다. 원태가 오만상을 찌푸리며 몸을 바로 세웠다.

"가자."

단운룡의 목소리가 이어졌다.

원태가 귀를 막았던 손을 내렸다. 웅웅거리는 이명(耳鳴)이 남아 있었다. 귀를 막길 잘했다는 생각이 든다. 석실을 뒤흔든 굉음은 단순한 진기의 폭발음이 아니었기 때문이다. 그건 소리 이상의 무엇이다. 아직까지도 공기가 일렁거리고 있을 정도다. 바닥과 석벽이 미세한 진폭으로 진동하고 있었다.

'허허허.'

그렇기에 원태는 석벽이 있던 곳을 보고도 크게 놀라지 않았다. 허탈한 웃음만 뒤따를 뿐이다. 도요화는 그것을 보고도 별로 놀라지 않은 듯했다. 그녀가 아무렇지 않다는 표정으로 벽에서 횃불을 뽑아 들었다. 넘겨받은 단운룡이 손가락을 튕겨 불을 붙였다. 통로가 밝아졌다. 원태가 고개를 설레설레 흔들며 혀를 내둘렀다.

"인간의 무공이 아니로군."

굳게 가로막혀 있었던 석벽은 이제 더 이상 벽이라 부를 수 없는 모양새를 하고 있었다. 완파(完破)였다. 달리는 박살이라는 표현도 있다. 종이처럼 구겨지고 찢어져 버린 철문 조각들이 큼직큼직한 돌무더기 사이사이로 나뒹굴고 있었다.

석실을 나와 어둠 속으로 발을 옮겼다. 통로 두 개를 꺾어 들어갔을 때다. 단운룡이 문득 도요화를 돌아보며 입을 연다.

"들리나?"

"아무것도요."

"안 들리지?"

"예."

무엇이 안 들린다는 말인가. 원태는 묻지 않았다. 무슨 이야기를 하는지 곧바로 알아챘기 때문이다.

이만큼 왔으면 들려야 하는 소리가 전혀 들리질 않았다. 꺼내 달라고 울부짖는 귀비산 중독자들의 고함 소리가 한마디도 들려오질 않고 있었다.

단운룡의 걸음이 빨라졌다. 이내, 연옥(煉獄)이라 불렀던 지하 감옥에 도착할 수 있었다. 사방을 훑은 단운룡의 눈동자에 자그만 뇌전이 피어올랐다.

"하나도 없군."

"그러게 말이에요."

도요화가 그의 말을 받았다. 연옥엔 더 이상 울부짖는 사람들이 갇혀 있질 않았다. 구멍을 막아놓았던 모든 문들이 활짝 열려 있었다. 귀비산 중독으로 꿈틀거리던 아이들도 문을 두드리던 남자들도, 전부 다 빠져나가 버렸다. 남은 이는 아무도 없었다.

단운룡은 지체하지 않았다. 횃불을 왼쪽 오른쪽으로 돌려보더니 한쪽 방향을 가리키며 말했다.

"저쪽이다."

그들이 들어왔던 통로가 거기에 있었다.

저길 통해서 걸어나가면 처음 흑망을 마주쳤던 그곳이 나올 것이고, 거기로 더 거슬러 올라가면 바깥세상이 나올 것이다.

그리고 바깥세상, 불타오르는 초림 풀밭.

전장(戰場)이 그들을 기다리고 있었다.

*　　　*　　　*

퍼어어억! 후두둑! 콰직!

숲에서 들려오는 소리는 거칠고 잔인했다. 소리는 한참 뒤에야 멈추었다. 진한 피비린내가 수풀 사이로 번져 나왔다.

턱!

소리가 멈춘 지 얼마 지나지 않아, 나무 사이로 손 하나가 불쑥 튀어나왔다. 손아귀엔 핏물이 흥건했다. 피 묻은 손가락이 나뭇가지 하나를 그러쥐었다. 손마디에 힘이 들어갔다. 손의 주인이 숲 밖으로 몸을 꺼냈다. 온몸에는 피칠갑을, 오른손에는 흑색 방편산을 들었다.

"헉… 헉……!"

우목이었다. 그가 숨을 몰아쉬며 고개를 들었다. 붉은 광망이 그의 두 눈에 가득했다. 그 두 눈동자에 희끄무레한 그림자들이 비쳐들었다. 초림 숲을 이리저리 누비고 있는 악적들, 귀비혈사대의 모습이었다.

'방어선은… 전멸인가……!'

붉은 투구에 흰옷을 입은 귀비혈사대 무인들은 초림 숲을 움직이는 데 아무런 제약을 받지 않고 있었다. 결과는 보이는 것만큼이나 명백했다. 적들의 숫자는 기백을 헤아린다. 적들의 수가 그대로고, 움직임마저 자유롭다면 방어선에 있던 전사들의 전멸을 생각할 수밖에 없었다.

'예상했던 것보다 훨씬 더 강하다. 이렇게 되면……!'

애초부터 마군 전사들이 막을 수 있는 놈들이 아니었다.

고작 아홉 놈 죽이는데 귀비신단까지 써야 하지 않았던가. 귀비신단을 먹고도 죽을 뻔했다. 핏물로 목욕을 하다시피 했지만, 그 핏물은 적들만의 것이 아니다. 우목 자신이 흘린 피가 절반이다.

찌이익! 쫘악!

키가 큰 수풀 뒤에서 옷깃을 찢고 몇 군데 입 벌린 상처들을 틀어막았다. 억, 소리나게 큰 상처도 있었지만 약 기운 때문에 통증은 거의 느낄 수가 없었다. 지혈만 대충 해놓고 몸을 일으켰다. 현기증이 일었다. 방편산 자루를 땅에 박고 고개를 돌렸다. 초림 뒤편의 숲 쪽을 향해서다.

'시간이 없다. 화공 유도는 실패야. 이쪽에서 화공을 시작해야 해!'

적들은 화공 따위를 펼치지 않을 것이다.

그러기엔 방어선이 너무나도 허무하게 무너졌다. 전사들이 어느 정도는 버텨줬어야 놈들도 다른 계책을 낼 여지가 생긴다. 굳이 불까지 지르지 않아도 전부 다 색출해서 죽여 버릴 수 있는 상황이니, 놈들 입장에선 화공 같은 것을 택할 이유가 없었다.

'흑망! 신호를 넣어라. 기회를 놓치면 안 돼.'

마음속으로 흑망의 이름을 불러보았다. 그때였다. 마음속 외침이 전달되기라도 한 듯, 저편 숲으로부터 북소리가 울려 퍼지기 시작했다.

둥둥둥둥!

다행이다. 방어선은 삽시간에 무너졌지만 숲에 숨어 있는 고수병들만큼은 제 역할을 해줄 모양이었다. 하지만 우목은 안도의 한숨을 반도 내쉬기 전에 얼굴부터 굳혀야만 했다. 둥둥둥, 이어지던 북소리가 점차 작아지고 있었기 때문이다.

둥둥… 둥……!

그것은 소리의 크기 문제가 아니다. 숫자의 문제다. 북소리가 줄고 있다. 북 치는 세기가 약해진 게 아니라, 울리는 북 수가 줄어들고 있는 것이다.

'설마, 저기까지!?'

우목의 눈이 커다랗게 치떠졌다. 북소리 울려 나오던 숲이 흔들리는 게 보였다. 나뭇가지 사이로 희끗희끗한 그림자들이 언뜻언뜻 비치고 있었다.

"무섭도록 빠르구나!"

숲에서 아련한 비명 소리가 들려오고 있었다. 고수병들이 죽고 있는 것이다. 우목이 이를 악물었다. 그가 봄을 날렸다. 몇 발짝 가지도 못했다. 북소리가 완전히 멈춰 버리기까진 그야말로 촌각밖에 걸리지 않았다.

'흑망……!'

흑망은 괜찮은지 모르겠다. 녀석의 실력이라면 한두 놈까진 어떻게 버텨낼 수 있을 게다. 하지만 세 놈 이상 만날 경우엔 승산이 없다.

'어떻게든 살아나겠지. 그보다 기수들이……!'

그의 눈이 이번에는 초림 저편의 능선으로 향했다.

지금쯤 깃발이 올라왔어야 된다. 하지만 깃발은 보이질 않았다.

북소리가 짧았기 때문일 것이다. 울리다 만 북소리로는 정확한 신호 전달이 될 수 없었다.

"제길!!"

우목의 입에서 욕지거리가 튀어나왔다. 그가 재빨리 품속을 뒤져 호각 하나를 꺼내 물었다. 망설임이 앞설 수밖에 없다. 이

걸 불면, 또 다른 놈들이 쫓아올 것이다. 이를 악물고 숨을 들이켰다. 호각 끝에서 날카로운 음성이 쏘아져 나왔다.

삐익! 삐이익! 삐익!

세 번 끊어 불었다. 깃발을 올리고 화공을 시작하라는 신호였다.

'반응이 없다?'

우목의 가슴이 덜컥 내려앉았다.

아무리 안력을 돋우어봐도 마찬가지다. 이번에도 깃발은 올라오지 않았다.

'기수병들까지 당한 건가?'

못 들은 것일 수도 있다. 아니, 그래야만 한다.

만에 하나 기수병들까지 당한 거라면, 그땐 정말 끝이다. 살아나갈 길이 완전히 없어지고 마는 것이다.

'직접 가야겠어!'

파바박!

우목은 전속력으로 내달렸다. 기수들이 있는 곳, 화공 발동선을 향해서다. 지금 당장 화공에 들어가야 된다. 그래야만 적들을 속일 수 있다. 마군 전체의 활로가 거기에 있었다.

사사사삭!

문제는 또 있었다. 호각 소리도 소리거니와, 있는 힘을 다해 내달리고 있으니 눈에 띄지 않을 도리가 없다. 귀비혈사대 무인들이 달려오고 있음을 느낄 수 있었다.

한 놈도 마주치지 않았으면 좋았겠지만 그런 요행까지 바라는 것은 무리다. 앞쪽의 풀숲이 흔들리는가 싶더니, 귀비혈사대 무인 두 놈이 번쩍 튀어나왔다. 무작정 방편산을 내쳤다. 하나 급한 마음으로 펼친 일격에 날카로움이 있을 리 만무했다. 까앙 하는 소리와 함께, 기형도 톱니가 방편산 칼날을 단숨에 튕겨내 버렸다. 우목의 미간에 내 천(川) 자가 그려졌다. 여기서 지체할 시간이 없었다.

쩌엉! 카가각! 채채채챙!

돌파하기가 쉽지 않았다. 열 합 가까이 주고받은 후에야 겨우 한 놈을 밀어내고 몸을 뺄 공간을 확보할 수 있었다. 오른발을 내딛고 허리를 틀며 재빨리 전권에서 벗어났다. 기형도 살벌한 칼바람이 등 뒤에서 종이 흰 징 사이로 스쳐 지나갔다. 급히 땅을 박차고 정면을 향해 튀어나갔다.

삐익! 삐이익! 삐익!

우목은 마지막으로 다시 한 번 호각을 불었다. 지푸라기라도 잡는 심정이었다.

그때였다.

화륵!

들릴 리가 없는 거리임에도, 우목은 그 소리를 들었다고 생각했다.

풀숲 저편 능선으로 몇 개의 불빛이 생겨났다. 기수들이었다.

'기수들!!'

붉은색 깃발이 능선을 따라서 올라오고 있었다.

쐐애액!

우목의 고개가 위쪽으로 처들렸다. 그의 눈동자가 하늘 위로 솟구친 붉은 궤적을 쫓았다. 불을 붙인 화살, 밝게 타오르는 화시(火矢) 한 대가 어둑해진 하늘을 갈랐다.

챙!

등 뒤까지 따라온 기형도를 쳐냈다. 그의 시선이 다시금 위쪽으로 향했다. 수십 대의 불화살이 하늘 위로 올라오는 것이 보였다.

화르르르륵!

떨어진 화살들이 메마른 초목 위에 붉은색 화염을 피워 올렸다. 불길은 빠르게 번져 나갔다. 들불처럼 번져 나간다는 표현이 딱 어울린다. 충천하는 화광이 초림 전체를 대낮처럼 환하게 밝혔다.

'바람 방향도 나쁘지 않다!'

오랜 시간 준비했던 작전이다. 불길이 잘 번져 나가라고 잘 말린 건초들까지 바닥에 깔아두었다. 급하게 훈련시킨 것치고는 화살도 잘 쐈다. 바람까지 제때 불어와 화마(火魔)의 움직임을 돕고 있다. 하늘이 아주 그들을 외면하지는 않으려는 모양이었다.

챙!

아직 안심하긴 이르다. 사납게 날아온 기형도 한 자루를 뿌리치고 반탄력을 이용해 훌쩍 뒤로 물러났다. 뒤를 따라온 귀비혈 사대 무인 하나가 남방 려족의 억양으로 거칠게 소리쳤다.

"화공(火攻) 따위가 통할 것 같은가!!"

'당연히 통하지 않겠지.'

우목은 속으로 생각했다.

위잉! 까앙!

뒤쪽으로 방편산을 휘둘러 집요하게 따라붙는 놈을 떨쳐 냈다. 놈이 다시 한 번 소리쳤다.

"이런 불은 아무것도 아니다! 네놈들은 전멸이야!"

내공이 제법 튼실한 놈이다. 고함을 내지르면서도 뛰어오는 속도가 여전했다. 이놈뿐이 아니다. 귀비혈사대는 다들 이 정도 수준을 갖추고 있다. 당연히 화공은 통하지 않는다. 불길에 다소 그을릴 수는 있어도 치명적인 타격을 결코 주지 못할 것이다. 그럼에도 굳이 화공을 택한 것은 그럴 만한 이유가 있어서다. 우목이 마음속으로 대답했다.

'네놈 말대로다. 전멸! 그래. 전멸당해 주마!'

카각! 채챙!

몸을 틀며 방편산을 내쳤다. 톱니와 방편산 칼날이 얽혔다. 두 합을 더 교환했다. 손목에 힘을 더했다. 거세게 내치고 돌려 막으며 위아래로 찍어 내렸다. 콰직! 하는 소리와 함께 놈의 신형이 뒤로 넘어갔다.

"사, 살아남지 못할 것이다."

놈의 목숨은 질겼다. 가슴이 갈라져 핏물이 분수처럼 솟아 나오고 있는데도, 기어코 하고 싶은 말을 다 내뱉고 만다. 이내, 핏발 선 눈이 뒤집혔다. 숨이 끊어진 것이다. 아무것도 들을 수 없게 된 시체 위로 나직한 목소리가 내려앉았다.

"틀렸어. 우린 살아남는다."

전멸은 당해주겠다. 살아남겠다. 모순이다.

바로 그것이다. 그 모순이야말로 준비된 계획의 핵심이다.

'이젠 퇴각이다. 도망칠 때야.'

다시금 몸을 날렸다. 저 멀리로 막 활을 거두고 있는 기수들이 보였다. 그의 고개가 먼 쪽 측면으로 돌아갔다. 귀비혈사대 무인

삼십여 명이 기수들을 향해 유령처럼 날아들고 있었다.

'제길!!'

기수들의 움직임은 귀비혈사대보다 느렸다. 놈들의 눈에 포착된 이상 완전히 뿌리치는 것은 불가능했다. 결국은 싸워야 한다는 이야기다. 하나, 그 결과가 어떻게 될지는 굳이 계산할 필요조차 없다. 기수들은 기본적으로 전투에 특화된 이들이 아니었다. 전사들도 감당하지 못하는 귀비혈사대를 그들 힘으로 상대할 수 있을 리가 만무했다.

방편산을 고쳐 들었다. 기수들을 퇴각시키기 위해서는 그가 나서야 했다.

퇴각을 준비하던 기수들이 저마다 칼을 꺼내 드는 게 보였다. 그들도 안다. 도망칠 수 없다는 사실을. 키 높은 덤불 몇 개를 뛰어넘고 기수들 앞에 당도했다. 피칠갑을 한 그를 본 기수들의 얼굴이 굳어졌다. 앳된 얼굴의 포랑족 기수 녀석이 걱정스런 얼굴로 물었다.

"군주! 괜찮으신 겁니까?"

"문제없다!"

핏발까지 선 눈, 온몸이 피범벅이다. 조금도 괜찮아 보이지 않았다. 그가 왼쪽으로 고개를 돌렸다. 귀비혈사대가 지척까지 다가오고 있었다. 그가 소리쳤다.

"여긴 내가 막겠다! 모두 도망쳐!"

하지만 기수들은 그의 명령에 따를 생각이 없는 것 같았다. 누구도 물러나는 이가 없었다. 우목이 다급하게 기수들을 재촉했다.

"어서 퇴각해! 명령이다!"

그래도 기수들은 움직이지 않았다. 검은 연기 머금은 매캐한 바람이 코끝을 스쳤다. 우거진 풀숲 한 켠에서 귀비혈사대 붉은 투구가 불쑥 튀어나왔다. 공격을 받은 기수가 호철도를 치켜올리며 힘겹게 예봉을 막아냈다.

챙! 채채챙!

귀비혈사대 희끄무레한 신형들이 곳곳에서 날아든다. 곧바로 난전이 시작되었다. 우목이 이를 악물었다. 그때였다.

"군주! 이만 가십시오!"

"뭐?"

"여기는 우리가 맡겠습니다."

창백한 얼굴의 납서족 기수였다. 싸움에 재능이 없는 녀석이었던지라 기수를 시켜놓았더니, 도통 말이 안 되는 소리를 하고 있다. 우목이 신경질적으로 소리쳤다.

"저게 안 보이나? 너희론 안 돼!"

순식간에 두 녀석이 더운 피를 뿜으며 쓰러졌다. 지금 이 순간에도 기형도 사나운 발톱이 경포족 앳된 놈을 찍어누르고 있었다. 우목이 두 눈에 붉은 광망을 품으며 앞으로 나섰다. 어린놈이 턱 하고 그의 팔뚝을 잡아챘다. 녀석이 결연한 표정으로 말했다.

"못 이기는 건 이미 알고 있어요. 그래도 싸워야 합니다."

"허튼소리 말아라! 모조리 죽는다!"

"그게 우리 역할입니다."

우목의 눈이 크게 뜨여졌다. 말문이 막힐 수밖에 없다.

이제 열여섯 또는 열일곱. 싸움은 잘 못해도 강단이 있어 깃발 하나는 잘 휘둘렀었던 녀석이다. 그가 지금 죽음을 이야기하고 있다. 죽는 것이 그들의 역할이라 말한다.

"동생 녀석을 잘 챙겨주십시오."

녀석이 우목의 팔을 놓았다. 씨익 웃고는 깃발을 번쩍 치켜올렸다. 붉은색 깃발, 진격신호였다.

"이야압!"

"크악!"

기수들이 하나하나 쓰러지고 있었다.

어차피 우목이 명령한 시점부터 도망치기 시작했어도 무사히 살아남기는 불가능했던 상황이었다. 기수들은 불화살을 쏨으로써 자신들의 위치를 노출시켰고, 근거리에서 위치가 드러난 이상 귀비혈사대의 칼부림을 피할 방법 따윈 애초부터 없었단 말이다.

'가족들은 반드시 잘 돌봐주마.'

가슴속에 피눈물이 흘렀다. 기수들로 하여금 역화공을 준비하게 했을 때부터, 이는 이미 예견된 결과였다. 그리고 녀석의 말대로 기수들은 이 자리에서 죽어야 했다. 작전 성공을 위해서 감당해야만 하는 필연적인 희생이었다.

타닥!

우목은 결심했다. 주저할 때가 아니었다. 그가 뒤쪽으로 몸을 날렸다.

"한 놈이 도망친다! 쫓아라!"

귀비혈사대 쪽에서 고함 소리가 울려 퍼졌다. 우목이 땅을 박차는 발끝에 힘을 더했다. 기수들의 죽음을 헛되이하지 않으려면 그라도 살아야 한다. 아니, 살아남지만 죽은 것처럼 보여야만 했다.

사사사삭!

풀숲을 헤치고, 숲 쪽으로 돌아 나왔다. 검은 연기, 붉은 불빛이 사방을 어지럽히고 있었다. 후방으로 고개를 돌렸다. 세 놈이 따라붙는 게 보였다. 우목은 숨을 참고 연기 속으로 뛰어들었다. 불길이 다가오고 있는 쪽을 향해서였다. 귀비신단의 약 기운으로도 열기만큼은 막을 수 없었던 듯, 뜨거운 불길에 답답함이 목 끝까지 차올랐다. 불길 근처까지 온 그가 한 지점에 자리를 잡고 따라붙는 귀비혈사대 무인들을 기다렸다.

위잉! 퍼억!

연기와 수풀의 사각을 이용해 첫 놈을 베어 넘겼다. 운이 따라 줬던 모양이다. 일격에 죽였디. 다음 두 놈은 쉽시 않았다. 번져 오는 화마의 열기를 온몸으로 받으며 등허리에 긴 상처 하나를 더한 후에야 두 놈을 쓰러뜨릴 수가 있었다.

'서둘러야……!'

쓰러진 세 놈을 재빨리 살펴보고는 가장 그와 체격이 비슷한 놈을 골랐다. 숨이 끊어진 놈을 들쳐 업고, 연기가 덜 미치는 곳으로 몸을 날렸다.

"헉! 헉!!"

숨을 몰아쉬면서도 손은 쉬지 않았다. 땅 위에 주저앉은 채 업고 나온 시체의 옷가지를 모조리 벗겨냈다. 붉은색 투구를 머리에서 뽑아놓은 다음, 자신의 옷까지 벗어 던졌다. 핏물로 들러붙은 옷이 떨어져 나가자 이곳저곳 입을 벌린 상처가 사방에 핏물을 흩뿌리기 시작했다. 현기증이 일었다. 벗어 던졌던 상의를 찢어 상처들을 둘렀다. 그리고는 걸레처럼 망가진 옷이나마 쓰러진 귀비혈사대 시체의 몸에 억지로 둘러놓았다.

시체에 바지까지 입혀놓고는 놈에게서 벗겨낸 귀비혈사대 무복을 챙겨 입었다. 붉은색 각반을 장비하고 투구까지 갖춰 썼다. 귀비혈사대의 모습 그대로 일어난 그가 황급히 주위를 돌아보았다.

'기형도는?

귀비혈사대의 기형도가 멀지 않은 곳에 뒹굴고 있었다. 기형도를 들고 와 시체 앞에 섰다. 그가 기형도를 머리 위로 치켜올렸다.

콰작!

기형도 톱날이 놈의 얼굴을 박살 냈다. 방편산 칼날에 짓이겨진 상처에도 기형도를 쑤셔 박았다.

'오랫동안 고마웠다.'

마지막으로 흑색 방편산을 내려놓고 놈의 손마디에 쥐어주었다. 어두운 석실에서도, 살벌한 싸움에서도, 결코 배신하지 않는 벗이 되어줬던 물건이다. 지난 세월의 증거로 이가 빠진 검은색 칼날이 적지 않은 마음의 동요를 자아냈다.

'후우우우!'

한숨을 쉬며 몸을 일으켰다. 그의 발치엔 이제 우목처럼 보이는 시체 하나가 처참한 몰골로 널브러져 있었다. 그가 뒤를 돌아보았다. 불길이 다가오고 있었다. 기형도를 휘둘러 주변 풀들을 쳐냈다. 불길이 너무 심하게 덮치는 것을 막기 위해서다. 눈 없는 화마(火魔)는 시체의 주인이 귀비혈사대였다는 증거들을 전부 다 먹어치워 줄 것이다. 하지만 그렇다고 아예 바싹 태워 버려서는 곤란했다. 적당히 망가뜨리되, 마군주의 시체라는 것은 알아볼 수 있어야 했다.

'좋아. 이걸로 됐어.'

마군주는 죽었다. 초림 전면을 방어하던 전사들도 죽었고, 깃발을 흔들며 불화살을 날렸던 기수들도 죽었다. 숲 속의 고수병들도 다 죽었을 것이다.

그의 눈이 초림을 훑었다. 검은 연기가 온 세상을 뒤덮고 있었다.

며칠이면 꺼질 불이었다. 초림 서쪽으로 숲을 넘으면 물 흐르는 계곡이 있고, 동쪽으로 내려가면 타지 않는 바위 지대가 있다. 이 불은 거기서 막힌다. 열흘 스무 날 갈 불이 아니다.

그렇게 화마가 힘을 잃고 나면, 놈들은 오늘 목숨을 던진 전사들의 시체들에 더해 그들이 미리 준비해 둔 백여 구의 시체를 발견하게 될 것이다.

그동안 타올랐던 불길은 그 시체들이 언제 죽었는지 알아볼 수 없게 만들어주리라.

귀비혈사대의 급습으로 인하여 마군과, 마군이 탈출시켰던 민족의 식구들은 이 초림에서 살아나가지 못했다.

그게 그들이 원하는 결말이다. 전멸당한 것처럼 보이도록 하는 것. 그게 바로 이 계획의 전모였다.

'희생이 컸다. 하지만 그 희생이 이 모든 것을 더욱더 그럴듯하게 만들어줄 터……!'

많은 이들이 죽었지만, 그 죽음은 결코 무의미한 것이 아니다.

이곳에서 발견될 시체의 수는 백오십에 이르겠지만, 그 세 배의 생존자들이 안전한 곳에 옮겨져 있다. 오늘 있었던 죽음으로 그들은 이 땅에서 사라진다.

붉은색 투구를 눌러쓴 채 숲 쪽으로 향했다. 은밀하게 몸을 낮추고 불길이 미치지 않는 어둠 속으로 몸을 날렸다. 기회를 봐서 빠져나갈 생각이었다.

그때였다.

채앵!

병장기 소리가 귓전을 때렸다. 가까운 거리다. 그의 눈이 소리의 진원지를 향해 움직였다.

채애애앵!

"달려!!"

우거진 나무들을 비집고서 익숙한 목소리가 울려 퍼졌다. 우목의 두 눈에 놀라움과 반가움이 동시에 떠올랐다.

'살아 있었구나!!'

목소리뿐이 아니었다. 저 멀리 숲길 저편으로 격하게 움직이는 인영 하나가 비쳐들었다. 검은 옷 날렵한 칼놀림으로 혈로를 뚫고 있다. 허리춤에 전고(戰鼓)를 매단 고수병 생존자들이 그의 뒤를 따르고 있었다.

'혹망!!'

주먹을 불끈 쥐고 몸을 날렸다. 하지만 그는 곧, 발길을 멈춰 세울 수밖에 없었다. 끼어들어서는 안 되기 때문이었다.

'지금은… 도와줄 수 없다.'

그의 손에 들린 것은 귀비혈사대의 기형도였다. 이 상태로 싸움에 뛰어들었다가는 이제껏 준비한 모든 속임수가 들통나게 될 가능성이 있었다.

'혹망, 믿겠다. 어떻게든 살아남아라!'

우목은 냉정하게 판단했다. 마군주는 이미 죽은 사람이다.

마음은 이미 흑망과 고수병들을 향해 달려가고 있었지만, 지금은 그럴 때가 아니었다. 지금은 그들의 위기를 외면해야 할 때였다. 우목의 어깨에 지워진 것은 흑망의 목숨 하나가 아니라 안전한 곳으로 옮겨진 삼백 식솔의 생명이었기 때문이다.

떨어지지 않는 발길을 억지로 돌려세웠다.

다른 사람이 다 죽어도 마군주가 살아 있다고 한다면, 놈들은 추적을 멈추지 않을 것이다. 그런 적들에게 한 조각의 의심이라도 남겨줘서는 안 된다.

그가 몸을 숙인 채 숲 바깥쪽으로 향했다. 으익! 하고 고수병 한 명의 비명 소리가 들려왔다. 가슴에 비수가 꽂히는 기분이었다.

콰앙!

숲 그늘을 이용해 미리 계산해 둔 퇴각로로 접어들었을 때였다. 한줄기 폭음이 우목의 발길을 덜컥 멈춰 세웠다.

퍼엉! 콰아앙!

폭음은 단발로 끝난 게 아니었다.

그가 천천히 고개를 뒤로 돌렸다.

다시 한 번 폭음이 들렸다. 방향을 가늠해 보았다. 불길한 예감이 뇌리를 스쳤다. 소리가 들려오고 있는 것은 흑망이 고수병들과 함께 돌파구를 만들고 있던 쪽이었다.

홀리기라도 한 듯 왔던 길을 되짚어 나아갔다.

번쩍번쩍 빛나는 무언가가 숲 저편에 있었다. 화마의 불빛과는 다른 빛이다. 일렁이는 붉은 화광이 아니라, 찰나간에 명멸하는 신비한 광영이었다.

꽈앙!

숲이 흔들렸다. 번쩍하는 빛이 밝아졌다 어두워지기를 반복하고 있었다. 연쇄적인 폭발음이 뒤를 따라 울려 퍼졌다.

'설마……!'

우목은 달리기 시작했다. 비통함으로 얼룩져 있던 얼굴이 놀라움으로 가득 찼다.

불길한 예감은 기어코 현실이 되어버릴 모양이다.

어둠 진 나무를 돌아 몸을 날렸다.

갑작스레 풀숲에서 뛰쳐나오는 인영이 하나 있었다. 왼쪽 허리춤에 전고(戰鼓)를 매단, 앳된 얼굴의 고수병이었다. 우목과 딱 맞닥뜨린 녀석이 경호성을 내질렀다.

"이쪽에도 적이……!!"

고수병은 무작정 칼부터 휘둘렀다. 우목이 달려들어 고수병의 칼끝을 낚아챘다. 우목이 다급히 소리쳤다.

"아문(兒蚊)! 적이 아니다!"

아문이라 불린 고수병이 대경하며 우목의 얼굴을 올려보았다.

"구, 군주!!"

"그래. 나다."

고수병 녀석이 어안이 벙벙한 표정으로 다시 한 번 우목의 얼굴을 확인했다. 우목이 녀석의 어깨를 잡고 물었다.

"무슨 일이지?"

"그, 그게 웬 남자가 나타나서는……!"

꽝!

지척에서 들려온 폭음이 녀석의 말을 끊었다. 우목이 휙 고개를 돌렸다.

뭔가가 무서운 속도로 날아오고 있었다.

우목이 옆으로 물러섰다. 꾸웅! 하는 육중한 소리가 울려 퍼진다. 우목의 바로 옆 나무 둥지에서다.

"이건……!"

날아온 것은 다름 아닌 사람의 육신이었다. 그것도 귀비혈사대다. 가슴팍이 움푹 들어가 있고, 함몰된 주위가 검게 그을려 있었다.

'일격에 죽였어.'

황급히 몸을 날려 풀숲을 헤치고 나아갔다. 숲 가운네, 탁 트인 지대가 나타났다. 사방에 널브러진 시체들이 보였다. 하얀 옷, 붉은 투구, 쓰러진 놈들은 모두가 다 똑같았다. 귀비혈사대 무인들이었다.

퍼엉! 투콰카카카카칵!

또 한 놈이 날아와 땅바닥에 깊은 고랑을 만들었다. 한 번 쓰러진 귀비혈사대는 다시 움직이지 못했다. 우목의 시선이 모든 것의 중심으로 향했다. 작렬하는 뇌전의 갑옷을 두른 채, 압도적인 위용을 뿜어내는 존재가 거기에 있었다.

우목의 눈이 치떠졌다. 그의 입에서 절규와도 같은 외침 소리가 터져 나왔다.

"안 돼!!"

뇌격의 화신이 고개를 돌린다.

제왕의 기파가 사방으로 뻗쳐 나오고 있었다.

뇌룡의 두 눈이 의아함을 담고, 절규하는 우목을 바라본다.

단운룡.

그가 거기에 있었다.

우목은 그다음에 벌어진 모든 일이 꿈이었기를 바랐다.

안 된다고 소리쳤다. 의미없는 절규임을 알고 있었지만 그래도 그럴 수밖에 없었다. 모든 계획은 단운룡의 출현과 동시에 수포로 돌아가 버린 것이다.

귀비혈사대의 움직임은 신속했다.

숲에서 사단이 난 것을 감지한 귀비혈사대 무인들이 벌 떼처럼 몰려들었다.

그리고 쓰러졌다.

단운룡이 휘두르는 뇌격의 손날은 강철보다 강했다. 믿을 수 없는 광경이 펼쳐졌다. 기형도 톱니가 단숨에 부러져 나갔다. 돌려 차는 발끝에는 혈사대의 강철 각반이 산산조각으로 부서졌다.

반쯤 쥔 손바닥을 밀어내면 붉은색 투구가 박살나 날아갔다.

한 놈 죽이는 데 일격이면 충분했다. 간혹 가다가 일이 합 버티는 놈도 있었지만, 삼 합을 넘기는 놈은 없었다.

흑망을 비롯한 전사들과 고수병들은 벌린 입을 다물지 못했다.

그것은 또 하나의 공포였다. 그토록 무시무시했던 귀비혈사대 무인들이 단 한 명, 오직 단 한 명의 앞에서 속수무책으로 박살나고 있었다.

콰쾅!

마지막 폭음과 함께 귀비혈사대의 공격이 멈췄다. 하얀 시체가 오십 구를 훌쩍 넘겼을 때였었다. 마침내 귀비혈사대는 깨달은 것이다. 뇌신(雷神)이란 무저갱에 오십 명이 넘는 목숨을 처넣고 난 다음에야 뭔가 잘못되었음을 알아챈 것이었다.

그것은 그야말로 예측불가의 사태.

마군(魔軍) 전사들을 파죽지세로 도륙하던 그들은 번쩍이는 빛이 새어 나오는 숲을 보며, 그토록 거침없던 발길을 뚝 멈출 수밖에 없었다.

"가자, 우목. 놈들은 이제 우릴 쫓지 못할 것이다."

단유룡우 아무렇지 않은 얼굴로 말했다. 다소 시쳐 보이긴 했지만 단 한 줄기의 상처도 없다. 그 자신의 상처는커녕, 귀비혈사대가 내뿜은 핏물 한 방울조차 묻어 있질 않았다. 분수처럼 뿜어지는 적들의 선혈도 온몸을 두른 뇌전의 기운에 기화(氣化)되어 날아가 버렸기 때문이었다.

무시무시한 위용이다.

하지만 우목의 표정은 결코 밝지 못했다. 밝지 않은 정도가 아니었다. 절망이란 두 글자가 그의 얼굴 전체에 짙은 어둠으로 드리워져 있었다.

"너, 어떻게 나온 거지?"

우목이 물었다.

단운룡의 표정이 다시 한 번 의아함으로 얼룩졌다. 우목의 손엔 아직도 귀비혈사대의 기형도가 들려 있었다. 부들부들 떨리는 그의 손마디 끝에서 피 묻은 기형도가 속절없이 흔들렸다.

"너는 그 안에서 나오지 말았어야 했다! 네놈이 지금 무슨 짓을 한 것인지 알고 있는 것인가!"

분노가 깊게 배어 있는 목소리였다. 단운룡을 노려보는 그의 눈이 무서운 광망을 띠었다.

"이럴 줄 알고 가둬놓은 것이다! 너는, 너는 이래선 안 되었어!"

그가 거칠게 투구를 벗어 던지고는 한 발 앞으로 나섰다. 당장이라도 달려들 기세다. 아니, 정말로 달려들기 시작한다. 기형도 톱날이 위험스런 빛을 발했다.

"군주!"

동시에 몸을 날려 그를 붙잡는 이가 있었다. 덜컥, 우목의 몸이 멈추었다. 흑망이었다. 우목이 흑망을 뿌리치기 위해 팔을 휘둘렀지만 흑망은 우목을 붙든 손을 놓지 않았다.

"이거 놔!!"

"군주, 지금은 이럴 때가 아닙니다! 놈들이 오고 있어요!"

"이익……!"

악다문 이빨 사이로 분노의 숨결이 새어 나왔다. 벌겋게 충혈된 두 눈은 단운룡에게서 떨어질 줄을 몰랐다. 흑망이 뒤쪽으로 우목을 잡아끌었다. 질질 끌려가던 우목이 단운룡에게 손가락질을 하며 말했다.

"네가 다 망친 거다. 네놈이 전부 다 망쳤어!"

"대체 무슨……!"

"닥쳐! 앞으로 벌어질 일들은 전부 다 네놈 책임이다!"

우목이 몸부림을 쳤다.

귀비신단 때문이었을 것이다. 산발한 머리카락이 하늘 위로 흩날렸다. 광인에 가까운 모양새였다. 보다 못한 흑망이 우목의

어깨를 부여잡고 단운룡의 반대편으로 돌려세웠다. 그가 우목의
눈을 직시하며 목소리를 높였다.

"군주! 절 보십시오! 어서 가야 합니다! 일단 살아남아야 후일
을 도모할 수 있습니다!"

우목은 몇 번이나 심호흡을 한 후에야 진정되었다.

그가 단운룡 쪽을 애써 외면하며 흑망을 향해 나직한 목소리
로 말했다.

"모두… 이차 집결지에서 모이지 말고 곧바로 삼차 집결지로
가라. 생존자들이 있나 살펴보되, 적들에게 퇴각로가 노출될 것
같으면 도와주지 마. 다소의 희생은 어쩔 수 없어. 이쪽의 행로
가 절대로 드러나선 안 돼. 그게 최우선이다."

"알겠습니다."

"아문, 아견. 너희들은 나와 함께 가자. 전고를 챙겨. 서쪽 퇴
각로다."

"교란을 위해서라면 제가 가는 것이……."

"안 돼. 상황이 바뀌었다."

우목은 행동을 빨리했다. 그는 곧바로 다리에 찬 각반부터 벗
어 던졌다. 기형도를 땅바닥에 내던진 다음엔 윗옷까지 벗어내
버렸다.

"군주, 상처가 심합니다……!"

"상관없어."

"상관없는 게 아닙니다. 이건 조치를 좀 취해야겠어요."

아무렇게나 동여맨 상처에서 붉은 피가 줄줄 흘러나오고 있었
다. 흑망이 자기 옷을 북 찢어 우목의 옆구리를 돌려 맸다. 우목

은 흑망을 제지하려다가 그만두었다. 귀비신단의 약력 때문에 거의 아무런 통증을 느낄 수가 없었지만, 그렇다고 가만 놔두었다가는 그게 더 위험하다는 것을 잘 알기 때문이었다.

"귀비신단을 썼군요. 출혈이 꽤 오래된 것 같습니다. 역시 제가 가는 게……."

우목은 고개를 굳게 가로저음으로써 흑망의 이야기를 일축했다. 하지만 벗은 몸 이곳저곳에 입 벌린 상처들은 보고 있자면, 교란 작전의 지휘는커녕, 계속 움직일 수나 있을지 걱정이 앞설 정도다. 보다 못한 기수병들 중 하나가 다가오더니 우목에게 검은색 상의 한 벌을 건네왔다. 받아 든 우목이 미간을 잔뜩 좁히며 기수병을 돌아보았다.

"옷 같은 게 중요한 때가 아냐."

"아전(兒銓) 놈 옷입니다. 군주께서 입어주시면 좋아할 겁니다."

기수병이 한쪽을 가리키며 말했다. 싸늘한 주검이 되어버린 기수병 소년 하나가 그곳에 쓰러져 있었다. 우목의 붉은 눈이 뜨겁게 흔들렸다.

"젠장……."

우목은 더 거절하지 못했다.

상의를 받아 입고, 남은 이들에게 몇 마디 지시를 더했다. 고수병들과 남은 몇몇 전사들은 그의 명령에 따라 신속히 움직였다. 남쪽 숲으로 깊이 들어가는 이도 있고, 동쪽 숲 외곽으로 빠지는 이들도 있다. 흑망은 고수병 십여 명과 함께 자리를 뜨면서 마지막으로 단운룡 쪽을 돌아보았다. 타오르는 시선, 젊은 흑망의 눈빛에는 기대와 두려움, 절망과 희망이 복잡하게 얽혀 있었다.

“아문, 아견. 가자. 서둘러.”

우목이 땅을 박찼다. 고수병 두 명이 그의 뒤를 따랐다. 끝까지 단운룡 쪽은 돌아보지 않았다.

‘네놈이 전부 다 망쳤어!’

단운룡은 그 자리에 선 채, 아직도 귓가에 쟁쟁한 우목의 외침을 곱씹어보았다.

지하 동굴에서 올라온 단운룡은 위기에 처한 흑망을 보았다. 손을 쓴 것은 너무나도 자연스러운 선택이었다. 적들은 끊임없이 몰려들었고, 귀비혈사대로 짐작되는 그들을 모조리 물리쳤다.

그러나 그는 그 어떤 감사의 인사도 받지 못했다. 그가 구해준 흑망에게도, 어린 고수병들에게서도 마찬가지다.

우목이 나타난 것은 놈들을 한참 박살 내던 중이었다. 우목은 이번에도 그를 반기지 않았다. 보자마자 안 된다며 절규했고, 모든 것을 망쳤다며 비난을 퍼부었다.

단운룡은 생각했다. 우목은 어릴 때부터 총명했던 인재다. 그런 그가 아무 이유 없이 그럴 리 없었다.

‘계획된 뭔가가 있었던 거야.’

우목은 이미 구군평에서 단운룡의 실력을 확인했었다. 그럼에도 가둬두었다는 것은, 그가 싸움에 나서지 않길 바랐다는 뜻이다. 친구의 뜻을 헤아리지 못한 사람이 되어버린 것이다.

“어떻게 된 거요.”

숲 뒤쪽에서 나타나며 묻는 이는 다름 아닌 원태였다.

“아직 모르겠어. 알아보러 가야지.”

단운룡이 나직한 목소리로 답했다.

옛 친우가 그를 거부한다 해도 그는 순순히 물러설 생각이 없
다.

무언가를 망쳐 놓았다면, 반드시 올바르게 돌려놓을 것이다.

원태가 따라왔다. 가장 뒤에 있던 도요화가 멈칫 그 자리에 발
끝을 세웠다. 그녀가 땅 쪽으로 허리를 굽혔다. 윗옷이 벗겨진 소
년의 시체 하나가 그녀의 발치에 있었다. 그녀가 우울한 얼굴로 몸
을 세웠다. 일어난 그녀의 손에는 피 묻은 북 하나가 들려 있었다.

투웅.

가볍게 한 번 두드려 보았다.

원태와 단운룡이 슬쩍 그녀를 돌아보았다.

소년이 남긴 전고(戰鼓) 위에 훗날 그녀가 얻게 될 소천마고의
이름이 깃들었다.

투웅. 그 한 번으로 끝이었다. 하지만 소리없는 그 북에선 장
쾌한 울림이 계속하여 퍼져 나오는 것 같았다. 단 한 번의 그 북
소리, 그 여운이 많은 것이 달라질 미래를 예고하고 있었다. 그
것은 곧 개전의 고성(鼓聲). 새롭게 펼쳐질 장엄한 싸움을 알리
는 북소리였다.

제35장 격파(擊破)

비룡제의 무공은 강하다.

모두가 아는 사실이다.

일대일로 맞섰을 때 확실하게 그를 이길 수 있는 자를 꼽자면, 당장 누군가의 이름을 머릿속에 떠올리기가 막막할 정도다.

누가 가능성이 있겠냐로 문제를 바꾼다면 답을 내기는 좀 더 쉬워진다.

십익 전원. 그리고 좀 더 높은 가능성으로 제천회주까지.

비룡제는 무적이 아니다.

다만 천잠비룡포를 장비한 상태에서 집단전을 배제하고 완벽한 일대일 상황을 만들어준다면, 가장 무적에 근접한 인물로 꼽을 수 있을 것이다.

그에겐 하나의 약점이 있었다. 지금에 와서는 꽤 널리 알려진 약점이다.

하지만 최근에 와서는 그 약점의 의미조차도 희미해져 버렸다.

십익은 끝없이 강해지고 있다. 그들 모두에겐 한계라는 것이 없는 것 같다.

…(중략)…….

비룡제는 그 강력한 무공 외에도 한 가지 재미있는 특기를 지니고 있다.

그는 특이하게도 도발이란 것에 능하다.

하염없이 오연한 성정과 자유분방하여 거침이 없는 언어는 그 권속 안에 있는 이들에게 끝없는 매력이 되겠지만, 그와 적대하는 이들에겐 반대로 강력한 노화와 격동을 불러일으키는 마법적인 힘을 발휘하는 것으로 알려져 있다.

그것은 그가 태초부터 가지고 있었던 천성이다. 다른 사람의 마음을 조종하고 자신의 뜻대로 행동하게 만드는 그 능력은, 크고 작은 전투에서 실로 효율적인 전략적 도구가 되어왔다. 불리한 상황을 단숨에 유리하게 만들 수 있는 그러한 능력이야말로, 강대한 무공보다 더 무서운 힘일지 모르는 일이다.

한백무림서 최종본
인물편 제십장 의협비룡회
천잠비룡황 단운룡 中에서.

휘이이이이.

바람이 부는 소리다.

머나먼 북방 초원과는 맛도 냄새도 달랐지만, 뒤편에 나부끼는 깃발의 모양은 초원의 바람을 탈 때와 조금도 다를 것이 없었다.

푸르르륵.

애마의 투레질 소리가 흥취를 더했다.

모처럼 기분 좋은 날이었다.

변화무쌍하던 날씨도 오늘만큼은 초원의 하늘처럼 맑고 투명하기만 했다.

"새로운 바람이라……."

묵직한 목소리가 발하는 것은 머나먼 북쪽 끝 몽고의 언어다.

긴 흑발이 바람을 타고 흩날렸다.

태양 받은 구릿빛 피부, 중년의 얼굴이나 약동하는 생명력은 젊은이의 그것 이상이다.

한때 온 세상을 지배했던 원 제국의 자존심이 그의 두 눈에 가득했다.

그가 바로 원마왕 타가다.

그의 몸엔 화려한 갑주가 둘러져 있지 않았다. 품 넓은 바지와 저고리가 전부다. 시원하게 입은 옷엔 검은색 태양이 투박한 그림체로 그려져 있었다.

이 땅을 살아가는 한족과 다른 소수민족들은 그의 이름을 들으면 삼두육비의 괴물을 떠올리겠지만, 실제 그의 모습은 이와 같다. 초원의 바람을 가슴에 품은, 일대영웅의 기상이 그의 온몸에 그 어떤 갑옷보다도 단단하게 갖춰져 있었다.

"후후후후."

그의 웃음 나직했다.

미소 띤 눈으로 완만한 구릉지를 훑었다.

키 작은 풀들이 연녹색 융단으로 비쳐들었다.

땅의 이름은 녹풍원(綠風原)이다. 그가 가장 좋아하는 장소다. 이 남쪽 땅에서의 터전으로 삼은 곳. 북방 초원을 꼭 닮은 곳이었다.

"재미있군. 재미있어……."

맨발에 스치는 풀줄기는 거칠고 억셌다.

고향의 대지를 닮았으면서도 분명 다른 구석이 있다.

밟아도 밟아도 다시 일어나는 잡초들이 그렇다. 군마의 말발굽에 파헤쳐지고 짓이겨져도 좀처럼 죽질 않는다. 이 땅에 사는 것들은 어찌 그렇게 한결같은지 모르겠다. 이놈이나 저놈이나, 참으로 질긴 생명력을 지녔다.

"카무이."

그의 부름에 언덕 밑에서 한 남자가 올라왔다.

얼굴을 가로지르는 긴 상처. 제 주군인 타가만큼이나 강인한 인상이다. 허리춤에 화살통, 등 뒤엔 대궁(大弓)을 장비했다. 팔꿈치에 매달린 방패에는 비늘 달린 괴이한 새 한 마리가 새겨져 있었다.

괴조(怪鳥)는 그와 그가 이끄는 살육부대의 상징이다. 비할 데 없이 잔인한 활 솜씨로 수많은 부족들의 공포가 되었다. 그래서 얻은 이름이 흉조(凶鳥)의 대궁(大弓)이었다.

"튠차이."

타가가 두 번째 이름을 불렀다.

거구의 사내가 올라와 그의 앞에 섰다. 굵게 꼬아서 땋은 머리카락이 치렁치렁 어깨를 덮었다. 대도(大刀) 두 자루가 등허리에 십자로 묶여 있다. 넓찍한 뱀 가죽 도갑에는 검은색 늑대 두 마리가 뒤엉켜 있었다.

카무이가 잔인하다면 튠차이는 난폭하다. 공포의 대상이긴 매한가지다. 흉랑(凶狼)의 쌍도(雙刀)라 불린다.

"라고족 애송이의 위치를 알아냈다고 들었다."

"예, 그렇습니다."

"출처는?"

"일원요새에서 흘러나온 정보입니다."

"알아서 처리해."

“존명.”

타가가 이번엔 다시 카무이를 돌아보며 물었다.

“아야크는 아직인가?”

“무격(巫覡)들 때문에 행군 속도가 떨어지는 모양입니다.”

공손한 대답이 돌아왔다.

아야크. 아직 당도하지 않았다는 그가 바로 세 번째, 교활한 여우다. 몽고인으로서는 쓰는 이가 극히 드문, 검(劍)을 주병기로 한다. 사람들은 그를 일컬어 흉호의 적검(赤劍)이라 부른다.

“셋을 다 불러 모으는 것도 오랜만이로군.”

타가가 등허리를 곧게 세우며 기지개를 켰다.

카무이와 튠차이는 방만한 주군 앞에서도 굳어진 자세를 풀 줄 몰랐다. 충성스런 심복들이었다.

흉조, 흉랑, 그리고 흉호.

그렇게 삼흉이다.

세인들은 말한다. 타가에겐 삼흉(三兇)이, 맹획에겐 사괴(四怪)가 있다고.

타가삼흉은 타가군의 핵심이자 주전력이며, 나아가 타가군 그 자체라 할 수 있다.

타가는 그런 셋을 한자리에 불렀다.

변화를, 커다란 변화를 예감했기 때문이었다.

“맹획은 빠르게 움직일 것이다. 마군이란 잡초를 뿌리 뽑겠다는 구실이지만, 놈이 궁극적으로 노리는 것은 우리야.”

타가가 서쪽 하늘을 바라보았다.

맹획이 있는 곳이다.

그의 입꼬리가 가볍게 올라갔다. 성가시게 굴던 오원을 함락시킨 지도 육 년째. 중원침공을 위한 모든 준비가 끝났다.

때가 왔다.

하나의 산에 두 마리의 범이 살 수는 없는 법.

어느 쪽이 우위에 설 것인가.

진정 중원을 도모하는 것은 누가 될 것인가.

마침내 결착을 지을 때가 가까이 온 것이다.

*   *   *

남왕궁은 화려했다.

초목의 푸르름과 황금의 사치스러움이 완벽하게 어우러진 궁전이다. 장대한 금빛 기둥 사이로 갖가지 기화요초들이 자신의 빛깔을 뽐내고 있었다.

"변고가 있었다고."

조용한 목소리가 남왕궁의 회랑 위로 내려앉았다.

"그렇습니다."

대답하는 이는 젊었다. 황갈색 경장 갑주엔 어깨 보호대가 없다. 허리춤으로 둘러 쥔 손에는 적갈색 투구가 들려 있었다. 려족 비문(泌紋)이 고풍스레 양각된 투구에는 완만하게 휘어진 뿔 네 개가 돋아 있었다.

"며칠 전, 일원요새에 정체불명의 고수 하나가 나타났었다는 보고가 있었습니다. 일원요새에 주둔하고 있었던 타가의 기병들이 큰 피해를 입었다고 했었지요. 이번 초림에 나타난 자도 그와 동일 인물이라 사료됩니다.”

보고받는 이는 뒷짐을 진 채 등을 돌리고 있었다. 위엄이 넘쳐나는 뒷모습이다. 그물 같은 망사로 만들어진 주단 망토가 붉은색 폭포마냥 등 뒤로 드리워져 있었다.

잠자코 서 있던 그가 이내 천천히 한쪽 탁자로 발을 옮겼다.

금박 담충목(曇流木) 탁자 위엔 공작 깃털 화사한 투구 하나가 왕관 같은 자태를 뽐내고 있었다.

“타가 쪽의 반응은?”

“삼흉을 전부 다 소집했다는 정보입니다.”

멈칫.

보고받는 이의 손이 멈췄다. 여자의 그것처럼 고운 손가락. 열 개의 손톱을 물들이고 있는 것은 번뜩이는 황금색이었다.

“삼흉을 전부 다 불러 모았다라…….”

그가 탁자 위의 투구를 들어 올렸다.

공작 깃털 투구에 돋아난 뿔은 단 하나뿐이다.

세밀하고 아름다운 문양이 비스듬히 솟아난 뿔에 나선으로 감겨 있었다.

일각(一角)의 투구다.

그 일각수의 투구를 마음대로 들어 올릴 수 있는 자는 온 천하에 한 명뿐이다.

일각수 맹획. 바로 그의 이름이었다.

“제대로 한번 해보겠다는 것이로군. 하기야 오래 참긴 했지, 서로가.”

“…….”

"그래, 마군주라는 쥐새끼는 죽은 게 맞나?"

"마군주라면, 초림에서 불에 탄 시체를 발견하긴 했습니다. 주력병기라는 방편산도 확인했지요. 그러나 귀비혈사대의 피해 상황으로 미루어 짐작해 볼 때, 속임수일 가능성도 배제할 수 없을 것 같습니다."

맹획의 손가락이 투구의 뿔을 길게 훑었다. 그가 다시 물었다.

"일원요새와 가장 가까이에 있는 것이 누구지?"

"오괴 어르신이 근역에 있습니다."

"현오괴가 있다고."

"예, 그렇습니다."

맹획군에는 천지현황으로 불리우는 사대괴인이 있다.

맹획의 최측근들이자, 대규모 군세 전체를 통틀어 가장 빼어난 실력을 자랑하는 최고수들이었다.

갈색 투구를 손에 든 남자도 그중 하나다.

지사괴, 자그마치 서열 삼위다. 젊은 나이임에도 불구하고 그보다 위에 있는 이는 남왕궁의 군왕인 맹획과 사대괴인의 우두머리인 천삼괴 둘밖에 없었다.

"현오괴에게 직접 나서라고 전해."

"지, 직접 말입니까?"

지사괴의 눈이 번쩍 뜨였다. 귀비혈사대의 사상자는 팔십여 명. 정예라고는 하나 어차피 소모품에 그칠 병력이다. 사대괴인 중 하나가 직접 나설 만한 사안은 아니라 생각했다.

"주군! 고작 마군과 같은 잡졸들 따위에게……."

"명령이다."

맹획이 지사괴의 말을 중간에 끊었다. 그 안에 담긴 짜증을 읽은 지사괴가 흠칫, 몸을 굳히고는 황급히 고개를 숙이며 말했다.

"시, 신이 죽을죄를 지었습니다."

맹획은 한동안 말이 없었다.

군자의 용모와 현왕의 표정을 보여주고 있지만, 사실 그는 관용이나 자비와는 거리가 먼 자였다. 그리고 그의 잔인성은 측근과 말단을 가리지 않았다.

침묵이 빚어낸 공포가 지사괴의 얼굴을 뒤덮었다. 맹획이 투구의 깃털을 한 번 쓰다듬고는 천천히 입을 열었다.

"잡졸들이기에 더더욱 그렇다. 이번 공격으로 뿌리째 제거한다. 더 이상은 시간 낭비야."

맹획은 거기까지 말하고 조용히 투구를 내려놓았다.

보기 드문 용서였다.

"존명!!!"

지사괴가 고개를 조아리며 우렁찬 목소리로 답했다.

맹획이 가볍게 손짓했다. 물러나라는 뜻이었다. 지사괴가 안도의 한숨을 내쉬며 회랑 쪽으로 몸을 돌렸다. 맹획은 그를 다시 돌아보지 않았다. 그가 산책하듯 여유롭게 발을 옮겨 화려한 태사의에 몸을 묻었다. 양쪽에서 화니족 처녀 둘이 나긋나긋 걸어 나와 깃털 부채를 위아래로 흔들기 시작했다.

'비웃고 있는가.'

맹획의 눈이 창밖 동쪽으로 향했다.

타가의 진영이 있는 방향이었다.

'네놈의 시선을 느낄 수 있다. 타가. 기다려라. 너와 내가 거

룰 날도 머지않았다.'

마군 따위는 아무것도 아니다.

그가 느끼는 것은 오직 원마왕 타가. 숙적의 존재뿐이었다.

맹획의 시선이 위쪽으로 향했다.

아직 단운룡을 알지 못한 자가 보는 하늘이다.

그는 모른다. 변화를 불러오는 것은 타가도, 맹획도 아니라는
것을.

우매함으로 얼룩진 적색 하늘이다.

맹획의 두 눈에 비치는 하늘은 그와 같았다.

*   *   *

"현오괴(玄五怪)가 오고 있답니다."

목여강의 보고에 허유의 표정이 바위처럼 굳어졌다.

"귀비혈사대는 주둔지를 맥산 어귀로 잡았습니다. 보고에 따
르자면 진지로 귀환한 귀비혈사대의 숫자가 절반이 채 안 된답
니다. 초림에서 뭔가 사단이 생긴 것 같습니다."

목여강이 목소리를 한껏 낮추며 말했다.

아홉 명 귀비혈사대 한 개 소대가 어젯밤부터 일원요새에 거
하고 있는 까닭이다. 남왕궁에서 출발한 현오괴를 맞이하기 위
해서라 했다.

"자세한 정황은 아직 모르는 건가?"

"귀비혈사대를 잘 아시지 않습니까. 그들은 저희 같은 이들을
상대하지 않습니다."

귀비혈사대는 목여강의 말처럼, 그 위세가 실로 대단했다. 맹획의 주력부대로 특권층이라는 의식까지 가지고 있는지라, 납서족 하수인인 목여강의 신분으로는 말조차 붙이기가 쉽지 않았다.

"현오괴는 천지현황 사대괴인들 중에서도 가장 집요하며 잔인한 자다. 습격이 있었던 것이 벌써 닷새 전이야. 이 시점에서 놈이 나섰다는 것은 달리 해석할 길이 없다. 계획이… 실패한 것이야."

"귀비혈사대는 초림에 접근하는 모든 길을 완전히 봉쇄해 놓았습니다. 무슨 일이 있었는지는 확인할 길이 없습니다. 계획의 실패 여부를 모르는 것도 마찬가지입니다만."

"접근로를 봉쇄한 이유가 바로 그것이다. 그들은 무슨 일이 있었는지 알려지길 바라지 않아. 달리 말해, 귀비혈사대 측에서 감추고 싶은 것이 있다는 이야기다. 놈들은 마군을 전멸시키지 못했어. 아니, 전멸시키기는커녕, 도리어 큰 피해를 입은 것이다. 틀림없어."

"피해를 입었다고요? 어르신, 마군엔 그럴 만한 능력이 없습니다."

"없지. 마군에는."

허유가 고개를 끄덕이며 목여강의 말에 동의했다. 목여강이 영문을 모르겠다는 표정으로 되물었다.

"대체 무슨 이야기십니까?"

"석실만으로는 안심할 수 없었던 거야."

목여강의 눈썹이 한껏 치켜올라 갔다. 다시 귀비산에 손이라도 댄 것일까. 아니다. 그렇지 않다. 목여강은 줄곧 허유의 곁을 지키고 있었다. 그동안 그는 귀비산을 가까이하지 않았다. 적어도 목여강이 보기엔 그랬다.

"석실이라면… 또 그 남자 이야기인가요?"

"그렇다. 놈이 나온 것이 분명해."

"어르신, 그 석실은 누가 열어주지 않는 한 나올 수 있는 구조가 아닙니다."

"모르지. 어린 전사 놈이라도 구슬렸는지도."

"그래 봐야… 고작 셋이서……."

"놈은 뭐든지 할 수 있어. 계획을 망치는 것도 포함해서."

"어르신, 그게 무슨……."

"잘 들어라. 마군주는 이번 싸움으로 죽어야만 했다. 죽은 것처럼 보여야만 했지. 계획이 성공했다면, 지금쯤 마군의 전멸 소식이 여기까지 전해졌어야만 해. 하지만 그러기는커녕, 심각한 표정의 귀비혈사대 한 소대만 요새 내에서 어슬렁거리고 있다. 이게 뜻하는 바가 뭐라고 생각하나?"

"……!"

"위장이 들통나 버렸거나, 그에 준하는 일이 벌어졌다는 뜻이다."

"그렇다 해도, 그자의 짓이라 넘겨짚기에는……."

"지금 중요한 것은, 내 짐작이 맞고 틀리고가 아니다. 문제는 이다음에 어떻게 할 것이냐다. 계획이 실패한 것으로 간주하고, 다음 행보를 생각해야 해."

목여강은 고개를 끄덕일 수밖에 없었다.

백번 맞는 이야기다.

확실히 어르신은 귀비산을 먹지 않았다. 석실에 가둔 자를 자꾸 언급하는 것은 아무리 생각해도 도저히 이해가 안 가지만, 다른 부분은 지금 사태와 한 치도 다른 데가 없다.

"일단, 당분간 마군과의 모든 연락을 끊는다. 마군에 대한 지원도 완전히 중단한다. 우린 그들과 연루된 바가 없는 거야."

"알겠습니다."

"마사충 놈을 조심해라. 현오괴는 맹획 쪽 권력의 핵심이다. 현오괴가 이곳에 당도하면 마사충은 그의 눈에 들기 위해 무슨 짓이라도 할 것이다. 놈은 이미 세심산(洗心散)의 처방을 맹획 측에 팔아넘긴 전력이 있어. 이번엔 어떤 구실도 줘서는 안 돼."

"각별히 주의하겠습니다."

"여강."

"예?"

"많은 것이 달라질 것이다."

"……."

"우린 살아남는다. 무슨 일이 있어도."

"예. 그래야지요."

달라진다고 했다.

목여강은 가장 먼저 허유부터가 달라졌음을 느꼈다.

바로 며칠 전만 해도 포기를 이야기했던 허유다. 지금은 그렇지 않다. 허유의 눈은 여전히 붉게 충혈된 상태였지만 그 안에는 전과 다른 불길이 이글거리고 있었다. 계획은 실패로 돌아갔지만, 왠지 허유는 이 실패가 실패 같지 않다고 느끼는 것 같았다. 타버린 채 하얀 가루만 남아 있던 그의 마음속에도 아직 불씨라는 게 남아 있었던 모양이다. 새롭게 타오르는 그 불길이란, 차마 입에 담기조차 힘겨운 희망이란 이름의 불꽃이었다.

* * *

마군의 본거지가 초림이란 것은, 이미 공공연하게 드러나 버린, 비밀 아닌 비밀이었다. 하지만 일원요새의 병사들은 초림을 직접 공격한 적이 없다.

병력 운용을 맡고 있는 자가 허유였기 때문이다.

타가와 맹획 쪽에서 초림 공격에 대한 압력이 들어올 때마다, 허유는 병력 부족을 핑계로 그들의 요구를 묵살해 왔다. 요새의 병력만으로는 초림을 함락시킬 수 없으며, 되려 큰 피해를 입을 수 있다는 것이 타가와 맹획 측에 이제껏 그가 주장해 온 바였다.

그렇다.

허유는 오원을 배반한 것이 아니었다.

처음부터 그는 마군의 든든한 지원자였고, 단 한순간도 그 역할을 소홀히 한 적이 없다.

그는 철저했다.

타가 측에도, 맹획 측에도, 자신을 의심할 만한 어떠한 구실도 주지 않았다.

계속되는 명령 불복종에도 타가와 맹획은 허유를 징치하지 못했다. 허유의 보고는 꾸며낸 것이 아니었던 까닭이다.

초림의 방어력은 상당한 수준이었다. 요새의 병력만으로는 초림을 두르고 있는 함정 숲을 뚫는 것이 한계였다. 초림 안쪽까지 진입하여 마군과의 전투를 수행하기 위해서는 병력 규모 자체가 압도적이거나 병사 개개인의 역량이 뛰어나야만 했다. 그리고 요새의 병사들은 그 두 가지 조건 중 어느 하나도 충족시킬 수 없었다.

타가와 맹획도 그걸 알았다.

먼저 움직인 것은 맹획 측이었다. 곤산은 타가보다는 맹획의 영역에 더 가까웠고, 타가의 기병은 근본적으로 이런 산지전투에 취약할 수밖에 없었다.

귀비혈사대의 투입은 당연한 결론이었다. 허유와 우목은 일찍부터 귀비혈사대의 움직임을 예상하고 그들의 동향을 예의 주시하고 있었다. 우목은 귀비혈사대의 진격 소식이 들리자마자 행동을 개시했다. 오랫동안 계획했던 바대로, 근거지 이전을 실행에 옮긴 것이다.

새로운 근거지는 십방산 무구고원이었다. 그곳을 봐둔 것이 벌써 이 년 전의 일이다.

마군주 우목은 신중했다. 이동이 이루어지는 그 순간까지도 새로운 근거지의 위치는 철저한 극비에 부쳤다.

이동은 은밀하고 신속히 이루어졌다. 여자들과 아이들을 먼저 옮긴 다음, 주축이 될 젊은 전사들을 보내 방어체계부터 갖추도록 명령했다. 전사들이 무구고원에 자리를 잡자마자 우목은 다시금 일원요새 습격을 감행했다.

습격의 의도는 자명했다. 이동 중이라는 사실을 놈들에게 들키지 않으려 함이다. 놈들에게 요새 가까이에서 소모적인 싸움을 계속하고 있다는 인상을 주기 위해서였다. 단운룡이 본 습격이 바로 그 습격이다.

형식적인 습격으로 적들의 이목을 흐린 후, 우목은 최종 정리에 들어갔다. 고수병들과 기수병들의 임무를 다시 한 번 검토하고 죽음으로 방어선을 맡아줄 전사들을 선발했다. 선발 작업이 쉽지는 않았다. 하나같이 자신이 남겠다며 오기를 부리는 터라, 오히려 뒤로 빠질 놈들을 골라내야만 했다.

십방산에는 우목이 직접 다녀왔다. 그것으로 이동 전반에 걸친 마지막 점검을 마쳤다. 단운룡은 석실에 갇힌 것이 이때다.

귀비산 중독자들은 가장 나중에 옮기도록 지시했다. 중독자들을 관리하기 위해서는 무구고원의 새 근거지가 어느 정도 정돈된 다음이어야 했기 때문이었다.

전투가 벌어지기 직전, 마군은 그때까지 모아두었던 가족들과 전우들의 시체를 초림 곳곳에 깔아두었다. 전투 중에 죽은 것처럼 위장된 시체들이었다. 십방산으로 옮긴이들의 수는 사백을 넘었다. 남은 전사들이 모조리 전사한다 해도, 적들이 보기엔 터무니없이 부족할 수밖에 없었다. 그 오차를 준비해 둔 시체로 대신한 것이다. 백 구에 가까운 시체가 깔렸다. 남아 있는 전사들 중에 죽는 자들의 수를 합치면 발견될 시체의 수가 백오십 구를 넘기게 될 것이다. 더욱이, 준비해 둔 시체들은 대부분 여자들과 노약자들, 아이들 시체다. 전멸당한 마군의 모습으로는 가장 이상적인 그림이 남게 된다.

계획의 성공 여부는 결국 초토화된 초림의 광경이 얼마나 그럴듯한가에 달려 있었다. 일원요새의 허유가 보내온 정보에 따르면, 맹획과 타가 측에선 마군의 규모를 백에서 오백 사이로 보고 있다 하였다. 그러나 시체 수는 놈들의 예측 범위 내에서도 최저선에 가깝다. 적들을 속여 넘기기엔 아슬아슬한 수치다. 깔아놓을 시체의 수가 적음을 아쉬워했던 이유다.

불안 요소는 숫자뿐이 아니었다.

시체를 충분히 준비했다 해도 그대로 두었다가는 순식간에 탄로날 가능성이 있었다. 귀비혈사대는 전투와 살육의 달인들이었다. 깜깜한 밤에는 판별능력이 떨어질 수도 있겠지만 날만 밝아져도 시체들이 지난 밤 죽은 게 아니라는 사실을 쉽사리 알아챌 수 있을 터였다.

화공(火攻)은 흔적을 감추기 위한 필연적인 선택이었다. 시체들이 초림 수풀과 함께 불에 타버리면, 시체의 사망 시간을 추정하기가 어려워진다. 전투 중에 죽은 것으로 꾸미기가 용이하다는 뜻이다. 부수적인 효과도 있었다. 시체들을 태워 버릴 경우, 전사자의 숫자를 산출하는 것이 까다로워진다. 부족한 시체 수까지도 일정 수준 극복할 수 있다는 이야기다. 그것이야말로 먹히지도 않을 화공을 고집했던 이유다.

하지만 우목은 그것으로도 충분치 않다 여겼다.

화룡점정의 의미로 자신의 죽음을 준비했다. 마군주가 죽었다고 알려지면, 그들이 준비한 금선탈각의 계는 더할 나위 없는 효력을 발휘하게 될 것이다. '마군의 전멸'이란, 아직도 억압받고 있는 수많은 남방민족들에게 있어 우울하기 짝이 없는 소식이 될 터이나, 그것은 한참이나 나중 문제였다. 당장은 살아남는 것이 급했다.

'그걸 모조리 내가 망쳐 놓은 거로군.'

단운룡은 길 위에서 자초지종을 들었다. 우목에게 들은 것은 아니다. 그는 단운룡과 어떠한 이야기도 나누질 않았다. 그는 무구고원으로 향하는 여정 내내 줄곧 단운룡을 없는 사람 취급하려 들었다.

그간의 일을 말해준 것은 다름 아닌 고수병 소년들이었다. 계획의 전모를 알고 있으면서도 그 중요성을 완전히 이해하지는 못한 녀석들이다. 녀석들은 초림에서 단운룡이 보여줬던 신위에 매료되어 버렸고, 숲을 벗어난 이래 지극한 선망의 시선으로 단운룡을 바라보고 있었다.

"외인들에게 계획에 관한 이야기를 함부로 하는 게 아니다."

서른 줄에 접어든 경포족 전사 한 명이 다가와 소년들에게 주의를 주었다. 하지만 주의를 준 전사의 어투에도 단호함은 깃들어 있질 않았다.

모두가 마찬가지였을 것이다. 대부분의 전사들은 단운룡을 어떻게 대해야 할지 갈피를 못 잡고 있었다. 해답을 내려줄 사람은 그들의 지도자인 우목밖에 없었지만, 우목은 거기에 대해 어떠한 언질도 주지 않았다. 혼란스러워하던 전사들은 결국 관망을 택할 수밖에 없었다. 우목처럼 무관심을 가장한 채, 없는 사람 취급하는 것으로 행동을 일치시킨 것이다.

"길이 무척 험해졌소. 이 정도라면 타가의 기병들은 물론이요, 맹획의 무리들로서도 좀처럼 접근이 어렵겠군."

원태가 고개를 설레설레 흔들며 말했다. 고수병 녀석들이 조용해진 것도 그때부터였다.

험로가 시작된 까닭이다. 한가하게 이야기를 나눌 여유 따윈 없었다. 그만큼 험했다.

끝없이 이어지는 늪지대엔 닿기만 해도 죽음에 이른다는 촉사와가 무리 지어 서식하고 있었다. 단운룡 일행에겐 큰 문제가 없었지만, 무공을 제대로 익히지 못한 전사들에게는 만만치 않은 장애물이 되었다. 늪지대를 통과하며 부상당한 기수병 한 명을 잃고 말았다.

늪을 건넌 다음엔 구독림(九毒林)이란 숲이 그들을 기다리고 있었다. 독충과 독사, 갖가지 독물들이 우글거리는 곳이었다. 오원 옛이야기에 따르자면 아홉 가지 무서운 독물들이 살고 있다는데 막상 들어와 보니 아홉이 아니라 백 종류는 족히 넘는 것 같았다.

때와 장소를 가리지 않고 튀어나오는 독물들에 열 명이 중독되었다. 그중 두 명이 죽었다. 여덟 명을 살린 것은 단운룡이었다. 남만 오지의 어떠한 맹독도 광극진기의 파괴력을 당해낼 수는 없었다. 살리지 못한 두 명은 이미 숨이 끊어진 후에 발견되었기에 단운룡으로서도 어쩔 도리가 없었다. 경계하던 전사들의 시선이 달라진 것은 그때부터였다. 그들의 눈엔 이제 분명한 호의가 깃들어 있었다. 하지만 우목은 끝내 마음을 열지 않았다. 흑망은 그 사이에서 다소 혼란스러워하는 듯했다.

그렇게 십방산 무구고원까지 왔다.

지나오긴 어려웠지만 일단 통과하고 보니, 등 뒤가 그렇게 든든할 수가 없었다. 촉사와 늪과 구독림을 통과하려면 적들도 그들만큼 고생해야 한다. 그야말로 천혜의 방벽이었다.

"타가 놈들은 진입에 애를 먹겠어."

기병들은 애초부터 진입이 불가능할 것이다. 몽고 전사들은 강인했지만, 기마들은 독물들에 취약하다. 구독림 이전에 촉사와 늪에서부터 들어올 수 없다. 타가와 맹획의 침략을 생각하자면, 그것만으로도 타가 측 절반을 버는 것이다.

"그 흰옷 입은 놈들도 들어오기가 쉽지는 않을 거요."

귀비혈사대의 능력으로도 구독림의 독물들은 부담이 될 수밖에 없다. 구독림을 돌파한다 해도 장애물은 끝나지 않는다. 무구 고원으로 올라오는 길은 두 개밖에 없다. 깎아지른 절벽으로 보호되는 고원에, 진입로라고는 남쪽과 동쪽에 난 좁은 산로(山路)뿐이다. 길목에 병력을 집중시키고 궁수들과 함정들을 준비하면 한 명의 병사로 백 명의 적병을 막을 수 있는 구조다. 서쪽 절벽으로도 아예 진입이 불가능한 것은 아니지만, 귀비혈사대 수준의 경공술로도 올라오는 게 쉽지는 않을 터였다.

"고원 안쪽은 더 좋군. 이만큼 방어가 튼튼하기도 힘들겠소."

뛰어난 군략가가 아니더라도 혀를 내두를 만한 지형이었다.

가장 높은 곳에 서면, 구독림이 훤히 보일 뿐 아니라, 그 저편의 촉사와 늪까지 내려볼 수 있었다. 진입로는 좁디좁았고 고원은 마을 몇 개를 지어도 될 만큼 넓었다. 비옥하진 않지만 토질 자체가 경작지로 쓰기에 부족함이 없어 보였고, 수원(水原)도 네 군데나 있어 물까지 풍족했다. 자급자족이 가능하다는 뜻이다. 요새로 쓰기엔 최적의 장소가 틀림없었다.

‘어떻게 그럴 수가 있지?’

흑망은 혼란에 빠져 있었다. 그는 단운룡의 무공을 보았고, 그 위력에 경악했다.

세상에 그런 힘이 존재하리라고는 상상조차 하지 못했다.

싸움만 강했던 것이 아니었다. 구독림에서 중독된 전사들을 진기 주입만으로 해독시켰다. 맹독으로 이름난 삼백사(三白蛇)의 독까지 물리쳤다. 그와 같은 재주는 지금껏 본 적이 없었다.

그가 가장 이해할 수 없었던 것은 그런 무공을 지니고 있으면서도 왜 순순히 잡혀주었느냐에 있었다. 흑망 그 자신이 그의 입장이었다면 그렇게 간단히 석실에 갇혀주지는 않았을 것 같았다.

석실에서 어떻게 빠져나왔는가도 의문이었다. 그 석실 문은 밖에서 열어주지 않는 이상 절대로 열 수 없는 구조였다. 누군가 내부에서 도와줬다는 결론이 나온다.

지금같이 민감한 시기에 명령을 따르지 않는 자가 나와서는 곤란하다. 고수병들이 선망의 시선을 보내고 있는 것도 마음에 걸렸다. 어린 전사들은 작은 일에도 흔들리기 쉽다. 만에 하나 다른 속셈이 있다면 그것은 정말로 치명적인 일이 될 것이다. 곁에 두긴 위험하다는 생각이었다.

“군주, 그들은… 우리 편입니까?”

결국 흑망의 의문은 그 하나의 질문으로 귀결된다.

단운룡은 그들에게 있어 적이 될 것인가, 아니면 아군이 될 것인가.

하지만 우목은 명쾌한 해답을 내려주길 거부했다.

“이 전장은 적아(敵我)가 그처럼 단순하게 구분되는 곳이 아니다.”

“그는 귀비혈사대와 싸웠습니다. 그의 무공은… 굉장한 전력이 될 수 있습니다.”

“그럴 수도 있겠지. 하나, 그건 통제할 수 없는 힘이다. 우리가 무구고원으로 근거지를 옮긴 이유는 안정된 전력 구축을 위해서야. 지금 상황에서 제어 불가의 힘이란 애초부터 없으니만 못해.”

“없는 것만도 못하다면… 내쫓으시려는 겁니까?”

흑망은 흑백을 뚜렷이 가르고 싶어했다.

말뮤이 막혔다.

내쫓는다?

그럴 능력이나 있었던가.

우목의 입가에 비틀린 미소가 떠올랐다. 자조의 웃음이었다.

“내쫓는 건 불가능해. 놈이 있고 싶으면 있는 거고, 떠나고 싶으면 떠나는 거다.”

입으로 내뱉고 보니 더 비참해진다.

그렇다. 그게 현실이다.

야속한 마음이 제아무리 깊다 해도 우목에겐 단운룡을 어찌할 힘이 없다.

우목은 그러한 상황이 너무나도 싫었다.

단운룡은 그와 어린 시절의 어려움을 함께 보낸 친구다. 신비로운 통찰력과 놀라운 재주를 지니고 수많은 죽음을 함께 헤쳐 나왔던 놀라운 친구였다.

하지만 정말 그를 필요로 했을 때, 단운룡은 거기 없었다.

운룡이 있었더라면.

석실에서 홀로 무공을 연마할 때에도. 귀비산 중독자들이 괴로움에 몸부림치며 하나둘씩 죽어나갈 때에도.

몇 번이나 그 생각을 하며 아쉬워했는지 모른다.

십 년의 세월 동안.

아쉬움은 절망이 되고, 절망은 분노가 되었다.

따지고 보면 우스운 일이다.

오원이 패망한 것은 단운룡 때문이 아니다.

물론 단운룡이 있었다면 달라졌을 수도 있다. 그만큼 그의 존재는 우목에게 있어 큰 의미가 있었다. 하지만 그렇다고 그의 부재를 탓할 수는 없다. 단운룡은 큰 힘을 얻었다. 그리고 그만큼 큰 힘은 하루 이틀로 얻어지는 것이 아니다. 단운룡에겐 단운룡 나름대로의 사연이 있을 수밖에 없다.

냉정히 생각하면 그렇다는 이야기다. 하지만 가슴속에 치미는 분노는 머리로 따져 보는 사실과는 엄연히 별개의 것이었다.

차라리 중원에서 무슨 일이라도 당했더라면.

그래서 오원이 망해가는 데도 얼굴 한 번 비치지 못했던 거라면.

그랬더라면 지금처럼 화가 나지는 않았을 게다.

하지만 단운룡은 멀쩡했다.

멀쩡할 뿐 아니라, 놀라운 힘을 얻은 상태였다.

오원이 다 망하고 그 많은 식구들이 다 죽어나가는 데에도 나타나질 않더니, 도저히 안 되겠다 싶어 무구고원에 숨어들려고 했을 때가 되어서야 이게 무슨 일이냐며 어리둥절한 표정으로 얼굴을 들이밀었다.

천군만마를 얻었다며 반기기에는 지금껏 쌓아온 분노가 너무 컸다.

오원이 이렇게 된지 몰랐다?

더 화가 날 일이다.

오원이 망한 것은 비밀스런 일이 아니다. 운남 지역의 상황에 조금만 관심을 기울였어도, 충분히 알 수 있었을 것이다.

만나자마자 퍼부었던 말 그대로다.

그처럼 삭일 수 없는 분노에, 이번엔 무구고원 이주 계획까지 망쳐 버렸다. 조용히 숨이들어 갈 수 있었던 것을, 이제는 즉각적인 추격을 걱정해야 할 판이다.

하지만 진짜 최악인 것은 따로 있다.

단운룡의 압도적인 무공에, 일말의 기대감을 품게 되어버렸다는 점이다.

혹망의 말마따나, 단운룡의 무공은 피할 수 없는 유혹과 같았다.

귀비혈사대 수십 명을 단신으로 박살 내는 무공이란, 일찍이 이 땅 전체를 통틀어도 보여준 이가 없다. 삼흉이나 사대괴인으로도 불가능할 일일 게다. 행여 가능한 자가 있다면 타가나 맹획, 둘 정도밖에 없을 터였다.

계산은 단순하다.

해답도 명쾌하다.

현재 마군의 상황. 그리고 단운룡의 무공을 고려하면, 그를 한 편으로 받아들일 수밖에 없다는 결론이 나온다.

'그게 바로 문제의 핵심이지.'

이야기는 다시 원점으로 돌아온다.

우목에겐 단운룡에 대한 오랜 원망이 있다. 개인적이고 감정적인 부분이다. 물론 그런 만큼, 타협이 가능한 부분이기도 하다. 하지만 어떻게든 해결을 본다 해도, 그것으로 끝이 나진 않는다.

단운룡은 애초부터 통제와 예측이 불가능한 인간이었다. 그를 옆에 둘 경우, 어렵사리 구축한 마군의 기반이 뿌리째로 흔들릴 수 있다. 보기 좋게 계획을 망친 것부터가 그렇다. 단운룡이란 존재는 이미 전사들에겐 혼란 그 자체였다. 흑망이 느끼듯이 말이다.

'게다가 놈은……'

단운룡은 강했다. 예전에도 그랬고, 지금은 더 그렇다.

어차피 지금 당장 그를 쫓아낼 순 없다. 눈치를 보아하건대, 단운룡은 상당히 오랫동안 이곳에 머물러 있을 작정인 것 같다.

하지만 그에게 의존할 수는 없다. 그래서는 안 된다.

우목은 바보가 아니다.

그는 단운룡을 안다. 단운룡의 그릇은 크다. 오원같이 좁은 땅덩어리로는 그의 그릇을 채울 수 없다.

언젠가는 떠날 자다. 희망과 기대를 제멋대로 삼켜놓고, 왔을 때마냥 어느 날 갑자기 떠나갈 것이다.

그런 놈에게 미래를 걸 수는 없다. 우목이 단운룡을 받아들이지 못하는 근본적인 이유가 바로 거기에 있었다.

"놈은… 일단 내버려 둬. 어린 전사들이 휩쓸리지 않도록 단속 잘하고. 탈각의 계가 수포로 돌아간 이상, 놈들이 우리 행로를 추적해 오는 것도 시간문제야. 그쪽이 급선무다. 할 일이 많아. 경계를 강화하고, 정찰병을 최대한 풀어. 언제 누가 쳐들어

올지 몰라."

"예. 군주."

그가 지시를 마친 후 자리에서 일어났다. 문 쪽으로 발을 옮기다가 허리를 구부리며 흡, 하고 짧은 숨을 들이켰다. 등줄기를 강타한 통증 때문이다. 상처에서 오는 고통도 고통이지만, 귀비신단의 후유증은 그 이상이었다. 끊임없이 이어지는 갈증에 입 안에는 지독한 단내가 감돌고 있었다. 게다가 단운룡의 얼굴을 떠올리자면 망쳐 버린 계획에 노화부터 치밀어 오른다. 머리가 다 부서질 것 같았다.

"괜찮으시겠습니까."

흑망의 목소리엔 진심 어린 걱정이 담겨 있었다. 하지만 그는 우목을 부축하지 않았다. 그가 그걸 원하지 않는다는 것을 잘 알고 있는 까닭이다.

"물론, 괜찮지 않아."

우목이 허리를 곧게 세웠다.

당분간 전투는 무리다. 전사들을 지휘하는 것도 버거울 지경이다.

계획만 성공했어도 조금은 여유를 부릴 수 있었을 것이다. 하지만 상황은 달라졌다.

맹획은 기민한 자다. 지금으로서는 하루라도 빨리 방어태세를 갖춰놓을 필요가 있었다.

"적들의 움직임이 포착되었습니다!"

정찰병의 한쪽 팔은 퉁퉁 부어 있었다. 급한 마음에 무작정 구독림을 달려오다가 독충에라도 물린 모양이었다.

"위치는 어디쯤인가."

"염곡 부근입니다."

"염곡이면 아직 시간이 좀 있군."

"예. 한데……."

"한데……?"

"최전방 척후조에 의하면, 적들의 지휘자가 현오괴로 보인답니다."

"현오괴?"

우목의 얼굴이 싹 굳어졌다. 현오괴는 강자다. 천지현황으로 대표되는 맹획 진영 최고수로, 그 하나가 일백 명 귀비혈사대보다 무섭다. 절로 긴장이 될 수밖에 없었다.

"적들의 접근 경로는 어떻게 되지?"

옆에서 듣던 흑망이 재빠른 움직임으로 지도 한 장을 펼쳐 놓았다. 이주 계획 초부터 만들기 시작했던 지도다. 주변 지세가 상당히 정교하게 그려져 있었다.

"여기서부터 이쪽으로 이동 중이었습니다."

정찰병이 손가락으로 지도 위에 줄 하나를 그었다. 손을 꼽으며 적들의 움직임을 계산한 우목이 눈살을 찌푸리며 말했다.

"조금 어긋나긴 해도 얼추 방향이 맞아. 닷새 내로 구독림까지 쫓아오겠어."

"닷새라니. 그렇게 빠르지는 않을 텐데요."

"틀려. 지휘자가 현오괴라면 오히려 더 단축될 수도 있겠지. 아정, 적들의 숫자는 어느 정도였나?"

“귀비혈사대 백여 명에 현오괴의 친위대인 현각군 오십 명이 함께하고 있습니다. 후속 부대는 훨씬 더 후방에 있는 것으로 보입니다.”

“현오괴에 현각군……!”

눈앞이 다 깜깜해진다.

현오괴는 대단한 고수다. 거기에 현각군은 하나하나가 귀비혈사대 이상의 무인들로만 구성되어 있다.

‘백오십 병력.’

차분히 생각하기로 했다.

숫자만 두고 보면 방어가 아주 불가능한 수준은 아니다.

무구고원의 방어는 무척 튼튼했다. 초림 때와는 비교도 할 수 없을 정도였다. 적들의 움직임을 한눈에 볼 수 있는 망루도 완성된 상태고, 진입로를 따라 촉사와 독화살을 장비한 궁수들까지 배치해 놓았다. 전사들의 수도 많다. 만반의 준비가 갖춰졌다는 뜻이다.

우목은 안심할 수 없었다.

천지현황 현오괴는 소마군 시절부터 듣던 이름이다. 전장에서의 세월은 곧 강함과 비례한다. 오래된 만큼 무서운 자다. 그 정도의 괴수가 이끄는 귀비혈사대는 그날 밤과 완전히 다르다고 생각해야 한다.

문제는 그것으로 끝이 아니라는 사실이다.

어찌어찌 현오괴를 막는다 해도, 그다음엔 맹획의 대병력이 기다리고 있다.

애초부터 상대가 안 되는 숫자다. 마군 삼백, 맹획 이만. 노약자와 아이들, 비전투원을 감안하면 그 차이는 백배에 이른다. 맹획이 작정하고 무구고원을 박살 내기로 마음먹는다면 그들로서는 막을 도리가 없다. 구독림과 촉사와 늪이라는 천험의 방패로도 작정하고 쏟아붓는 병력에는 속수무책이다. 만 단위까지도 필요없다. 천 단위 공병만 투입해도 없는 길을 새로 만들 수 있을 게다. 독물로 우글거리는 숲과 늪이라 해도 예외는 아닐 터였다.

'시간이 더 있었더라면……!'

머릿속에 절망적인 그림이 그려졌다. 그 그림 속에는 무구고원으로 올라오는 수천 명 맹획의 적병들이 있다. 다시 한 번 짓밟히는 오원 주민들의 고통스런 얼굴들이 있었다.

"제길……!"

욕지거리가 나왔다. 계획만 성공했더라면 이런 일은 생기지 않았다. 그랬다면 현오괴가 나설 일도 없었을 것이다.

"전투 준비를 해."

이미 다 지난 일이었다. 이제 와서 만에 하나를 생각한다 한들 아쉬움만 커질 뿐이다. 흑망이 물어왔다.

"일차 저지선은 어디에 둡니까?"

"구독림 바로 앞."

"날쌘 녀석들로 삼십 명 준비하겠습니다."

"현오괴는 고수다. 저지선은 어디까지나 적들의 역량을 보기 위함이야. 치자마자 빠져나온다. 죽는 사람이 나오지 않도록 해."

"예."

흑망이 굳게 고개를 끄덕이며 몸을 돌렸다. 그가 거친 나무 문을 열고서 막 밖으로 나서려고 할 때였다.

"흑망."

우목이 그를 불러 세웠다. 우목의 표정은 가히 좋지 않았다.

"놈을… 불러와."

그의 목소리엔 감추지 못한 고민의 흔적이 진하게 묻어나고 있었다. 멈춰 서 있던 흑망도 잠시 동안 말이 없었다.

"지금… 말씀입니까?"

"그래. 지금."

우목이 대답했다.

흑망이 밖으로 나갔다. 우목 본인의 마음이 무거워서였을까.

나가는 흑망의 발걸음도 천 근의 족쇄를 찬 양, 한없이 무거워 보였다. 짙은 한숨만이 속절없이 뱉어질 뿐이었다.

"적들이냐?"

단운룡이 물었다. 변하지 않은 말투였다.

"…그래."

초림 전투 이후, 첫 대화다. 우목의 목소리엔 마지못해 대답하는 기색이 역력했다.

"거리는?"

"최대 닷새. 그보다 이를 거다."

우목은 단운룡에게 눈길을 주려 하지 않았다. 시선은 지도 위에 고정한 채였다.

"숫자는?"

"백오십."

　지극히 건조한 말투다. 우목의 심경이 그대로 전해진다. 할 수 없이 나누는 대화임을 분명히 느낄 수 있었다.

　"백오십이라, 그런데 뭐가 문제지?"

　우목의 입가에 비틀린 웃음이 걸렸다. 그가 단운룡에게 되물었다.

　"뭐가 문제냐고?"

　"여기서 충분히 방어할 수 있지 않나?"

　우목은 그때까지도 단운룡에게 시선을 돌리지 않았다. 입에 걸린 냉소만이 짙어질 뿐이다.

　"방어야 할 수 있지."

　"하면?"

　"몰라서 묻는 건가?"

　참지 못한 우목이 한 손으로 탁자를 내려쳤다. 쾅 하는 소리가 방 안을 가득 채웠다. 우목이 벌떡 일어나며 소리쳤다.

　"방어를 할 수 있느냐 없느냐는 문제가 아냐! 우리가 이곳에서! 다른 곳도 아닌 이 무구고원에서 적을 맞이해야 한다는 것이 문제인 거다!"

　"내 탓이란 건가?"

　"그렇다! 네놈 잘못이야! 난 분명 꺼지라고 말했다. 넌 그때 사라졌어야 했어!"

　처음으로 시선이 닿았다.

　우목의 눈동자엔 분노의 불길만이 가득했다. 단운룡은 그 불길을 피할 생각이 없었다. 그가 차분한 목소리로 말했다.

　"내 무공을 봤을 텐데."

“그래, 봤지.”

“그럼 이용할 생각을 했어야지. 무작정 가둬놓는 건 이치에 안 맞잖아.”

정론이다.

하지만 당시의 우목은 단운룡의 기량을 정확히 알 수 없었다. 그에게 있어 단운룡이란, 위험도가 지극히 높은 예측불가의 변수였을 뿐이다.

우목이 숨을 한껏 들이켰다. 마른 몸, 강퍅한 얼굴에 참을 인(忍), 한 글자가 새겨졌다.

“나는 말이다… 절대로 네놈의 손을 빌리고 싶지 않았다. 그리고 예상대로, 네놈은 모든 걸 망쳤어.”

“기회만 줘. 내가 수습할 테니.”

우목의 표정이 일그러졌다.

예전에도 단운룡은 그랬다. 그가 말하면 그 말대로 모든 일이 이루어질 것 같았다.

그것이 우목은 미치도록 싫었다.

“알다시피 우리 계획은 실패했다. 적들에게 만족스런 승리를 안겨줬어야 했는데, 그 대신 치욕적인 상처를 줘버렸지. 놈들은 화가 났고, 엄청난 강수를 두기에 이르렀다.”

“강수라니?”

“현오괴.”

“현오괴? 천지현황 그 현오괴?”

“그래.”

“아직도 살아 있었나.”

"지사괴만 빼고는 그때 그대로다."

"지사괴는 왜?"

"삼 년 전쯤이었을 거다. 두 세력이 오원에서 회담을 벌이던 와중, 사소한 시비가 붙었다. 맹획 측 대표는 지사괴였는데, 타가 측이 보낸 흉랑의 튠차이와 일전을 벌이기에 이르렀지. 결과는 지사괴의 패배. 둘 다 흉포하기로는 둘째가라면 서러울 놈들이었지만, 각군 수뇌로서의 지위가 있어서인지 승패를 가르는 선에서 싸움을 끝냈다고 했다. 하지만 지사괴의 불운은 거기서 그치지 않았다. 맹획은 남왕궁의 이름을 더럽혔다는 이유로 지사괴를 처형했다. 제 손으로 직접 충복의 목숨을 빼앗았지."

"여전히 과격하구만. 타격이 상당했겠어."

"그렇지도 않다. 지사괴의 이름은 려족 출신의 젊은 놈이 이어받았는데, 이전 놈보다 더 강하다는 소문이다."

확실히 오래되긴 했다.

별일이 다 있었다는 생각이 든다. 단운룡은 고개를 한 번 끄덕이고는 다시 화제를 돌렸다.

"현오괴는 지금 어디쯤 왔지?"

"염곡."

"이쪽의 대응은?"

"구독림 앞에 저지선을 세웠다. 통과하자마자 공격을 시도할 생각이다."

"중지시켜."

"뭐?"

"공격을 가하면 사상자가 나온다. 마군은 수가 적어. 한 명이라도 아껴야 해."

"그걸 누가 몰라서……."

"게다가 무구고원은 아직 드러나지 않았어. 구독림을 통과한 후엔 늦는다. 그땐 누구라도 이곳을 목표로 삼게 될 거야."

"어차피 이곳이 드러나는 것은 시간문제다."

"그 말 그대로다. 시간이 가장 큰 문제지. 한시라도 더 벌어야 하는 상황 아니었나?"

단운룡의 말대로다.

방어 태세가 완전히 갖춰지려면 아직이다. 우목 자신의 몸 상태도 완전치 않다 무슨 수를 쓰든 시산을 벌면 벌수록 유리한 게 틀림없는 사실이었다.

"대체 어쩌자는 거냐."

"백오십이면 소규모 병력이다. 무릇 그 숫자의 군사들이란, 머리를 잃으면 아무것도 못하게 되어 있지."

"머리를……?"

덜컥, 우목의 몸이 굳어졌다. 그가 단운룡의 눈을 직시했다.

"제정신이냐?"

"물론."

단운룡이 답했다.

"현오괴는."

그가 지도 위, 염곡과 구독림의 중간, 아무것도 없는 벌판 위를 찍어 눌렀다.

"여기서 죽는다."

원태가 눈썹을 치켜올리며 되물었다.

"나? 지금 내가 필요하다 말했소?"

"그래."

"난 중원으로 돌아가야 하오. 황실에 보고드릴 기한이 다가오고 있소."

"한 번만 도와주면 돼."

"이미 충분히 늦었소."

단운룡이 그의 눈을 직시했다. 전혀 납득할 만한 이유가 안 된다는 표정이었다.

원태가 졌다는 듯, 두 손을 들며 허탈한 어조로 말했다.

"솔직히 말하겠소. 난 더 이상 당신 일에 관여하고 싶지 않소."

"그런 건 당분간 접어둬."

"접어두지 못하겠소. 여기 와서 내가 한 일이라곤 당신에게 질질 끌려다닌 것밖에 없소. 더 이상은 사양이오."

"적들이 오고 있다. 당신은 금의위야. 뭐가 중요한지 알고 있지 않나?"

"내게 있어 중요한 것은, 이곳의 사정을 하루빨리 황실에 전하는 것이오. 난 그게 이곳 상황의 궁극적인 해결책이라 믿소."

"정말 그렇게 믿나?"

"당연한 것 아니오! 황군이 개입하면……!"

"황군의 개입은 없어."

단운룡이 강한 어조로 원태의 말을 끊었다. 그가 빠르게 말을 이었다.

"맹획의 수뇌부가 나선 상황이다. 직접 본 적이 없으니 어느 정도 고수인지도 알 수 없어. 다만 확실한 것은 이번 놈들이 저번보다 훨씬 위험하다는 사실이야.”

“이곳은 적들을 방어하기에 최적의 지형이오. 대군이 오지 않는 이상, 막는 데는 문제가 없을 거요.”

“이곳에서 막는 게 아니다.”

“그게 무슨 말이오?”

“이곳이 노출되는 것을 최대한 늦춰야 한다. 그러려면 놈들이 구독림을 통과하기 전에 막아야 해. 언젠가는 알려지게 되겠지만 지금이 그때가 될 순 없어.”

“이것 보시오. 이곳의 병력은 공격을 위한 병력이 될 수 없소. 지형의 이점을 안고 싸워도 필승을 장담하지 못할 터인데, 그걸 포기하고 싸웠다가는 결과가 결코 좋지 못할 거요.”

“잘 봤군. 그렇기 때문에 이곳의 병력은 쓰지 않을 거다.”

“병력을 쓰지 않는다니?”

“이들은 여기서 이곳을 지킨다. 싸움에 나서지 않아.”

“그럼 누가 싸움을……?”

“나.”

단운룡은 대수롭지 않다는 듯 말했다. 원태가 황당하다는 표정을 지으며 목소리를 높였다.

“당신 혼자 싸우겠다는 말이오?”

“요화가 함께 갈 거다.”

“맹획 쪽의 수뇌가 나섰다면서?”

“그건 문제가 안 돼.”

단운룡이 고개를 가로저었다. 원태의 얼굴에 기가 막힌다는 표정이 더해졌다.

"그게 문제가 아니라면, 대체 뭐가 문제요?"

"싸우는 것은 어려운 일이 아니다. 적들을 속이는 게 어렵지."

"속인다……?"

"원래는 타가 놈들의 갑주가 있었으면 했다. 그걸 입고 싸우면 적들의 판단을 흔들어놓을 수가 있었을 것이다. 타가가 끼어들었다고 한다면 초림에서 귀비혈사대가 의외의 손실을 입게 된 것도 설명이 가능해져. 적들의 이목을 흐리는 좋은 방법이 됐을 거야."

"타가 측에 뒤집어씌운다니, 쉬운 일은 아닐 것 같소만?"

"물론 아주 좋은 책략은 아니다. 속임수라는 게 들통나기까진 오래 걸리지 않을 거야. 며칠 시간을 버는 정도……. 하지만 마군(魔軍)에겐 짧은 시간도 아쉽다. 충분히 시도해 볼 만한 일이라 생각했다."

"그럼 그렇게 하면 되지 않소."

"안 돼. 타가 놈들의 갑주가 없거든."

"……!"

"같은 이유로 당신이 필요하다. 공격할 때 같이 가줬으면 해."

"아니, 그게 어째서 같은 이유요? 타가의 갑주가 없으니 내가 간다? 말이 안 되지 않소."

"못하겠으면 옷이라도 내놔."

"뭐요?"

원태는 놀란 목소리로 되묻는 동시에, 단운룡이 뭘 원하는지 깨달았다. 그가 눈살을 찌푸리며 더듬더듬 말을 이었다.

"옷을 내놓으라 함은… 그러니까, 금의위 옷을……."

“그래.”

“그 말인즉슨… 금의위인 척을 하겠다?”

“타가보다야 황실이 더 그럴듯하지. 사실 여부를 확인하기도 껄끄러울 것이고.”

“허, 허허허.”

원태는 그냥 웃었다. 허탈한 웃음만 실없게 흘러나왔다.

황실인 척 사기를 치겠단다.

여기가 중원이라면 당장 관아로 끌려갔을 중죄다. 아니, 이런 자를 관아로 끌고 갈 수 있을지조차 모르겠다. 웃는 것 말고는 할 수 있는 게 없었다.

“어쩔 거야?”

“거절하면… 강제로 빼앗기라도 할 셈이오?”

“물론.”

“좋소.”

“……?”

“그리하겠소.”

“그리하겠다면?”

“가겠단 말이오. 내가 도와주겠소.”

“황실에 보고를 올려야 한다면서.”

“벌거숭이로 돌아다닐 수는 없는 것 아니오!”

원태는 기어코 역정을 냈다.

모두가 말이 안 된다고 했다.

흑망은 물론이요, 우목마저도 그리 생각했다.

불가능한 일이다. 고작 셋이서 현오괴를 막으러 가겠다니, 농담도 그런 고약한 농담이 없다. 의심하는 자들이 생겨나는 것도 당연한 일이었다.

"셋만 보내면 위험한 것 아닙니까?"

"애초부터 첩자였던 것일 수도 있습니다."

"투항하여 자기들 목숨이라도 건지려는 게 아니겠습니까?"

어린 고수병들은 불안해했다. 정말로 단운룡 일행이 첩자들이었다면 가장 잘못한 것은 그 주변을 맴돌았던 고수병들이 된다. 적들에게 멋모르고 이쪽의 정보를 퍼다 준 꼴이 되는 까닭이었다.

"함정의 위치들까지 알려줬는데 어떻게 하지?"

"함정뿐이 아니잖아. 궁수들 위치랑 초병들 은신처까지 다 알고 있다고."

불안감이 커지는 것은 순간이었다. 과격한 전사들, 특히나 단운룡의 신위를 목도하지 못한 전사들 사이에선, 당장 잡아들여야 한다는 의견까지 생겨났다.

"믿지 못할 외인들 아니오?"

"방어를 더 튼튼히 해야 할 것이오."

"날랜 전사들을 보내면 충분히 따라잡을 수 있을 거요."

"맞습니다. 감시하러 보낼 자들이 필요합니다."

"감시가 아니라, 도로 잡아오는 것이 훨씬 안전할 것 같지 않소?"

전사들은 중구난방으로 불신감을 쏟아냈다.

어쩔 도리가 없다. 이런 일은 간단히 틀어막을 수 있는 성질의 것이 아니다. 진실이 어떠하든, 당장 생각하기엔 일리있는 이야기들이었기 때문이다.

'이럴 줄 알았어.'

단운룡은 문제를 일으킬 게 자명했고, 실제로도 문제가 되고 있었다.

벌써 몇 번째인지 모른다. 치밀어 오르는 노화도 이젠 매일 같은 일상이 되어버렸다.

"군주께서 잘못 생각하신 것 아냐?"

"부상이 심하신 것 같던데."

"아무리 상황이 급해도 그렇지. 외인들을 믿고 보내는 것은 좀 아니지 않나?"

말이란 것은 그런 법이다. 한 번 시작된 의심은 사람들의 말을 휘감으며 눈덩이처럼 불어나 버렸다. 외인들에 대한 불안감이 지도력에 대한 불신감으로까지 이어지게 된 것이다.

"군주, 모두가 불안해하고 있습니다. 군주의 판단력을 의심하는 자들까지 생겨나고 있어요."

"걱정 마라. 예상했던 바다."

우목은 그렇게 말했다. 자신있는 어투였지만, 마음속엔 말투만큼의 자신감이 없었다.

단운룡이 개입하기 시작한 이상, 무엇이 어떻게 될지는 아무도 모른다.

전장에서 무지(無知)만큼 위험한 것은 없는 법이다.

그렇기에 우목은 단운룡을 내쫓고 싶었다. 하지만 당장은 그럴 수도 없다. 선택의 여지가 없는 현실이 그의 마음을 한없이 무겁게 짓누를 뿐이었다.

*　　　*　　　*

"숫자가 꽤 되는걸."

"꽤가 아니오. 백오십은 족히 되겠소."

"중앙이 강해. 저들이 현각군인 모양이야."

단운룡을 비롯한 삼 인은 귀비혈사대의 진군이 훤히 내려다보이는 언덕 위에 서 있었다. 아침 해가 솟아오른 지 얼마 안 되는 시간이다. 일부러 이 시간대를 골랐다. 일반적인 기습이라고 한다면 밤에 이루어지는 것이 보통이지만, 이 싸움은 목적이 다르다. 탁 트인 시야가 중요하다. 적들은 누가 자신들을 공격했는지 두 눈으로 똑똑히 보아야만 했다. 오원의 생존자들이 아니라는 것을 분명히 확인시켜 줘야만 하는 것이다.

"들어갈 땐 아무것도 안 해도 돼. 돌아올 때가 중요하다. 요화는 그때 엄호를 맡아줘."

"예."

도요화가 짧게 답했다. 그녀의 허리춤엔 두 개의 북이 매달려 있다. 하나는 중원에서부터 들고 온 북, 하나는 초림 숲에서 얻었던 피 묻은 전고(戰鼓)였다.

"혼자 들어가겠다는 거요?"

"당연하지."

원태는 고개를 설레설레 저었다. 놀라거나 황당해하기도 지겹다. 속이 편하려면 이 남자는 원래 그런 남자로구나라고 생각하는 편이 옳다.

"그럼 내 역할은 뭐요?"

"적들의 주의를 끌어줘."

"주의를 끌라. 그것뿐이오?"

"금의위란 것을 분명히 해주면 더 좋을 것이고."

"금의위인 것을 분명히 하라……. 알았소."

단운룡이 이번엔 적들 쪽으로 고개를 돌렸다.

적들은 막 야영을 끝내고 진군을 준비하고 있었다. 길쭉한 세모꼴 진형에, 붉은 투구 귀비혈사대가 선두를 맡았다. 검은색 투구의 현각군은 중앙이다. 중앙에서도 한가운데에 현오괴의 마차가 있다. 다섯 마리 흑미기 끌고 있는 펑펑한 마차 위엔 위용도 당당한 자흑목(紫黑木) 태사의가 첨탑처럼 솟아 있었다.

'저놈이 현오괴!'

위엄있는 걸음걸이로 다가와 마차 위로 오르는 자가 보였다.

흑색 투구를 쓴 중년인이다. 누가 봐도 이놈이 이 군대를 이끄는 자임을 알 수 있게 생겼다. 현각군 병사들이 양쪽으로 갈라져 길을 터놓은 채, 절도있는 자세로 시립해 있었다. 마치 왕도(王道)와도 같다. 투구 위 하늘을 찌르는 다섯 개의 뿔이 보였다. 오각흑투구, 현오괴의 상징이다. 그가 서두르지 않는 몸가짐으로 마차에 올랐다. 여유롭게 태사의에 올라앉는 품이 황제의 그것마냥 위풍당당하기 그지없었다.

'건방진 놈.'

천지현황 중 세 번째.

맹획 군 전체를 통틀어 서열 사위를 차지하고 있는 거물이다. 제아무리 까마득한 변방의 인물이라 해도, 수많은 사람들 위에

군림해 온 자의 기도는 틀림없이 남다른 데가 있었다.

'네놈의 그 모습도 오늘로 끝이다.'

귀비혈사대가 진군을 시작했다.

기마병은 없다. 보급품을 운반하는 기마들이 후방에 따라오고 있긴 하지만, 그 수는 얼마되지 않는다. 기본적으로 보병 부대라는 뜻이다. 하지만 그들의 진군 속도는 일반 보병들과 달랐다. 서두르는 기색이 없음에도 움직이는 속도가 제법 빠르다. 모두가 신법을 쓰고 있기 때문이었다. 한참 멀리에 있다 싶었더니어느새 언덕 근처까지 다가오고 있었다.

단운룡이 원태를 돌아보며 짧은 한마디를 남겼다.

"지금."

"지금?"

원태가 반문했다. 하지만 단운룡은 이미 언덕 아래쪽을 향해 몸을 날린 후였다. 원태가 황당하다는 얼굴로 도요화를 돌아보았다. 그녀가 원태를 마주 보았다. 돌아온 것은 재촉하는 눈빛뿐이었다.

'제길.'

원태가 이를 악물고 성큼성큼 걸음을 옮겼다. 언덕 위로 쭉 올라가 적들의 진영이 한눈에 내려보이는 위치까지 왔다. 나타난 그의 모습에 아래쪽에 있던 귀비혈사대 몇 명이 그를 가리키며 뭐라 뭐라 경호성을 내뱉었다. 원태가 한껏 숨을 들이켰다. 내력을 모으고 입을 열었다. 쩌렁쩌렁한 목소리가 푸른 하늘 밑 녹색 들판을 떨쳐 울렸다.

"남쪽 변방 맹획의 무리들은 들어라! 황실 금의위가 이곳에

왔다!"

상당한 내공이었다. 몇몇 귀비혈사대 무인들이 순간적으로 몸을 움츠렸을 만큼 폭발력이 대단했다.

중심에 있는 현오괴가 천천히 고개를 들었다. 그가 원태 쪽을 올려보았다.

"황실?"

원태의 얼굴이 굳어졌다.

꽤 높은 언덕에, 거리도 제법 멀다. 중간에는 수많은 병사들이 자아내는 소음까지 섞였다. 한데 중얼거리듯 내뱉은 음성이 옆에서 말한 것처럼 분명하게 들렸다. 고상한 내공을 지녔다는 증거다. 상승무공을 익힌 고수였다.

원태가 다시 한 번 숨을 들이켰다.

상대가 상승의 고수라 해도 무서울 것은 없다. 주구장창 끌려다니면서 체면을 구겼다지만 그것은 사실, 그가 지닌 본래 모습이 아니다. 그는 무림강호 세상 두려울 것이 없는 천생 무인이었다. 그가 내공을 더해 큰소리로 외쳤다.

"사병을 조직하고 민초들을 핍박하는 역도들이여! 대명제국의 질서를 어지럽히는 자들은 치죄를 면치 못하리라!!"

주의를 끌기 위해 지어낸 것치고는 대단히 그럴듯한 대사였다. 용맹으로 사해를 뒤흔드는 장수마냥 위풍도 당당하다. 죄지은 역도의 무리들이라면 찔끔 겁을 먹기에 충분한 호통이었다.

"제국의 질서?"

하지만 현오괴의 반응은 달랐다. 겁을 먹은 것과는 한참 거리가 멀었다.

그의 얼굴에 떠오른 것은 두려움이 아니라 명백한 비웃음이었다. 얇은 입술 사이로 누런 이빨이 드러났다. 남방어 한마디가 새어 나왔다.

"미친놈."

현오괴는 고수였다.

그는 황실 금의위라는 말을 듣자마자 내공을 운용하며 감각을 열었고, 이 언덕 주변에 어떠한 군사들도 없다는 사실을 확인했다.

언덕 위엔 금의위란 놈 하나뿐이다. 다른 기척이 있는 것 같지만 그래 봐야 둘뿐이었다.

미친놈이라 말해주지 못할 이유가 없었다.

사리분별 없이 객기만 넘치는 젊은 위사 놈 하나가 어찌어찌하다 여기까지 흘러들어 온 모양이었다.

"잡아와."

현오괴가 명령했다.

금의위 비단옷이 진짜 같아 보이기는 했다. 그래도 상관없었다.

이곳의 주인은 머나먼 자금성의 영락제가 아니다. 이 땅의 지배자는 남왕궁의 맹획이었다. 맹획을 바로 곁에서 모시는 그는 이 땅을 딛고 선 모든 이들의 생사여탈을 쥐고 흔드는 재상과도 같았다.

"죽이진 마라. 황군의 움직임을 알아야 하니."

그가 덧붙였다. 마차 옆을 따르던 현각군 네 명이 몸을 날렸다. 귀비혈사대가 신속하게 움직이며 길을 열었다.

커다란 삼각 진형에서 뛰쳐나온 현각군 흑의 무사들이 언덕을 올랐다.

　모두의 시선이 그곳으로 쏠려 있었다. 예외는 없었다. 행군도 멈춰 버린 상태다.

　그렇게 원태는 이목을 집중시켰다. 자신의 역할을 완벽하게 해낸 것이다.

　그리고 그때.

　단운룡이 움직이기 시작했다.

　파지지지직!

　번쩍이는 뇌전이 치솟은 것은 놈들의 측면 쪽에서부터였다.

　반응이 빠른 몇몇 귀비혈사대가 본능적으로 기형도를 꺼내 들었지만, 늦었다.

　꽈앙! 하는 폭음이 그들을 휩쓸었다.

　광신마체 뇌신 발동.

　광뢰포의 일격이었다.

　후두두두둑!

　박살난 팔다리가 검게 그을린 채 붉은 투구 위쪽으로 뿌려졌다.

　단운룡은 빨랐다.

　순속을 발동하고 섬영보를 이용하여 소리없이 접근했다.

　누구도 그를 감지하지 못했다. 언덕 위를 올려보며 눈살을 찌푸리고 있던 현오괴도 마찬가지다.

　단운룡은 곧바로 뇌신을 발동한 다음 광뢰포부터 터뜨렸다.

　화탄을 맞은 것이나 다름이 없다.

　귀비신단조차 먹지 않은 놈들은 단운룡의 공격에 어떠한 대응도 하지 못했다.

광뢰포의 여파 속에서 진각과 함께 허리를 돌렸다. 광혼고 일격이 작렬했다. 폭발하는 뇌전이 밀집 대형을 휩쓸었다. 삼각 진형 한쪽 모서리가 단숨에 무너지고 있었다.

"이건 또 뭐야."

현오괴가 눈을 돌렸을 땐, 귀비혈사대 한쪽 진형이 완파된 후였다.

너무나도 순식간에 벌어진 일이라, 무슨 일이 일어난 것인지조차 파악이 안 될 정도였다. 이내, 현오괴의 눈이 그 근원지를 찾아냈다.

뇌전을 두른 단운룡이 거기에 서 있었다. 그것을 본 현오괴는 생각했다. 뭔가 이상한 사술을 쓰고 있는 것이라고.

그렇게 생각할 수밖에 없었다.

현오괴는 무인의 본능으로, 이 남자가 극도로 위험하다는 것을 감지할 수 있었다. 하지만 그와 같은 위험이 무공의 격차 때문이란 것을 인정하기엔 그가 이제껏 누려온 지위가 너무나도 높았다.

'화탄이라니……!'

그릇된 자존심이 치명적인 오판을 불렀다. 황실, 금의위가 나타난 직후이니 이놈이 이런 조화를 부린 것도 특별한 화기(火器) 덕분일 것이라 지레짐작해 버린 것이다.

"저놈은 그냥 죽여. 폭약을 사용하는 듯하니 주의하도록."

현오괴가 귀찮다는 듯이 말했다.

현각군 검은 투구 네 명이 앞으로 향했다. 단운룡의 주위에 남아 있던 귀비혈사대 무인들도 기형도를 꺼내 들었다.

폭약만 조심하면 될 것이다. 상대는 고작 한 명뿐이다. 더욱이 그들 뒤엔 현각군 오십 명과 천지현황 사대고수 중 하나인 현오괴까지 있다. 여러 명 나설 필요도 없다. 그런 줄로 알았다.

파지지직! 버언쩍!

그들의 판단이 틀렸다는 것을 알게 되기까진 찰나간의 시간이면 충분했다.

단운룡의 전신으로부터 번쩍이는 뇌전이 뿜어져 나오기 시작했다. 연녹색 풀밭 위에 검게 그을린 자욱이 새겨졌다.

쫘앙!

전격의 폭풍이 사방을 뒤흔들었다. 귀비혈사대 다섯 명이 집어 던져진 것처럼 한꺼번에 뒤쪽으로 날아갔다.

흑색 투구를 쓴 무인들이 달려들었다. 현오괴의 직속부대 현각군 무인들이었다.

쐐액! 쐐애액!

그들의 양손엔 흑색으로 빛나는 비수가 들려 있었다. 양손으로 한 쌍씩 휘두르는 기세가 굉장히 사납고 날카로웠다. 한 명한 명이 귀비혈사대의 실력을 훨씬 뛰어넘는 고수들이었다.

쉬이익! 쉬익!

단운룡은 좌우로 한 번씩 몸을 피하며 현각군 무인들의 실력을 가늠해 보았다.

그의 눈에 이채가 스쳤다. 놈들은 강했다. 숫자만 충분하다면, 대문파의 주력과도 자웅을 결해볼 수 있는 수준으로 보였다. 하지만 단운룡은 뇌신까지 발동한 상태다. 그들의 비수는 결코 단운룡의 몸에 닿을 수 없었다.

더 이상 봐줄 것이 없다. 단운룡은 곧바로 반격에 들어갔다.

퍼억! 콰직!

극광추 일격이 한 놈의 가슴을 꿰뚫었다. 뛰어올라 마광각 발꿈치를 내리찍었다. 다른 놈의 어깨가 푹 꺼져 들어갔다. 부서진 뼛조각이 가슴 쪽으로 튀어나왔다. 충천하는 뇌전에 살이 타는 냄새가 번져 나왔다.

엄청난 위력이었다. 그걸 본 현오괴가 자신도 모르게 태사의의 팔걸이를 움켜잡았다.

"이 무슨……!"

그는 자신의 눈을 의심할 수밖에 없었다. 어렵게 키워낸 현각군 무인들이 순식간에 둘이나 죽었다. 그리고 다음 순간, 둘은 셋이 되고, 또 다음 순간, 셋은 넷이 되었다.

그가 벌떡 몸을 일으켰다.

현각군 네 명이 죽은 데 이어, 귀비혈사대 무인들이 파죽지세로 쓰러지고 있었다.

쾅! 하는 폭음 한 번에 서너 명 무인들이 하늘을 날았다.

말도 안 되는 무공이었다. 기형도 칼날이 썩은 나뭇가지마냥 쉽게도 부러졌다.

순식간이다. 삼각 진형 한 모서리가 통째로 무너져 버렸다. 현오괴의 얼굴이 흉신악살처럼 일그러졌다.

"귀비혈사대는 귀비신단을 사용하라! 현각군은 흑염오방진을 짜고 교전에 들어간다!"

더 이상의 방심은 없었다.

현오괴는 지금 이 군사로 펼칠 수 있는 가장 강한 전법을 쓰기로 했다.

귀비혈사대는 명령에 즉각 반응했다. 제각각 귀비신단을 꺼내 들고 주저없이 입에다 털어 넣었다. 놈들의 눈이 붉은 광망을 띠기 시작했다.

파지지지직! 꽈아아앙!

후방에 있던 귀비혈사대 무인들은 그처럼 귀비신단이라도 먹을 시간이 있었지만, 앞쪽에 있는 귀비혈사대는 그럴 기회조차 갖지 못했다.

뇌신 광뢰포 한 방이 한 놈의 상체를 통째로 박살 냈다.

품속에 손을 넣을 여유 따윈 없었다. 다급하게 휘둘러 본 기형도는 마광각 발길질 일격으로 중간부터 깨져 나갔다.

'오호……! 이것 봐라!'

단운룡의 전진이 막힌 것은 흑색 투구 현각군이 전면에 나서면서부터였다.

다섯 명씩 한 단위로 특정한 방위를 밟고서 진형을 유지해 오는데, 직접 부딪치기 전임에도 느껴지는 압력이 만만치 않았다. 특별한 진법이라도 되는 모양이었다.

쐐액! 퍼어엉!

단운룡은 망설이지 않았다. 곧바로 몸을 날려 극광추부터 때려 넣었다. 놈이 가슴 앞에서 비수 두 자루를 교차시켰다.

막을 수 있을 줄로 알았던 모양이다.

극광추 막강한 경력이 비수 두 자루를 단번에 깨부수고 놈의 가슴에 틀어박혔다. 놈이 피를 토하며 뒤쪽으로 튕겨 나갔다. 가슴 곳곳엔 깨져 버린 비수 조각이 박혀 있었다.

‘헛!’

예봉을 쉽게 꺾었다고 생각했더니 그게 아니었다. 한 놈을 밀어낸 자리로 네 놈이 맞물려 들어오며 여덟 자루 비수날을 줄줄이 쏟아낸 것이다.

쐐새새새색!

불꽃과도 같은 연환공격이었다.

순간적으로 망설였다. 틈새를 후려쳐서 한 놈 정도 쓰러뜨리는 것은 문제가 아니었지만, 그러려면 한두 자루 정도 공격을 허용해야 했다. 충만하게 실려 있는 내공으로 전 방위를 아우르고 들어오니, 정면으로 받아낼 방도가 없었다.

‘제길!’

처음으로 뒤로 물러났다.

놈들은 단운룡을 따라붙지 않았다. 당장 그를 쫓는 것보다는 진법을 온전하게 갖추는 것을 우선으로 했다. 꽤나 정교하고 정석적인 움직임이었다.

‘귀찮게 되었군.’

막무가내로 달려드는 놈들은 똑같이 부숴주면 그만이다. 하지만 이렇게 진식을 짜고 조직적으로 움직이는 놈들은 상대하기가 여간 까다로운 것이 아니다.

게다가 상대는 이놈들만 있는 것이 아니었다.

귀비신단을 먹은, 진정한 의미의 귀비혈사대가 양옆과 뒤쪽을 막아서고 있었다.

‘속전속결로 끝내려 했더니만.’

가장 문제가 되는 것은 역시나 ‘시간제한’이란 약점이다.

뇌신 발동 시간이 비약적으로 늘어났다고는 해도, 계속 사용하려다가는 무리가 올 수밖에 없다. 더욱이 그는 며칠 전에도 뇌신을 썼고, 잠깐이지만 음속까지 발동했었다.

선택을 내려야 할 순간이다.

파훼법을 모르는 이상, 이 진법을 상대하려면 짧지 않은 공방을 벌여야 할 공산이 컸다. 그다음에 현오괴와 싸우고, 귀비혈사대의 포위망까지 돌파하려면, 만만치 않은 손해를 감수해야 할 것이다. 자칫 운이 나쁠 경우, 싸움 도중에 한계에 이를 가능성도 있다. 그다음에 닥칠 것은 개죽음밖에 없었다.

단운룡이 한 발 앞으로 나섰다.

한 번 더 부딪쳐 본 후, 도저히 뚫지 못하겠다 싶으면 다음 기회를 노리겠다는 생각이다.

그때였다.

"네놈의 정체는 무엇이냐."

현오괴의 음성이었다. 단운룡이 고개를 들었다. 현각군 인의 장벽 뒤쪽으로, 태사의 앞에 서 있는 현오괴가 보였다.

"황실에서 온 것이 맞나?"

현오괴가 고갯짓으로 언덕 위를 가리켰다. 단운룡의 눈이 그쪽으로 향했다.

현각군 네 명이 나뒹굴고 있었다. 용케 그들을 쓰러뜨린 원태가 언덕 한가운데에 당당한 자세로 우뚝 서 있었다.

"대답하라. 네놈도 금의위인가?"

현오괴가 다시 물어왔다. 참으로 거만하고도 광오한 말투였다.

단운룡의 눈동자에 번쩍이는 빛이 스쳤다.

　돌파구를 찾은 것이다.

　그가 다시 고개를 돌려 현오괴를 바라보았다. 단운룡의 입가에 한줄기 미소가 비쳤다. 그 미소를 본 현오괴의 얼굴이 삽시간에 굳어졌다. 단운룡이 현오괴에게 물었다. 천천히, 천하에 다시 없을 만큼 도발적인 어투로.

　"두려운 모양이지?"

　"무엇이?"

　현오괴의 반응은 예상대로였다.

　"감히, 누구 앞이라고!!"

　분노로 가득한 표정에, 내지르는 호통은 가히 발악적이라 해도 과언이 아니다.

　그럴 수밖에 없다.

　현오괴는 두려운 것이 없는 자다. 새로 바뀐 지사괴는 물론, 맹획군 서열 이위인 천삼괴조차도 그에게 함부로 하지 못한다. 그에게 명령을 내릴 수 있는 이는 오직 맹획뿐이다.

　그만큼 현오괴는 높은 위치에 있었다.

　지나치게 오랫동안. 누구의 위협도 받지 아니하면서.

　단운룡은 그걸 노렸다. 그가 한 발 앞으로 나서며 여유롭게 입을 열었다.

　"황실이 두렵고, 내가 두려운 거다. 그러지 않고서야 이런 놈들로 장벽을 쌓고서 그 뒤에 숨어 있을 이유가 없을 텐데?"

　현오괴의 두 눈에서 불꽃이 튀었다.

　"갈!! 내 친히 네놈을 죽이리라!!"

　현오괴가 마차 위에서 번쩍 뛰어내렸다.

꿍! 하고 내려서는 그의 앞에 견고하게 진을 짠 현각군이 있다. 현오괴가 손을 휘두르며 큰소리로 외쳤다.

"길을 열라!"

'멍청한 놈. 걸려들었어.'

명령에는 절대 복종이다.

현각군 무인들이 진형을 유지한 채 길을 텄다.

그 순간.

단운룡의 전신을 두르고 있던 뇌전(雷電)이 사라졌다.

이어, 단운룡의 신형이 사라졌다.

우우우우웅!

현각군 무인들이 느낀 바는 그랬다.

없어져 버렸다고.

번쩍이는 뇌전이 혹하고 꺼져 버린 다음, 단운룡의 움직임마저 놓쳐 버렸으니 그렇게 느낀 것도 이상한 일은 아니었다. 그리고 바로 그때, 단운룡이 그들 앞을 지나가고 있음을 몰랐던 것도 그렇게 이상한 일은 아니었을 것이다.

단운룡은 그들의 눈동자가 움직이는 것보다 더 빠르게 움직였을 뿐이다. 그들이 볼 수 있었던 것은 단운룡이 있었던 곳에서 치솟아오른 먼지구름과 조각난 풀잎들밖에 없었다.

음속(音速)이다.

단운룡은 현오괴까지의 길이 열리자마자 뇌신을 음속으로 전환했다.

무리수다. 음속은 위험하다. 발동을 중지한 후에 어떤 일이 생길지 알 수 없다.

그 대신 그는 무한한 힘을 얻었다. 그는 지금 그 외의 모든 것이 느려지는 세계에 와 있었다. 현각군 무인들은 단운룡이 움직이는 것을 따라 고개조차 돌리지 못하고 있었고, 시시각각 가까워지는 현오괴의 두 눈동자엔 오직 경악만이 가득했다.

위이이잉!

공기를 가르는 것이 물속에서 움직이는 것마냥 묵직하게 느껴졌다. 현오괴가 팔을 들어 올리는 것이 보였다.

단운룡의 극광추를 막기 위해서였다. 노림수는 대단히 좋았다. 손목 아래쪽을 올려쳐 추법의 경력을 비껴내고 옆구리에 반격을 가할 수 있는 훌륭한 방어초였다.

하지만 불행히도 현오괴가 막아내야 했던 것은 단순한 추법이 아니라, 협제 소연신이 창안한 무적의 극광추다. 더욱이 이번 극광추엔 광신마체 음속의 구결까지 실려 있었다.

퍼억!

아무 소리도 들리지 않았다. 하지만 그런 소리가 들릴 거라 생각했다.

현오괴는 단운룡의 극광추를 튕겨내지 못했다. 손목 아래를 정확하게 올려쳤지만, 극광추의 궤도는 조금도 어긋나지 않았다. 대신 부서진 것은 그의 팔뿐이다. 팔뚝이 진흙처럼 으깨진 채, 극광추의 궤도를 따라 뒤쪽으로 밀려나고 있었다.

‘……!!’

현오괴는 고통을 느끼지 못했다.

그럴 시간이 없었다. 본능적으로 머리와 상체를 뒤로 젖혔다.

아슬아슬한 속도다. 극광추가 나아가는 여파 뒤로 현오괴의 턱 끝에서 핏줄기가 솟았다.

종이 한 장 차이였다. 음속을 발동한 단운룡의 일격을 피해내는 데 성공한 것이다.

대단한 일이었다. 그것만으로도 현오괴는 자신의 이름값을 다했다고 할 수 있었다.

단운룡이 오른발을 옆으로 밟고, 현오괴의 측면으로 돌아 들어갔다. 현오괴는 느렸지만 잘 따라왔다. 그가 몸을 비틀며 단운룡의 공격에 대비하기 위해 두 손을 올렸다.

단운룡은 공격을 가하는 대신, 다시 한 번 옆으로 움직였다. 현오괴의 두 눈에 다급함이 떠올랐다.

'등 뒤.'

거기까지가 현오괴의 한계였다. 그는 단운룡의 다음 움직임을 따라잡지 못했다. 단운룡은 속도의 우위를 한껏 이용하여 현오괴의 사각으로 돌아 들어갔다. 현오괴의 등이 눈앞에 가득 드러났다.

'머리.'

왼손을 위로 올려 투구 위에 솟아난 뿔 하나를 잡아챘다. 쉽지 않았다. 음속의 힘에 바스라지지 않도록 진기의 강도를 조절했다. 그것에 온 신경을 집중해야 했다.

'그리고 허리.'

뒤에서부터 머리를 끌어당긴 채, 발을 들어 현오괴의 등 밑을 찍어 찼다.

퍽, 하고 현오괴의 허리 아래가 통째로 터져 나갔다.

이미 그것으로 현오괴의 생사는 갈렸다. 하지만 단운룡은 그것으로 끝내지 않았다.

핏!

마지막 일격은 광검결이었다.

처음부터 이걸 노렸다. 아래에서 옆으로 비스듬히, 날카로운 손날이 소리를 갈랐다.

뒷목에 대어진 투구 아래쪽이 가볍게 갈라졌다. 피부가 잘리고, 척추가 쪼개졌다. 기도와 식도에 이어, 목젖 중간이 연이어 잘려 나갔다.

꾸우웅.

현오괴는 비명조차 지르지 못했다.

그의 죽음을 알린 것은 목을 잃은 그의 몸이 넘어지는 소리뿐이었다.

"후우우우우."

음속 발동을 중단했다.

시간이 다시 빨라졌다. 음속 발동의 여파에 튕겨 나갔던 현각 군 무인들이 비틀거리며 땅 위에 착지하고 있었다.

"……!!!"

모두의 눈이 단운룡 쪽으로 모여들었다.

주인 잃은 마차 앞에 그가 서 있었다. 놈들의 시선이 이내 단운룡의 손 쪽으로 움직였다. 그들의 눈이 경악으로 치떠졌다. 투구째로 참수된 현오괴의 머리가 단운룡의 왼손에 들려 있었다.

파라라라라락!

단운룡은 지체하지 않았다.

곧바로 신풍을 발동하며 몸을 날렸다. 단전이 텅 빈 것처럼 허전했다. 광신마체 일식인 신풍조차도 힘에 부칠 정도다. 손에 든 현오괴의 머리가 무겁게 느껴질 정도다. 순속은 발동 자체가 불가능할 것 같았다.

“자, 잡아라!!”

누군가가 외쳤다.

놈들은 일제히 움직였다. 백여 명 군사들이 벌 떼처럼 몸을 날렸다. 단운룡을 쫓기 위해서였다.

파락! 파바바박!

무음(無音)의 속보를 자랑하던 발끝에서, 땅을 박차는 발소리가 섞여 나왔다.

진기의 흐름이 고르지 못하다는 증거였다.

역시나 음속은 함부로 펼칠 게 못 된다. 그래도 괜찮다. 이 정도면 양호했다. 발동 후에 쓰러지지 않은 것만으로도 감지덕지였다.

“주군께서 쓰러지셨다. 흉수를 잡아라!!”

뒤에서 들려오는 고함 소리엔 광기와 불신이 뒤섞여 있었다.

쭉 나아가다가 일순간에 방향을 꺾었다. 언덕 쪽을 향해서였다. 슬쩍 고개를 들고 언덕 위를 바라보았다. 놀란 얼굴로 이쪽을 보고 있는 원태의 모습이 보였다.

파박! 파라라라락!

단운룡의 움직임이 느려지고 있었다. 뛰면서 나부끼는 옷자락이 신풍의 바람을 받아 제멋대로 뒤엉키고 있다. 바람을 받아 부드럽게 흘러가던 풍신(風身)의 바람이 제 갈 길을 못 찾고 있는 것이다.

"왼쪽을 막아! 바깥쪽으로 몰아라!"

현각군 무인들이 속도를 올렸다. 단운룡과의 거리가 서서히 좁혀지고 있었다. 단운룡의 평소 기량을 생각하자면 생겨서는 안 될 일이다. 음속의 후유증은 그만큼 컸다.

탓!

보다 못한 원태가 언덕 위에서 몸을 날렸다. 기세 좋게 달려오고 있지만, 정작 그의 얼굴엔 난감한 기색이 역력했다. 자칫 포위를 당하거나, 난전이 되어버릴 경우엔 혼자서 적들을 물리칠 방법이 막막했던 까닭이다.

둥, 투웅!

생소한 타격음이 들려온 것은 바로 그때였다.

둥! 두둥!

처음엔 잘못 들었다고 생각했다. 까마득히 달려오는 적들 사이에서 지네들끼리 몸이라도 부딪쳤나 싶었다.

하지만 소리가 들려오는 방향은 적들 쪽이 아니었다.

완전히 반대 방향이다. 앞쪽이 아니라 뒤쪽이다. 원태가 고개를 돌렸다. 도요화가 보였다. 그녀의 손엔 난데없는 북 하나가 들려 있었다.

'웬 북을……?!'

원태의 미간이 가볍게 좁혀졌다. 앞쪽에서 들려온 단운룡의 목소리가 그의 시선을 돌렸다.

"집중하고, 거리를 맞춰!"

앞쪽을 보았다. 단운룡이 점점 더 가까워지고 있었다. 그 뒤쪽으로는 수십 명 무인들이 귀신같은 기세로 달려오는 중이었다.

둥! 퍼어엉!

짧은 타고음에 이어, 장쾌한 폭음이 울려 퍼졌다.

순간, 원태는 자신의 눈을 의심할 수밖에 없다. 단운룡의 바로 뒤까지 따라붙던 현각군 무인 한 명이 뒤쪽으로 꽝 튕겨 나간 것이다.

'무슨……!'

원태는 당황했다. 전혀 예측하지 못한 일이었기 때문이다.

두웅! 퍼어어엉!

또 한 번 폭음이 울렸다. 또 한 명의 현각군이 뒤쪽으로 튕겨 나갔다.

"반대로!"

단운룡이 바로 앞에서 소리쳤다. 그대로 원태를 지나쳐 갈 기세다. 원태가 덜컥 땅바닥에 두 발을 꽂아 넣었다. 달려가던 여파에 땅거죽이 쫙 밀려 나갔다.

"뛰어!"

원태가 발을 한 번 더 찍고, 방향을 완전히 뒤틀었다.

완전 엉망이다. 도와주러 뛰어왔더니 괜한 짓이 되어버렸다.

파앙!

경쾌한 타격음과 함께, 등 뒤로 뛰어들던 현각군 무인이 튕겨 나가 땅바닥을 굴렀다. 원태의 표정은 온통 놀라움과 의아함으로 얼룩져 있었다.

'어떻게?'

단운룡의 등이 보였다. 발을 두 번 더 차자 단운룡과 어깨를 나란히 할 수 있었다. 원태의 눈이 이번엔 도요화 쪽으로 돌아갔다. 도요화가 북채를 강하게 내려치는 것이 보였다.

텅! 퍼엉!

북을 치는 것과, 적이 뒤쪽으로 날아가는 것.

눈으로 보고도 이해가 되질 않는다. 원태는 그 두 가지를 쉽게 연결시킬 수가 없었다.

'대체 무슨 일이 벌어지고 있는 것이냐!'

도요화는 이제 뒤쪽으로 몸을 날리고 있었다. 서서히 속도를 올리면서 단운룡과 발을 맞출 준비를 하고 있다.

시선은 이쪽을 향한 상태였다. 그녀가 전고(戰鼓)를 짧게 두드렸다. 둥둥둥, 연속된 북소리가 터져 나왔다.

퍼엉! 퍼어엉!

양쪽 옆을 좁혀오던 귀비혈사대 무인 둘이 바깥쪽으로 거세게 밀려 나갔다.

확실했다. 이젠 달리 생각할 도리가 없었다.

'북소리로 격공장을……!!'

격공장. 허공을 격한 채 상대방에게 충격을 줄 수 있는 장법을 의미함이다. 달리 말하자면 장풍(掌風)이라고도 부를 수 있다.

장풍처럼 보이는 무공은 많다.

원태 본인도 거리가 아주 가깝다면 장풍 비슷한 무공을 선보일 수 있다. 하지만 진짜 장풍, 진짜 격공장이라 함은 아무나 구사할 수 있는 것이 아니다. 몇 장 이상 떨어진 상대에게 제대로 된 충격을 주고자 한다면 측량 불가의 어마어마한 내공이 있어야 한다. 구파나 육가에서도 최고수에 분류된 자들에게만 허락된, 대단히 어렵고 드문 공부였다.

퍼엉! 파팡!

감탄하는 사이에도 북소리는 계속 이어졌다. 뒤쪽의 적들이 어김없이 땅바닥을 굴렀다. 원태의 눈이 도요화의 얼굴에 이르렀다. 순간, 그의 얼굴이 가볍게 굳어졌다.

'눈동자가?'

그녀의 눈이 보랏빛으로 빛나고 있었다. 피부도 전보다 창백해 보인다. 창백하다기보다는 좀 더 투명해졌다고 할까. 턱과 뺨에 파란색 실핏줄이 비쳐 보이고 있었다.

'어쩌면, 격공장이 아닐 수도……!'

정통 무공이 아닐 수 있다는 느낌이 머릿속을 스쳤다.

하기야, 북으로 격공장을 펼친다는 생각 자체가 말이 안 된다. 그녀처럼 젊은 여인이 구파 원로고수들만큼의 내공을 보유하고 있을 리도 만무하다.

"오른쪽으로!"

단운룡의 목소리가 원태의 상념을 깼다. 원태가 눈썹을 치켜올리며 되물었다.

"오른쪽?"

여기서 오른쪽이면 서쪽이다. 무구고원은 동북쪽에 있다. 전혀 다른 방향이었다.

"그냥 오른쪽으로 꺾어!"

단운룡이 소리쳤다. 이내, 원태가 고개를 끄덕이며 재빨리 우측으로 땅을 박찼다.

도요화의 신공(神功), 아니, 괴공(怪攻)에 대한 놀라움이 너무 컸던지라, 잠시 동안 머리가 제대로 돌아가지 않았던 모양이다. 여기서 그들이 무구고원으로 직행했다가는 적들에게 그곳이 마군의 본거지요 큰소리로 알려주는 꼴이 되는 것이다. 멀리 우회하게 되더라도 당장은 제 방향으로 가지 않는 것이 옳은 선택이었다.

퍼어엉!

언덕을 넘어 경사가 완만한 구릉지에 접어들었다. 적들과의 거리가 다시 벌어지고 있었다. 아직은 가시권 안에 있지만, 당장 따라잡히지 않을 만한 간격을 확보했다. 단운룡이 도요화를 돌아보았다. 그와 보조를 맞추며 뒤를 향해 한 번씩 북을 친다. 푹 꼬꾸라지는 무인 한 놈에, 적들의 기세가 한층 더 꺾였다. 단운룡의 입가에 회심의 미소가 깃들었다.

'예상은 했지만 이 정도일 줄은 몰랐군. 굉장한 전력이 되겠어!'

처음으로 실전에 투입된 도요화의 능력은 놀라웠다.

타고공진격.

그게 도요화의 절기에 붙인 이름이다.

적들은 그녀의 음공에 대한 어떠한 대응법도 찾아내질 못했다.

혼이 빠질 수밖에 없다. 현오괴가 당했다는 사실에 눈에 불을 켜고 달려들었지만, 기다리고 있는 것은 상상불허의 원거리 공격이다.

속수무책.

예봉이 꺾이는 것도 당연한 일이다. 십수 장 떨어진 곳에서 보이지도 않는 공격이 날아오는데, 마땅히 막을 수 있는 방도가 없다. 단운룡 본인이 그랬듯이 말이다.

사사삭!

구릉지 다음은 풀밭이다. 적들과의 거리가 더 벌어졌다.

단운룡이 다시 한 번 도요화의 얼굴을 돌아보았다. 그녀의 두 눈동자엔 보랏빛 광망이 번뜩이고 있었다. 타고난 음마요신의 힘이 밖으로 드러나면서 생긴 변화였다. 그러나 처음과 달리 그녀의 정신은 조금도 흐트러지지 않았다. 오랜 수련의 성과였다.

한참을 더 달려, 녹색 이끼가 음습하게 깔려 있는 밀림에 이르렀다. 거기서부터는 더 쉬웠다. 그들은 숲 그림자 안에 깊숙이 숨어들었고, 도요화는 타고(打鼓)를 멈추었다. 적들은 더 이상 그들의 움직임을 포착하지 못했다.

"이제 됐다."

위험은 사라졌다. 몸은 아직노 정상이 아니었지만, 그가 지닌 감각이 그 사실을 알려주고 있었다.

"잘했어."

단운룡이 그녀에게 말했다. 그리고 눈을 돌렸다.

원태가 멋쩍은 웃음을 지었다. 그가 뒷머리를 긁적이며 중얼거렸다.

"난 그다지 도움이 된 게 없는 것 같소."

"그렇지 않아. 당신이 아니었으면 이것도 쉽지 않았을 거다."

단운룡이 왼손을 들어 올리며 말했다.

원태의 눈동자가 가볍게 흔들렸다. 그 왼손엔 이 땅에 몰아칠 폭풍을 예고하는 하나의 전리품이 들려 있었다.

다름 아닌 현오괴의 수급이었다.

원태가 다시금 그 순간을 떠올렸다.

꽝 하는 소리, 번뜩이는 그림자, 어어엇 하는 사이에 목이 떨어지고 말았다. 다섯 줄기 뿔 달린 투구 밑으로 감지 못한 채 치

켜뜬 눈이, 생(生)의 마지막 순간에 받은 충격을 고스란히 드러
내고 있었다.

"그리고… 한 가지 부탁이 더 있어."

단운룡이 원태를 보며 품속을 뒤졌다. 원태의 눈이 의아함으
로 얼룩졌다.

"무슨……?"

"중원으로 돌아가야 한다고 했지? 가는 김에 이 서신을 적벽
량산 무후사에 보내줘."

"적벽? 량산의 무후사……?"

"굳이 직접 가지 않아도 상관없어. 전달만 확실히 하면 돼."

단운룡이 한 번 접힌 종이 한 장을 내밀었다. 밀봉된 것도 아
니요, 살짝 들춰보면 내용을 전부 볼 수 있는 서신이었다.

"중요한 거 아니오?"

"중요한 거 맞아."

"그런 걸 이렇게 대충……."

"봐도 돼. 내용은 별거 없으니까."

중요하다면서 또 내용은 별거 없단다. 모순이다. 원태가 미심
쩍은 표정을 지으며 그 서신을 받아 들었다.

"알겠소. 내가 전해주겠소."

원태는 서신을 들춰보는 대신, 한 번 더 접고 품속에 집어넣었
다. 단운룡의 얼굴에 한줄기 미소가 떠올랐다.

"좋아. 그럼, 우린 여기서 갈라진다."

"뭐요?"

원태가 눈썹을 치켜올리며 되물었다.

“여기서? 지금?”

“그래.”

원태뿐 아니라 도요화도 놀란 눈치다.

단운룡이 태연하게 말을 이었다.

“황실에 보고가 급하다고 했잖아. 이왕 중원으로 돌아갈 거면, 이대로 북상하며 놈들의 이목이나 좀 끌어줘.”

미끼까지 되란다.

뻔뻔하기 짝이 없는 부탁이었다. 한데 워낙 당연하게 이야기를 하니, 뻔뻔하다는 느낌조차 들질 않는다.

“나 참, 당신 같은 자는 온 세상을 뒤져도 없을 거요.”

단운룡이 다시 한 번 웃었다.

전혀 다른 삶을 살아온 두 사람이 이토록 색다른 인연으로 만나 마침내 신뢰라는 한 단어로 헤어짐을 기약한다.

도요화가 덧붙였다.

“또 봐요.”

긴 동행, 또는 짧은 동행.

작별 인사는 그것으로 끝이었다.

*　　　*　　　*

“벌써 육 일이 지났습니다.”

“전투 준비부터 하는 것이 안전하지 않겠습니까?”

“망루의 인원이 부족합니다. 충원이 필요합니다.”

“적들에게 넘어간 것 아닐까요?”

"갑자기 들이닥치면 못 막는 것 아닙니까?"

초조함에 속이 타는 것은 전사들뿐이 아니었다. 우목은 그들보다 훨씬 심했다. 앞으로의 일을 예측할 수 없다는 무지(無知)의 괴로움이 그의 마음을 새까맣게 태우고 있었다.

"척후병이 왔습니다."

어린 기수병 하나가 헐레벌떡 뛰어들어 오며 소리쳤다. 모두가 기다리던 소식이다. 우목과 흑망이 자리를 박차고 일어났다. 이내, 지친 얼굴의 척후병이 문간에 나타났다. 우목은 척후병의 표정부터 살폈다. 하지만 거기서 읽을 수 있는 것은 지독한 혼란밖에 없었다.

"어떻게 된 거야?"

"적들은 어디 있지?"

전사들이 더 급했다. 척후병을 따라 우르르 몰려든 전사들이 문간에 한가득이었다. 그들이 아우성을 치듯 척후병을 재촉했다.

"보고 올립니다."

척후병의 목소리에 좌중이 조용해졌다. 우목은 잠자코 기다렸다. 모두가 흥분해 있어도 그는 침착해야 했다.

"무슨 일이 있었지?"

"정확히 모르겠습니다. 적들의 움직임이 이상했습니다."

"어떻게?"

"뭔가를 찾는 듯, 미친 듯이 수색작업을 펴고 있었습니다. 위치는 녹산(菉山). 수색 범위가 굉장히 넓었습니다."

"녹산……?"

녹산이면 구독림에 한참 못 미치는 곳이다. 촉사와 늪에서도 꼬박 삼 일은 움직여야 닿을 만한 곳이었다.

"목적을 알아내기 위해 접근을 시도해 보았습니다만 실패했습니다. 귀비혈사대와 현각군이 총동원되어 주위를 뒤지고 있는데, 저희로서는 도저히 다가갈 방도가 없었습니다."

"적들의 숫자는 파악이 되던가?"

"불가능했습니다. 말씀드렸듯 접근이 어려웠는지라……."

"확실한 게 아무것도 없다는 이야기로군."

보고는 거기까지였다. 마군 척후조의 한계다. 먼 곳에서 움직이는 동향이나 살필 수 있을 뿐, 가까운 거리에서의 정탐은 능력 밖의 일일 수밖에 없었다.

"다른 정찰병들은?"

"가시거리 한계선에서 대기 중입니다."

"잘했어."

척후병의 보고가 끝난 뒤, 우목은 몰려들었던 전사들을 강제로 해산시켰다. 해석조차 안 되는 정보를 가지고 앞으로의 일을 왈가왈부하는 것은 아무런 의미가 없는 까닭이었다.

하지만 그것은 결과적으로 전사들의 불안감을 가중시키는 결과를 낳고 말았다.

"전사들의 발언이 위험수위에 이르고 있습니다."

흑망의 경고에 담긴 의미는 작지 않았다.

우목에 대한 신뢰가 흔들리고 있음을 의미하는 일이었기 때문이다.

불만의 첨봉에 선 것은 가장 급진적이고 과격한 전사 무리들이었다. 아창족 몇 명, 경포족 몇 명이 주도하는 이들로, 대부분이 운남 최남단에서 강제로 오원에 끌려왔던 자들이다. 가족과 터전을 잃은 복수심에 불타고 있었으며, 적들을 한 명이라도 더 죽이는 것에 모든 것을 바친 전사들이었다.

문제는 이들이 무구고원으로의 이주 계획을 애초부터 탐탁잖아 했다는 데 있었다.

무구고원으로의 이주 목적은 적들의 위협으로부터 벗어나는 것이었다. 이는 곧 싸움의 중단을 의미했다. 그리고 싸움의 중단이라 함은 그들 무리들에게 있어 삶의 의미를 빼앗는 것과 진배없었다.

그럼에도 그들은 우목에게 항명하지 않았다. 완전하게 동조하진 않았지만, 그렇다고 대놓고 반대하는 일은 없었다. 마군주 우목이 없었더라면 지금껏 싸우는 것도 불가능했다는 사실을 잘 알고 있기 때문이었다.

분명 그랬다. 지금까진.

그들은 우목을 믿고 있었다. 앞으로 나아질 것이란 말을 철석같이 믿고서 무구고원으로 왔다. 새로운 터전에서 기력을 회복하고 병력의 질을 높인 후엔, 더 많은 적들의 목숨을 빼앗을 수 있을 것이라 했다. 그것이 우목의 약속이었다.

그 약속을 위해 수많은 전사들이 피를 흘렸다. 가족들의 시체까지 불태워야 했다. 하지만 그 약속은 결국 예상치 못한 한순간에 깨져 버렸다.

그들은 사라지지 못했다.

적들은 그들을 찾기 위해 천지현황 사대괴인 중 하나인 현오괴를 보냈다. 많은 희생과 함께 거처를 무구고원으로 옮겼지만, 상황은 딱히 나아진 것이 없었다. 오히려 더 나빠진 것으로만 보였다.

대안이 있어야만 했다.

전사들은 언제나 그랬듯, 우목에게 답을 물었다.

그러나 우목은 만족스런 해답을 내놓지 못했다. 잘 알지도 못하는 외인 세 명을 적들에게 보냈을 뿐이다.

"기력이 쇠했어. 군주의 부상이 생각보다 심한 거야."

"머리를 다친 것은 아닐까?"

"그러니까 애초부터 이쪽으로 옮기지 말았어야 해. 전사들이 전부 다 있었으면 초림에서도 막을 수 있었을 터……!"

초림에서 입었던 부상은 더할 나위 없는 악재가 되었나.

전사들은 힘에 민감한 족속들이었다. 그들은 우목이 약해졌음을 피부로 느낄 수 있었다. 주된 원인은 그가 입은 부상이 아니라 단운룡의 귀환으로 비롯된 심리적인 파탄이었지만, 이유야 어떻든 전사들의 감은 결과적으로 틀리지 않았다. 우목이 이전보다 약해진 것은 틀림없는 사실이었다.

"대책을 강구하셔야 합니다."

흑망이 경고했다.

어쩔 수 없었다. 우목은 어두운 목소리로 전사들을 불러 모으라 명을 내렸다.

회의장은 단순한 구조의 사각 목조 건물 안에 만들어져 있었다.

거목(巨木)을 통째로 엎어 만든 커다란 탁자가 가운데에 버텨 섰다. 탁자를 중심으로 조악한 통나무 의자 이십여 개가 놓여 있었다.

“부상은 좀 괜찮습니까?”

예의상 물어보는 전사의 얼굴엔 뚜렷한 불신감이 묻어나고 있
었다.

꾸역꾸역 몰려들어 온 이들은 한동안 말이 없었다. 정찰조, 기
수조, 전투조, 공병조, 고수조, 궁수조, 각 조의 조장들뿐 아니라,
부관급 인물들까지 전부 다 모였다. 의자가 부족해 서 있는 자들
이 태반이었다. 좁은 회의실이 더 비좁게 느껴졌다.

“군주께선 대체 무슨 일로 이렇게 우리를 불러 모으신 겁니까?”

전투조 돌격대의 아창족 전사 하나가 불쑥 입을 열었다.

흑망이 그를 돌아보았다. 두 눈썹을 치켜올린 채였다. 날이 선
말투가 그의 신경을 거스른 까닭이다.

“고원 외측의 방어를 강화하기 위해서다.”

“방어… 란 말씀이시지요.”

이번에도 전투조다. 얼굴에 흉터가 가득한 경포족 전사의 목
소리엔 불만의 기색이 짙게 깔려 있었다.

“문제라도 있나?”

“문제가… 있지요.”

경포족 전사는 당돌했다. 요 며칠 사이, 가장 함부로 입을 놀
리던 놈들 중 하나다. 마군에 들어온 지 얼마되지 않은 놈이기도
했다. 그가 우목을 똑바로 쳐다보며 물었다.

“지금이 외측 방어가 중요한 때였던가요?”

흑망이 주먹을 불끈 쥐었다. 하지만 그는 나서지 못했다. 다른
전사들의 반응을 확인했기 때문이다.

‘누구도 나서지 않는다……! 이런 일이……!’

이 녀석의 태도는 하극상이 틀림없었다. 이전까지의 마군에
서는 상상조차 할 수 없었던 일이다. 가장 큰 문제는 다른 전사
들이 그를 나무라지 않는다는 사실이었다. 나이가 지긋한 전사
들까지도 그렇다. 얼굴이 굳어져 있긴 했지만 그게 전부다. 수수
방관, 제지하지 않고 있었다.

"그럼 중요한 게 무엇인가?"

"군주께서 말씀해 보십시오."

결정적인 한마디였다. 태연한 신색으로 일관하던 우목도 이
한마디엔 얼굴을 굳힐 수밖에 없었다.

"놀랍군."

우목이 고저없는 목소리로 말했다. 그가 좌중을 둘러보았다.
무겁고 답답한 공기가 회의장을 짓누르고 있었다. 그가 천천히,
감정이 드러나지 않는 목소리로 말을 이었다.

"모두가 같은 생각인 건가?"

대답하는 이는 없었다. 하지만 그렇지 않다 부인하는 이도 없
었다.

우목이 한쪽으로 고개를 돌렸다. 그의 시선이 이른 곳엔 다부
진 체격의 중년 남자가 앉아 있었다.

"좌 조장, 당신도 그런 거요?"

중년 남자의 턱 근육이 꿈틀 움직였다. 그는 쉽게 대답하지 못
했다.

"군주."

그가 눈을 한 번 질끈 감았다 뜨더니, 결심한 듯 천천히 말을
이었다.

"최근 군주가 보여준 판단력에는… 의문의 여지가 있는 것이 사실이오."

"좌 조장! 어찌 당신이 감히!"

버럭 소리를 지른 것은 흑망이었다.

좌 조장, 좌둔이 흑망을 돌아보며 묵직한 목소리로 대꾸했다.

"흑망, 입버릇이 과하구나!"

"군주께서 당신 목숨을 구해준 것이 몇 번이지? 당신만큼은 이러지 말았어야 해!"

좌둔은 전투조의 조장이다.

무구고원 방어의 총책임자이자 우목이 흑망 다음으로 신뢰하는 남자였으며, 흑망 자신도 기꺼이 등을 맡길 수 있는 남자라 생각하는 이였다.

한데 그런 남자가 우목을 믿을 수 없다고 말하고 있다. 배신감을 느끼는 것이 당연했다.

"군주께서 그동안 이루어오신 일에는 충분한 경의를 표하고 있소. 하지만 이건 별개의 문제요. 지금은 위기 상황이오. 위기 상황에선 흔들리지 않는 지도자가 필요한 법이오."

좌둔의 목소리가 장내를 울렸다.

흑망은 참지 못했다. 그가 벌떡 일어나 좌둔에게로 걸어갔다. 좌둔이 무게감을 한껏 드러내며 천천히 몸을 일으켰다.

"좌 조장."

흑망이 좌둔의 눈 바로 앞에 얼굴을 들이밀었다. 패기 넘치는 젊은 전사의 눈빛과 노련함으로 가득한 노장의 눈빛이, 불과 몇 치의 간격을 두고서 불꽃을 튀겼다.

"당신 머리가 어떻게 된 거 아냐?"

"애송이. 다시 한 번 말하지만, 내 앞에서 입을 함부로 놀리지 않는 것이 좋을 것이다."

"그럴 만한 상황을 만들지 말았어야지."

"흑망. 애초에 이런 상황을 만든 것은 군주였다! 지금 상황을 봐라. 현오괴가 오고 있는 이때에 수수방관, 아무런 조치도 취하질 않았다! 그게 정상이라 생각하나!"

콰악!

흑망이 좌둔의 멱살을 잡아 올렸다. 전투조 전사들은 흑망의 행동을 좌시하지 않았다. 좌둔의 주위에 있던 전사들이 벌떡 일어나며 흑망의 주위를 둘러쌌다.

"그렇게 나오겠다는 건가!"

흑망이 고함을 내지르고는 좌둔을 왈칵 뒤로 밀쳤다. 전사 하나가 경황 중에 흑망에게로 주먹을 날렸다.

쐐액! 퍼억!

흑망은 날랬다. 날아온 주먹을 가볍게 피하고, 홱 몸을 돌려 놈의 옆구리에 왼쪽 무릎을 꽂아 넣었다.

"크윽!"

장내가 아수라장으로 변했다. 극도로 격해진 감정에 누군가 소리쳤다.

"군주의 뒤만 핥고 있는 개 주제에!"

흑망의 두 눈에 번쩍이는 살기가 감돌았다. 그가 고개를 홱 돌렸다. 처음부터 건방지게 굴었던 바로 그 경포족 놈이었다.

"놈!"

흑망이 성큼 걸음을 옮겼다. 옆에 있던 전사가 흑망의 팔을 잡아챘다. 흑망이 거칠게 그 손을 뿌리쳤다.

장내의 대부분이 의자에서 몸을 일으켰고, 몇 명은 칼자루에까지 손을 올리고 있었다.

통제불능의 사태였다. 우목의 눈이 급격히 어두워졌다.

그때였다.

촤악!

문을 가렸던 대나무 주렴이 쫙 갈라졌다. 이어 훅, 하는 한줄기 바람 소리와 함께 전사들이 둘러앉은 탁자 위로 둥그런 물체 하나가 날아들었다.

터엉!

묵직한 소리가 울려 퍼졌다. 물체는 천천히 굴러 탁자 한가운데에서 멈췄다. 뒤엉키던 전사들이 일순간에 몸을 굳혔다.

"이 무슨!!"

둥근 형태의 그것.

물체에는 검은색 다섯 개의 뿔이 달려 있었다. 뿔 아래쪽으로 퀭하게 죽어 있는 회색 눈동자가 보였다.

사람 머리였다. 쩍 벌린 입에서 벌레 한 마리가 기어나왔다. 썩는 냄새가 진동을 했다.

"누구 짓이냐!!"

탁자 위에 놓여진 수급 하나.

언제 나타났을까.

문간에는 그것을 던진 한 남자가 서 있었다.

절반 정도의 전사들이 그를 돌아보았다. 나머지 절반은 탁자의 수급에서 시선을 떼지 못했다. 그 머리, 그 투구가 의미하는 바를 알고 있기 때문이었다.

"이 머리는 설마……!"

수급을 홀린 듯 바라보던 이들 중 한 명이 일순 경악에 찬 표정을 지었다. 누군가의 침음성이 이어졌다.

"현오괴……!!"

모두의 시선이 현오괴의 수급으로 모여들었다.

"말도 안 돼! 이것이 현오괴의 수급일 리가 없다!!"

모두가 같은 마음이었다.

믿을 수 없는 일이다. 러족 특유의 화문(花紋)이 정교하게 음각된 철투구가 아무리 진품처럼 보인다 해도 믿을 수 없기는 매한가지였다.

"감히 여기가 어디라고 이런 짓을!!"

불신 다음엔 분노다. 아창족 전사 한 명이 칼을 꺼내 들었다. 그가 문 쪽에 서 있는 한 남자를 향해 칼을 겨눴다.

"이런 장난이 통할 성싶은가!!"

깨져서는 안 될 금기였다. 현오괴, 사대괴인은 오원 사람들에게 있어 절대악의 상징이었다. 현오괴는 수많은 부족민들의 목숨을 강탈하고, 살아온 땅을 빼앗아간 악마다. 지금 이 회의실 안에만 해도 현오괴에게 가족을 잃은 자들이 열 명을 넘는다. 현오괴의 죽음을 꾸며내는 것은 절대로 용납할 수 없는 일이다. 원한을 가진 자에 대한 기만이자 모욕일 수밖에 없었다.

"칼을 거둬라, 아민."

모두가 분노하고 있는 와중에도 분노하지 않은 단 한 사람이

있었다. 모두가 믿지 못하는 와중에도, 홀로 달리 생각하는 이
다. 우목이었다.

"운룡."

그의 목소리가 좌중을 가르고, 문간에 선 남자에게 꽂혀들었다.

저벅.

단운룡이 한 발 걸어왔다.

모두의 시선이 그에게로 꽂혀들었다.

"진짜냐?"

우목이 물었다. 단운룡이 고개를 끄덕였다. 하지만 우목은 소
리없는 대답에 만족하지 않았다.

"진짜 현오괴의 수급인가?"

우목이 다시 물었다. 단운룡이 대답했다.

"그래. 틀림없는 현오괴의 수급이다."

충격이 장내를 휩쓸었다.

방금 전까지만 해도 언성을 높이던 전사들이 한순간에 꿀 먹
은 벙어리가 되고 말았다.

정적이 이어졌다.

모두가 무슨 말을 어떻게 꺼내야 할지 몰랐다.

"말도 안 되는……!"

침묵을 깬 것은 좌둔이었다. 그가 탁자로 다가갔다. 젊은 전사
들이 옆으로 갈라섰다. 좌둔이 떨리는 손으로 현오괴의 수급을
들어 올렸다.

"현오괴……!"

그 역시도 현오괴에게 가족을 잃은 이들 중 하나다. 부패가 진

행되고 있었지만, 그 윤곽과 얼굴형은 기억 속에 새겨진 현오괴의 것과 조금도 다르지 않았다.

태연한 목소리가 뒤쪽에서 던져졌다.

"아까부터 시끄럽던데… 뭐 문제라도 있었나?"

단운룡이었다. 모두가 단운룡을 쳐다보았다. 대답하는 이는 없었다.

"보다시피 현오괴는 죽었다. 졸개들은 일부러 살려뒀다. 녹산 근처로 유인했으니, 한참 헤매는 중일 거다."

또 한 번의 충격이 좌중을 강타했다.

녹산 근처를 헤맨다?

척후병이 가져온 소식과 일치하는 이야기다.

게다가 단운룡은 말했다. 졸개들은 일부러 살려뒀다고.

전부 다 죽일 수도 있었다는 식이다. 아귀가 맞아떨어지는 것 같으면서도 한편으론 받아들이기가 어려운 이야기다.

"졸개들을 살려둔 이유는……?"

우목이 물었다. 몇몇 전사들의 시선이 우목에게로 향했다.

설마하니 저 말을 믿느냐는 눈빛이었다.

"놈들은 금의위가 자신들을 공격한 줄 알고 있다. 다 죽어 버리면 맹획에게 그 사실을 어찌 전할 수 있을까."

이게 정말 사실이라면 실로 엄청난 일이다.

현오괴를 죽인 것으로도 모자라, 적들로 하여금 황실을 경계하도록 만들었단다.

대단히 고무적인 일이었다.

현오괴의 죽음을 황실의 행사로 꾸몄다.

　맹획과 타가는 긴장할 것이다. 황실이 나섰다는데. 그로 인해 현오괴 정도의 거물이 죽었다는데, 고작 마군 따위가 문제가 될까.

　이는 궁극적으로 마군에 대한 추격이 느슨해지는 결과를 낳을 것이다. 그 말인즉슨, 적의 위협이 현저하게 줄어들었음을 의미했다.

　"잘 알았다. 하나 네 말이 사실이란 것을 어떻게 믿지?"

　"네가 더 잘 알 거다. 내 말에 한 치의 거짓도 없다는 것은."

　단운룡의 기도는 놀라웠다. 은연중에 흘러나온 기파가 온 좌중을 압도하고 있었다.

　우목은 마음속으로 인정할 수밖에 없었다.

　이놈은 예전 그대로다. 아무도 하지 못할 일을 아무렇지 않게 해내는 괴물이었다.

　"두고 보면 알겠지."

　우목이 대답했다. 그리고는 천천히 좌중을 돌아보았다. 천천히 움직이던 그의 시선이 좌둔에게서 멈추었다.

　"좌 조장, 어떻소? 현오괴가 맞는 것 같소?"

　현오괴의 수급은 아직도 좌둔의 손에 들려 있었다. 좌둔이 철투구에 돋아 있는 다섯 줄기의 뿔을 내려보았다. 그가 이내 묵직한 목소리로 답했다.

　"확인이 필요하겠지만… 그렇소. 현오괴가 틀림없는 듯하외다."

　술렁.

　좌중을 휩싼 공기가 한차례 크게 요동쳤다. 좌둔마저 그리 말한다면 믿지 않을 도리가 없다. 아니, 사실 그들 모두는 믿고 싶

었던 것인지도 모른다. 믿을 수 없는 거짓이라도 믿고 싶을 정도
로 그들의 심정은 절박하기만 했다.

"좌 조장."

우목이 다시 한 번 좌둔을 불렀다.

"예. 하명하시지요."

좌둔의 대답은 지극히 공손했다. 더 이상 그에겐 우목을 압박
할 명분이 없었다. 다른 전사들도 마찬가지였다. 슬그머니 자리
에 앉는 자, 눈을 빛내며 우목의 목소리에 집중하는 자, 머리를
긁적이며 어쩔 줄 모르는 자까지, 모두가 한순간에 달라져 버렸
다.

"만일의 사태에 대비하여 방어를 견고하게 하시오. 나머지 조
장들도 마찬가지. 회의는 이것으로 마칠 터이니, 각자 제 위치로
돌아가 맡은 일에 집중하고 있도록."

전사들은 눈치를 봤다.

거칠게 목소리를 높이던 전사들은 차마 고개를 들지 못했다.

정찰조 조장이 먼저 일어나 깊이 고개를 숙이고 물러났다. 허
리춤에 소고를 매고 있는 포랑족 고수조(鼓手組) 조장 초헌이 자
리에서 일어나며 말했다.

"말려야 했는데 그러지 않았습니다. 경솔한 판단, 사죄의 말
씀 올립니다."

초헌의 눈동자엔 나서야 할 때 나서지 못한 것에 대한 죄책감
과 수치심이 함께하고 있었다. 우목은 가벼운 목례로 그의 사과
를 받았다. 그가 밖으로 나갔다. 고수병들이 머쓱한 표정으로 도
망치듯 자리를 떴다.

"군주, 내 진심은 그런 것이 아니었소."

공병조의 조장 부윤이 한마디를 남긴 후 물러났다. 자리는 순식간에 정리되었다.

단운룡은 끝까지 남아 있었다.

전투조 좌둔이 밖으로 나가고, 장내에는 우목과 흑망, 단운룡, 삼 인만 남았다.

무거운 침묵이 세 사람을 감쌌다.

마침내 우목이 먼저 입을 열었다.

"너… 어디까지 갈 생각이지?"

밑도 끝도 없는 질문이었다.

단운룡은 그 질문의 의미를 잘 알고 있었다.

"타가와 맹획을 죽일 때까지."

태연히 답했다.

옆에 있던 흑망이 흡, 하고 숨을 들이켰다. 우목은 무표정을 가장했다. 그가 고저없는 목소리로 물었다.

"금의위는?"

"금의위 녀석은 중원으로 돌려보냈다. 이번 건은 녀석의 공이 컸어. 덕분에 놈들은 현오괴를 공격한 것이 황실인 줄 알았을 거다."

우목이 고개를 끄덕였다.

"시간을 벌었군."

"길진 않을 거야."

"충분해."

우목이 고개를 모로 꺾었다.

다시 한 번 침묵이 이어졌다. 이번엔 단운룡이 먼저 입을 열었다.

"우목. 분명히 해둬야 할 것이 있다."

"무엇을?"

"그 무공은 어떻게 된 거냐?"

"뭐가?"

"방편산."

단운룡의 한마디. 우목은 퉁명스레 대답했다.

"네놈이 알 바 아니다."

"그런가?"

두 사람은 잠시 동안 말이 없었다. 이내, 단운룡이 먼저 입을 열었다.

"흑산군사 선찬."

"……."

"맞지?"

우목의 눈동자 크게 흔들렸다. 잠시 동안 입을 다물고 있었던 그가 천천히 흑망을 돌아보며 말했다.

"자리를 좀 비켜줘."

흑망은 아무런 토를 달지 않았다. 보통 이야기가 아님을 직감했기 때문이다. 그가 잠자코 밖으로 나갔다.

"이 시점에서 그것이 그리도 중요한 문제인가?"

"중요해."

"어째서?"

"숫자 때문이다."

"숫자?"

"이 상태론 안 돼. 마군은 숫자부터 늘려야 한다."

"그거와 내 무공에 어떤 연관 관계가……."

"참룡방과는 얼마나 연결되어 있는지 알아야 하거든."

우목의 눈이 번쩍 빛났다. 비로소 단운룡의 질문이 의미하는 바를 알아챈 것이다.

"중원과의 소통을 이야기하는 것이냐?"

"그래."

"안됐지만, 참룡방과 나는 별개다."

"흑산군사의 무공을 이었음에도?"

"비급 하나를 얻었을 뿐이야."

"어떻게?"

우목은 한숨부터 내쉬었다. 어디서부터 이야기해야 할지 모르겠다는 표정이었다.

그가 천천히 입을 열었다.

"…숫자를 늘려야겠다고 생각한 것은 너뿐만이 아냐……. 흑산군사와 접촉이 이루어진 것은 오원이 함락되기 얼마 전이었다. 그때 이미 오원 함락은 기정사실과도 같았지. 오원 외곽은 타가와 맹획, 양측의 집요한 공격으로 인해 괴멸 직전에 놓여 있었고, 내부적인 사정도 악화일로라 회생의 가능성이 전무한 상태였다. 외부의 도움이 절실했다. 우리 힘만으로는 상황을 타개할 방도가 도저히 보이질 않았어."

"마건위에게 들었다. 귀비산 때문이었다고."

"그래. 그랬지. 안에서 해결할 방법이 없자, 마건위와 허유는

바깥으로 눈을 돌렸다. 마건위는 관부와 접촉을 시도했고, 허유
는 강호의 인맥을 뒤졌다. 쉬운 일은 아니었지. 몇 달 동안 아무
런 소득도 얻을 수가 없었다. 포기가 빨랐던 쪽은 마건위였다.
운남 관아가 썩어 있다는 사실을 깨닫고 재빨리 손을 턴 것이다.
외부로 돌릴 인력이 부족하기도 했었으니, 당시엔 옳은 선택이
분명했다. 하지만 허유는 조금 더 고집이 있었다. 있는 인맥 없
는 인맥 다 끌어들이더니, 기어코 두 곳에서 기별을 받아냈지.”

“두 곳?”

“강씨금상. 그리고 흑산군사.”

쿵.

단운룡의 얼굴이 가볍게 굳어졌다.

강씨금상. 불의의 일격처럼 심장을 치는 이름이다.

천룡의 권격에 맞았던 어깨가 새삼스레 아려오기 시작했다.
그녀의 흔적은 아직까지도 아물지 않은 흉터로 남아 있었다.

“강씨금상은 꽤 많은 재화를 보내왔다. 불행히도 상황은 그다
지 나아지지 않았어. 고질적인 물자부족에 숨통이 조금 트인 정
도랄까. 물론 그것만으로도 감지덕지였지만, 대세에 큰 영향을
미칠 순 없었지.”

동요를 감추기 위해서였을까. 단운룡은 거기까지만 듣고서
곧바로 말을 돌렸다.

“흑산군사는? 그가 직접 왔나?”

우목은 단운룡의 심동을 눈치 채지 못한 것 같았다. 우목이 고
개를 설레설레 흔들고는 천천히 말을 이었다.

“애초부터 우리가 접촉하려 했던 것은 흑산군사가 아니라 불

패신룡 오기륭이었다. 허유의 오랜 친우라고 했었어. 하지만 불패신룡에게선 어떤 연락도 오지 않았어. 불패신룡뿐 아니라, 흑산군사에게서도 한참 동안 소식이 없었지. 당시엔 그쪽도 사정이 좋지는 않았던 모양이었다. 전령이 온 것은 결국 해를 넘겨서였지. 난데없는 방편산 한 자루와 고풍스런 목갑 하나를 보내왔더군. 그것으로 끝이었다. 그 이후로 참룡방과는 어떤 연결고리도 댈 수가 없었다.”

“그럼 그 안에 있었던 것이…….”

“그래. 목갑엔 흑마산법의 비급이 들어 있었다. 흑산군사의 성명절기였지. 허유는 그것을 내게 줬다. 그는 내게 한균전서가 있다는 걸 일찍부터 알고 있었으니까.”

단운룡의 눈이 번쩍 빛났다.

대충 일이 어떻게 돌아간 것인지 짐작이 간다.

오륙 년 전이라면 참룡방이 한참 인재들을 모으고 있을 때다. 참룡방은 구룡보와의 싸움을 준비하는 것만으로도 가동할 수 있는 여력이 부족했을 것이다.

참룡방이 직접 와서 도와줄 수 없었을 것이니, 아쉬운 대로 무공비급을 보내준 것이리라. 그게 왜 오기륭의 무공이 아니라 흑산군사의 무공이었는지는 모르겠지만, 여하튼 개략적인 정황은 그렇게 보였다. 하지만 단운룡의 눈을 빛나게 만든 것은 일의 내막 때문만이 아니었다. 우목이 허유의 이름을 부를 때 느껴지는 친근감 때문이다. 전우애에 가깝다고 할까. 우목이 그의 이름을 말할 때엔 가슴 깊이 느껴지는 깊고도 진한 울림이 있었다. 그것이 단운룡의 주의를 끌었던 것이다.

"허유라……. 둘이 가까웠었나?"

"가까웠냐고? 그건 무슨 뜻이지?"

"말 그대로다. 혹산군사의 비급은 귀한 물건이야. 네게 줄 정도라면, 그때는 신임이 두터웠던 게 아닐까 하는 생각이 들었다."

"그때만 두터웠던 게 아냐."

"뭐?"

"지금도 마찬가지다."

단운룡의 눈에 어린 이채가 더 짙어졌다. 그가 검미를 치켜올리며 물었다.

"배신자라고 들었는데?"

"누가? 허유가?"

"그래."

"하! 웃기는 소리군. 마건위가 그랬나? 아아, 하기야 그 고집불통 늙은이의 눈엔 그렇게 보일 수도 있겠지."

"내 눈에도 달리 보이진 않았다. 난 네가 일원요새를 습격하는 장면을 봤다. 그리고 일원요새 안에는 허유가 있었어."

우목이 미간을 좁히고 두 눈을 가늘게 떴다. 그가 손가락으로 탁자를 톡톡 두들기며 고저없는 목소리로 입을 열었다.

"난 말이다. 네놈을 볼 때마다 화가 났다. 구군평에서 봤을 때부터 계속 그랬어. 이유가 뭔지 아나? 바로 이런 것 때문이야."

"이런 것?"

"넌 지난 세월 동안 다른 곳에 속해 있었다. 몸뿐 아니라 마음까지도. 그야말로 우리에겐 완벽한 타인이었다는 소리지. 네가 진정 예전과 같다면 알 수 있었을 것이다. 변할 수 있는 것이 무엇이고, 변할 수 없는 것이 무엇인지 말이다.”

“허유가… 변하지 않았다는 말이냐?”

“그의 일부는 분명히 변했다. 오원이 변한 만큼 변할 수밖에 없었지. 하지만 또 다른 그의 일부는 조금도 변하지 않았어. 오원을 지키는 붉은 늑대. 그는 영원히 그러할 것이다.”

“그렇다면 일원요새에서의 일은…….”

“연막이다.”

“연막?”

“그는 자기 발로 남왕궁에 찾아갔다. 목숨만 부지하게 해달라… 그리하면 그가 오원에 지니고 있었던 모든 영향력을 고스란히 그들에게 넘기겠다 말했다. 그는 오원을 배신한 사람이 되었고, 적들의 주구가 되었지.”

“적과 아군, 모두를 속인 거로군!”

“그래. 허유는 타가와 맹획 양측의 휘하에서 오원을 경영하는 대리자가 되었다. 그는 은밀히 움직였다. 오원 땅에서 눈에 띄는 반골분자들, 타가와 맹획에 맞서 싸울 의지를 지닌 전사들을 일일이 색출해 낸 후 그들을 제거했다. 제거했다고 보고를 올렸어.”

“거짓 보고였던 건가?”

“사실, 제거했다는 건 거짓말이 아니었다. 오원에서 반란분자를 사라지게 만든 것만큼은 틀림없는 사실이니까.”

“마군(魔軍)! 그들이 곧 마군의 전사들이 되었구나.”

“제대로 봤다. 허유는 죽음 직전에 그들을 빼돌려 내게 보내 줬지. 항상 성공한 것은 아니야. 위기도 많았고 실패도 많았어.

그동안 허유는 적진 한가운데서 목숨을 걸어야 했다. 우리는 몇 년에 걸쳐 전사들을 모았고, 서서히 병대를 갖춰 나갔지. 군을 이끄는 건 나였지만, 전력의 절반 이상은 그가 규합한 것이라 해도 과언이 아닐 정도다."

"……!"

놀라웠다.

광인으로밖에 보이지 않았던 허유다. 그랬던 그가 지금껏 우목을 도와주고 있었단다.

할 말을 찾기 힘들었다.

"그뿐이 아냐. 일원요새에서 수레에 싣고 나온 숭녹자들은 허유가 빼내준 사람들이다. 일원요새는 말 그대로 요새다. 모든 기능이 방어를 위해 맞춰져 있지. 그런 곳을 침투해 들어가 사람을 빼온다는 것은 내부의 도움 없이는 애초부터 불가능한 일이었다. 허유가 그걸 가능케 했다. 그것은 처음부터 치밀한 사전계획을 기반으로 한 습격이었어."

그렇다.

이제 와서 돌이켜 보자면, 그게 이치에 맞다.

마군의 전력만 가지고 요새의 방어를 뚫는 것은 쉽지 않은 일이다. 외곽 방어를 뚫는 것만으로도 벅찬 마당에 내부로 침투하여 전투력이 없는 사람들을 빼온다? 어불성설이다. 더욱이 허유만 한 지략가가 요새를 지킨다고 한다면, 그 가능성은 한없이 무(無)에 가까워질 수밖에 없다.

반대로 허유가 돕는다고 한다면 이야기가 완전히 달라진다. 굳이 실질적인 힘을 쓸 것까지도 없다. 보초의 교대 시간, 내부의 지형정보, 감시자들의 위치, 방어진형의 구축 시간 등을 상세히 알려주기만 해도, 사람들을 빼오는 것이 열 배는 쉬워질 게다. 마군이 벌여온 신출귀몰한 작전들에는 마군주의 지략뿐 아니라, 노회한 늑대 허유의 지략이 더해져 있었던 것이다.

"짐작도 하지 못했다. 한데, 그는 어딘지 정상이 아닌 것으로 보였다만."

"그럴 거다."

우목의 얼굴에 짙은 그늘이 드리워졌다. 그가 침중한 목소리로 말을 이었다.

"귀비산 때문이야. 손댄 지 꽤 된 것으로 알고 있어."

어쩐지 이상하다 했다. 불안정한 모습하며 괴이쩍은 반응을 돌아보자면, 귀비산 중독쯤 되지 않고서야 납득이 되질 않는다.

'허유와 같은 이가 어쩌다가?

우문(愚問)이다.

허유는 누구라도 견디기 어려운 곳에 자신을 밀어 넣었다. 자신의 모든 것을 빼앗은 적들에게 몸을 의탁하고 그들의 주구인 양 행동한다는 것은 그 자체로 좌절임과 동시에 살점을 뜯기는 고문이나 다름이 없었을 것이다.

"멈추게 해야 돼."

단운룡이 말했다. 안타까운 마음에서 우러나온 순수한 한마디다.

하지만 우목의 반응은 달랐다. 일순간에 굳어진 얼굴, 나직한 목소리가 단운룡의 말을 받았다.

"역시 너란 놈은… 모든 것을 너무도 쉽게 보는구나!"

"귀비산에 의지하는 것은 옳지 않은 선택이다. 당연히 멈춰야 할 게 아닌가."

"옳지 않다고? 그 누구도 그를 비난할 순 없다!!"

"비난하는 것이 아냐! 허유가 아직 우리편이라면 단시간 내에 상황을 바꿀 가능성이 훨씬 높아진다. 귀비산 따위에 발목을 잡혀선 안 돼!"

"단시간 내에 상황을 바꾼다라……! 하! 그래! 너에겐 이 모든 것이 너무나도 간단한 일이겠지!"

우목의 목소리가 높아졌다.

기기시부터였다.

우목의 마음속 깊은 곳에서 진심이란 것이 터져 나오기 시작한 것은.

"네가! 네놈이 그토록 쉽게 생각하는 이곳의 일은 우리에겐 삶의 전부였다! 오원은 그 모든 것을 잃었다! 하지만 넌 아무것도 잃지 않았어! 내가 가장 화가 나는 것이 무엇인 줄 아는가! 너에겐 그 모든 것이 그다지 중요한 일이 아니라는 사실이다! 여기가 망가진 것을 네가 보게 된 것도, 이 오원을 다시 살리겠다 마음먹은 것도, 너에겐 너무나도 당연하고 쉬운 일이었겠지! 너에게 이 모든 것은 마치, 그래, 흐르는 물과도 같았을 것이다. 흘러가듯 자연스럽게 해결할 일일 뿐! 평범한 이들의 짓밟힌 삶과 용감한 이들의 의미있는 죽음들도, 너에게 있어서는 천하를 훑어가는 통과점일 뿐인 것이다!"

단운룡의 눈동자에 커다란 파문이 일었다.

반박할 말이 없었다.

우목의 말은 틀림없이 옳았다.

단운룡이 타고난 위대한 천명의 종착점은 오원과 같이 작은 곳이 아니었다. 우목의 말마따나 이 오원의 싸움이란 그가 지나치고 헤쳐 나가야 할 통과점이 분명했다.

"그렇지 않아. 함락된 오원을 두 눈으로 보는 것은 나에게도 결코 쉬운 일이 아니었다."

"웃기는 소리!! 넌 가능하다 말하겠지! 우리가 꿈처럼 생각했고 감히 입에 담을 수도 없었던 소망을, 너라면 이룰 수 있을 것이다. 하지만 그렇게 적선하듯 던져 준 관심에, 내가, 우리가 만족하리라 생각하는가? 고통받던 생명들이 구원을 받고, 그들이 네놈을 영웅이라 칭송한들, 너는 그것마저도 아무렇지 않게 생각할 것이다!"

"우목."

"내 이름을 부르지 마라. 난 널 증오해. 모두가 심연의 절망을 맛본 뒤에야 널 이곳에 보낸 하늘을 저주한다. 난 너를 안다. 네가 이곳에 오기로 했을 때, 너는 운명이라면서, 때가 되었다면서, 천명을 논하고 인간의 섭리와 사필귀정의 도리를 말했겠지!"

격해진 감정에 우목의 목소리가 떨려 나온다.

"그걸 알면서도… 네 본질이 우리와 다름을 알면서도……."

우목이 두 손을 탁자 위에 놓았다. 무너지듯 두 팔로 버텨선 채 머리를 아래쪽으로 떨구었다. 이젠 막을 방도가 없었다. 억눌러 감춰두었던 마음이 기어코 새어 나온다.

"난 널 기다리고… 또 기다렸으니……."

그렇다.

그게 우목의 진심이다. 그의 말이 피맺힌 배신감이 되어, 상처 입은 자존심이 되어, 깊고도 깊은 여운을 남겼다.

"내가 가장 증오했던 것은 어쩌면 네가 아닌 나 자신이었는지도 모르겠다. 널 기다릴 수밖에 없었던 내 자신이 미치도록 싫다. 그렇기에, 도리어 난 너의 손을 빌리지 않으려 마음먹었었다. 난 내가 이제껏 이루었던 모든 것들이, 너의 휘황한 광채에 가려져 아무것도 아닌 것이 되어버릴까 두려웠다. 그리고 지금, 결국 너는 이곳에 나타나 그 두려움을 현실로 만들고 있다."

"……."

"모르겠다. 난 도지히 어찌해야 할지 모르겠어. 용서없는 하늘의 가혹함만이 천 근으로 내 마음을 짓누를 뿐이다."

탄식과 한탄으로 작아진 목소리가 조용한 방 안에 안개처럼 깔렸다. 짙은 안개를 걷어내는 태양빛처럼, 단운룡의 목소리가 방 안을 갈랐다.

"우목, 들어라. 내가 이곳에 온 지도 벌써 한 달이 넘었다. 난 이곳에 아는 사람이 얼마 없어. 내가 알았던 모든 사람들은 이미 죽었거나 사라져 버렸다. 변해 버린 이곳에서, 나와 오원을 연결해 주는 끈은 너 하나뿐이다. 내게 있어선 네가 곧 오원이요, 오원이 곧 너다."

우목이 보여준 진심만큼이나 진솔한 이야기였다.

단운룡은 잠시 동안 말이 없었다. 우목이 고개를 들었다. 두 사람의 눈이 빈 공간에서 마주쳤다. 오래전, 까마득한 오래전, 뜨거운 대지 위에서 만났던 두 소년의 눈빛이 거기에 있었다.

"살아 있어줘서 고맙다. 오원을 지켜줘서 고마워."

단운룡의 진실된 마음이 황폐해진 우목의 가슴속에 닿았다.

단운룡의 말이 진한 울림으로 이어졌다.

"하나 더. 넌 나에게 이곳의 싸움을 통과점이라고 말했다. 그 말은 옳아. 난 여기서 멈추지 않을 거다. 하지만 그것은 너에게도 마찬가지다. 맹획과 타가를 물리치기 위해 온 평생을 쓸 생각인가? 그 이후를 봐라. 너 역시도 거기에서 멈출 그릇이 아니다. 넌 해야 할 일이 그 이후에도 많은 남자야."

단운룡의 눈동자가 휘황한 뇌광을 품고, 그의 목소리는 또 하나의 약속이 되었다.

오원. 그들의 마음속에 남아 있는 고향의 대지.

그들은 그곳을 되찾을 것이다.

많은 것이 달라졌어도, 그들은 오랜 친우일 수밖에 없다.

그것을 다시 깨닫는 이 시간.

오원 탈환의 위대한 여정이 시작되는 순간이었다.

제36장 공성(攻城)

"싸움에 있어 가장 중요한 것이 무엇이라 생각하는가."

북위가 물었다.

"경우에 따라 다르지 않을까."

그가 답했다.

"질문을 달리해 보겠네. 꽤 오래된 일이네만, 항상 궁금했었지. 그 당시, 오원 전투에서 가장 중요했던 것은 무엇이었나?"

"시간."

비룡제는 그렇게 답하고, 잠시 후 덧붙였다.

"그리고 숫자."

"더 필요할 이유가 있었던가? 고수들의 숫자는 충분했을 텐데?"

"그건 나중 이야기고."

"두 수괴의 무공 수준으로 짐작해 보건대, 자네 하나의 기량만으로 문제는 없었을 것으로 생각했네만."

"무공 문제가 아냐. 나 혼자 싸우는 것은 의미가 없었어. 거기선."

"사람을 모았다. 굳이 그런 일을 할 필요가 있었던가?"

"제왕이 아무리 훌륭한 무용을 뽐내도, 백성을 잃으면 지는 거야. 장수와 병사가 없어도, 백성들에게 자기 자신을 지킬 수 있는 의지와 힘이 있으면 그 나라는 범접치 못할 강국이 돼. 위정자라면 단번에 알아들었어야지."

　"지금은 위정자로서 자네를 만난 게 아니지 않던가. 도독과 포정사사로서가 아니라 북위와 의협비룡회주로 만났으니 그럴 만도 하지. 게다가 이것이 황실 업무였다면, 자네의 지금 발언은 그것만으로도 즉참 감이었네."
　"즉참? 영감이 나를? 무슨 수로?"
　"자네는 조금도 변하지 않았군. 제천회주가 여기 없음이 안타까울 뿐이야."
　"있으면 뭐, 달라질 게 있나?"
　분위기가 부드러웠던 것도 거기까지였다.
　비룡제는 여전했다. 언제고, 그는 황실에 대해 호의적이지 않았다.
　이유는 잘 알고 있다.
　비룡제는 애초부터 회주를 좋아하지 않았다.
　그래도 그는…(중략)…….

영락 이십 년 구양절
한백무림서 초안. 미공개 강호기밀 초안
대도독 북위, 위금화 그리고,
의협비룡회 회주, 천잠비룡황 비룡제 단운룡의 대담 中에서.

"**현**오괴가 죽었다!"

남왕궁은 거세게 흔들렸다.

현오괴의 죽음은 단순히 사대괴인이 삼대괴인으로 줄어든 것을 뜻하는 일이 아니었다.

그의 죽음은 맹획이 꿈꿔왔던 원대한 계획에 차질이 빚어짐을 의미했다.

맹획은 광분했다. 보고를 올린 병사는 맹획의 일장에 횡사를 면치 못했으며, 옆에 있던 애꿎은 시녀 둘도 횡액을 피해가지 못했다.

난리는 남왕궁 내부에서만 있지 않았다.

맹획의 세력권인 오원 남서부 전체가 지각변동이라 할 만큼의 홍역을 치러야 했다.

“누가 그를 죽였는가!”

상황은 단운룡의 예상대로 흘러갔다.

“황실 금의위가 출현했답니다!”

현각군과 귀비혈사대가 보고했다.

충격은 일파만파 번져 나갔다.

타가군의 반응도 즉각적이었다. 황실의 개입이란, 오히려 타가 쪽에 더 민감한 사안이었기 때문이다.

누가 먼저랄 것도 없었다. 맹획과 타가 양측은 동시에 창칼을 거두어야 했다. 남부 지역 일부에서 간헐적으로 벌어지고 있었던 타가와의 교전이 일순간에 멈춰 버렸다.

자존심 싸움을 할 때가 아니었다. 두 진영은 초긴장 상태에 들어갔다.

맹획 측에서는 세력권 전체에 귀비혈사대 무인들을 풀어놓았다. 동쪽 타가 진영에서는 지축을 울리는 말발굽 소리가 며칠 밤낮 동안 끓일 줄을 몰랐다.

“초림 근역에서 금의위로 보이는 자가 목격되었다 합니다.”

“운남 관군은 잠잠합니다.”

“황실은 북방 전쟁에 모든 군세를 동원한 상태입니다.”

“오원, 회한평 근처에서 금의위 제복을 입은 자가 또 한 번 나타났다는 보고입니다.”

눈길을 끌어달라는 부탁.

원태는 제 역할을 충분히 했다.

보름이 훌쩍 지났음에도 맹획과 타가는 안심할 수 없었다.

황실과 관군은 조용한 듯 보였지만, 금의위 위사에 대한 목격담이 문제였다. 한 놈이 물을 흐리고 다니는 것이라면 모르되, 여러 놈이라면 보통 일이 아니다.

그들은 신중히 움직였다. 중원으로 사람들을 보내고, 세력권 내부의 보고들을 종합했다. 농군 하나, 수레 하나, 개 한 마리까지 오원을 기점으로 운남 북부로부터 내려오는 모든 움직임을 확인했다.

다시 보름이 지났다.

양측은 비슷한 보고를 접했다.

황실의 개입은 없다. 그럴 기미조차 보이질 않았다.

규의위 위사에 대한 목격담도 어느 순간 뚝 끊겨 버렸다.

한 달을 훌쩍 넘겨서야 알았다.

"황실은 이번 일과 무관한 것으로 보입니다."

그것이 그들의 최종적인 결론이었다.

*　　　*　　　*

"마군으로부터의 전언입니다."

허유가 고개를 번쩍 들었다.

"맹획과 타가, 양측 경계선의 병력 상황을 알고 싶답니다."

허유의 눈이 가벼운 떨림을 보였다.

'드디어……!'

현오괴의 죽음으로부터 시작된 바람이 진득하게 굳어진 절망을 흩어내고 있었다. 밀려오는 흥분을 좀처럼 감추기가 어려웠다.

"어떻게 할까요. 지금은 운신이 어려운 시점인데……."

목여강이 다시 물었다. 허유가 곧바로 답했다.

"최대한 상세히 알려줘."

"상세히… 말씀이십니까……."

"이제부터 그들의 요구를 최우선으로 둔다. 무구고원은 방어가 튼튼하지만 출입이 쉽지 않다. 접근성이 낮을 뿐 아니라 정찰조들도 척후 범위가 넓지 못하지. 정보 수집에 애를 먹고 있을 거야."

의외의 명령이었다.

지금은 몸을 사리고 숨어들 때지, 적극적으로 나설 때가 아니었다.

하지만 허유는 진심이었다. 붉게 충혈되긴 했지만 그러면서도 형형한 두 눈을 보고 있자면 시간을 거슬러 처음 모시던 시절의 어르신으로 돌아온 것만 같았다.

"제가 직접 가기엔 위험부담이 만만치 않을 것 같습니다."

"옳은 생각이다. 믿을 만한 놈을 뽑아서 전령을 보내."

불안하지만 따를 수밖에 없다. 목여강이 고개를 끄덕이며 대답했다.

"그렇게 처리하겠습니다. 그리고… 남왕궁의 움직임이 심상치 않습니다."

"결국 눈치를 챈 건가?"

"예. 다시 이쪽으로 눈을 돌리는 모양입니다. 대규모 토벌대를 조직할 것이라 통보해 왔습니다."

"대규모 토벌대라……."

허유가 미간을 좁혔다. 뭔가를 계산하는 듯, 생각에 빠져 있던 그가 갑작스레 얼굴을 굳혔다. 그가 벌떡 일어나 창문 쪽으로 발을 옮겼다.

파악!

그가 거칠게 창문을 열어젖혔다. 풀벌레 소리, 야조의 울음소리가 방 안으로 쏟아져 들어왔다.

"인기척… 못 느꼈나?"

허유의 얼굴은 심각했다. 목여강이 굳은 얼굴로 고개를 설레설레 흔들었다.

"분명……."

목여강의 얼굴은 이제 허유 이상으로 심각해져 있었다.

"누가 접근하는 느낌은 없었습니다. 어르신. 잘못 들으신 것이겠지요."

누군가 엿듣기라도 했으면 실로 큰일이 날 대화였다.

잘못 들은 것이어야 했다. 목여강은 진실로 그렇게 믿고 싶었다.

"최근 들어 많이 예민해지셨습니다. 그만 쉬시는 것이 좋겠습니다."

목여강이 허유를 잡아끌었다.

그가 허유를 의자에 앉히고는 다시 창문 쪽으로 다가갔다.

온 신경을 곤두세운 채 사위를 훑었다. 허유가 보인 반응을 귀비산 탓으로 돌릴 수도 있겠지만, 그냥 그렇게 넘기기엔 상황이 워낙 조심스러웠다.

"사람의 흔적은 없습니다. 괜찮을 겁니다, 어르신."

허유는 끝내 표정을 풀지 않았다.

그는 더 입을 열지 않았다. 대화를 더 나누기엔 위험하다는 판단이었다. 허유가 비척비척 자리에서 일어나 문밖으로 향했다. 남겨진 목여강이 다시 한 번 창밖으로 시선을 주었다.

끼익. 턱.

그가 천천히 창문을 닫았다.

여념 없는 풀벌레 소리만이 어둑한 밤공기를 채우고 있었다.

손가락만 한 나방 한 마리가 날아올라 나뭇가지에 앉았다.

바로 그 나무였다.

나무 그늘 한쪽에서 그림자 하나가 소리없이 몸을 세웠다.

'무뎌진 지 오래인 줄 알았건만, 감각 하나는 기가 막히군.'

그림자가 닫혀 있는 창문을 바라보며 중얼거렸다.

늑대는 역시 괜히 늑대가 아니었다. 귀비산에 찌들지 않았으면 여기까지 접근할 수도 없었을 것이다.

'그나저나, 엄청난 걸 건졌어.'

그의 얼굴에 회심의 미소가 깃들었다.

'라고족 놈의 위치는 타가에게 넘겼으니, 이번 건은 맹획에게 알리는 게 좋겠다.'

라고족 놈과는 구원(舊怨)이 있다. 이번엔 빠져나가지 못할 것이다.

허유도 그렇다.

그는 한순간도, 지금껏 단 한순간도, 허유가 진정 항복했다고 생각해 본 적이 없었다.

항복? 웃기는 소리다.

허유와 같은 자는 영원히 변하지 않는다.

‘늑대여. 당신도 죽을 때가 되었어.’

비로소 꼬리를 잡았으니, 이제부턴 증거를 모아야 한다.

쉽지는 않을 것이다.

늑대는 귀비산에 찌들었지만, 아직도 교활하기가 누구 못지않
다.

그의 신형이 어둠 속으로 스며들었다. 움직임이 미끄러지듯
은밀하기 짝이 없다. 찢어진 두 눈이 뱀처럼 번들거리고 있었다.

*　　　*　　　*

“후우우우우.”

단운룡이 긴 숨을 내쉬며 남자의 명문혈에서 손을 뗐다. 남자
는 귀비산 중독자였다. 남자의 두 눈은 퀭하기가 시체와 같았고,
온몸엔 뼈가 앙상하여 당장이라도 무너질 듯 보였다.

“쿨럭! 쿨럭!”

남자는 격하게 기침을 했다. 하지만 퀭하게 들어가 흐릿했던
두 눈엔 전에 없이 밝은 빛이 떠올라 있었다. 광극진기의 뇌전력
으로 체내에 축적된 귀비산의 독기(毒氣)를 태워 버린 덕분이다.

“운룡.”

문간에서 들려온 목소리에 단운룡이 고개를 돌렸다.

우목이었다.

“천천히 해. 벌써 몇 명째냐.”

“아직까진 괜찮아.”

단운룡을 바라보는 우목의 눈빛에선 더 이상 그 어떤 적의조

차 엿볼 수가 없었다.

그럴 수밖에 없다.

단운룡은 그야말로… 구세주와 같았다.

현오괴를 죽인 지도 벌써 한 달이 훌쩍 지났다. 적들은 금의위의 출현에 긴장했고, 무구고원을 향한 추격의 고삐는 한껏 늦추어져 있었다.

현오괴의 수급을 가져온 것으로 단운룡은 이미 전사들의 우상이 되어 있었다.

그뿐이 아니다.

단운룡은 모두가 포기한 중독자들을 치료하겠다며 두 팔을 걷어붙였다.

단운룡은 중독자들을 치료하기 위해 본신 내공을 아낌없이 쏟아부었다. 목숨이 오락가락하던 이들을 자리에서 일으켰고, 정신을 놓았던 사람들은 사람 노릇이라도 할 수 있도록 만들어놓았다.

기적 같은 일이었다. 벼랑 끝에 서 있던 귀비산 중독자들을 단단한 땅 위로 끌어내렸다. 차고도 넘치는 은혜였다.

"포랑의 쟁 노인이 발작을 일으켰다고 하더군. 지금은 진정된 상태야. 기력이 너무 허해져 있는지라 오래 버티긴 힘들 것 같다."

"역시나 어쩔 수 없는 건가."

우목의 말에 단운룡이 고개를 끄덕이며 중얼거렸다. 예상했던 일이었다. 쟁 노인은 단운룡이 손을 댔을 때 이미 반송장 상태였다. 실력있는 의원이 옆에서 보조를 해준다면 어떻게든 해볼 수 있었겠지만 지금으로선 가망이 없어 보였다. 광극진기는 사나운 진기였다. 귀비산의 독력을 태워 버리는 것이야 간단한 일이었지만, 칠십 노인네의 기혈까지 보듬어주기에는 지나치게 광포했다.

"박 의원만 있었어도……."

박 의원의 부재가 못내 아쉬운 순간이다. 이럴 줄 알았으면 의술이라도 좀 더 배워둘 걸 그랬다. 광극진기로 귀비산을 태우는 것은 효과가 즉각적이었으나, 사실 근본적인 완치와는 거리가 멀었다. 단운룡은 신(神)이 아니다. 강력한 내공진기가 중독자들의 의존적인 정신상태까지 치료해 주진 못한다. 그걸 극복하는 것은 단운룡이 아닌, 그늘 자신들의 두 손에 달린 일이었다.

"넌 충분히 해줬다. 모두가 고마워하고 있어. 쟁 노인은 널 은인으로 생각하며 참된 땅의 품으로 돌아갈 거다."

"아직 부족하다. 완치자(完治者)가 나와야 희망도 커지는 법이니까."

"서두르지 마라. 지금 와선 어쩔 수 없는 일이잖나."

"더 해줄 수 있는 것이 없어. 내 능력으로도 여기까지가 한계다."

단운룡은 능력 부족을 깨끗이 인정했다. 그가 미간을 찌푸리며 말을 이었다.

"한데… 박 의원은 비방 하나조차 안 남겨준 건가? 귀비산의 위험성을 누구보다 잘 알고 있었을 텐데?"

우목의 표정이 굳어졌다.

"이야기 못 들었나?"

"무슨?"

“늙은 뱀을 만났다면서.”

“만났지.”

“들은 줄 알았다.”

“박 의원에 대한 거라면 귀비신단을 만드는 중에 의견이 안 맞아 쫓아냈다고만 들었다. 달리 알아둬야 할 거라도 있었던 건가?”

“숨겼군. 늙은이. 이제 와서 수치심이라도 느끼게 된 것이냐.”

우목의 두 눈에 깃든 것은 마음 깊이 새겨진 분노다. 그걸 본 단운룡의 머릿속에 퍼뜩 스쳐 가는 것이 있다. 마건위와 만났을 때부터 미심쩍게 느끼고 있었던 부분이었다.

‘설마…….’

우목이 이를 갈며 말을 이었다.

“세심동(洗心洞)이 연옥(煉獄)으로 변한 건 다 그놈 때문이었다.”

“그놈?”

“늙은 뱀의 아들, 간악한 뱀. 마사충.”

“……!!”

마사충. 그 이름이 언제 나오나 했다.

본능적으로 싫어할 수밖에 없었던 놈이다. 또 무슨 일을 저지른 것일까. 무슨 일이 되었든, 그 간특함은 우목의 분노 어린 목소리만으로 충분히 짐작할 만했다.

“박 의원은 세심단(洗心丹)이라는 특별한 약방문을 남기고 떠났다. 세심단은 훌륭한 약이었지. 중독자들의 심성 변화를 억제해 주고, 지독한 금단현상에서 벗어날 수 있도록 도와주는 데 탁

월한 효과가 있었다. 그땐 연옥을 연옥이라 부르지 않았다. 중독
자들의 절규로 얼룩진 곳이 아니라, 진정 마음을 씻는 장소라 할
수 있었다. 문제는… 처음에 그 약방문을 받아 챙긴 것이 마건위
부자였다는 사실이었다."

"또, 무슨 짓을 한 거냐."

"오원 전역에서 중독 문제가 불거져 나오면서, 마건위와 허유
는 세심원을 세우고 그 관리를 마사충에게 일임했다. 오원이 무
너진 후에도 그건 그대로였지. 마건위는 생존한 전사들을 규합하
여 저항세력을 만들었고, 마사충은 그 아래에서 부관 역할을 제
법 충실하게 해내고 있었다. 놈은 세심원에서 살아남은 약사(藥
師)들을 이끌면서 세심단을 통해 중독자를 치료하는 데에도 노력
을 아끼지 않았다. 분명, 그렇게 보였어."

그때 당시의 기억을 떠올리는 듯, 우목의 표정이 급격히 어두
워졌다.

"세심단의 약효가 떨어지기 시작한 것은 오원이 함락된 지 일
년이 채 안 되었을 때다. 우린 그것이 약재 조달 능력의 부족과
중독 기간의 장기화로 인한 것이라고 생각했다. 하지만 진실은
그게 아니었다. 마사충이 약방문을 가지고서 농간을 부리고 있
었던 게야. 세심원 약사들 중 하나가 그 사실을 발견하고는 마건
위에게 보고를 올렸지만, 마건위는 약사의 보고를 묵살했다. 믿
을 수 없었던 거지. 자신의 양자이자 부관인 마사충이 그런 짓을
할 이유가 어디 있겠냐는 거였다."

"늙은 뱀이 제대로 실수했군."

"실수 정도가 아냐. 마사충은 그 이상이었다. 놈의 농간은 세

심단의 효력을 떨어뜨리는 데 그치지 않았어. 놈의 진짜 목적은 약방문의 완전한 독점이었다. 약방문을 조금씩 조작하여 약사(藥師)들의 눈을 흐린 다음, 최종적으로는 어떤 약사들도 정확한 배합 방법을 못 찾게 만든 것이지. 오원엔 원래부터 실력있는 약사들이 얼마 없었어. 그마저도 오원 함락 당시에 대부분 죽어버렸으니 놈의 입장에선 어렵지도 않은 일이었을 거다."

"약방문을 독점해서 어디에 쓰려고?"

"협상을 위한 도구."

"협상?"

"그렇다. 알다시피 귀비산은 본디 맹획 진영에서 넘어온 물건이었다. 중독에 관한 것은 놈들도 똑같이 골치를 썩는 문제였지. 마사충은 그날 밤, 몇 명 남지도 않았던 약사들을 도륙하고 세심단 약방문과 자기 자신을 동시에 팔아넘겼다. 맹획 측에선 꽤나 흡족해했던 모양이야. 저항군의 부관이었던 마사충의 목숨을 부지하게 해준 것은 물론이요, 자유로운 신분까지 보장해 줬으니까."

기가 막힐 노릇이었다.

허유를 보고 배신자라 생각했다?

진짜 배신자는 따로 있었던 것이다. 마사충의 변절에 수식어를 붙이자면 '극악' 이란 표현을 수십 번 겹쳐 써도 부족할 지경이었다.

"놈은 어딨지?"

우목은 피식 웃었다. 그가 되물었다.

"어디일 것 같나?"

"설마……."

"그래. 놈은 일원요새에 있다. 요새의 운영 전반을 관리하고 있다던가."

"허유가 귀비산에 손댈 만도 하군. 그런 놈과 한솥밥을 먹어야 했다니."

"내 말이 그 말이다. 허유는 변절자를 자처했고, 결과적으로는 마사충과 같은 취급을 받았다. 근본이 다른 이들임에도."

"그런 놈을 왜 죽이지 않았지?"

"않은 게 아니라 못 죽인 거다. 마사충은 마건위의 무공을 그대로 이었다. 거기다가 맹획으로부터 무슨 영약이라도 받아먹었는지, 내공도 보통 심후해진 게 아냐. 분노한 마건위가 제 아들을 죽이겠다며 세 번이나 공격을 시도했지만, 기다리고 있는 것은 겹겹이 둘러쳐진 병사들의 장벽밖에 없었다. 어찌나 경계를 삼엄하게 둘러쳐 놨던지, 두 번째까진 마사충의 얼굴조차 보지 못했어. 하지만 알잖나? 마건위가 어떤 인간인지. 세 번째엔 기어코 마사충과 일대일 상황까지 만들어놓았지. 한데 말이다. 정작 싸움에선 어이없게도 무공에서 밀려 버린 거야."

"마건위가 마사충에게 밀렸다고?"

"물론 멀쩡한 상태가 아니긴 했었다. 방벽을 뚫으면서 치명적인 상처를 몇 군데나 입었었거든. 그렇다고 설마하니 지고 돌아올 줄은 몰랐다. 마건위는 마사충에게 팔까지 잃고 왔어. 사기가 크게 꺾였음은 물론이요, 이후엔 암살은 엄두도 못 내게 되었지."

마건위의 얼굴. 강퍅하게 지친 표정이 떠오른다.

마건위는 긴 이야기를 나누면서도 제 아들에 대해서 일언반구

언급조차 없었다.

제 아들에게 팔까지 잘렸던 것이 그 이유였을 줄이야.

불쌍한 인간이다. 측은지심까지 들 정도였다.

'마사충! 간교한 뱀……!'

단운룡은 생각했다.

놈과의 만남은 마건위 때와는 다를 거다.

마건위에겐 이무기와 같은 위엄과 늙은 전사로서의 긍지라도 있었지만, 마사충은 그저 흉측하고 간악한 독사(毒蛇)일 뿐이다.

그런 놈과는 대화조차 필요없다.

눈에 띄는 즉시 죽인다. 그뿐이었다.

"그건 그렇고, 외부 작업은?"

"녹산에서 해하, 우암에서 남평까지 흔적을 퍼뜨려 놓았다. 놈들도 상당히 헷갈릴 거야."

추격과 수색이라 함은, 사람의 족적(足跡)을 쫓는 데서 출발한다.

속임수로 시간을 번 동안, 정찰조와 공병조를 총동원하여 남쪽 지역 곳곳에 대규모의 이동 흔적을 새겨놓았다. 적들의 수색 재개를 대비한 술책이었다.

"사람을 늘려야 해."

"그때 이야기한 대로 몇 군데 봐놨다. 돌아오는 것이 만만치 않겠지만, 뭐, 너라면 걱정없겠지."

우목은 지도를 꺼냈다.

엉성하기 짝이 없는 지도였지만 그래도 개략적인 위치 파악엔 문제가 없다. 표시해 놓은 것은 모두 네 곳. 맹획과 타가 진영 경계면에 위치한 부족마을들이 그들의 목표였다.

"촉사와 늪과 구독림이 오히려 문제다."

"안됐지만 촉사와 늪은 그냥 건너와야 할 거다. 구독림은…
그때까진 어떻게 될 거야."

우목은 걱정 말라는 듯 자신있는 어조로 말했다.

"좋아. 믿겠어."

단운룡이 입가에 희미한 미소를 띠었다.

"그럼, 이제부터……."

"반격 시작이다."

두 사람의 눈빛이 허공에서 읽혀들었다.

*　　　*　　　*

관군은 움직이지 않았다.

금의위는 이후로 나타난 적이 없다.

맹획과 타가의 시선은 다시 모든 일의 발단으로 향했다.

첫 번째 단서는 초림에서 살아남은 귀비혈사대 무인으로부터
나왔다.

초림 숲에서의 생존자는 단 한 명이었다. 가슴과 턱이 박살난
그는 한 달이 넘도록 말 한마디 제대로 뱉어내질 못했다. 의원들
이 밤낮으로 공을 들이고 귀비산을 때려 부은 끝에, 결국은 쉭쉭
거리는 목소리로 당시의 정황을 말하기에 이른다.

"초림 숲에도 금의위가 있었다고 합니다. 다만……."

보고는 맹획에게 직통으로 올라갔다.

금의위 제복을 입은 자가 있었으나, 실제로 손을 쓴 자는 그가 아니라고 했다.

중원 복식의 강호인으로 보이는 고수가 있었단다. 손발에 번쩍이는 번갯불을 달았다. 무서운 속도와 파괴력을 자랑했다고 하였다.

생존자의 증언은 현각군에서 올라온 보고와 그대로 일치하고 있었다.

맹획은 다시 한 번 분노했다.

진짜 흉수는 황실이 아니라 마군이다. 어디서 어떤 연줄을 동원했는지는 모르겠지만, 실력있는 강호인 한 명을 용케 끌어들인 모양이었다.

그렇다고 한다면, 결국 금의위도 진짜 금의위가 아닐 가능성이 있었다. 얄팍한 속임수에 놀아난 꼴이었다.

남왕궁은 즉각 군사를 움직였다.

목적지는 오원.

오원에 전초기지를 세우고, 초림에서부터 본격적으로 뒤질 심산이었다.

지사괴와 황육괴가 오원을 향해 출발했다. 소규모 보병전술에 능한 지각군 이백 명과, 천지현황 네 부대 중 최대 규모를 자랑하는 황각군 구백 명 전원이 동원되었다. 근 일이 년 사이 가장 큰 규모의 병력 이동이었다.

"가만 두고 볼 수는 없지 않겠습니까."

"물론이다."

타가의 준동은 필연이다.

오원은 두 세력의 중립 지역이었다. 일원요새로 공동 관리하되, 어느 한쪽이 지배치 않기로 합의한 요충지였던 것이다.

맹획 측의 대대적인 병력 집중은 결코 간과할 수 없는 사안이었다.

맹획이 움직인 병력은 천을 넘는다. 마음만 먹으면 오원을 장악하고 방어진을 구축하기에 부족함이 없는 숫자였다.

견제가 필요했다.

정예 기병 육백 기가 오원으로 향했다. 지각군과 황각군을 압박하기 위해서는 육백 기병으로도 안심할 수 없었다. 흉조의 카무이, 그리고 흉호의 아야크가 나섰다.

맹획군 사대괴인, 아니, 이제 하나가 줄어든 삼대괴인의 둘. 그리고 타가군 삼흉의 둘.

무지막지한 조합이었다. 운남 남부를 떨쳐 울리는 가장 위험한 이름들이 넷이나 한자리에 모여드는 것이다.

꾸역꾸역 몰려드는 군사들이 황량하여 인적 없던 오원의 거리를 가득 채웠다.

일원요새를 중심으로 하여 동서로 갈라진 양군은 서로를 향한 적의를 결코 숨기는 법이 없었다. 이렇게 가다간 정작 주목적인 마군 토벌을 벌이기도 전에 전쟁을 치르게 생겼다. 일촉즉발의 긴장감이 사위를 휩쓸었다.

"무엇이?"

남쪽에서 올라온 전언은 불타는 장작더미에 기름을 끼얹은 것과 같았다.

"식산의 주둔지 하나가⋯⋯."

타가 측 진영이었다.

맹획군과의 경계선 최남단, 식산에 위치한 병영 하나가 하룻밤 사이에 파괴되었다는 보고였다.

기병 이십, 보병 삼십, 오십 병력이 몰살당했다. 생존자가 없어 정황을 알 수 없었지만, 이 땅에서 그런 일을 벌일 수 있는 것은 맹획의 군사들뿐이다.

분위기가 극도로 험악해짐은 지극히 당연한 일이었다. 흉조의 카무이는 보고를 들은 직후 화살부터 뽑아 들었다.

"경동하지 말고 잠깐 기다려 봐."

카무이를 제지한 것은 교활한 여우, 아야크였다.

"이상한 것이 있다."

아야크는 불혹에 가까운 나이에도 이십대의 외모를 유지하고 있는 내가고수다. 매끈한 피부에 얇은 입술, 냉혹함이 절로 묻어나는 얼굴이었다.

"이상할 것이 무엇이 있겠나! 맹획의 짓이 틀림없다! 고작 마군 따위 잡졸들을 잡겠다고 이 대군을 움직이는 것부터가 수상하지 않았던가!"

얼굴에 새겨진 흉터가 무섭게 꿈틀거렸다. 아야크가 차분한 목소리로 그의 말을 받았다.

"군사를 이만큼이나 동원한 것에는 자네 말대로 다른 의도가 있는 게 맞다. 하지만 이건 아니다. 맹획은 과격하고 위험한 자다. 진심으로 일전을 치르고자 했다면 고작 소규모 병영 하나 공격하는 것으로 그치지 않았을 터……."

아야크는 깊이를 알 수 없는 무저갱처럼 검은 눈동자를 지녔다. 그의 눈이 손에 들린 죽간 위에 머물렀다.

"주목해야 할 것은 병영의 피해가 아니다. 이 전언에 따르면 식산 병영에서 관리하고 있던 아창족 마을 하나가 텅 비어 있었다고 했다. 남녀를 불문하고 모조리 자취를 감췄다는 보고지. 이건 좋지 않아. 굉장히 신경이 쓰여."

"신경 쓸 것 없다. 아창족 놈들은 본래부터 복종과는 거리가 멀었어. 그새 도망을 치다니 간사하기 짝이 없는 놈들이다. 차라리 씨를 말릴 것을……."

'아무래도 뭔가 있어.'

아야크는 생각했다.

그는 태생부터 군사(軍師)인 족속이다. 지략가로서의 감이 말하고 있었다.

이건 심상치 않은 일이라고. 신중하게 반응해야 한다고.

"머리만 굴리고 있을 때가 아니다. 예전부터 괴인이란 놈들은 어느 하나 마음에 드는 놈이 없었지. 내 직접 놈들을 만나 진위를 확인하겠다."

"그럴 필요 없다, 카무이."

"없다고?"

"먼저 찾아올 거야. 지사괴란 놈은 그나마 머리가 돌아가는 편이지만, 황육괴란 놈은 가진 게 몸뚱어리밖에 없다. 성질도 급하기 짝이 없지."

아야크의 말이 끝나기 무섭게다.

쿵쾅거리는 소리와 함께 육중한 무언가가 다가오는 기척이 있었다.

밖에서 그냥 이렇게 들어오면 안 된다며 제지하는 병사가 있었지만 먹혀들 리 만무하다. 꽝, 하며 부서질 기세로 문이 열렸다.

"오셨습니까."

아야크의 어조는 기다렸다는 듯, 부드럽기 짝이 없었다.

나타난 상대는 다름 아닌 황육괴다. 절구통처럼 퉁퉁한 체격에 소매 없는 경장 무복이 제멋대로 걸쳐져 있었다.

추하게 늙은 얼굴, 높이 올린 황색 투구가 듬성듬성한 머리카락을 가리고 있었다. 투구 위엔 여섯 개의 뿔이 세 개씩 두 줄로 돋아나 있었다.

"너희 둘, 잘 들어라. 우리가 한 짓이 아니다."

황육괴의 목소리는 체구에 비해 얇았다. 기름진 얼굴에, 목소리까지 야비하게 들린다. 만나는 순간 싫어질 인간의 전형이었다.

"알고 있었습니다."

카무이는 이미 활시위에 손이 가 있었다. 아야크가 그를 막아서며 말했다. 황육괴가 눈썹을 치켜올리며 되물었다.

"알고 있었다고?"

"고작 그걸 말해주시겠다고 친히 예까지 걸음을 하신 겁니까? 곧이곧대로 믿을 수 있는 말도 아닐 텐데요. 참으로 친절도 하시군요."

아야크의 한어(漢語)는 능란하기가 흐르는 물과도 같았다. 비아냥거리는 그 말에 황육괴의 눈에서 불꽃이 튀었다.

"건방진 놈! 내가 여기에 온 것은 개수작 부리지 말라고 경고하기 위함이다! 우린 분쟁 지역 전체에서 공격을 멈추라는 명을 받았다! 군왕의 명령은 절대적이야!"

“그래서, 우리가 자작극이라도 벌였단 말입니까?”

“그런지도 모르지. 네놈의 약삭빠른 잔꾀를 모르는 이가 있었던가! 확실히 말하건대, 우린 손가락 하나 까딱하지 않았다. 이처럼 사소한 일로 쭐레쭐레 뒤꽁무니나 쫓아온 애송이들과 손을 섞는 것은 사양이다!”

“늙은이, 정녕 죽고 싶은 게로구나.”

카무이였다. 그는 한어를 쓰지 않았다. 그러나 거기 담긴 뜻은 몽고어를 몰라도 누구나 알 수 있을 정도다. 황육괴가 이빨을 드러내며 웃었다.

“크크크크. 기어코 덤비겠다는 거냐? 그렇다면 할 수 없지.”

까드득.

황육괴의 손아귀에서 쇠붙이 긁는 소리가 새어 나왔다. 삼각과 육각, 두 개의 추(鎚)가 가느다란 쇠줄에 얽혀 있었다. 거구에 어울리지 않는 기병, 유성추(流星鎚)였다.

‘나타날 때가……’

두 사람 모두 당장이라도 손을 쓸 기세였다. 그럼에도 아야크의 얼굴은 변하지 않았다. 허리춤에 올린 검에는 손조차 올리지 않았다.

다음에 벌어질 일을 예상하고 있었기 때문이다.

쉬이익.

아니나 다를까.

빠르게 다가오는 자가 있다. 긴 회랑을 지나 순식간에 문 앞에 이르렀다. 갈색 투구, 네 개의 뿔, 지사괴였다.

“육괴 어르신, 그만 참으시지요.”

지사괴의 목소리는 아야크의 그것처럼 차분했다.

까드득.

황육괴의 손에서 다시 한 번 쇠붙이 긁는 소리가 났다. 지사괴가 안으로 들어왔다. 그가 아야크를 바라보며 물었다.

"이 상황에서 군을 움직이면 어떻게 될지는 잘 알고 있을 거요."

물론 잘 알고 있다.

오원 땅은 순식간에 핏물 넘치는 전쟁터로 변할 것이다.

결과는?

수적으로는 분명 맹획 측이 더 위다. 구백 황각군에 이백 지각군이면 개개인의 기량도 기병들보다는 우위에 있을 게다.

그래도 알 수 없다. 기세를 탄 몽고기병은 무섭다. 서로 확실히 이기고자 한다면 양측 다 전멸을 각오해야 한다.

종국에는 양족 다 지는 싸움일 뿐이다.

서로에게 복구 못할 타격을 주고 나면 그다음부턴 끝장을 볼 때까지 전쟁을 벌여야 한다. 여기서 시작된 싸움은 남부 전역으로 확대될 것이고, 어느 한쪽이 살아남을 때까지 싸움은 계속될 것이다.

그리고 그들은 아직 그런 싸움을 시작할 준비가 되지 않았다. 적어도 이렇게는 아니었다.

"카무이, 그만둬라. 아직은 때가 아니다."

아야크가 카무이를 보며 말했다.

"육괴 어르신."

지사괴도 마찬가지다.

카무이가 먼저 활을 내려놓았다. 이내, 황육괴가 몸을 돌렸다.

지사괴는 끝까지 긴장을 풀지 않았다. 황육괴는 이렇게 돌아서고라도 기분에 따라 언제든 출수를 할 수 있는 자였기 때문이다.

"아, 그리고, 다음엔 우리가 찾아가겠습니다. 우리 소중한 병사를 때려눕힌 빚은 그때 갚도록 하지요."

황육괴가 멈칫 그 자리에 섰다.

까드득, 손아귀에서 쇠붙이가 부딪혔다.

끝내 출수는 하지 않았다. 그 대신 고개를 돌리며 진득한 어조로 입을 열었다.

"다음은 싸움터다. 애송아. 네놈은 내가 죽여주마."

"할 수 있다면 해보시던지요."

표정없던 아야크의 입가에 엷은 비웃음이 떠올랐다. 황육괴가 성큼성큼 회랑으로 멀어졌다. 지사괴가 마지막으로 아야크와 카무이에게 시선을 주었다.

"조용히 지내시오. 괜한 분란 만들지 맙시다."

카무이의 얼굴 흉터가 다시 한 번 험악하게 꿈틀거렸다.

지사괴가 발을 옮겼다.

일원요새 동쪽 회랑, 타가의 주둔영에서 벌어진 일이었다.

*　　*　　*

짜앙!

폭음이 터져 나왔다.

푸르륵! 하는 소리와 함께 마지막 남은 기마 한 기가 땅바닥을 굴렀다.

퍼억!

극광추 일격이 넘어진 기병의 가슴을 꿰뚫었다.

주위를 둘러보았다.

살아남은 자는 없었다. 사십 기 적 기병의 시체가 한 편의 지옥도를 그려내고 있었다.

“비의(飛蟻).”

단운룡이 한 사람의 이름을 불렀다.

“옙!”

한쪽 숲에서 가슴을 훤히 드러낸 소년 하나가 뛰어나왔다. 한눈에 봐도 화니족인 것을 알겠다. 마군 정찰조 중에서 단운룡이 직접 고른 녀석이었다.

“사람들을 불러와. 이제 여긴 안전하다.”

“옙!”

비의가 다시 숲으로 달려들어 갔다. 이내, 그를 따라 검은 옷을 입은 남자들이 어둑한 숲 그늘을 빠져나왔다.

“모두 나오시오. 정말 괜찮소.”

남자들의 우두머리로 보이는 이가 소리쳤다. 이어, 여자들과 아이들이 숲에서 나왔다.

그들은 즐비한 시체들을 보고도 놀라지 않았다. 전사들의 민족, 아창족이었기 때문이다.

“마을은?”

단운룡이 불쑥 물었다. 아창족 젊은 녀석 하나가 북쪽 능선을 가리키며 대답했다.

“경포족 마을이 저 앞에 있습니다.”

"가자. 안내해."

"예!"

아창족 젊은이는 조금도 망설이지 않았다. 다른 아창족 사람들도 마찬가지다. 단운룡의 뒤를 따라 주저없이 발을 옮기고 있었다.

눈치 빠른 비의가 사람들의 수를 셌다. 그동안 낙오자가 없는지, 다친 이가 없는지 다시 한 번 확인했다.

어린아이 다섯 명과 노인 두 명까지 해서 총 마흔두 명이다. 다소 지친 기색이지만 이동 속도는 그리 나쁘지 않다. 마군주가 일러준 시간에 충분히 맞출 수 있을 것 같았다.

"북서쪽엔 몽고 달자 놈들 소굴이 하나 더 있소이다."

아창족 중년인 하나가 단운룡의 뒤로 따라붙더니 조심스런 어투로 말을 걸어왔다. 단운룡이 고개를 돌려 중년인의 눈을 똑바로 마주 보았다.

"알고 있어. 걱정하지 마."

신뢰감을 주는 목소리였다. 근심 어린 표정이었던 중년인이 금세 얼굴을 폈다. 말만 번지르르한 남자가 아니라는 것을 여태껏 두 눈으로 똑똑히 확인해 왔던 까닭이다.

'저 번쩍이는 눈빛. 사람이 아냐. 하늘에서 내려온 것이야. 분명히……'

중년인 혼자만의 생각이 아니었다.

단운룡은 하늘 구름 위에서 번갯불을 부린다는 폭풍의 신과도 같았다.

그가 나타나기 전까지 그들의 삶은 생지옥이나 다름이 없었다.

반항하면 죽는다.

마을 밖으로 벗어나도 죽는다.

들이닥쳤을 때 충분한 곡식이 없어도 죽는다.

이백 명 가까이 모여 살았던 작지 않은 부족이 몇 년 새에 오분지 일로 줄었다.

타가의 지배하에 놓인 이래, 두 발 뻗고 편하게 자본 날이 없다. 굶주려 죽는 아이들이 속출했고, 한때 용맹했던 어르신들은 가눌 수 없는 분노에 휩싸인 채, 적들을 저주하며 하나둘씩 세상을 떴다.

모두가 포기하고 있을 때.

단운룡은 홀연히 나타났다.

그는 말했다.

자유롭게 살 수 있는 곳으로 데려다 주겠다고.

언젠가 다시 그들이 살던 땅을 다시 그들의 품으로 돌려주겠노라고.

마지막으로 그는 이야기했다.

자신을 따라오면, 마음껏 싸우게 해주겠다고. 전사의 긍지를 걸고서.

처음엔 믿지 않았다.

물론, 마지막 말엔 혹한 것이 사실이다.

자유로운 삶, 안온한 터전. 그런 것은 아무래도 좋았다. 그들의 소원은 다른 게 아니었다. 달자 놈들의 가슴팍에 호철도 칼 한 자루 시원하게 꽂아주는 거였다.

난데없이 나타나 그 모든 것을 이루어주겠다고 하니, 어디서 제대로 미친 녀석이 나타났구나 싶었다.

누가 봐도 말이 안 되는 소리였다. 버릇을 고쳐 주겠다고 달려든 이는 부족에서 가장 기운이 센 남삼이었다.

하지만 남삼은 그 잘 쓰던 주먹으로도 헛손질만 계속해야 했다.

단운룡은 한 대도 맞지 않았다. 반격을 하지도 않았다. 그 대신 자신의 말이 사실임을 보여줄 터이니, 아무나 따라오라 했다.

중년인은 남삼과 함께 그를 따라갔던 두 사람 중 하나였다. 남삼 이상으로 의심의 눈초리를 보내던 사람이기도 했다.

"말도 안 돼……!"

중년인은 그 광경을 보고 자신의 귓가에 들려왔던 스스로의 목소리를 기억한다.

단운룡의 말보다 더 믿을 수 없는 광경이었다.

다짜고짜 타가의 병영으로 쳐들어간 단운룡은 온몸에 신비로운 번갯불을 둘러치고 수십 명 기병과 홀로 맞서 모조리 무찔러 버렸다.

살아남은 놈은 없었다.

그토록 잔인하고 사악했던 달자 졸개들은 천벌을 받은 양 무참히 찢겨진 채 한순간에 지옥으로 떨어져 버렸다.

꿈이라고 생각했다. 하지만 그 꿈은 아직까지도 이어지고 있는 현실이었다.

중년인은 마을로 돌아가 모두에게 이야기했다.

위대한 전사들의 수호신이자, 하늘을 지배하는 폭풍신의 사자가 마침내 이 땅에 내려왔다고 말이다.

마을 사람들은 오래 고민하지 않았다.

단운룡이 진짜 신의 사자인지 뭔지는 모르겠지만, 그를 따라가는 것이 적어도 이 땅에서 고통받는 것보다는 낫다는 생각이었다.

한 지혜로운 어르신은 이렇게 말했다.

"그가 하늘에서 내려온 자인지는 잘 모르겠다. 하지만 이곳에 있다간 어차피 죽음을 면치 못한다. 달자들의 병영이 박살을 당했다면, 놈들은 우리 마을부터 들쑤실 것이 틀림없다. 그 와중에 죽을 것을 생각하면 차라리 그 젊은이를 따라가는 것이 좋을지도……."

사람들은 너도 나도 짐을 쌌다.

마을을 비우는 데까지는 반나절도 걸리지 않았다. 남는 사람은 아무도 없었다.

그들은 그렇게 단운룡을 따라 북상을 시작했다.

단운룡의 행보는 거침이 없었다.

가끔씩 물어오는 것을 듣자 하면 길을 잘 모르는 듯했지만, 어찌 된 영문인지 몽고 달자들이 있을 만한 곳은 귀신같이 꿰고 있었다.

그가 속도를 늦추자고 하면 어김없이 저 앞쪽에서 달자들이 말을 달렸고, 그가 서두르자 하면 뒤쪽 언덕 아래에서 말발굽 소리가 울려 퍼졌다.

"저게 서교산(西翹山)인가?"

"예."

"그럼 저 밑에 맹획의 주둔지가 있겠군."

단운룡은 주변 지형을 세심히 눈에 담았다.

어린아이들이 소곤거렸다.

"하늘 폭풍신도 모르는 게 있네."

"아직 땅에 내려온 게 어색해서 그런가 봐."

"쉬잇. 조용히들 해."

고통받는 와중에도 아이들에겐 동심(童心)이란 것이 살아 있었다. 더 남쪽 아이들이라서 그런가, 더욱더 순박한 느낌이었다.

보호해야 한다는 생각이 절로 들었다. 때문에 단운룡은 삼 일 동안 철저히 교전을 피했다. 이 아이들은 예전의 소마군과 달랐다. 싸움에 휘말리면 가장 먼저 희생당할 약자들이었다.

"경포족 마을에선 먹을 것을 최대한 챙겨야 해. 그다음은 갈 길이 멀어."

단운룡의 말에 모두가 고개를 끄덕였다.

경포족 마을 앞에선 계획대로 일전을 치렀다.

아창족 전사들은 끼어들지 못하게 했다. 혈기 왕성한 놈들이라 말리는 게 쉽지 않았지만, 아이들과 여자들을 보호하라는 명목으로 옆에 붙여놓았다. 싸우기엔 그게 편했다.

"마을 버리고 어디로 간단 말이오?"

"개죽음당할 것이오."

경포족 마을은 작았다. 사람들은 고집이 센 편이었다.

지혜로운 아창족 늙은이가 설득에 나섰다. 쉽지 않았다. 절망에 찌들어 산 이들이라 무슨 말을 해도 회의적인 말만 돌아왔다.

단운룡은 행동으로 보여주기로 했다. 아창족 때처럼 경포족 전사들 세 명을 이끌고 북서쪽 병영으로 향했다.

정오에 출발하며 해 질 무렵 돌아왔을 때.

경포족 전사들은 이미 단운룡의 신봉자가 되어 있었다.

타가의 기병들은 제대로 싸워보지조차 못했다.

기마에 올라타기도 전에 절반이 쓰러졌다. 커다란 기병 열다섯이 눈 깜짝할 사이에 무너졌다. 멀리 말을 달려 도망치려던 기병 하나는 그보다 배는 빠른 속도로 따라잡더니, 내리찍는 일격으로 박살을 내놓았다.

싸움에 걸린 시간은 고작 일다경도 되지 않았다. 다녀오는 데 오래 걸린 것은 순전히 경포족 전사들에 발맞춘 이동 시간 때문이었다.

다음날 아침, 경포족 마을 역시 아창족 마을처럼 깨끗이 비워졌다. 마을 주민 서른세 명이 아창족과 일행이 되었다.

단운룡은 북상을 계속했다.

안전한 길을 찾아내는 것은 그야말로 타고난 재능이라 할 만했다. 전부 다 날쌘 젊은이들도 아니요, 이동 속도도 느릴 수밖에 없는 수십 명 짐짝 같은 사람들을 데리고도, 단 한 번 적들을 마주치지 않았다. 적들과 내통하고 있는 게 아니냐는 의심마저 생길 정도였다.

칠십여 명이 지키는 제법 큰 병영을 격파할 때는, 아창족과 경포족 전사들의 도움을 받아야 했다. 숫자가 얼마가 되든, 싸움 자체는 어렵지 않았다. 사태를 빨리 깨닫고 도망치는 놈들이 문제였다. 한두 놈이야 쫓아가서 죽여 버리면 그만이었지만, 여러 놈이 서로 다른 방향으로 흩어질 경우엔 단운룡으로도 방법이 없었다. 아창족과 경포족 전사들은 그 같은 도주자들의 처리를 맡았다. 단운룡은 두 명을 놓쳤다. 그리고 그 둘은 퇴각로를 선

점한 아창족 전사들의 손에 죽었다.

다음 목적지는 포랑족 마을이었다.

도착한 마을 전경은 처참했다. 젊은 남자는 여섯밖에 없었고 그나마 싸울 수 있을 만큼 멀쩡한 놈은 고작 하나밖에 없었다. 숫자는 스물한 명, 대부분이 팔다리 잘린 불구자들 아니면 노인과 여자들뿐이었다.

"이런 이들까지 굳이……."

"예외는 없어."

"하지만… 이래서는 속도가……."

"함께 간다."

단운룡은 단호했다. 무섭게 번쩍이는 눈빛으로 사람들의 목소리를 삽시간에 잠재웠다.

이동 속도는 사람들의 우려처럼 더 느려졌다.

전투가 가능한 이는 얼마 없었고, 가뜩이나 모자란 손도 거동이 불편한 사람들을 위해 쓰여야만 했다.

타가의 병영 하나를 더 뚫고, 납서족 마을 하나를 찾아 또다시 사람 수를 늘렸다.

단운룡을 따르는 이는 이제 백이십 명에 이르고 있었다.

거기까지였다.

단운룡은 더 이상 마을을 찾지 않았다. 생각보다 많은 수를 확보했고, 그 이상은 단운룡으로서도 관리가 쉽지 않았다. 강행군이 남아 있었기 때문이다.

단운룡은 무구고원으로 직행했다.

이십 일에 걸친 긴 여정이었다. 추격대가 종횡으로 미친 듯 말

을 달리고 있었지만, 단운룡은 느껴지는 군기(軍氣)만으로도 그
들을 피할 만한 능력이 있었다.

겨우겨우 촉사와 늪에 이르렀다.

희생자가 셋이나 있었다. 한 명이 발을 헛디뎌 깊은 늪에 빠졌
고, 구하려던 이들이 무더기로 빨려들었다. 단운룡이 전부 다 건
져 올리긴 했지만 그중 둘은 설상가상으로 촉사와 독에 중독되
어 숨이 끊어진 상태였다.

겨우 사람들을 수습하고 늪을 건넜다.

기어코 다 지나왔다 방심한 사이, 꼬맹이 하나가 촉사와를 만
졌다. 워낙 허약하고 어린 녀석이라 단운룡으로서도 살릴 방도
가 없었다.

다음은 구독림이었다.

뒤를 돌아보았다. 사람들은 이제 지칠 대로 지쳐 있었다. 그들
은 단운룡과 같은 내가고수가 아니었다. 적들을 피하기 위해 인
적 없는 험로만 택하다 보니 다친 자도 부지기수였다. 하나같이
더 이상은 못 가겠다는 표정을 짓고 있었다.

난감했다.

구독림은 촉사와 늪만큼이나 위험했다. 몇 명이 더 죽어나갈
지 모른다. 단운룡은 더 이상 한 명도 잃고 싶지가 않았다.

그때였다.

드르륵, 드르륵.

기적처럼 숲을 가르고 나타나는 수레 하나가 있었다. 바퀴가
여섯 개나 달린 육륜차였다. 스무 명이 타고도 남을 만큼 큰 수
레는 그 하나로 하나의 집채라도 된 양, 두터운 지붕까지 올려져

있었다.

"표정이 왜 그래? 믿는다더니, 설마 안 올 줄 알았던 거냐?"

익숙한 목소리는 우목의 그것이었다. 그가 여기까지 직접 내려온 것이다.

건장한 전사들 열 명이 앞뒤에서 수레를 끌고 있었다. 수레의 네 모서리에서는 벌레와 뱀을 쫓는 향초가 타고 있었다. 매캐하게 진한 연기가 반갑게 코를 찔렀다.

"급히 만드느라 이 모양이지만 그래도 쓸 만해."

어린아이들과 여자들이 먼저 육륜차에 올랐다. 통나무로 거칠게 이이붙인 수레는 투박하기 이를 데 없었지만, 지친 이들에겐 그 어떤 안락한 마차보다 편한 물건일 터었다. 체격 좋은 전사들이 힘있게 수레를 끄니, 나아가는 속도도 제법이었다.

육륜차는 무구고원까지 다섯 번을 오갔다.

사람들은 놀라워하고 기뻐했다.

"세상에나!"

"이런 곳이 있었다니……!"

무구고원은 한 달 전과 또 다른 모습이었다.

고원 중앙에 세워진 중심 마을은 세 겹의 두터운 목책에 의하여 철저하게 보호되고 있었다. 외곽에는 제법 그럴듯한 화전(火田)이 만들어졌고, 목책 모서리마다 세워진 망루 위엔 활을 든 전사들이 눈을 빛내고 있었다.

마지막 육륜차와 함께 무구고원에 당도한 단운룡은, 지친 사람들의 눈에서 진짜 희망을 볼 수 있었다.

마음이 흡족했다.

백 명이 넘는 새 식구들을 맞이하게 된 것이다.

*　　　*　　　*

"일원요새엔 난리가 난 모양이더군. 경계선의 병영 네 개가 박살났음에도 맹획 측에선 한사코 자기들 짓이 아니라 하니, 답답하기도 하겠지."

"금방 드러날 거다."

"그렇겠지."

"아직도 사람이 적어. 더 필요해."

"나아질 거다. 남방 부족들은 각자 고립되어 있긴 하지만, 소문이란 게 아주 없는 것은 아니야. 안전한 곳이 있다 알려지면 사람들을 빼오는 것도 조금은 더 쉬워지겠지. 나중엔 제 발로 찾아오는 사람도 생길 거다."

단운룡과 우목이 최종적으로 노리는 바가 그것이었다.

마군의 최대 약점 중 하나는 머릿수의 부족이었다.

맹획군과 타가군은 양측 다 만 단위의 병력을 보유하고 있다. 하지만 이쪽은 몇백 명이 전부다.

단운룡이 있다?

물론 그에겐 일당백, 일당천의 무예가 있다. 그는 상대가 몇 명이든 두렵지 않다.

하지만 그런 그도 다른 이들 모두를 지켜주는 것은 불가능하다.

전면전이 벌어지면 필패다.

단운룡은 살아남는다. 하지만 그 홀로 살아남고 마군이 전멸당한다면 무슨 의미가 있을까.

피 튀기는 싸움터에서 자기 한 몸 지켜줄 수 있는 것은 손에 든 칼밖에 없는 법이다.

마군, 아니, 새롭게 오원을 재건할 이 땅의 주인들은, 스스로가 스스로를 지켜낼 힘이 있어야 했다.

그 일보(一步)가 숫자를 늘리는 일이다.

단운룡이 남하하여 병영들을 부순 것은 어디까지나 그 지역 마을 사람들을 이곳으로 이주시키기 위함이었다.

우목은 마을부터 신중하게 골랐다.

마을들은 무자위로 선택된 것이 아니었다. 토착민족들을 그들 땅으로부터 끌고 나온다는 것은 근본적으로 쉬운 일일 수가 없었다. 삶의 터전을 버리고서라도 자유롭게 살고자 하는 의지가 있어야 가능한 일이었다. 분쟁 지역 경계선의 마을을 택한 것은 그래서다.

사람들을 설득하는 데 시간이 걸려서는 곤란했다. 타가의 병영을 공격한 시점부터 마을 사람들이 이주를 결정하기까지 삼일 이상 소모되었다가는 적들의 추격을 피하지 못할 것이다.

우목은 첫 목표를 아창족으로 골랐다.

아창족은 결단이 빠른 민족이다. 경포족이나 포랑족에 비해 땅에 대한 애착이 덜한 민족이기도 하다.

우목의 선택은 옳았다.

그들은 단운룡의 일방적인 말투에도 거부감을 갖지 않았다. 아창족에겐 그 무엇보다 싸움 실력이 우선이다. 연장자를 존경하고 예를 중시하는 납서족 같았으면 시작부터 일이 꼬였을 것이다.

“약자들을 외면하면 안 돼. 여자와 아이들뿐이라도 절대 버리지 마라. 전사들만 거둬서는 의미가 없어.”

우목의 당부가 없었어도 단운룡은 그들을 외면하지 않았을 것이다. 우목의 노림수는 장기적인 재건에 있었으나, 단운룡은 그걸 협(俠)의 관점에서 보았을 따름이었다.

고통받는 사람들을 구하는 것. 그게 바로 협이다. 세(勢)를 불리는 것보다 우선해야 할 지고한 가치라 할 것이다.

단운룡은 그렇게 백 명이 넘는 사람들을 이끌고 여기까지 왔다.

대단한 성과였다.

가장 놀라운 것은 그 와중에 적들의 추격대를 한 번도 만나지 않았다는 사실이었다.

추격을 피하는 단운룡의 재주는 어릴 적부터 익히 알고 있었지만 다시 보니 또 새롭기만 했다. 우목은 순수하게 감탄했다. 그리고 진심으로 기꺼워했다.

“새로 온 사람들에게 일거리를 줘. 하루빨리 정착하도록 잘 챙겨주고.”

“걱정 마시오, 군주.”

우목은 공병조 조장 부윤을 불러 명했다. 부윤은 사람들을 다루는 재주가 상당했다. 새 식구들은 며칠 만에 제자리를 찾았다.

무구고원은 한층 더 활기를 띠기 시작했다.

한창 갈아엎었던 화전(火田)은 벌써부터 작물을 키워 올리고 있었다. 여자들이 늘어나면서 중심 마을의 모양새도 더욱 그럴듯해졌다. 싸움터에서 온갖 험한 꼴을 당했던 여인들이었지만, 그들은 겪어온 고초만큼이나 강인한 생활력을 지니고 있었다.

“전사들은 어떠하오?”

“쓸 만하더이다. 다섯 놈 정도는 당장이라도 전투에 투입할 수 있겠소.”

전투조 조장 좌둔은 보기 드문 웃음부터 지었다.

새 전사들의 유입은 실로 오랜만이었다. 계속 줄어들기만 했지, 근 일 년 가까이 늘어날 줄을 몰랐다. 격감일로로 깎여 나가기만 했던 숫자가 드디어 전환점을 맞이한 것이었다.

분위기는 그 어느 때보다도 고무적이었다.

사람들의 표정은 전에 없이 밝았고, 훈련하는 전사들의 땀방울엔 희망이란 것이 힘께하고 있었나.

하지만 단운룡은 알고 있었다.

싸움이 머지않았다는 것을.

'이제 곧 승부처인가.'

이제부터가 진짜다.

전장의 공기가 스멀스멀 다가오고 있음을 느낄 수 있었다.

*　　　*　　　*

“크악! 쿨럭!”

일원요새의 일각당 중앙회랑.

억눌린 신음 소리가 건물 안을 가득 채웠다.

“잘도 속여 넘겼더군.”

황육괴가 비대한 몸을 옆으로 돌리며 물었다.

“그래. 줄곧 내통하고 있었다고?”

황육괴에겐 갑주가 없다. 풀어헤친 앞섶 사이로 흉측한 가슴털이 땀에 젖어 번들거렸다. 정식 갑주는 더워서라도 입을 수 없을 것 같았다.

"일으켜 세워."

황육괴의 발치엔 머리를 산발한 남자 하나가 무릎이 꿇려진 채로 묶여 있었다. 황육괴의 명령에 황색갑주 황각군 무인들이 남자의 양쪽 어깨를 잡아 올렸다.

남자의 얼굴이 드러났다.

터진 입술, 충혈된 두 눈.

턱 밑에는 핏물이 맺혀 있었다.

허유였다.

"대우가 나쁘진 않았잖아? 대체 왜 그런 거지?"

황육괴가 빈정대는 어투로 말했다.

허유의 입술이 달싹달싹 움직였다. 목소리는 너무 작아 잘 들리질 않았다. 황육괴가 눈썹을 치켜올렸다. 그가 누런 이빨을 드러내며 역정을 냈다.

"뭐라 씨부리는 거냐?"

콰악!

황육괴가 두터운 손가락으로 허유의 머리채를 잡아 비틀었다. 허유의 목이 한쪽으로 꺾였다. 앙상하게 드러난 목은 백 살먹은 노인의 그것마냥 허약해 보였다.

"모, 모함이다……."

허유는 목소리조차 제대로 내질 못했다. 기력이 쇠해 쉿소리마냥 갈라져 나올 뿐이다.

황육괴가 피식 웃으며 옆으로 고개를 돌렸다. 그가 작은 눈을
날카롭게 빛내며 한마디를 내뱉었다.

"모함이라는데?"

회랑 한쪽에 선 자가 대답했다.

"확실합니다. 제 귀로 직접 들었습니다."

삼십대 초반.

눈매가 뱀처럼 가늘다. 하얀 옷을 입었음에도, 조금도 깨끗해
보이질 않았다. 사악한 느낌만 더했다. 변절의 백사(白蛇). 마사
충이었다.

"그 귀가 잘못된 건 아니고?"

"증거도 있습니다."

"증거?"

마사충의 말에 황육괴가 흥미롭다는 표정을 지었다. 마사충
이 몸을 돌리며 손짓했다. 회랑 옆문으로부터 건장한 체구의 경
포족 사내가 묵직한 목궤(木机) 하나를 들고 들어왔다.

쿵.

목궤는 제법 컸다. 내려놓는 소리로 짐작하건대 무게도 꽤 나
가는 것 같았다. 마사충이 목궤의 뚜껑을 열었다. 그가 그 안에
서 길쭉한 뭔가를 하나 꺼내 들었다.

"그건 뭐지?"

"보시는 대로지요. 팔입니다."

마사충의 손에 들려 있는 것은 놀랍게도 팔꿈치부터 잘려진
사람의 오른팔이었다. 손목이 덜렁 꺾여 흔들리는데, 아직 채 핏
물이 마르지도 않았다. 황육괴의 얼굴에 떠오른 흥미가 더 짙어

졌다.

"그 팔이 무슨 증거가 된단 것이냐?"

"이놈 손아귀에는 죽을 때까지도 놓지 않았던 물건이 하나 있습니다."

마사충이 들고 있던 팔을 돌려 손목 부분을 잡아들었다. 팔꿈치 아래쪽이 축 처졌다. 핏방울 몇 개가 돌바닥을 수놓았다.

"보십시오. 서신입니다."

뿌직. 우지직.

마사충이 굳어진 손가락을 억지로 잡아 뜯고, 피에 물든 서신 하나를 끄집어냈다.

그것을 본 허유의 두 눈동자가 급격한 흔들림을 보였다.

"마군주(魔軍主)에게 직접 보내는 서한입니다. 황각군과 지각군 집결, 이흉(二凶) 출현, 덧붙여 식산, 연도천, 내화……. 이건 최근에 무너진 타가의 병영이 있는 곳이로군요."

황육괴의 눈이 번쩍 뜨였다.

"타가의 병영 이름이? 자작극이 아니었던 건가? 쥐새끼들이 용케도 그런 짓을 저질렀구만! 카무이 놈 면전에 그것부터 던져 줘야겠어! 크크크크."

그가 다시 턱짓으로 목궤 쪽을 가리키며 물었다.

"그래, 그 안엔 뭐가 더 있지?"

"나머지 신체 부위들이 들어 있습니다. 두 팔과 두 다리를 자르고, 배를 가른 다음, 목은 가장 나중에 쳤습니다. 배신자는 철저히 응징해야 하는 법 아니겠습니까."

"카카캇! 이 친구가 뭘 좀 아는군! 다시 묻지. 자네 이름이 뭐라고?"

"마사충입니다."

황육괴가 지극히 흡족한 웃음을 지었다. 젊은 뱀의 얼굴에도 같은 미소가 번져 나왔다.

"마사충. 좋아. 아주 좋아. 큰 공을 세웠어."

"군왕께는……."

"당연히 잘 말씀드려 줘야지. 세상 살아가는 법을 잘 알아. 기회를 놓치지 않는 것도 마음에 든다! 아주 훌륭한 인재야! 카핫핫핫!"

황육괴는 다시 한 번 앙천광소를 내뱉었다. 번들거리는 얼굴 밑으로 침이 튀었다. 그가 두꺼운 목을 돌려 허유 쪽을 바라보았다.

"자, 아직도 발뺌할 생각인가?"

허유의 눈은 황육괴 쪽이 아닌 마사충에게 박혀 있었다. 허유가 이를 갈며 말했다.

"공적에 눈이 멀어 무고한 사람을 죽이고 증거를 조작하다니……. 네놈이 어찌 그럴 수가 있느냐."

"증거를 조작했다? 하하, 당신이 이리도 거짓말을 잘하는지는 미처 몰랐소. 하기야 그러니까 마군과도 내통할 수 있었던 것이겠지만."

마사충이 빈정댔다. 그의 얼굴엔 여유가 넘치고 있었다. 마사충이 비릿한 웃음을 지으며 말을 이었다.

"아무리 아닌 척해도 소용없소. 이미 모든 것이 들통난 마당에 고집 부려봤자 당신 몸만 괴로울 뿐이라오."

“네… 이놈……!”

“아, 그리고 그 목여강이란 친구 말이오. 그 친구도 곧 잡혀올 거요. 진즉에 도망치긴 했지만, 목적지를 아는 이상 잡는 건 시간문제라오.”

허유는 더 이상 일그러진 표정을 감출 수가 없었다.

“황 대인, 이 목궤에 담긴 놈 말입니다. 두 팔을 끊어놓고 다리 하나를 마저 잘라낼 때쯤이었을 겁니다. 제법 강단이 있는 놈이었지만, 결국 버티지 못하더군요. 구독림이란 이름을 뱉어냈습니다.”

“구독림?”

“곤산에선 한참 떨어진 곳입니다. 험악한 늪지대가 가로막고 있는지라 사람의 접근이 쉽지 않은 숲입니다. 숲 뒤엔 고원지대가 버티고 있는데, 쥐새끼들이 숨어들기에는 아주 그만인 지역입니다.”

“고원이라…….”

“무구고원이라 불립니다. 마군의 근거지는 그곳이라 사료됩니다.”

황육괴에게 시선을 고정시킨 상태이면서도 마사충의 감각은 오로지 허유에게 집중되어 있었다. 반응을 살피기 위해서였다.

‘이렇게 쉽게 걸려들다니. 허유, 당신도 많이 망가졌군.’

마사충은 놓치지 않았다.

허유는 눈에 띄게 동요하고 있었다. 마사충은 내심 쾌재를 부르면서도 한편으로는 왠지 모를 씁쓸함을 느꼈다. 비틀릴 대로 비틀린 동정심이었다. 허유는 얼음처럼 냉정한 자였다. 하지만 지금은 이 정도 넘겨짚기에도 본심을 드러낼 만큼 허술해졌다. 예전의 그였다면 상상도 못할 일이다. 이래서는 짓밟는 쾌감도 줄어들 지경이었다.

"확실하겠지?"

황육괴가 물었다.

"예. 틀림없습니다."

마사충은 자신있게 답하며 허유를 돌아보았다. 마사충은 다시 한 번 확신했다. 허유는 어떻게든 감추고자 했지만, 그의 눈빛은 끊임없이 흔들리고 있었다. 귀비산 중독으로 단단했던 마음의 천갑이 전부 다 삭이비린 까닭이었다.

"좋아. 어디 한번 믿어보겠어. 그나저나 이놈은 어찌 처리한다……?"

황육괴가 허유에게로 다가갔다.

손목을 까딱까딱 움직이는 게 그대로 머리를 내려칠 기세였다.

하지만 그 손은 내려가지 않았다. 한줄기 목소리가 그의 손을 막은 까닭이었다.

"육괴 어르신."

갈색 투구 네 개의 뿔, 지사괴였다.

저편 창가에 몸을 기댄채 잠자코 듣고 있던 그가 발을 옮기며 말을 이었다.

"당장 죽이긴 아깝지 않겠습니까? 그자는 좀 더 쓸모가 있을 것 같습니다만."

황육괴의 눈썹이 위쪽으로 치켜올라 갔다.

"쓸모가 있다?"

“그렇습니다.”

지사괴는 공손했다. 서열상 황육괴보다 우위에 있으면서도, 결코 황육괴에게 함부로 하는 법이 없었다. 그가 천천히 말을 이었다.

“이 소식이 타가 측에 전해지는 것은 시간문제입니다. 이자가 마군과 내통하여 자기들 병영 파괴에 일조했다는 것을 알게 되면 가만히 있질 않을 겁니다. 당장 이자를 내놓으라 달려들 것이 뻔합니다.”

“그도 그렇군!”

“아야크란 놈은 모든 것이 제 계산에 맞아떨어져야 직성이 풀리는 자라 들었습니다. 우리가 잡아두고 넘겨주지 않으면 분통이 터지겠지요.”

“크크크, 과연……! 놈들 좋아할 짓을 해줘야 할 하등의 이유가 없지!”

“그뿐이 아닙니다. 이놈은 달리 이용할 데가 또 있습니다.”

“또 있다고?”

“이자는 본래 이 땅에서 오랫동안 우두머리 행세를 했던 자입니다. 항복을 했다 한들, 애초부터 진의가 의심스러운 자였지요. 쥐새끼들과 줄곧 내통하고 있었다면 쓸 만한 정보를 많이 알고 있을 겁니다. 어쩌면 쥐새끼들의 진짜 수괴는 마군주가 아닌, 이자였을지도 모릅니다.”

“그래, 그래서?”

“놈들의 소굴로 끌고 가는 겁니다. 기둥에 높이 매달아 본보기로 보여주면, 천지분간 못하는 쥐새끼들도 느끼는 바가 클 테지요. 흔들리지 않고는 못 배길 겁니다. 행여 구해내겠다고 놈들이 제 발로 뛰쳐나오기라도 하면 더 볼만하지 않겠습니까."

"오호라……. 그거 재미있겠는걸. 타가의 졸개들을 약 올리는 데에도 그만이겠어."

황육괴가 히죽 웃으며 고개를 끄덕였다. 상상만 해도 기분이 좋은 모양이었다. 악독한 즐거움이 두 눈에 가득 떠올라 있었다.

"한데… 이왕 기둥에 매달 거면, 목을 잘라서 꽂아놓는 것이 편하지 않을까."

"산 채로 꿈틀거리며 매달려 있는 것이 더 효과가 클 것이라 생각됩니다만."

"크크크크. 그 말이 맞다. 그 말이 맞아."

두 사람이 마주 보고 웃었다.

허유의 명줄을 쥐고서 장난을 치는 격이다.

사람의 목숨을 웃음거리 생각하는 그들의 얼굴엔 그야말로 순수한 악(惡)만이 깃들어 있을 뿐이었다.

*　　　　*　　　　*

진군이 시작되었다.

오원에 진을 쳤던 지각군 전원이 땅을 박차고 나왔다. 초림과 녹산을 뒤지던 황각군 무인들이 속속 되돌아오며, 행군하는 군진의 덩치를 키웠다.

처음 계획은 전군 동원이 아니었다.

그들이 다 빠져나가면, 오원에는 타가의 기병들만 남게 된다.

입장이 바뀐 셈이었다.

맹획의 오원 장악을 견제하기 위하여 달려온 타가의 기병들에게 오히려 오원을 장악할 빌미를 주게 되는 것이다.

절반 병력을 남겨두려 했었다. 역견제를 위함이었다.

하지만 그들은 그럴 필요가 없었다.

타가 측이 먼저 반응한 까닭이었다.

흉호의 아야크는 정보 입수가 빨랐다. 남쪽 지역에서 일어난 일련의 병영 파괴 사건들이 마군 측의 짓임을 알게 되자마자, 제 입으로 말한 것처럼 황육괴의 거처로 들이닥쳤다. 문 앞을 지키던 병사들이 땅바닥을 나뒹군 것은 물론이요, 휘두른 검날에 두꺼운 문짝까지 반 토막 났다.

"클클클, 그놈을 왜 넘겨줘야 하지?"

황육괴는 느물거리는 목소리로 신나게 비아냥댔다. 언제나 평온하던 아야크의 이마에도 푸른 핏줄이 곤두섰을 만큼 도발적인 어투였다.

"후회하게 될 것이오."

돌아서는 아야크의 경고엔 분노의 감정이 한껏 실려 있었다.

황육괴의 빈정거림 때문만은 아니었다.

분쟁 지역의 병영이 네 개나 박살이 났음에도 흉수를 파악하지 못한데다가, 마을 네 개가 통째로 비워졌음에도 사라진 주민들의 그림자조차 찾아내질 못했다.

정찰대와 추격대를 급파했지만 허사였다. 실체가 없는 놈들을 상대하는 기분이었다. 신경이 곤두서 있을 수밖에 없었다.

"카하하하핫. 이거 생각보다 훨씬 통쾌하구만. 귀찮아서 없애

버릴까 했는데, 저 표정을 다시 보려면 함부로 죽여서도 안 되겠
다."

허유는 악인(惡人)들의 자존심 싸움 덕으로 또 한 번 죽을 고
비를 넘겼다. 근근이도 이어지는 명줄이었다.

한편, 아야크는 거처로 돌아옴과 동시에 곧바로 진격 명령을
내렸다.

목적지는 당연히 구독림이었다.

문제는 그곳이 맹획의 세력권 내에 있다는 사실이었다.

구독림을 향한 진격은 명명백백한 영역 침범이자, 대대적인
전쟁을 각오한 도발행위라 할 수 있었나. 하지만 아야크는 조금
도 망설이질 않았다. 평소에 조용한 사람일수록 평정심이 깨질
때 더 과격한 법이었다.

육백 기병 전군이 지축을 울리며 오원 땅을 빠져나갔다. 따라서
맹획 측에서도 오원 땅에 병력을 남겨둘 이유가 없어져 버렸다.

"그냥 밀고 들어온다? 배짱도 좋군!"

"막을 필요 있겠습니까. 일단은 뒤따르며 추이를 보지요."

맹획 측은 경계선을 넘어들어 온 타가군의 진격을 문제 삼지
않았다.

구독림은 사람이 살지 않는 오지였다.

맹획의 지배 영역하에 있긴 했지만 정작 중심지인 남왕궁과는
끝에서 끝이라 할 만큼 먼 곳에 위치하고 있었다. 타가의 기병들
이 갑작스런 변덕에 행로를 바꾼다 해도, 황각군과 지각군이 그
들 뒤를 바싹 따르고 있는 마당이었다. 견제만으로도 충분했다.
싸우려는 의도가 없는 이상, 굳이 부딪힐 필요가 없었다.

두 세력은 그렇게 오원을 떴다.

일원요새는 온전히 마사충의 수중에 떨어지게 되었다. 허유를 타가가 아닌 맹획 측에 넘긴 것으로 아야크와 카무이의 공분을 사게 되었지만, 이 시점에서 요새를 맡을 사람은 이러나저러나 마사충 하나밖에 없었다.

두두두두두두.

척척척척척.

원나라 방패를 찬 기병들이 대지를 질주했다.

한참 뒤에선 갈색과 황색 투구를 장비한 무인들이 바람처럼 내달리고 있었다.

기묘한 광경이었다.

그들은 일견 퇴각하는 군사들과 추격하는 군사들처럼 보였으나, 또 한편으로는 동일한 목적을 지닌 같은 편 같기도 했다.

목적지가 뚜렷한 만큼 행군 속도도 빨랐다.

타가의 기병들 앞에 촉사와 늪이 나타났다. 끝 간 데 없이 이어진 늪은 육중한 기병의 질주를 불허하고 있었다. 아야크와 카무이는 행군을 멈춘 채 빠오를 세우고 진용을 정비했다. 하마(下馬)하여 말을 끌고 보병 행군으로 움직이면 어떻게든 건널 수 있겠지만, 보통 늪도 아니요, 촉사와 독물들이 우글거리는 늪이다. 기마들의 손실이 만만치 않을 것 같았다. 여기까지 온 이들은 타가군에서도 가장 기량이 출중한 정예기병들이었다. 이는 곧, 그들이 탄 기마 한 마리 한 마리가 키워내기 힘든 명마들이라는 것을 의미했다.

기마 한 마리를 잃는 것은 훈련된 병사들 서너 명에 맞먹는 손실이었다. 이 땅엔 드넓은 몽고 초원과 달리 훌륭한 종마의 씨가 그리 많지 않았다.

"실책이군."

아야크는 자신의 실수를 순순히 인정했다. 지략가라는 이름에 어울리지 않는 짓을 한 것이다. 구독림의 독물들에 대한 것은 미리 방책을 세워두었지만, 이 늪은 계산에 넣지 못했다. 정보 부족에서 기인한 오판이었다.

"크크크크. 거기서 멈춘 건가. 꼴좋다. 바보 같은 것들."

하루 간격을 두고 지각군과 황각군 천백 명이 촉사와 늪에 도착했다. 황육괴는 멈춰 있는 다가의 기병들을 보며 웃음을 감추지 못했다. 번뜩하니, 타가군을 더 약 올려줄 꾀가 떠올랐다. 그가 큰소리로 명령했다.

"배신자를 매달아라!"

황각군 누런 투구의 무인들이 분주해졌다. 철창을 둘러친 수레에서 사람을 끌어내고 밧줄을 잡아당겼다. 투석기처럼 생긴 사륜거가 병진의 한가운데로 이동했다.

"움직이지 마라."

"거기서 묶어."

"움직이지 말라니까!"

퍼억!

칭칭 묶인 채로 수레에서 끌려 나온 이는 다름 아닌 허유였다. 몸부림치는 앙상한 몸 위에 험악한 격타음이 울려 퍼졌다. 허유의 몸이 축 늘어졌다.

"어허, 살살해라. 죽이면 안 돼."

황육괴가 누런 이를 드러내며 웃었다.

끼리릭, 끼리릭.

사륜거 위로 높은 기둥이 세워졌다. 꼭대기엔 늘어진 허유의 몸이 매달려 있었다.

"카카카카카카!"

황육괴는 앙천광소를 내뱉었다.

내력까지 담아 뿜어낸 웃음소리는 천둥소리처럼 멀리 퍼져 나갔다. 한참 멀리 진을 친 타가의 기병들에게까지도 충분히 들릴 만한 크기였다.

"내 저 늙은이를!"

카무이의 입에서 거친 몽고어가 튀어나왔다.

더 이상 참을 수 없었다.

그가 땅을 박차고 몸을 띄웠다. 빠오 위에 올라선 그의 손엔 시위가 팽팽하게 당겨진 대궁이 들려 있었다.

"아야크, 이번에는 말리지 마라."

카무이가 아래쪽을 향해 말했다. 아야크는 가타부타 말이 없었다.

이 상황에서 굳이 허유를 매단다는 것은 그들을 겨냥한 수작이 분명했다. 화를 돋우겠다는 의도였다. 들으라고 뱉어내는 앙천광소 또한 가증스럽기 짝이 없었다.

"그만 웃어라. 추한 늙은이."

피잉! 쐐애애애액!

카무이의 활에서 흑색의 철시(鐵矢)가 날았다. 무시무시한 속도였다. 수백 장 떨어진 황육괴까지 일직선으로 날아드는데 그 기세가 마치 대포로 화탄을 내쏜 것 같았다. 황육괴가 누런 이를 드러내며 고개를 돌렸다.

까드득. 피리리링!

황육괴의 손에서 유성추가 날았다. 쇠줄에 매달린 육각추가 곡선을 그리며 뛰쳐나갔다.

깡!!

화살이 튕겨 나갔다. 갈 곳 잃은 화살이 사륜거 바닥을 쪼개고 땅바닥에 박혔다.

황각군 전체가 그 일발 화살에 반응하여 타가의 진지 쪽으로 몸을 돌렸다. 공격 명령만 떨어지면 곧바로 뛰어살 기세였다.

"크크크크."

하지만 황육괴는 공격 명령을 내리지 않았다.

그가 음산한 괴소를 흘리며 카무이 쪽으로 시선을 주었다.

저 멀리 까마득한 곳에 카무이가 있었다. 카무이가 손가락을 들어 자신의 머리를 두 번 두드렸다. 다음번엔 머리를 노리겠다는 뜻이었다.

"건방진 놈."

황육괴가 한마디 중얼거리며 지사괴를 돌아보았다. 그가 두 눈을 희번덕거리며 말했다.

"저놈들, 이 기회에 그냥 쓸어버릴까?"

지사괴는 황육괴의 말에 순간적으로 강한 유혹을 느꼈다.

타가의 임시 진지는 한쪽 면 전체가 촉사와 늪과 맞닿아 있었다. 늪 방향으로 공격을 가할 경우, 절벽으로 몰아붙이는 것과 같은 형국이 되는 것이다.

"여기서 싸워봐야 쥐새끼들 좋은 일만 하는 꼴입니다."

잠시 흔들리긴 했지만 지사괴의 판단은 냉정했다.

여기까지 온 목적은 어디까지나 마군 토벌이었다. 굳이 저들과 피 튀기는 싸움까지 감수할 이유가 없었다.

타가군을 조롱하는 것도 차고 남을 만큼 즐겼다. 게다가 그들에겐 타가군을 더 화나게 할 마지막 한 방이 남아 있었다.

"건너는 것만 보여줘도 충분합니다. 꽤 열이 받을 겁니다."

지사괴는 그대로 행군을 시작했다.

타가군은 여기서 발이 묶였지만, 그들은 아닌 것이다.

지각군 이백은 맹획군 전체에서도 최상위 무인들이다. 황각군 구백 명도 개개인의 기량이 귀비신단을 복용한 귀비혈사대 이상이었다. 촉사와 늪 정도는 그들에게 아무런 장애가 되지 못했다.

거침없이 촉사와 늪으로 진입했다. 기둥을 올린 사륜거는 만만치 않은 짐이 되었다. 지사괴가 명했다.

"분해해."

타가군에게는 보여줄 만큼 보여줬다.

바퀴가 빠지고 밑판이 조각났다. 언제라도 다시 조립할 수 있는 구조였다.

꿍 하는 소리와 함께 기둥이 내려왔다. 허유는 힘없이 땅바닥을 굴렀다. 제 발로 서지도 못하는 상태라 밧줄에 묶인 채 개처럼 질질 끌려갈 수밖에 없었다.

"저놈들을……!"

보란 듯이 촉사와 늪으로 들어가는 맹획군 무인들 앞에서 카무이는 이를 갈았다.

아야크는 화를 내는 대신 몸을 돌려 한쪽에 세워진 빠오로 발을 옮겼다. 빠오를 지탱하고 있는 목봉엔 형형색색의 방울이 걸려 있었다.

"무격이여."

아야크의 목소리엔 고저가 없었다. 안에서 탁한 목소리의 대답이 돌아왔다.

"하명하시오, 장군."

"지원 요청을 넣으십시오. 공병대를 부릅니다. 늪지에 길을 만들겠습니다."

무격이라 불린 사내는 천 줄기가 치렁치렁 늘어신 괴이한 차림새를 하고 있었다.

그가 고개를 끄덕이며 기묘하게 생긴 법구를 꺼내 들었다.

아야크가 다시 돌아섰다.

공병대는 닷새 안에 올 것이다. 이 정도 너비의 늪이라면 기마가 다닐 만한 땅을 다지는데 열흘은 족히 걸린다.

'보름, 보름이다.'

쥐새끼들이 맹획의 대군에 맞서 보름을 버틸 수 있을까.

아마도 버티기 힘들 것이다.

그리되면, 목표를 바꾼다.

황육괴의 앙천광소가 아직도 귓가에 울리는 것 같았다. 그 입에 흉검(凶劍)을 꽂고 차가운 검날로 혓바닥을 베어낼 생각이었다.

아야크의 눈은 그 어느 때보다 위험하게 빛나고 있었다.

*　　　*　　　*

"엄청난 숫자입니다. 황각군 전원이 동원된 것 같습니다."

정찰조의 보고를 받았다.

우목의 표정은 어두웠다. 적의 숫자 때문이 아니다. 대규모의 토벌대가 올 것은 일찍부터 예상했던 바였다.

"일원요새에선 아직인가?"

"예, 아직입니다."

그의 심기가 불편한 것은 와야 할 연락이 오질 않아서다. 까마득히 몰려든 적들 때문에 일부러 몸을 사린 것일 수도 있지만, 그럴 가능성은 높지 않다. 허유는 철저한 자다. 정보를 주기로 했으면 자신이 직접 와서라도 스스로의 말을 지켰을 것이다.

'들킨 건가……?'

그럴 수도 있다. 상황은 바야흐로 예전과 전혀 다르게 흘러가고 있었다. 꼬리를 잡힐 사람이 아니었지만, 지금은 그 무엇도 단언하기 힘든 때였다.

"적들은 어디까지 왔지?"

"벌써 구독림 앞입니다. 숲 경계에서 진용을 정비하고 있습니다."

망루를 지키는 것은 눈이 밝은 포랑족 사내들이었다.

우목은 직접 망루에 올랐다.

까마득한 저 밑.

어둑한 숲 바깥으로 부채꼴 모양의 병진이 구축되고 있었다. 누런색 투구가 이리저리 움직이는 것이, 노란 구슬로 엮어낸 커다란 부채가 펼쳐져 있는 것 같았다.

'지각군도 온 것인가.'

우목의 미간이 좁혀졌다.

부채 중심부로 조금 더 진한 색의 투구와 갑주를 장비한 무인들이 보였다. 숫자는 전체의 오분지 일 정도다. 전체 규모와 비율로 볼 때, 지각군이 틀림없었다.

"당장 방어 태세를 갖춰야겠다."

흑망에게 일렀다. 진용을 정비하고 있지만 오래 머무를 기세가 아니었다. 병진의 짜임은 지금 당장이라도 진격이 가능한 형태다. 해가 뉘엿뉘엿 넘어가고 있지만 불조차 피우지 않았다. 즉각적인 공격 의지를 읽을 수 있는 대목이었다.

"서둘러! 적들이 온다!"

전사들은 일사불란하게 움직였다. 경계의 북소리가 울려 퍼지고 모두가 각자의 위치를 찾았다. 온 지 얼마 안 된 새 식구들은 다소 불안해하는 눈치였지만, 전사들의 지시에는 예외없이 잘 따라주었다.

"운룡은?"

"진즉부터 남쪽 산문에 가 계십니다."

과연 단운룡이다.

아침부터 공기가 변하고 있다 하더니, 누구보다 먼저 제자리에 가 있다.

남쪽 진입로는 구독림의 정면이었다. 말하자면 무구고원으로 올라오는 대문과 같은 곳이다.

당연한 선택이다.

방어전을 펼칠 경우, 단운룡의 위치는 그곳이 될 수밖에 없다.

무구고원의 방어는 침습의 근본적인 차단에 그 목적이 있기 때
문이었다. 적들이 고원 위로 올라오는 순간, 이미 절반은 진 싸
움이 된다. 위에서 싸움이 벌어지면 난전(亂戰)이 될 것이요, 난
전이 되면 사상자가 나오는 게 필연이다. 머릿수가 충분하다면
모르되, 지금은 전사 한 명의 목숨도 아깝다. 전사들이 칼을 휘
두르지 않게 하려면 애초에 싸움 자체를 막아야 했고, 싸움을 막
으려면 적들의 진입을 원천적으로 봉쇄해야 했다.

그것이 가능한 자.

그게 바로 단운룡이었다.

*　　　*　　　*

어림잡아 백 장.

숲 끝에서 고원 진입로까지의 거리는 그 정도로 보였다. 노란
꽃 점점이 박힌 언덕 위로 돌무더기 흘러내린 산로(山路)가 길쭉
한 입을 벌리고 있었다.

"문(門)?"

황육괴가 눈썹을 치켜올렸다.

고원으로 올라가는 입구엔 난데없는 산문(山門) 하나가 세워
져 있었다. 만들어진 지 얼마 안 된 듯, 깎아낸 기둥에 나무 생살
이 완연했다.

끼이이익.

기가 막힐 일의 시작은 그때부터였다.

높다란 산문이 삐걱거리며 열렸다. 웬 애송이 하나가 그 안에

서 나와 길을 막았다.

황육괴의 얼굴에 어이없다는 표정이 떠올랐다.

"이건 또 뭐야?"

비웃음을 한번 날려주고 공격 명령을 내렸다.

황각군 세 명이 일거에 달려들었다. 기세등등하게 짓쳐드는 그들의 입가엔 제 주인과 똑같은 비웃음이 매달려 있었다.

다음 순간.

황육괴는 자신의 두 눈을 의심할 수밖에 없었다.

결과는 참담했다.

곱상하게 생긴 애송이 놈은 순시간에 세 놈을 피떡으로 만들었다.

촌각의 시간도 걸리지 않았다.

일타 일격.

움직임조차 제대로 볼 수 없었다.

앞쪽에 있던 황각군 다섯 놈이 대경하여 몸을 날렸다.

그들은 방심하지 않았다. 죽은 놈들과 같은 비웃음은 그들 얼굴에 없었다.

결과는 같았다.

황각군은 병장기를 쓰지 않았다. 그들이 펼치는 박투술은 예리하기가 귀비혈사대의 기형도 이상이었다.

상대가 워낙 나빴다.

제아무리 예리한 박투술이라도, 단운룡이 휘두르는 권각과는 비교 자체가 불가능했다.

잡아당겨 깨부수고, 짓쳐들어 터뜨렸다.

황색 투구가 진흙처럼 터져 나갔다. 권각에 무게와 강도를 더해준 황동비구와 황동각반이 무참히도 부서져 나갔다.

애송이 놈과 눈이 마주쳤다.

황육괴는 본능적으로 유성추를 꺼내 들었다.

'이놈이다!!'

현오괴를 죽인 놈이다.

노회한 감각이 머릿속에서 시끄러운 경종을 울리고 있었다.

까드득, 위이이잉.

황육괴의 어깨 위에서 쇠줄에 묶인 유성추가 다섯 자 반경의 원을 그렸다.

애송이의 입가에 미소가 걸렸다.

황육괴는 가슴이 철렁 내려앉는 것을 느꼈다.

그의 목숨을 살린 것은 오직 하나, 세월로 축적된 경험의 힘이었다.

자신도 모르게 뒤쪽으로 몸을 날렸다.

그리고 소리쳤다.

"막아라!"

애송이 놈의 신형이 훅, 하고 사라졌다.

황각군 무인들은 제 주인의 명을 충실히 따랐다. 물러나는 황육괴의 앞으로 재빨리 몰려들며 두터운 인간 방패가 되었다.

콰아아아앙!

번쩍이는 전광이 황육괴의 눈앞을 채웠다.

살점들이 후두둑 떨어진다. 매캐한 냄새가 코끝을 찔렀다.

'오괴 놈! 이렇게 죽었던 거냐?

현오괴 놈.

멍청하게 방심해서 당한 걸로 생각했었다. 뭔가 착오가 있었다거나, 말도 안 되는 실수를 저질렀다거나.

이제야 제대로 알겠다.

이 애송이 놈은 무섭다. 이런 놈 앞에 함부로 얼굴을 드러내면 안 된다.

그게 바로 현오괴가 저지른 착오요, 실수다.

황육괴는 무작정 땅을 박찼다. 여전히 뒤를 향해서였다.

"지각군 앞으로 나서라!!!"

뒤쪽에서 들려온 지사괴의 목소리는 구세주의 그것처럼 들렸다. 지각군 이십 명이 땅을 박차고 짓쳐 나가 쐐기 모양 진용을 짰다.

"지공십방진을 쌍으로 발동해! 방어를 굳힌다!"

꽝, 꽝, 꽝, 꽝!

가장 앞에 있는 네 사람이 등 뒤에 장비했던 강철 방패를 땅에 박았다.

지각군의 주무기는 팔각철추가 달린 두꺼운 목곤(木棍)이었다. 두 자 길이의 쇠망치 형태다. 양쪽 십방진에서 세 명씩 여섯 명이 목곤을 겨눈 채로 네 개의 방패 사이에서 앞으로 나섰다. 전열에 여섯 명, 중간 열엔 방패를 박은 네 명이, 후열엔 열 명이 자리를 잡았다. 지극히 견고해 보이는 소형진(小形陣)이었다.

"우두머리 놈이 택한 전술이란 게, 고작 졸개들 뒤에 숨는 거냐?"

애송이. 단운룡은 지공십방진으로 쳐들어오지 않았다.

충분한 거리를 둔 채, 황육괴를 직시하고 있었다.

"이… 놈……!"

"육괴 어르신, 도발에 말려들면 안 됩니다."

황육괴도 알고 있었다.

아직도 등줄기가 서늘했다.

그가 이를 갈며 황각군에 명했다.

"전열은 앞으로 나서서 황천인해진을 펼쳐라! 후열은 이곳에 진지를 구축한다!"

숲에서 나온 수백 명 황각군이 넘실넘실 움직이며 인간의 벽을 세웠다.

일정 간격을 두고 그물처럼 촘촘히 늘어서는데, 무슨 짓을 해도 좀처럼 뚫기가 어렵게 생겼다.

단운룡은 그 안으로 짓쳐드는 대신, 그대로 몸을 돌렸다.

등을 돌려 버린 그를 보며 가장 앞에 있던 지공십방진 전열이 뛰쳐나가려 했지만, 지사괴는 끝내 공격 명령을 내리지 않았다.

"저, 저… 저놈을……."

황육괴의 얼굴이 붉으락푸르락해졌다.

지사괴도 이를 악물었지만, 단운룡을 보고 있는 것밖에는 할 수 있는 일이 없었다.

단운룡은 산책이라도 나온 듯 여유롭게 언덕을 올랐다.

단운룡이 산문 앞에 이르렀다.

끼이이익.

문을 열고 맹획의 졸개들을 돌아보았다.

"들어오면, 죽는다."

꿍.

산문이 닫혔다.

모두가 말을 잊었다.

운남 대지 그 어느 곳에서 그들이 이런 일을 겪어보았을까.

있을 수 없는 일이 벌어지고 말았다.

언덕 밑, 널브러진 황각군의 시체더미만이 그것이 현실임을
알려주고 있을 뿐이었다.

*　　　　*　　　　*

"올라와 계셔도 되는 겁니까?"

흑망이 물었다.

"돼."

"물론."

단운룡과 우목은 거의 동시에 대답했다.

"당분간은 여유가 있다. 몇 시진 정도. 밤사이에 공격이 한 번
있을 거야."

우목의 말에 단운룡이 동의한다는 듯 고개를 끄덕였다.

황각군과 지각군은 남쪽 진입로 바로 앞에 진지를 구축한 후
야영 준비를 하고 있었다.

이대로 밤을 넘길 모양새다. 하지만 그들은 알고 있었다. 그것
은 겉보기일 뿐이다. 위협적으로 넘실대는 군기가 곧이어 습격
이 있을 것을 말해주고 있었다.

"동쪽 진입로는?"

"아직 놈들은 이곳의 지형에 익숙지 않아. 네가 그만큼 해줬으니 잠시 동안은 남문에서 시선을 뗄 수 없을 거다."

"놈들은 현오괴와 다르다. 날 보자마자 물러났어. 바보들이 아냐."

"그럴 거다. 지사괴는 상당히 영리한 놈이라 들었지. 한두 시진 안에 곧 동쪽 진입로를 발견하겠지. 하지만 전사들의 방어선은 오히려 동쪽이 남문보다 튼튼해. 나도 거기 있을 거고. 게다가 거기엔 요화낭랑도 있으니까."

우목은 도요화를 요화낭랑이라 칭했다. 우목뿐이 아니다. 무구고원의 전사들은 모두가 도요화를 낭랑이라 불렀다.

요화낭랑이란 말은 어린 고수병들 사이에서 처음 나왔다.

낭랑(娘娘)이라 함은 본디 왕비나 귀족 부인에 붙이는 존칭이다. 도교에서 신격화된 여신선을 부를 때도 낭랑이라 한다.

그 때문이었다. 고수병들이 본 도요화의 타고 솜씨는 그야말로 신들린 여신선에 다름이 아니었다.

그녀가 급하게 북을 타면 잠잠하던 가슴이 벌렁거렸고, 그녀가 천천히 북을 어루만지면 들끓던 마음도 차분하게 진정이 되었다.

도요화는 그들에게 있어 그 누구보다 신비로운 여인이었다. 진정 그녀가 북소리에 빠져들 때면 두 눈이 신비로운 보랏빛으로 물들곤 했다. 덧붙여, 남쪽 지방에선 볼 수 없는 순백의 얼굴색에 미태와 귀태를 갖추었으니 여신이라 말하는 것도 무리는 아닐 터였다.

"문제는 서쪽 절벽인가?"

"그래. 만일의 경우에 대비해서 병력을 배치하긴 했는데, 부족한 감이 있다. 수적인 열세가 아쉬워."

남쪽은 단운룡이. 동쪽은 도요화와 우목이 맡는다.

기본적인 진입로는 그 둘밖에 없다. 그리고 그 둘은 어지간해선 뚫리지 않을 게다.

걱정되는 것은 서쪽이다.

서쪽 절벽은 경사가 가파르지만 요철(凹凸)이 많다. 경신술의 고수들이 마음먹고 덤빈다면 모르긴 몰라도 한 시진 안에 등반이 가능할 것이다.

숫자 부족으로 여력이 없다는 것은 그늘이 지닌 고질적인 약점이었다.

아직은 무구고원 전 지역을 방어하기에 충분치 못하다.

게다가 남쪽과 동쪽의 방어력에도 한계란 것이 있다.

황각군 전원을 남쪽 진입로로 때려 붓고, 지사괴가 지각군과 함께 동쪽 진입로로 공격을 가해올 경우, 전황은 상당히 불리하게 흘러갈 것이다.

거기에, 황육괴 정도의 고수가 뛰어난 경공을 내세워 서쪽 절벽을 타고 올라오기라도 한다면, 그땐 정말 어려워진다.

단운룡이 남쪽 산문에서 발이 묶이고 도요화가 동쪽 진입로에서 발목을 잡히면, 달리 공격을 막아낼 수 있는 자가 없었다.

"조금만 더 버티면 돼. 시간이 해결해 줄 거다."

상황이 아주 좋은 것은 아니다. 하지만 단운룡은 믿는 구석이 있다.

이것은 시간 싸움이다. 충분히 시간을 끌 수 있다면 승기는 그들에게 온다. 단운룡의 확신이었다.

"그 버티는 게 문제야. 네 체력이 무한정인 것도 아니잖아."

적절한 지적이다.

당장은 단운룡이 가해놓은 충격이 있어 심리적인 방벽이 쳐 있다지만, 그 방벽은 언제고 허물어질 수밖에 없다. 적들이 소모전을 작정하고 산발적인 공격을 가해온다면 단운룡도 지치는 것이 당연지사다. 처마에서 떨어지는 물방울이 단단한 청석 바닥을 뚫는 것처럼, 단운룡이 격파당할 가능성도 완전히 배제할 수는 없는 일이었다.

"결국 구독림 바깥으로 몰아내는 것이 관건인데……."

우목이 미간을 좁히며 머리를 굴린다.

방법이 없는 것은 아니다. 하지만 지금 당장 그게 좋은 선택인지는 모르겠다.

그 방법은 여러 번 사용하기 어렵다. 무엇보다, 비축된 분량이 많지 않았다.

"일단 오늘 밤부터 넘기자."

단운룡이 그의 어깨를 툭 치며 말하고는 다시 남쪽 산문으로 내려가기 시작했다.

우목은 단운룡의 등을 보며 생각했다.

단운룡은 강하다.

내일 해가 뜰 때까지 그 누구도 남쪽 산문을 통과하지 못하리라.

하지만 언제까지나 그에게 기댈 수만은 없다.

남은 것은 그의 몫, 전사들의 몫이다.

누가 와도 이 무구고원을 내주지 않겠다.

다시 한 번 결의를 다졌다.

예상대로였다.

적들은 축시(丑時:새벽 1시에서 3시) 말 무렵에 움직이기 시작했다.

척척척.

황각군 삼십여 무인들이 줄을 지어 남쪽 산문으로 향했다.

우목은 고원 위의 망루에 서서 횃불이 움직이는 것을 보았다. 대형 철방패와 팔각추 목곤을 장비한 지각군들이 동쪽으로 이동하는 중이었다.

놈들이 동쪽 진입로를 발견한 것은 한참 전이다. 이제 본격적으로 공격을 시도하려는 것 같았다.

끼이이익!

단운룡이 먼저 문을 열었다.

그가 모습을 드러내자, 접근해 오던 황각군 무인들이 딱 그 자리에 멈추어 섰다.

그가 보여준 위용이 대단하긴 대단했던 모양이었다.

단운룡은 황육괴부터 찾았다.

'있군!'

황육괴는 언덕 아래 적진의 중심에 있었다. 누런색 투구에 추하게 늙은 얼굴로 쭉 찢어진 두 눈에 살기를 피워 올리고 있었다.

내심 다행이라 생각했다.

여기에 황육괴가 있어야 변수가 하나 줄어든다. 동쪽 진입로로 지사괴가 가고 있다면, 서쪽 절벽에 대한 우려가 대폭 줄어드는 것이다.

터벅. 터벅.

단운룡이 천천히 앞으로 움직여 놈들을 내려보고 섰다.

황각군 무인들이 얼굴을 일그러뜨렸지만 경솔하게 달려드는 이는 없었다.

단운룡의 무위를 알기 때문이다.

무작정 공격을 가하는 대신, 차근차근 대열부터 정리하려 들었다.

단운룡은 잠자코 그들의 하는 양을 내버려 두었다.

본진으로부터 꾸역꾸역 몰려나온 무인들이 앞에 선 이들의 뒤쪽을 받쳤다. 양옆의 절벽을 따라 단운룡이 버티고 선 산문을 향해 좁아지는 형태였다. 구독림에 들어오기 직전과 같은 부채꼴 모양의 진용이었다.

'이백은 되겠군.'

목표를 향해 언제든 일제히 덤벼들 수 있는 대형이다.

숫자는 어지간히 많았다. 당장 뛰어들 수 있는 놈만 이백이란 이야기다.

황육괴의 곁에 늘어선 본진은 오백이 넘는다. 누런색 옷이 우글거리는 게 후한(後漢) 고대의 황건적이 이랬을까 싶었다.

"괜한 수고 하지 마."

단운룡이 가벼운 어조로 입을 열었다.

혼잣말처럼 한 말인데 모두의 귀에 속삭이는 것처럼 뚜렷이도 들렸다. 황각군 무인들의 몸이 굳어졌다. 단운룡이 지닌 심후한 내력을 느낄 수 있었던 까닭이다.

일 대 이백.

또는 일 대 구백.

놀라운 광경이다.

단운룡 한 명을 앞에 두고 구백에 가까운 황각군 무인 전원이 멈춰 서 있는 형국이었다.

일다경이 흘렀다.

기묘하기 짝이 없는 대치는 언제까지고 이어질 듯했다.

하지만 황육괴의 인내심은 그리 오래가지 못했다. 있을 수 없는 상황 앞에서 붉으락푸르락해졌던 얼굴이 기어코 흉신악살마냥 일그러졌다.

"더 이상은 못 참겠다!"

그가 이를 갈며 소리쳤다.

"저 건방진 놈을 쳐 죽이고 산문을 부수어라!"

가장 앞에 있던 여덟 명이 한꺼번에 단운룡을 향하여 짓쳐들었다.

단운룡은 세 걸음만 뒤로 물러났다.

양옆 절벽과의 거리를 재고, 광극진기를 끌어올려 순속을 발동했다.

이 정도 공간이면 충분했다.

한 번에 덤벼올 수 있는 수는 네 명.

그대로 발끝을 휘둘렀다.

빠아악!

첫 번째 놈의 허리가 새우처럼 꺾인 채 옆으로 날아갔다. 놈의 몸이 절벽에 부딪쳐 꿍 하는 소리와 함께 떨어졌다.

이어서 달려드는 놈들도 사정은 다르지 않았다.

내쳐오는 일권에 극광추를 때려 넣었다. 주먹이 부서지고 어깨가 꺾였다.

왼쪽으로 돌아오는 놈에겐 등을 돌리면서 광혼고를 끊어 쳤다. 충돌 직전 순간적으로 뇌신을 발동했다. 꽝 하는 소리와 함께 놈의 몸이 땅을 긁고 밀려 나갔다. 고법이 박힌 상체 오른쪽에서 매캐한 연기가 피어올랐다.

여덟 명, 그리고 그다음 여덟 명.

열여섯이 순식간에 쓰러졌다.

'이것은… 뚫지 못한다.'

황육괴의 얼굴이 더 일그러졌다.

새롭게 깨달은 것이 아니라 이미 알고 있던 것을 확인한 것에 지나지 않았지만, 그래도 충격은 충격이다. 현오괴는 역시 당할 만한 놈에게 당한 게 맞다. 더 두려운 것은 저놈이 전력을 다하고 있지 않다는 사실이었다. 황각군 열여섯 명을 격파하는 것? 황육괴 자신도 얼마든지 가능한 일이다.

하지만 그는 알 수 있었다. 놈은 그 수준이 아니다. 저건 저놈이 보여줄 수 있는 것의 극히 일부밖에 안 된다.

'어쩌면……!'

황육괴는 생각을 멈추었다. 상상해서는 안 될 일이다. 주군인 군왕보다 더 강한 이는 있을 수 없고 있어서도 안 되는 일이었다.

'그 방법밖에…….'

황육괴가 뒤쪽을 슬쩍 돌아보았다. 그가 한 발 앞으로 나서며 소리쳤다.

“공격을 멈춰라!”

막 땅을 박차려던 황각군 무인들이 그 자리에 덜컥 멈춰 섰다. 속으로는 안도의 한숨을 내쉬고 있을 것이다. 먼저 달려들었던 열여섯 명에 더해 벌써 그다음 열의 다섯 명이 추가로 당했다. 공격을 시작한 것이 언제라고, 쓰러진 이가 벌써 스무 명을 넘어가고 있었다.

“무공만 믿고 날뛰는 것 같은데, 어디 이 앞에서도 그리 여유로울 수 있는지 한번 보자!”

황육괴가 소리쳤다.

그가 뒤를 향해 명했다.

“놈을 매달아라!”

분해해서 운반해 온 사륜거는 진지를 구축함과 동시에 진즉부터 재조립되어 있었다. 끼리릭거리는 마찰음과 함께 투석기마냥 두터운 기둥이 올라왔다.

‘무슨……?

난데없는 일이다. 이채를 띠었던 단운룡의 눈이 가벼운 떨림을 보였다. 기둥 위에 묶여 있는 사람을 확인한 까닭이다.

‘설마!’

여윈 몸이 밧줄에 칭칭 감긴 채 축 늘어져 있었다. 힘없이 떨군 고개. 산발하여 내려온 머리카락이 얼굴을 통째로 가리고 있었다.

‘허유?

단운룡은 그가 누군지 알 수 있었다.

걸레처럼 찢어진 옷은 원래 색을 알아볼 수 없도록 더럽혀져 있었지만, 그 형태는 분명 납서족 복식의 그것이었다. 앙상하게 말랐지만 눈에 익은 체형, 머리카락 사이로 드러난 턱 선, 보이는 모든 게 그가 허유라는 사실을 알려주고 있었다.

"그건 뭐지?"

그러나 단운룡은 그렇게 물었다.

냉랭한 어투도, 놀란 어투도 아니었다. 그저 지금까지와 똑같이 여유로운 말투였다. 황육괴의 눈살이 확 찌푸려졌다.

"누군지 모르는가? 얼굴이 안 보여서 그런 것이냐?"

황육괴가 손을 홱 내저었다. 쐐액 하는 소리와 함께 유성추가 날아가 허유의 목덜미를 감았다. 그가 손목을 휙 비틀었다. 허유의 목이 왼쪽으로 꺾였다. 정신을 놓은 와중에도 그의 입에선 커억, 하고 숨 막히는 신음성이 흘러나왔다.

"일원요새의 우두머리였던 놈이다. 네놈들의 막후에 있던 우두머리가 아니었더냐!"

"난 중원에서 왔다. 그런 거 알 바 아냐."

단운룡은 태연하게 말했다.

황육괴가 기가 막힌다는 얼굴로 단운룡을 훑어보았다.

상당히 먼 거리라 눈빛이나 표정을 제대로 읽을 수가 없었지만, 아무래도 진짜인 것 같다. 저 복장이나 머리 모양, 얼굴 생김을 봐도 이 지역 놈은 아니다. 북쪽에서 온 중원 놈이 확실했다.

"어째서 중원 놈이 여기 일에 관여하는 것인가!"

"그 이유를 내가 네놈에게 말해줘야 할 이유가 있나?"

단운룡은 반문으로 답했다. 황육괴는 분통이 터져 돌아버릴 지경이었다.

“하면, 내가 이놈을 죽여도 괜찮단 말이렷다.”

“맘대로 해. 이미 시체가 다 된 놈, 죽이든 살리든 나와는 관계 없어.”

단운룡의 대답은 거침이 없었다.

아직도 허유의 목엔 유성추 쇠줄이 감겨 있었다. 황육괴의 손에 힘이 들어갔다. 허유의 얼굴이 벌겋게 변했다. 목에는 퍼런 핏줄이, 살을 파고든 쇠줄엔 붉은 피가 맺혔다.

‘허세가 아니었나……!’

황육괴는 단운룡의 눈에서 아무것도 읽을 수가 없었다.

허유를 알고 있다면, 최소한 다급한 표정이라도 떠올라야 맞다. 황육괴는 정말 죽일 마음을 먹었다. 그럼에도 단운룡은 강 건너 불구경하듯 할 테면 해보라는 식이다. 심지어 흥미로워하는 것 같기도 했다.

‘제길……!’

황육괴가 손목을 거칠게 비틀었다. 허유의 목에서 쇠줄이 스르륵 풀려 나왔다. 다시 한 번 손목을 튕겨 유성추를 회수한 그가 이를 갈며 소리쳤다.

“네놈은 상관없을지라도, 저 위에 있는 쥐새끼들은 그렇지 않을 것이다! 올라가서 마군주라는 놈에게 말해라! 일원요새의 허유가 우리 손에 있다고!”

분기탱천한 황육괴는 숨까지 몰아쉬고 있었다. 하나 단운룡의 대꾸는 그 이상이었다.

“그걸 왜 내가 전해야 하지?”

“무, 무엇이?”

"늙은 돼지 새끼의 말 때문에 미쳤다고 발품을 팔아? 머리가 어떻게 된 거 아닌가?"

세 치 혀로 사람을 죽일 수도 있겠다.

황육괴는 말을 잊었다. 뒷목을 부여잡는 것이, 정신까지 아득해지는 모양이었다.

기어코 도발에 넘어온 그다.

숨을 한 번 깊이 들이켠 그가 핏발 선 눈으로 버럭 소리를 질렀다.

"도저히 안 되겠다! 이대로 끝장을 보자!!!"

황육괴는 그렇게 말하고는 땅을 박찼다.

하지만 그러면서도 그는 잊지 않았다. 홀로 덤벼들었다가는 감당할 수 없다는 사실을.

"황천인해진을 재개하라! 찢어 죽여도 시원찮을 놈! 저놈을 짓밟아 죽여라!"

와아아아아!

굵은 함성이 숲과 절벽과 땅을 울렸다.

그 함성을 홀로 맞이하는 이.

단운룡의 몸에서 번쩍이는 뇌광이 솟아오른다.

뇌신 전개.

대격전의 시작이었다.

*　　　*　　　*

단운룡과 황각군이 화려하게 부딪치는 바로 그때.

동쪽 진입로는 막 시작된 지각군의 강공을 맞이하고 있었다.

"좌둔 조장! 왼쪽으로 옵니다!"

지각군은 강했다.

지세가 좁아 서너 명씩밖에 못 들어와서 막는 것이지, 조금만 더 넓었어도 낭패를 면치 못했을 것이다.

있는 대로 공격을 쏟아부었다.

높다란 바위 위에선 궁수병이 화살을 날리고, 오르막길 진입로 위에선 뾰족하게 깎은 통나무들을 내리꽂았다.

겨냥해서 쏘는 화살은 물론이요, 육중하게 떨어지는 나무들은 살상능력이 충분한 흉기였으나, 좀처럼 큰 피해는 입힐 수 없었다. 상처 하나 없이 피해내는 자가 태반이다. 장력으로 쳐내는 놈, 목곤으로 후려쳐 떨구는 놈, 어떤 방식으로든 간단히 막아내고 있다. 놈들은 하나같이 뛰어난 무예를 지니고 있다.

"멈추지 마라! 계속 떨어뜨려!!"

공병조 조장 부윤은 끊임없이 전사들을 독려했다.

직접적인 피해는 못 입혀도 속도를 늦추는 것 정도는 충분히 기대해 볼 수 있다. 정신을 교란시키는 데에도 그만이다. 지각군 무인들 개개인은 틀림없이 강했지만, 진입로가 워낙 좁고 정신까지 분산되다 보니 일사불란한 움직임을 보여주질 못하고 있었다.

"또 온다! 대비해!"

좌둔이 소리쳤다.

그의 앞에는 어깨 높이의 목책이 방패처럼 세워져 있었다.

쫘앙!

팔각철추 목곤이 목책을 후려갈겼다. 우직 하는 소리와 함께 나무결 뜯어지는 소리가 들려왔다. 오른손으로 목책을 버티고 있던 좌둔의 몸이 휘청 뒤로 밀려 나왔다. 후열 전사들이 팔을 둘러 그의 뒤를 받쳤다. 뒤쪽에 있던 흑망은 다른 전사 두 명과 함께 호철도 끝을 하늘 위로 겨누었다. 경신술로 날아드는 적을 막아내기 위함이었다.

쉬이익! 까앙! 까강!

예상대로 지각군 무인 하나가 바위벽을 박차고 날아들었다. 실로 가벼운 몸놀림이었다. 양쪽의 전사들이 호철도를 십자로 교차시켜 팔각철추 목곤을 막았다. 호철도 한 자루가 부러질 듯 휘어졌다. 다른 한 자루는 그대로 부러져 버렸다. 튕겨 나온 칼 파편에 전사의 어깨에서 피가 튀었다.

"어딜!"

흑망이 소리치며 회수하는 팔각철추 틈새로 호철도를 쑤셔 박았다.

따앙!

지각군의 대응은 눈부셨다. 그 짧은 순간 왼팔을 가슴 앞으로 돌려 적동(赤銅) 비구로 호철도를 튕겨내 버렸다. 흑망은 당황하지 않고 옆으로 몸을 숙이며 공간을 내줬다. 뒤쪽에서 짓쳐 나오는 방편산의 진로를 열어주기 위해서다.

콰직!

호철도 두 자루를 녹여 새롭게 주조한 방편산은 조악했지만 오히려 위력은 예전 이상이었다. 그동안 새로운 성취가 있었기 때문이다. 무공 연마를 도와준 단운룡 덕분이었다.

어깨가 뒤틀린 지각군 무인이 땅바닥으로 곤두박질쳤다. 앞

에 있던 전사 하나가 재빨리 놈의 목덜미에 호철도 칼날을 꽂아
넣었다.

"두 놈 더 옵니다!"

다급한 경호성이 울렸다.

꽝! 하는 소리와 함께 목책이 거세게 흔들렸다. 두 개의 인영
이 하늘을 날았다. 위쪽으로 뻗어내는 호철도를 밀어내고는 살
벌한 기세로 짓쳐들었다.

한 놈은 우목이 맡았다. 그의 방편산이 팔각철추 목곤과 부딪
치며 불꽃을 튀었다.

"조심!"

다른 한 놈이 허리를 빙글 돌리며 목곤을 휘둘렀다. 미처 받아
내지 못한 전사 하나가 피를 뿌리며 허물어졌다.

전사들의 한복판에서 놈은 물 만난 물고기마냥 자유롭게 움직
였다.

네 명의 전사들이 한꺼번에 달려들지만 허사였다. 놈이 휘두
르는 팔각철추 목곤은 좌둔이 버텨선 목책보다 더 튼튼한 것 같
았다.

"앞에 비켜요!"

앙칼진 목소리가 들려온 것은 그때였다.

전사들은 지체없이 몸을 뺐다. 싸우다 말고 옆으로 갈라선다?
전사들의 한복판에서 거세게 목곤을 휘두르던 지각군 무인의 얼
굴에 의아함이 깃들었다.

둥! 하는 소리가 짧게 울렸다. 이어, 퍼엉! 하는 폭음이 터져
나왔다. 지각군 무인의 가슴 한복판에서였다.

“쿨럭!”

예상 못한 충격이었다. 지각군 무인은 다섯 걸음을 물러나서야 겨우 몸을 세울 수 있었다. 놈의 얼굴에 떠올랐던 의아함은 경악으로 바뀌어 있었다.

“이, 무슨!!”

쉬익! 스각! 스가각!

경악이 고통으로 일그러지기까진 촌각의 시간이면 족했다. 내상을 입은 놈은 쏟아지는 호철도에 민활히 대응할 수가 없었다.

전사들의 호철도가 놈의 몸을 난자했다. 흐려지는 놈의 눈에 호리호리한 신형 하나가 비쳐들었다.

하얀 얼굴, 하늘거리는 옷.

여인이다. 한 손엔 피 묻은 전고(戰鼓) 하나가 들려 있었다.

“군주! 요화낭랑! 하나 더 올라옵니다!”

우목은 흑망의 외침을 들으며 마지막 일격을 쳐내고 있었다. 지각군 무인은 전사들의 합격에 손속이 어지러워질 대로 어지러워져 있었다. 놈은 우목의 방편산을 더 이상 감당할 수가 없었다. 마음먹고 후려친 일격에 목덜미가 꺾였다. 옆에서 베어낸 호철도가 내장을 쏟아냈다.

무인의 겨룸이 아니라 전쟁터의 살육전이었다. 서너 명 합공은 지극히도 당연한 일이었다. 허점이 보이면 무조건 찔러 넣는 것이 기본이었다.

“왼쪽!”

두웅! 터어엉!

도요화가 가세하면서 방어진은 가일층 견고하게 변했다.

하늘로 날아드는 놈들이 그녀의 몫이었다. 그녀가 북을 치면, 뛰어오르던 적들이 그대로 공중에서 튕겨 나갔다.

전부 다 맞춰 떨구진 못했지만, 그래도 절반 이상은 처리하고 있었다. 그것만으로도 엄청난 전력이다. 지각군 무인들은 고원으로 올라오는 진입로 삼분지 일 지점에서 막힌 채, 더 이상 전진할 수가 없었다.

"뚫린다! 막아!"

좌둔이 버텨선 목책은 끊임없이 부딪쳐 오는 팔각철추에, 걸레처럼 너덜너덜해진 상태였다. 뒤쪽에서 공병조가 뛰어와 새 목책을 던져 주었다. 왔다 갔다 어수선해진 사이, 전사들 세 명이 피를 뿌리고 쓰러졌다.

"죽어라!"

전사들은 그냥 당하지 않았다. 피를 뿌리면서도 달려들어 기어코 지각군 한 놈을 쓰러뜨렸다. 치열하기 짝이 없는 난전임에도, 한 사람 한 사람 죽어나가는 데에는 상당한 시간이 필요했다. 마군은 방어가 튼튼한 대로, 지각군은 개개인의 무예가 뛰어난 대로, 좀처럼 죽어나갈 줄을 몰랐다.

변화는 적 측에서 먼저 있었다.

"지사괴가 보입니다!"

공병조 조장 부윤이 저 높은 곳에서 경고했다.

우목의 눈이 진입로 아래쪽을 향했다. 네 개의 뿔이 돋아난 갈색 투구, 쏘아오는 눈빛이 몹시도 강렬했다.

"적의 수괴가 옵니다! 대비하세요!"

도요화도 그 기파를 느꼈다. 이어, 우목이 소리쳤다.

"전사들! 좌둔 조장의 옆을 받쳐라!!"

지사괴가 땅을 박차는 것이 보였다. 쇄도해 오는 속도가 놀라웠다. 오른손엔 적철로 빚은 팔각철추 철곤이 들려 있었다.

꽈아앙!

"으앗!"

좌둔과 그 옆의 전사들이 단숨에 뒤쪽으로 밀려 나왔다. 두터웠던 목책이 일격에 쪼개져 버렸다. 무지막지한 힘이었다.

"칫!"

우목이 달려들었다. 그의 방편산이 허공을 가르고 지사괴에게 짓쳐들었다.

까아앙!

적철의 팔각철추는 엄청나게 강했다. 우목의 몸 전체가 휘청 옆으로 튕겨 나왔다.

'이것이 맹획의 사대괴인!'

우목은 놀라움을 감추지 못했다.

현오괴가 죽어 없어졌다지만, 아직도 그들을 통칭할 땐 삼대괴인이 아닌 사대괴인이란 이름이 먼저 떠오른다. 그리고 그 힘은 그야말로 명불허전이라, 과연 떨쳐 울리는 악명에 조금도 부족하지 않았다.

"합!"

우목은 다시 한 번 기합성을 내지르며 방편산을 내려쳤다.

따앙!

가볍게 막아낸다. 우목은 급히 물러나며 거리를 재고 반격을 대비했다. 하지만 웬일인지 지사괴는 우목에게 달려들지 않았다.

우목이 지사괴의 눈을 보았다. 지사괴의 눈은 그에게 향해 있지 않았다. 시선을 쫓아 고개를 돌렸다.

도요화였다.

지사괴의 눈이 이른 곳엔 그녀가 있었다. 두 눈에서 보랏빛 광망을 빛내며 북을 치는 그녀가 보였다. 그녀가 발하는 타고공진파가 날아드는 지각군 무인들에게 어김없이 박혀들고 있었다.

"괴이한 술수로군! 격공장인가?"

지사괴가 고개를 갸웃하며 중얼거렸다.

우목은 그런 지사괴의 목소리를 들으며 확실히 위험한 놈이라 생각했다. 이 정도로 살벌한 격전 중에도 조금도 흥분한 것 같지가 않았다.

"서둘러 이차저지선을 구축해요! 그 앞에 일어나요! 목책을 다시 세우고 막아냅시다!!"

도요화는 우목 대신 지시까지 내리고 있었다.

전사들이 그녀의 목소리에 재빨리 움직이며 후방에 목책을 새로이 세워 올렸다. 타고공진격 사이사이로 가볍게 두드리는 북소리가 전사들의 사기를 북돋아 올리고 있었다.

넘어졌던 좌둔이 째깍 일어나 덮쳐 오는 철추 목곤을 막아냈다. 흐트러졌던 전사들이 빠르게 밀집대형을 갖췄다. 지사괴의 얼굴에 떠오른 흥미가 진한 살기로 변했다.

"계집부터 죽여 없애야겠구나."

말이 끝나기 무섭게 몸을 날렸다. 옆쪽 바위벽을 박차고 도약하는데, 그 높이가 다른 지각군 무인들과는 비교조차 할 수가 없었다.

"그쪽으로 갑니다! 요화낭랑!!"

우목이 경호성을 내뱉으며 지사괴의 뒤를 따라붙었다.

도요화는 이미 지사괴의 쇄도를 대비하고 있었다.

두웅!

그녀의 북채가 북을 때렸다. 타고공진격의 충격파가 공중에 뜬 지사괴에 짓쳐들었다.

펴엉!

지사괴의 몸이 공중에서 휘청 흔들렸다. 그는 다른 무인들처럼 뒤쪽으로 튕겨 나가지 않았다. 내공의 심후함이 다르기 때문이다. 상당한 수준의 내공방패였다.

"그 정도론 통하지 않는다, 계집!!"

목책을 뛰어넘고 전사들의 한복판에 내려선 지사괴다. 그가 맹렬한 속도로 적철 철추를 휘둘렀다. 미처 피하지 못한 전사들 네 명이 한꺼번에 피를 뿌렸다.

"전사들은 물러나요! 함부로 마주치지 마세요!"

그녀는 놀라지도 당황하지도 않았다.

변함없이 맑은 목소리로 전사들을 이끌고 있다. 지금 시점에선 누가 보더라도 그녀가 이 방어전의 핵심일 수밖에 없었다. 지사괴가 일직선으로 그녀에게 짓쳐들었다. 놈의 입장에서는 최우선적으로 죽여야 할 대상에 다름이 아니었다.

두웅! 터어엉!

지사괴는 지닌바 두뇌도 무공 못지않았다. 그녀의 술수가 어떻게 발동되는 것인지 단숨에 알아챈 것이다. 먼저 북을 치면,

이어서 격공장이 들어오는 식이었다. 그때 맞춰 그가 지닌 암토경기공을 둘러치면 된다. 암토경기공은 방어에 특화된 기예였다. 막아내고 쇄도하여 거리를 좁히면 격공장의 특별한 공부도 쉽게 발하기 힘들어질 것이라 보았다.

"계집! 죽어라!"

일갈과 함께 있는 힘껏 팔각철추를 휘둘렀다. 후방에서 격공장이나 날리던 계집이 힘으로 밀어붙이는 것을 무슨 수로 막겠냐는 생각이었다.

휘릭! 꽈아앙!

피 튀기며 뭉개지는 유편을 상상했다.

하지만 결과는 지사괴의 예상과 전혀 달랐다.

북채를 재빨리 허리춤에 꽂고, 왼쪽에 매달렸던 전고를 뒤로 돌렸다. 가볍게 몸을 트는데, 그 각도가 미치도록 절묘했다. 폭음은 그의 일격이 빗나간 증거다. 땅을 찍은 적철 철추에 큼지막한 구덩이가 생겼다.

"호오, 제법……!"

지사괴의 비웃음은 중간에서 끊겨야만 했다. 그녀는 너무나 당연한 듯이 일장을 내쳐 오고 있었다. 팔을 들어 정면으로 막아섰다. 적철의 철갑비구와 암토경기공이라면 간단히 받아낼 수 있다. 그렇게 생각했다.

으직, 터어어엉!

그녀의 손바닥이 철갑비구에 닿는 순간, 지사괴는 그것이 잘못된 대응이었음을 뼈저리게 깨달았다. 몸 전체가 뒤로 밀려 나가고 있었다. 힘도 힘이거니와, 팔 내부로 침투해 오는 침투경이 실로 무지막지했다.

　지사괴가 세 걸음 물러나며 황급히 철곤을 휘둘렀다. 더 몰아칠 요량으로 뛰어들던 그녀가 중병에 막혀 옆으로 물러났다.

　'이 내공! 중원무공인가!'

　틈을 잡고 자세를 바로잡았다. 손자국이 선명한 철갑비구가 그의 경각심을 무섭게 일깨우고 있었다.

　"그래 봤자 계집일 뿐!"

　솟구친 경각심만큼이나, 상처 입은 자존심도 컸다.

　지사괴가 일갈하며 달려들었다. 그가 곧바로 그녀의 봉긋한 가슴을 향해 철곤을 찔러 넣었다. 여인이라면 당황할 수밖에 없는 일격이었다.

　사아악! 파라락!

　그러나 지사괴의 노림수는 이번에도 통하지 않았다. 한 발 나오며 허리를 돌리고 가볍게 비껴내는데, 그 움직임이 지극히도 자연스러웠다. 가슴을 보호하려는 시도 따윈 애초부터 없는 것 같았다.

　'무슨……!'

　거리를 좁힌 그녀가 발끝을 돌려 차왔다. 피하긴 늦었다. 황급히 팔을 돌려 막았다. 내부를 진탕시키는 충격이 팔꿈치에서 온몸으로 전해져 왔다.

　파앙! 파파팡!

　기세를 탄 그녀는 무서웠다. 힘을 다해 철곤을 휘둘러보았지만, 어깨에서부터 막혔다. 쇄골을 노린 일권으로 어깨와 팔의 움직임을 차단하고, 왼쪽 옆구리와 오른쪽 옆구리를 번갈아 몰아처 온다. 무릎을 들어 막고, 허리를 꺾어 피해보지만, 스치는 경력만으로도 작지 않은 손해를 입고 있었다.

'이 계집, 싸움에 익숙하다!'

오판이었다.

주무기가 격공장이란 것에 한 번 속았고, 여자라는 데 두 번 속았다. 내공이 강한 중원무공이라는 데 세 번째로 속았다.

그 세 가지 다 맞지만, 진짜 그녀의 강점은 피 튀기는 진짜 싸움에 있었다.

그녀에게 싸움을 가르쳤던 것이 누구였던가.

저 단운룡과 막야흔이다.

지사괴는 처음부터 단추를 잘못 꿴 것이었다. 단련된 그녀는 이미 훌륭한 싸움꾼이었다. 지사괴의 손속이 어지러워지는 것도 당연했다.

"오오오오오!"

고원 위쪽, 공병들 사이에서 함성이 일었다.

후방을 지키고 있던 전사들도 마찬가지였다. 지사괴가 도요화에게 막히고, 일견 열세로까지 보이고 있다는 것은 마군 전사들에게 있어 지대한 놀라움이자, 사기를 고양시키는 기적과도 같았다.

우목마저도 혀를 내두르며 멈춰 설 정도였으니, 일반 전사들이 느낀 심리적인 상승감은 실로 엄청났을 것이다. 전사들의 기합성이 배는 더 커졌다. 휘두르는 칼끝과 나아가는 몸놀림에도 진작된 자신감이 확연하게 엿보일 정도였다.

"막아라! 다시 밀어내!!"

좌둔의 굵은 고함 소리가 좁은 진입로를 떨쳐 울렸다. 고원 위에서 쏟아지는 통나무와 화살에도 힘이 붙었다.

차츰, 지각군 무인들이 뒤로 밀려 나간다.

영리한 전사 하나가 쓰러진 지각군 무인의 등 뒤에서 장비되어 있던 대형 방패를 끄집어 올렸다. 방패가 목책 대신 세워졌다. 다른 전사들도 그 녀석을 따라 방패를 올려 세웠다. 지각군 무인들은 범처럼 날쌨지만 한 번 고조된 마군의 기세는 무예만으로 극복할 수 있는 것이 아니었다.

"좋아! 올라오지 못하게 막아! 뛰어오르는 놈들에겐 칼 맛을 보여줘라!!"

순식간에 일 장 정도를 더 밀어냈다. 우목이 적극 나서지도 않는 상황에서 그들 전사들의 힘만으로 적들을 몰아내고 있었다.

지사괴는 그들의 선전만큼 더 고립되었다. 마음껏 날뛸 요량으로 깊숙이 덤벼들었던 지사괴다. 그러나 그는 이차저지선조차 뚫지 못하고 도요화 일인에게 꽁꽁 묶인 상태였다.

'당장은 뚫리지 않겠어.'

전황을 둘러본 우목은 확신에 가까운 결론을 내릴 수 있었다.

도요화의 무공은 경이로웠다. 맨손 박투로 육중한 쇳덩이를 막아내고 있는데 조금도 힘들어하는 기색이 없었다.

"남쪽 산문은 어떻게 되고 있지?"

우목은 그 자신이 최전방 전투원이면서, 다른 한편으론 전체 상황을 통괄해야 하는 총지휘자로서의 역할을 동시에 수행해야 했다.

그의 물음에 뒤쪽에 있던 어린 전사 하나가 위쪽으로 뛰어올

라 갔다. 우목은 앞으로 나가 방편산을 휘둘렀다. 답변을 기다리
겠다고 놓고 있을 수는 없다. 싸움은 계속되어야 했다.

"군주!!"

위쪽에서 그를 부르는 소리가 들려왔다.

우목이 위를 올려보았다. 깃대를 든 기수병이 녹색 깃발을 흔
들고 있었다. 남쪽은 괜찮다는 뜻이었다. 안심하고 고개를 돌리
려던 우목은 순간, 이상한 낌새를 느끼고는 다시금 위쪽을 올려
보았다.

분위기가 어딘지 모르게 어수선해져 있었다. 궁수조의 재장
전이 다소 늦어진 듯한 기분이 든다. 공병조의 손속도 마찬가지
다. 미묘하게 반응이 늦다. 술렁거리는 것이 뭔가 사단이 난 듯
싶었다.

"군주, 올라와 보셔야 될 것 같습니다!!"

부윤이 소리쳤다. 목소리 안에 있는 다급함이 불길한 예감을
부추겼다.

"요화낭랑, 막아주시오!"

우목은 대답을 기다리지 않고 날 듯이 위쪽으로 올라갔다. 다
소 불안하긴 했지만, 지금 상황이라면 그 없이도 막을 수 있을
것이다. 문제는 다른 쪽이다. 위에서 그를 부르고 있다는 것은
그 자체만으로도 심상치 않은 일이었다.

"군주! 서쪽 망루가 이상합니다!"

"서쪽이? 왜?"

"횃불이 꺼졌습니다. 북소리에도 깃발에도 응답이 없습니다."

우목은 보고를 들으며 근처의 망루를 찾았다. 급하게 나무 기

둥을 타 올라 망루 위에 이르렀다. 지키고 있던 전사들이 서쪽을 가리켰다. 보고받은 대로다. 서쪽에 세운 망루는 세 개다. 안력을 돋우자, 그중 하나의 망루에 불이 꺼져 있음을 알 수가 있었다. 다른 두 개의 망루를 돌아보았다. 망루 위에서 횃불이 흔들리는 게 보였다. 우왕좌왕하는 기색인 것이 그쪽에서도 무슨 일인지 파악이 안 되는 것 같았다.

"어엇!!"

직접 가보려고 몸을 날리려는데, 전사 한 놈의 경호성이 그의 발길을 잡았다.

"군주! 저, 저기!"

우목이 고개를 돌렸다. 녀석은 아까처럼 서쪽을 가리키고 있었다. 우목의 시선이 거기에 닿았다. 그의 눈이 크게 치떠졌다.

"무, 무슨!!!"

망루 하나가 통째로 무너지고 있었다. 달빛 아래, 흔들리던 횃불이 검은 그림자 기둥들과 함께 밑으로 곤두박질치는 것이 보였다. 들리기엔 너무 먼 거리임에도, 우지끈 하는 굉음이 바로 옆에서 울리는 것 같았다.

"제길!!"

멀쩡하던 망루가 그냥 무너질 리 없다. 안 그래도 마음에 걸려 하지 않았던가. 역시나 서쪽 절벽 면이 문제였던 것이다.

"내가 직접 간다! 잘 버티고 있어!"

선택의 여지가 없었다.

절벽으로 올라왔다는 것은 곧, 적들의 기량이 만만치 않음을 의미한다.

도요화와 전사들을 믿어야 할 때였다. 망루에서 뛰어내려 와 즉각 서쪽으로 몸을 튕겼다.

타다다닥!

세 겹 둘러싼 목책을 넘어 일직선으로 내달렸다. 저쪽에서 고수병 두 명이 달려오는 것이 보였다. 고수병 두 명이 우목을 보자마자 급박한 목소리로 소리쳤다.

"군주!"

"보셨습니까! 적습입니다!!"

만일을 대비해 서쪽을 지키던 전사들이 우목에게 상황을 알리고자 전령으로 보낸 녀석들이다. 우목은 달리는 깃을 멈추시 않았다. 그가 그대로 고수병들을 지나치며 빠른 어조로 물었다.

"적의 수는?"

"그, 그것이……!"

"빨리 말해!"

"아직은 한 명, 한 명입니다."

"한 명?!"

"검을 들었습니다. 몽고 놈입니다!"

"몽고? 맹획 놈들이 아니라……?"

"아닙니다. 타가 쪽 장수입니다. 엄청난 고수였습니다. 얇은 검으로 망루 기둥을 단숨에 토막 냈습니다."

우목은 속도를 줄이지 않았다. 고수병들이 그를 따라 있는 힘껏 뜀박질을 하면서 보고를 올렸지만, 이내 그의 속도를 따라오지 못하게 되었다.

'타가 놈, 검, 고수……!'

어차피 그 이상 들을 것도 없다.

정체가 무엇인지는 그것만으로도 짐작이 간다. 다만 완전히 예상 밖일 뿐.

'흉호의 아야크……!'

타가 놈들은 축사와 늪 앞에서 멈춘 것으로 알고 있었다.

안이한 생각이었다.

아야크는 고수다. 약삭빠른 지략가이기도 하다.

군략가란 기본적으로 지형 파악에 능한 족속이다. 이 무구고원을 쓱 둘러본 것만으로도 남쪽과 동쪽 진입로 외에 서쪽 절벽이 취약하다는 사실을 금세 알아챘을 것이다.

우목도 대비를 하지 않았던 것은 아니다.

서쪽에는 노련한 전사들 삼십 명을 배치했다. 그들은 절벽 바로 앞의 초소에 상주하며 어떤 적습에도 즉각 뛰어나갈 만반의 준비를 하고 있다.

망루도 세 개나 세웠다. 절벽 쪽 접근을 철저하게 감시토록 했다. 어떤 면에서는 동쪽과 남쪽 진입로보다도 삼엄한 경계태세를 갖추었다 할 것이다.

'그럼에도 뚫렸다. 뚫릴 수밖에……!'

설마하니 홀로 올라올 줄은 몰랐다. 침입자가 소수라면, 세 개가 아닌 열 개의 망루를 세웠다 해도 칠흑 같은 밤의 절벽을 완벽하게 살피기란 쉬운 일이 아니다. 혼자 올라온 바에야 말할 것도 없었다.

도랑을 뛰어넘고 외곽의 화전(火田) 길을 주파했다.

화르르르륵!

저편에서 불길이 이는 것이 보였다. 망루 옆의 초소였다. 망루를 무너뜨리고 불까지 지른 것이다. 서편 절벽 전체가 아수라장으로 화해 있었다. 정말 한 놈이 온 것인지 의심부터 들 정도였다.

"군주! 저쪽입니다!!"

피 흘리는 전사 하나가 우목을 발견하고 소리쳤다.

우목은 숨을 먼저 골랐다. 저쪽에 있는 것이 진짜로 흉호의 아야크라면, 그 혼자 감당하기가 어려울 것이다. 다급한 마음에 무작정 뛰어들어서는 안 될 일이다. 의미없이 목숨만 갖다 바치는 꼴이 될 수도 있었다.

'여차하면……!'

가슴 앞섶을 들춰 안에 든 것을 확인했다. 붉은 목갑 두 개와 검은 목갑 세 개가 그 안에 있었다. 준비는 충분했다.

'좋아. 가자!'

방편산을 비껴들고 몸을 날렸다. 불붙은 초소 옆을 돌아, 절벽 쪽 공터에 이르렀다. 일렁이는 횃불 사이로 무서운 기세를 뿜고 있는 인영 하나가 비쳐들었다.

검을 든 자다.

검날의 길이는 한 자 다섯 치 정도, 장검이라 하기엔 다소 짧은 느낌이다. 검날을 따라 푸르스름한 한기(寒氣)가 도는 것이 뛰어난 명검(名劍)인 듯했다.

"전사들은 산개하라! 함부로 덤벼들지 말고 방어를 굳혀!!"

우목의 목소리가 사위를 울렸다.

땅바닥에 쓰러진 자가 벌써 이십 명을 헤아리고 있었다. 절망에 빠져 있던 전사들이 우목의 목소리에 생기를 되찾으며 날렵하게 뒤쪽으로 물러났다.

우목이 장내로 뛰어들며 가장 바깥쪽 전사에게 명령했다.

"당장 가서 지원을 요청해! 남은 전사들을 다 끌고 와!!"

"옙!"

우목이 앞으로 나섰다.

타닥타닥, 피어오르는 불꽃이 검붉은 하늘을 화려하게 수놓고 있었다.

하늘 아래 버텨선 채 검을 든 자.

흉호의 아야크가 우목에게로 고개를 돌렸다. 우목의 얼굴이 한 번 더 굳어졌다. 아야크가 여유롭게 입을 열었다.

"우리들, 푸른 늑대들의 붉은 천신 챠이님께서는 피 튀기는 전투를 종종 초원의 축제인 나다무에 빗대시곤 하셨지요. 나다무라 생각하고 올라왔는데, 운 좋게도 머리 먼저 칠 수 있게 생겼습니다."

한껏 예(禮)를 갖춘 어투다. 상황과 전혀 어울리지 않기에 도리어 살벌하게 들렸다.

"촉사와 늪 바깥에 있을 줄 알았더니."

"그랬었지요. 하나, 정보 수집이란 것은 군사(軍師)의 기본기 아니겠습니까."

아야크가 히죽 웃었다. 소름 끼치는 미소였다.

"어차피 당신 혼자 함락시킬 수 있는 곳이 아니다. 정보 수집이 제아무리 중요하다 한들, 적진 한가운데 뛰어드는 무리수를 감행해서야……."

"무리수라니, 당치 않은 소리로군요. 보면 알겠더이다. 진입로에서 고군분투하고 있는 중원 고수가 현오괴의 목을 벤 자이지요? 홀로 현오괴의 행군에 난입하여 수장의 목을 쳤다고 들었습니다. 다른 이의 장기를 배우는 것이 또한 군사의 미덕이라 할 때, 이 몸 그 배움을 따라볼 생각입니다만.”

단운룡이 불시의 습격으로 현오괴의 목을 가져간 것처럼 자신도 우목의 목을 가져가겠다, 이 말이다. 아야크의 검끝이 우목을 향해 겨누어졌다.

“그렇게는 안 될 거다. 한순간 허를 찔러 우리 전사들을 당황케 하였지만, 이 이상은 날뛰지 못해. 지금부턴 우리 전사들도 달라질 테니까.”

“호오… 그렇습니까?”

“여기까지 올라온 것은 실수다.”

“올라온 것이 실수라면, 정말 그런지 어디 한번 보여주시지요. 싸움은 입으로 하는 것이 아닙니다.”

우목의 눈빛이 사나워졌다. 아야크가 잠시 입을 다물었다가 문득 한 가지 깨달았다는 듯, 눈썹을 치켜올리며 말을 이었다.

“아아, 자꾸 말을 거는 것이… 설마하니 지원병을 기다리기 위해 시간을 끄시려는 겁니까?”

우목은 부인하지 못했다.

정곡을 찌른 것이다. 아야크의 어조에 진한 비웃음이 어렸다.

“시간을 끄는 게 유리할 것이라 확신하는군요. 한데… 과연 그럴까요?”

우목의 얼굴이 굳어졌다. 아야크는 득의만만한 표정을 짓고 있었다. 그것도 지나치게.

“설마……."

“그 설마가 맞습니다. 난 혼자 오지 않았습니다. 기병이라 하여 마상무예만 연마하는 것은 아니지요. 기마 없이는 아무것도 못할 것이라 생각하는 것은 큰 오산입니다."

우목이 서쪽 절벽을 돌아보았다.

아야크가 먼저 올라와 망루를 부수고, 병사들은 그 틈을 타 가파른 절벽을 탄다.

적절한 공략법이다. 거의 유일한 공략법이기도 하다.

“자, 어떻게 하시겠습니까."

‘선택의 여지가 없군.'

우목은 망설이지 않았다. 여차하면이 아니라, 지금이 바로 이걸 쓸 때다. 곧바로 붉은 목갑을 꺼내 안에 든 단약을 입안에 던져 넣었다.

“실망입니다. 귀비신단 따위로 나와 맞서려 하다니."

아야크는 대번에 그것이 귀비신단임을 알아보았다. 우목은 대꾸하는 대신 전사들에게 명령했다.

“전사들은 내 옆을 받쳐라. 일시에 공격한다."

그의 눈은 이미 붉은빛으로 물들어 있었다. 열두 명의 전사들이 그와 함께 땅을 박찼다. 우목의 방편산이 선봉에서 거센 파공음을 울렸다.

위이이잉! 쉬익!

아야크는 빨랐다. 검격을 쳐온다. 푸른 광영이 화려하게 펼쳐졌다.

치이잉!

경쾌한 소리와 함께 방편산이 튕겨 나갔다. 정말 쉽게, 너무도 간단하게 앞이 열렸다. 놀라운 검공이었다.

쒜엑!

우목은 방어 대신 공격을 택했다. 허점이 열려도 아야크는 찔러오지 못하리라 확신했다. 놈의 옆으로 달려드는 전사들 두 명 때문이다.

치잉! 카가각!

예상대로였다.

아야크는 우목을 노리지 않았다. 쳐들어오는 호철도를 먼저 막아내고 본다 푸른 광영에 밀린 호철도가 땅바닥에 줄을 그었다.

파락!

아야크가 측면으로 몸을 던졌다. 막 달려들던 전사를 향해서다.

쉬익! 콰악!

전사가 황급히 호철도를 끌어당기며 아야크의 옆구리를 노렸다. 하지만 아야크는 이미 거기 없다. 호철도 칼날이 허공을 갈랐다. 휘어 들어간 아야크의 손이 전사의 어깨를 휘어잡았다. 붙잡아 비트는 손아귀에 몸 전체가 뒤로 재껴졌다. 푹! 하는 소리와 함께 푸른 검날이 전사의 가슴팍에 꽂혔다.

푸슈슉!

핏물이 뿜어졌다. 아야크는 멈추지 않았다. 곧바로 검을 뽑고 핏물을 흩뿌렸다. 전광석화처럼 측면으로 돌아갔다. 그가 자세를 낮춰 전사 하나의 허리춤을 잡아챘다. 순식간에 다리를 걸고 땅으로 내리찍는다. 전사의 등이 꿍, 하고 땅바닥에 부딪쳤다.

푸풋!

검끝이 전사의 명치에 박혔다가 곧바로 뽑혀 나왔다.

'위험해!'

순식간에 둘을 잃었다.

검공도 검공이지만, 체술이 더 무섭다. 이전에도 본 적이 있다. 몽고 전사들이 쓰는 북방 특유의 무예다. 체술로 상대의 방어를 무력화하고 치명적인 일격을 더한다. 찔러 박기 쉬운 소검(小劍)을 쓰는 것도 그래서인 것 같다. 잡히면 끝이다. 아차 하는 사이에 목숨이 날아가는 것이다.

"전사들은 거리를 둬! 가까워지면 무조건 물러나라!"

방편산을 휘두르며 소리쳤다.

숨 돌릴 틈이 없다. 지시를 내리면서 싸우는 것은 크나큰 부담이다. 힘껏 내친 방편산이 가볍게 막혔다. 완전히 몰입해서 무공을 전개해도 부족한 시점이다. 주위를 신경 쓰면서 입을 연다는 것은 그 자체로 위험을 자초하는 꼴이었다.

치잉! 채애앵!

그나마 다행인 것은 전사들이 우목의 명령을 충실히 따라준다는 사실이었다. 전사들은 섣불리 아야크에게 다가가지 않았다.

방편산과 푸른 검날이 삼십 번 넘게 부딪쳤다. 전사는 한 명이 더 죽었다. 그다음부터 더 죽는 자는 없다. 공방이 어느 정도 균형을 이루게 된 것이다.

챙! 치이잉! 촤촹!

아야크가 일순간 검날을 빠르게 내치며 호철도와 방편산을 물리치고는 한발 뒤로 물러났다. 그가 숨이라도 돌리자는 듯 히죽 웃으며 입을 열었다.

“제법 버티는군요.”

아야크는 아직도 여력이 많이 남은 듯했다.

우목은 다시 달려들지 못했다. 숨을 돌려야 하기로는 그들 쪽이 더 절실한 까닭이다. 전사들에겐 벅찬 싸움이었다.

“지원병은 아직이랍니까?”

아야크는 도리어 이쪽 걱정까지 해줬다. 그것이 걱정이 아니라 조롱이라는 것은 삼척동자도 알 것이었다.

“곧 올 것이다. 네놈은 이곳을 빠져나가지 못해.”

“쯧쯧쯧…….”

아야크는 혀를 찼다. 노골적인 무시다.

그가 엄지손가락으로 까딱 등 뒤를 가리키며 말을 이었다.

“어쩌지요. 그 말은 지켜지지 않을 것 같은데 말입니다.”

우목의 얼굴이 바윗돌처럼 굳어졌다.

아야크가 싸움을 멈춘 채 여유를 부리는 것은 숨을 돌리자는 이유가 아니었다.

“보십시오. 지원군은 이쪽이 먼저입니다.”

확인이라도 해주듯, 아야크가 덧붙여 말했다. 우목의 시선이 아야크의 등 뒤, 절벽 쪽을 향했다.

‘벌써 온 건가……!’

아래쪽, 가깝다. 바위를 긁는 소리, 붙잡고 올라오는 소리가 들린다. 삼엄한 군기(軍氣)가 먼저 느껴졌다. 여럿이었다.

“전사들, 횡렬로 늘어서라. 방어진을 짜고 적을 대비한다.”

우목이 씹는 듯한 어조로 명령을 내렸다.

수세를 취할 수밖에 없었다.

냉정히 따져 보면, 실로 절망적인 상황이다. 아야크 하나만으로도 벅찬 마당에 다른 놈들까지 나타나면 감당 자체가 안 될 터였다.

턱!

기어코, 절벽 밑에서 손 하나가 올라왔다.

휘릭 하고 전신을 뒤집으며 착지하는데, 그 몸놀림이 전사들 이상으로 날렵했다.

기병 특유의 경장 갑주 차림이다. 허리춤엔 손도끼와 호철도보다 더 날이 굽은 북방만도가 장비되어 있었다.

"제기랄! 몽고 달자들이……!"

전사들 중 하나가 욕지거리를 내뱉었다. 우목의 심정도 그와 다르지 않았다.

파박! 하는 소리와 함께 또 한 명의 몽고 병사가 절벽 위로 올라섰다.

우목이 아야크에게로 시선을 돌렸다. 아야크의 얼굴엔 웃음이 없었지만, 그 마음속엔 득의만만한 미소가 그려지고 있음을 절로 알 수가 있었다.

'숫자는……?

둘, 셋, 넷 계속 올라온다. 적들의 수가 궁금해지는 대목이다. 아야크가 우목의 마음을 읽기라도 한 양, 한 발 나서며 입을 열었다.

"너무 걱정하지 마십시오. 삼십 명밖에 안 되니까요."

"……!!"

결코 적지 않은 숫자다.

지금 올라온 몽고 병사들은 딱 봐도 개개인이 마군 전사들 이 상의 기량을 지녔다. 동쪽과 중앙에서 지원병을 불러와도 기껏 이십 명 정도가 전부일 텐데, 저 수준의 적들을 상대하려면 역부 족도 보통 역부족이 아니었다.

"자, 다시 갑니다."

아야크가 짓쳐들었다. 무서운 속도다. 말이 끝나기 무섭게 눈 앞에 와 있다. 황급히 방편산을 들어 푸른 검광을 비껴냈다.

채앵!

"용케 막았군요. 자칫하다간 목이 날아갑니다."

아야크는 우목과 달랐다.

말을 하면서 싸우면서도 전혀 흐트러지지 않았다. 찔러오는 검격을 어렵사리 피해냈다. 왼쪽 아래, 보이지 않는 사각에서 아 야크의 손아귀가 휘어져 들어왔다. 본능적으로 뒤로 물러났지만 손가락 두 개가 걸린다. 훅, 하는 느낌과 함께 몸 전체가 빨려들 듯 끌려갔다.

'안 돼!'

발끝에 내력을 집중하고 몸을 버텨 섰다. 어깻죽지에서 스각, 하는 소리가 들렸다. 귀비신단으로 무뎌진 통증에, 더운 피가 울 컥 솟구치는 것이 느껴졌다.

'급소는 피했어……!'

죽을 뻔했다. 버텨 서지 못한 채 그대로 끌려갔으면 다른 전사 들처럼 치명상을 면치 못했으리라.

옆에 있던 전사들의 견제로 후속 공격을 피해낼 수 있었다.

몸을 돌려 방편산을 고쳐 쥐었다. 옆에 있는 전사들은 세 명

뿐, 다른 전사들은 올라온 타가의 기병들에 맞서는 중이었다.

'방법이……!'

없다.

아무리 머리를 굴려봐도 뾰족한 수가 떠오르질 않았다.

전사들이 더 와도 상황은 나아질 것이 없다.

적들도 계속 늘어나고 있기 때문이다. 지금 이 순간에도 절벽을 올라오는 놈들이 있을 것이었다.

무의식적으로 절벽 쪽을 바라보았다.

절망이다.

또 한 명 올라오는 것이 보였다.

'일곱 명째……. 또 올라온다……. 여덟, 여덟……?'

그때였다.

막 올라온 놈이 비틀비틀, 두 번 휘청거리는가 싶더니 그대로 떨어져 버렸다. 여덟 번째 놈이다. 바로 직전에 올라온 놈은 얼굴이 창백하게 질려 있다. 놈이 털썩, 한쪽 무릎을 꿇었다. 땅 바닥에 후두둑, 하고 떨어지는 핏물이 놈의 그림자를 검붉게 수놓았다.

"장군!"

놈의 입에서 몽고어 한마디가 터져 나왔다. 아야크의 눈빛이 급변했다. 검격을 네 번 짧게 끊어 치며 우목과 전사들을 물리치고는 뒤쪽으로 몸을 뺐다.

"무슨 일이냐!!"

아야크의 입에서 울려 나온 것도 몽고어다. 무릎을 꿇은 채 피를 흘리고 있는 놈이 울부짖듯 목소리를 높였다.

“절벽에서 당했습니다! 따라 올라오는 놈들이 있었습니다!”

“따라 올라오는 놈?”

“고수가 하나 있습니다. 대부분이 놈에게 당했습니다! 쿨럭, 쿨럭!”

놈은 입에서 피를 토했다. 등에서 배까지, 두 개의 구멍이 뚫려 있었다.

“무슨 말도 안 되는!”

아야크가 신경질적으로 소리치며 벼랑 쪽으로 몸을 날렸다.

쐐액! 쉬이이익!

날카로운 경풍 소리가 들려온 것은 그의 신형이 절벽 끝에 당도했을 때였다.

타닥! 한 번의 도약으로 높이 솟구치는 인영이 있었다. 아야크의 시선이, 우목의 시선이, 착지하는 남자의 궤적을 쫓아 움직였다.

“허술하기 짝이 없구만. 그래서야 낭패를 당할 수밖에 없지. 애송아.”

허름하기 짝이 없던 마의(麻衣) 대신, 모처럼 제대로 된 옷을 입었다. 갈색과 녹색의 둥근 화문(花紋)은 마치 천 년 묵은 구렁이의 비늘 무늬 같았다.

왼손 소매가 헐렁했다.

오른손엔 낭창낭창 휘어지는 연검 한 자루. 붉은 핏물을 잔뜩 머금은 채 위험스런 독아(毒牙)을 빛내고 있다.

“너는……!!”

아야크가 먼저 의외라는 표정을 지었다.

우목은 더 놀랐다.

어떻게 여기에 나타났는가.

그것도 이런 시점에. 이리도 도움이 필요했을 때에.

남자는 그 둘의, 아니, 이곳에 있는 모두의 시선을 한껏 즐기는 듯했다.

그가 번뜩이는 눈빛으로 아야크를 바라보며 진득한 어조로 입을 열었다.

"네 졸개들은 더 이상 올라오지 못한다. 내 전사들은 이곳 놈들처럼 물렁물렁하지 않거든."

늙은 뱀, 마건위의 출현이었다.

절벽 저 아래쪽에서 병장기 부딪치는 소리가 들려왔다. 벼랑 중턱의 험악한 지형에서 싸움이 벌어지고 있는 것이다.

마건위가 사망산 백전의 노련한 전사들을 이끌고 이곳에 왔다.

놀랍고도 놀라운 일이었다.

"얼빠진 표정 짓고 있지 말아라, 애송아. 목여강이란 납서족 놈이 피투성이 된 채 찾아와 무릎을 꿇고 머리를 조아리더군! 불쌍해서 와줬다."

'목여강이……!'

우목은 말을 잇지 못했다.

일원요새의 변고를 직감했었다. 아니나 다를까. 목여강이 사망산까지 찾아왔단다. 피투성이라 했다. 추격을 받았다는 뜻이리라.

행선지를 사망산으로 정했다? 이해 못할 바는 아니다. 적들은 이곳으로 직접 진격해 왔다. 당연히 이쪽으로 도망 오긴 힘들다.

차선책이라면, 우목도 사망산을 택하겠다. 사망산은 도망자를 위한 천험의 오지다. 숨어들어 가기로는 그곳만 한 데도 없다. 환경은 열악하기 짝이 없지만, 방어요새로 쓰기엔 사망산도 무구고원 못지않았다.

다시금 들려온 마건위의 목소리가 우목의 상념을 깼다. 마건위의 눈은 이제 아야크에게 머물러 있었다.

"이제부터 네놈 상대는 나다."

우우우웅.

마건위의 주름진 손등에 푸른색 혈관이 불거져 나왔다. 내력을 집중한 것이다. 건날 전체가 부르르 떨리는 듯히더니 검같이 살아 있는 듯 위쪽으로 올라왔다. 독 오른 독사의 머리와도 같은 모습이었다.

"이거, 확실히 계산 밖의 일이로군요. 참으로 난감하게 되었습니다."

아야크는 깨끗이 인정했다.

그가 한 걸음 움직여 마건위와 마주 섰다.

마건위의 두 눈엔 잔인한 살기가, 입가에는 음험한 미소가 떠올랐다.

우목은 생각했다. 저 미소가 이리도 반가울 줄은 몰랐다고.

"어디 그토록 음흉하다는 늙은 뱀이 얼마나 강한지 그 실력을 한번 견식해 보겠습니다."

"말이 많군. 그만 하고 덤벼라. 여우 놈아."

먼저 움직인 것은 아야크였다.

그의 검이 마건위의 전면으로 짓쳐들었다.

채앵!

채찍처럼 휘어지는 연검이 아야크의 흉검을 가볍게 비껴냈다. 우목의 눈이 번쩍 빛났다.

늙은 뱀은 괜히 늙은 뱀이 아니다.

비록 자신의 땅을 잃고, 자신의 전사들을 잃었으며, 자신이 가지고 있던 그 모든 군위와 영광을 잃어버렸지만, 그가 가진 전사로서의 긍지와 기량은 조금도 녹슬지 않았다.

쉬릭! 채챙! 치치치칭!

두 검이 빚어내는 소리는 날카롭기 짝이 없었다.

그토록 강해 보였던 아야크다.

마건위는 아야크의 검격을 그 홀로 능히 대적해 내고 있었다.

이젠, 우목이 움직일 때였다.

그가 소리쳤다.

"우리도 가자!"

전사들이 땅을 박찼다.

의외의 조력자는 천군만마와도 같았다.

막막했던 전황, 활로가 뚫린 것이다. 그의 방편산이 거센 파공음을 울리기 시작했다.

『천잠비룡포』 10권 끝

한백무림서 여담(餘談) 편

분량 문제로, 여담편을 충분히 싣지 못하게 되었습니다.

다음 권 예고로 여담편을 대신합니다.

…(중략)…….

비룡의 날개가 바람을 갈랐다.

진녹색 깃발이 하늘을 뒤덮었다.

황금빛 신룡이 땅 위에 강림했다. 위맹한 파공음이 인해의 대지
를 찍어 눌렀다.

꽈아아앙!

개세의 번술이다.

장쾌한 일격이 대지를 휩쓴다.

놀라운 광경이다. 거인의 발이 고여 있는 흙탕물을 힘껏 밟은
듯했다. 십여 명 황각군 무인들이 터져 나가는 물방울마냥 맥없이
튕겨 나갔다.

꽝! 퍼버버벅!

갑작스런 사태다. 폭음과 파공음이 파도처럼 밀려왔다. 휘몰아
치는 경력은 땅 위에 치솟는 회오리바람과도 같았다. 담벼락처럼

둘러처 있었던 황각 진용 일각이 순식간에 흐트러졌다.

"이 무슨!!"

황육괴가 다급히 군세를 움직였다.

단운룡에게 집중되었던 시선이 일순간에 분산되었다.

병력의 공백이 생긴 것은 필연이었다. 실낱처럼 가늘던 생로(生路)가 잘 다져진 관도처럼 곧게 뻗었다.

파라라라라라라락! 꽈아아앙!

적들을 휩쓸고 있는 거대한 깃발을 바라보며 단운룡은 자신의 육감이 틀리지 않았음을 다시 한 번 확인했다.

폭음과 폭음 사이로 시야가 열렸다.

관목덤불처럼 텁수룩한 머리카락, 호피 무늬마냥 황색과 흑색으로 문양을 넣은 헐렁한 무복이 보였다.

진한 눈썹, 더 광포해진 눈빛이 단운룡의 눈빛과 마주친다.

그가 소리쳤다.

"주군의 부름을 받고 뜨거운 남쪽 끝까지 왔소이다! 황금비룡번 태자후 대령이오!"

태자후는 스스로를 황금비룡번이라 칭했다.

그사이에 제 사부의 이름을 온전히 이어받은 모양이었다.

더 강해진 기파를 피부로 느끼며 단운룡이 화답한다.

"잘 맞춰왔다!"

태자후가 시원스레 웃으며 반대편으로 뛰어들었다. 당황한 황각군 무인들이 몰려들며 다시금 그와 태자후 사이의 시야를 가로막았다.

…(중략)……

천잠비룡포 11권 中에서.

War Mage

워메이지

김재한 퓨전 판타지 소설

사람들이 인식하는 상식의 세계 이면,
짙은 어둠이 드리워진 그곳에 사는 괴물들이 있다.

문명이 드리운 그림자 속에서, 전투기계들과
인간의 사념으로부터 태어난 마물들이 격돌한다.
마법과 주술이 난무하는 초현실적인 전장,
소년은 그곳에 서는 대가로 인생을 잃었다.
운명의 노예가 되어 가족과 인성을 잃어버린 소년, 진유현.

총염(銃炎)과 검광(劍光)이 뒤얽히는
어둠의 거리에서, 운명의 족쇄를 끊고 나온
소년의 눈이 살의를 발한다.

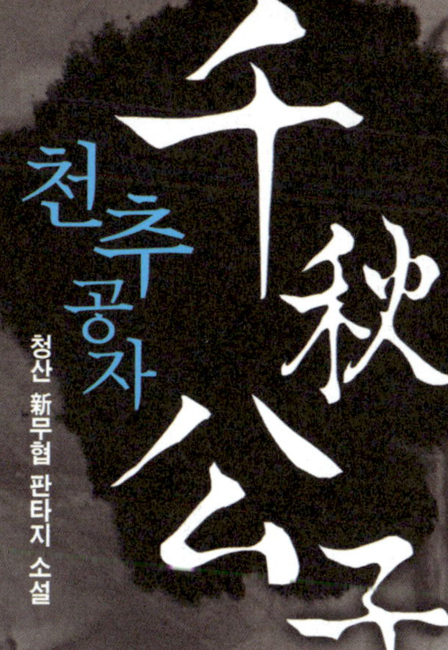

운명을 뛰어넘는 담대한 도전!

황제마저 농락한 숭문세가의 공자 문천추(文千秋).
용문에 이르기 전까지 그는 시문과 서화를 즐기며 대하를 누비는
한 마리 커다란 잉어였다.
그러나 운명은 그를 용문(龍門) 앞에 이끌었다.
용문의 드센 물살을 거슬러 올라 용(龍)이 될 것인가,
아니면 용문점액의 상처를 입고 추락할 것인가.

죽음의 하늘 사중천(死重天)!
오로지 파괴와 살육만을 일삼는 사마악(邪魔惡)의 결집체.
사중천의 어둠은 태양마저 가리며 천하를 뒤덮는다.
마침내 죽음의 하늘과 맞서는 용 울음소리.

천추(千秋)에 빛날 문무제일공자의 호쾌한 행보가 시작되었다.

少林棍王
소림
곤왕

한성수 新무협 판타지 소설

감동의 행진을 멈추지 않는 작가 한성수!

구대문파 시리즈의 두 번째 이야기 『소림곤왕』!!
그 화려한 무림행이 펼쳐진다

"너는 지금부터 날 사부님이라 불러야만 하느니라.
소림사의 파문제자인 나, 보종의 제자가 되어서 앞으로 군소리없이 수발을 들고 모진
고통을 이겨내며 무공 수련을 해야만 한다."

잡극계의 천금공자 엽자건!
소림의 파문제자 보종의 제자가 되다!!

역사와 가상.
실존의 천하제일인과 가상의 천하제일인에 도전하는 주인공!
이제부터 들어갑니다. 부디 마음껏 즐겨주시기 바랍니다.
- 작가 서문 中에서.